Die Autorin

Vicki Stiefel wuchs in Connecticut auf, wo ihr Vater das Ivoryton Theater betrieb. Sie arbeitete als Fotografin, Englischlehrerin, Hamburgerköchin und Betreiberin eines Tauchgeschäfts. Ihre erste Kurzgeschichte erschien im *Ellery Queen's Mystery Magazine*. Heute lebt die Autorin mit ihrer Familie in New Hampshire. Bei Weltbild erschien bereits ihr Thriller *Tödliche Ernte*.

Vicki Stiefel

Leichenschrei

Thriller

Aus dem Amerikanischen
von Susanne Engelhardt

Weltbild

Die amerikanische Originalausgabe erschien 2005 unter dem Titel
The Dead Stone bei Dorchester Publishing Co., Inc., New York.

Besuchen Sie uns im Internet:
www.weltbild.de

Copyright der Originalausgabe © 2005 by Vicki Stiefel
Dieses Werk wurde vermittelt durch die
Literarische Agentur Thomas Schlück GmbH, 30827 Garbsen.
Copyright der deutschsprachigen Ausgabe © 2010 by
Verlagsgruppe Weltbild GmbH, Steinerne Furt, 86167 Augsburg
Übersetzung: Susanne Engelhardt
Projektleitung: Elisabeth Steppich
Redaktion: Sandra Lode
Umschlaggestaltung: zeichenpool, München
Umschlagmotiv: Shutterstock (© vladm; © liubomir)
Satz: Lydia Kühn
Druck und Bindung: CPI Moravia Books s.r.o., Pohorelice
Printed in the EU
ISBN 978-3-86800-285-0

2013   2012
Die letzte Jahreszahl gibt die aktuelle Ausgabe an.

*Ein Missgeschick ist wie ein Messer,
das uns hilft oder uns verletzt – je nachdem,
ob man es an der Klinge oder am Griff hält.*

James Russell Lowell

*Bill, Blake und Ben für die Jahre grenzenloser
Liebe und Unterstützung*

1

Emma wer?

Halb neun morgens – ich war spät dran. Meine Pumps klapperten auf dem Asphalt, genau wie Pennys Krallen. Sogar auf drei Beinen sprang sie noch vor mir her, wachsam und umsichtig wie immer. Die Tür zur Abteilung der Bostoner Rechtsmedizin schwang auf, und ich lief gegen eine Wand aus feuchter, heißer Luft.

»Mist!«, sagte ich.

Penny erstarrte, sofort auf der Hut.

»Schon gut, altes Mädchen.« Dabei war gar nichts gut. Die Klimaanlage im öffentlich zugänglichen Teil des Kummerladens – dazu gehörten die Büros des Programms für Trauerbewältigung von Massachusetts, die Crime Scene Services und die Lobby – war mal wieder kaputt.

Hinter den Kulissen, da, wo die Leichenbeschauer die Toten obduzieren, Körper geduldig in Kühlräumen warten und die Assistenten die Überreste geliebter Menschen für deren Angehörige präparieren, arbeitet die Klimaanlage immer bestens. Da wir vom MGAP, besagtem Programm für Trauerbewältigung, an diesem ungewöhnlich heißen Junitag aber nun einmal keine solche Klimaanlage hatten, konnte ich nur hoffen, dass meine Kollegen in einer außergewöhnlich toleranten Stimmung waren.

Nicht sehr wahrscheinlich.

Ich warf meinen Rucksack auf das Sofa in meinem Büro, zog den Deckel von meinem Eiskaffee von Dunkin' Donuts und nahm einen Schluck. Um neun hatte ich die tägliche Besprechung beim Leichenbeschauer, um zehn eine Gruppensitzung mit Angehörigen von Mordopfern und – als Leiterin des MGAP – wie immer jede Menge Papierkram.

»Hoy, Tal«, rief Gert laut aus dem MGAP-Hauptbüro herüber. Auch nach all den Jahren, die ich mit Gert zusammenarbeitete, war der Brooklyner Akzent meiner Vertreterin keinen Deut weicher geworden, und auch ihre deftige Wortwahl kein bisschen neutraler. Das freute mich.

»War schon jemand wegen der Klimaanlage da?«, fragte ich.

»Machst du Witze?« Sie reichte mir einen Stapel Anrufnotizen. »Alle von gestern Nachmittag.«

»Am besten gleich verbrennen. Ist Kranak schon da?«

Sie nickte, und ihr platinblonder Pony wippte. »Mr Sergeant Miesepeter war früh dran. Seine Leute arbeiten an einem Fall, der ihm ganz schön aufstößt. Ich würde ihm aus dem Weg gehen.«

»Mach ich. Ich besänftige ihn später mit was zu essen.« Ich sah auf die Uhr. »Ich muss dann mal zum Neun-Uhr-Meeting. Um zehn sind keine Neuen dabei, oder?«

»Heute nicht.«

Ich verkrümelte mich wieder in mein Büro, wo ich den Stapel rosa Telefonnotizen durchging. Ich nippte an meinem Eiskaffee, während ich jede einzelne las.

Interview über den Schnitter. Weg damit. *Talkshow, Schnitter.* Weg. *Buch über den Schnitter.* Auch noch mit gruseligen Fotos. Weg.

Dieser verdammte Schnitter verfolgte mich noch immer auf mehr Arten, als mir lieb sein konnte. Vor einigen Monaten hatte ein Mörder in Boston sein Unwesen getrieben, hatte Körperteile außergewöhnlicher Frauen an sich gebracht und zerstörte Familien und gebrochene Herzen hinterlassen. Ich hatte dabei geholfen, diesen Schnitter zu stoppen, und jetzt waren die Medien hartnäckig an mir dran.

Sie wollten Interviews. Bettelten um meine Teilnahme an

Talkshows. Hielten mir ihre Blitzlichter ins Gesicht, wenn sie Fotos von mir und den Menschen machten, die mir nahestanden. Sie wollten mich in dem Versuch, die »wahre« Geschichte ans Licht zu zerren, nicht in Ruhe lassen. Meinem Lover war das zu viel geworden, und jetzt waren wir wieder nur gute Freunde. Ich konnte ihm das nicht mal vorwerfen. Alles nur wegen des Schnitters.

Ich arbeitete mich durch zwei Dutzend solcher Anfragen bis zu den drei *wirklich* wichtigen Nachrichten durch. Eine stammte von einer jungen Frau, die ich vor zwei Jahren betreut hatte; ihr Mann war Opfer eines Mordes geworden. Die zweite war von einer Spendenorganisation, die darauf hoffte, dass das MGAP, das Massachusetts Grief Assistance Program, das ich gegründet hatte, um den Angehörigen von Mordopfern beizustehen, sie mit Rat und Tat unterstützen werde. In den letzten Monaten aber hatte ich wenig Zeit und Energie für etwas anderes als das Betreuen trauernder Angehöriger gehabt.

Es gibt weniger als vierzig solcher Trauerberater in den Vereinigten Staaten. Die Trauerbegleitung muss es erst noch auf die Hitliste der Berufe schaffen. Mir aber gefällt diese Arbeit; sie gibt meinem Leben einen Sinn. Und ich bin stolz darauf, Mitglied dieser kleinen Gemeinschaft zu sein.

Penny klapperte mit ihrem Napf. Ich füllte ihn mit frischem Wasser auf – sie ist ganz schön eigen – und holte mir selbst ein Mineralwasser aus dem Kühlschrank. Mann, war das heiß. Zum tausendsten Mal wünschte ich mir, ich könnte die Fenster aufmachen. Kein Lüftchen ging an diesem verdammten Ort.

Ich stand kurz davor, bei einer Obduktion vorbeizuschauen, nur, um mir Abkühlung zu verschaffen.

Ich griff nach der dritten Notiz, las sie und musste mich erst einmal setzen. Die Notiz war für eine Emma Blake. Huch. Gert hatte ein großes lila Fragezeichen daneben gemalt. Kein Wunder. Das war ein Name, den ich seit Jahren nicht gehört hatte. In einem anderen Leben und bevor ich bei meinem Spitznamen Tally geblieben war, war *ich* diese Emma gewesen. Und vor einer umstrittenen Heirat und einer noch umstritteneren Scheidung hatte mein Nachname Blake gelautet.

»Gert, hast du den Anruf entgegengenommen?« Ich wedelte mit dem Zettel, als ich ins Hauptbüro kam.

»Ja. Ein Typ. Tiefe Stimme. Rau. Atemlos. Meinte, ich soll die Nachricht Tally geben. ›Die wird Bescheid wissen‹, hat er gesagt. Und, tust du das?«

»Tu ich was?«

»Na, Bescheid wissen.«

»Über das ›wer‹ schon, aber das ›worüber‹ erschließt sich mir nicht. Hat er nicht mal angedeutet, was er wollte?«

Sie blies eine violette Kaugummiblase und sog sie wieder ein. »Nein. Klang aber eindeutig nicht ganz dicht. Ich hab mir gedacht, dass es was mit dem Schnitter zu tun hat.«

Mein Herz raste, aber ich nickte nur bemüht gleichmütig. Gert wusste, dass mit mir etwas nicht stimmte. Wir hatten zusammen schon eine Menge durchgemacht. Sie blies eine weitere Blase und widmete sich wieder ihrer Büroarbeit.

Emma Blake. Diesen Namen hatte ich seit fast zwanzig Jahren nicht gehört. Wer sollte sie sprechen wollen? Und warum?

Eine Woche später. Ich begleitete eine Frau zu einem Gerichtstermin, deren Eltern im Vorbeifahren erschossen worden waren. Ich fuhr zum Abendessen zu meinen Pflegemüttern, von denen eine zufällig auch die Leiterin der örtlichen Gerichtsmedizin ist. Ich machte Beratungen, erledigte Papierkram und tollte mit Penny im Park.

Aber ich bekam keinen Anruf von einem gewissen Mr Atemlos, in dem es um Emma Blake ging.

Aber als er dann kam, war ich völlig unvorbereitet.

***

Zum wiederholten Mal sah ich auf die Uhr. Sergeant Rob Kranak von den Crime Scene Services, einer Einheit der Spurensicherung, hätte mich bereits vor einer Stunde anrufen sollen, um mir die Ergebnisse der forensischen Untersuchung einer kopflosen Leiche aus dem Charles River mitzuteilen. Als dann das Telefon klingelte, war ich ein klitzekleines bisschen genervt.

»Rob, wie kann es sein …«

»Emmaaaaaaa«, sagte eine Stimme und zog das Endungs-A in die Länge.

»Wer ist da?«

»Es geht um deinen Vaaaater. Er hat doch gar nicht getan, was da behauptet wird. Du musst kommen.«

Himmel. Dieser Kerl klang ja wie jemand, der in den *Geschichten aus der Gruft* mitspielte. »Was soll mit meinem Vater sein? Wovon reden Sie?«

»In Winsworth werden alte Geschichten ausgegraben. Böse Geschichten. Und dein Vater hat das alles nicht getan. Komm her. Oder es kommt noch schlimmer. Du musst kommen.«

»Wer ist …«

Klick.

Im Display war nichts zu sehen. Der Anrufer hatte seine Nummer unterdrückt.

Was zum Teufel ging hier vor sich?

Eine weitere Woche verging. Ich begleitete Gert zu einer Galerieeröffnung. Ich besuchte mit Penny die Hundestaffel in Stoneham, wo sie mit ihren alten Kameraden herumtollte. Ich beendete eine zehnmonatige Gruppentherapie mit sehr gutem Erfolg.

Ich machte noch eine Menge anderer Sachen, aber die meiste Zeit brütete ich über ein und derselben Angelegenheit: diesem Anruf für Emma Blake.

Der Anrufer kannte mich als Tally *und* als Emma. Ich ging

die Nachricht wieder und wieder durch. Ich sah keinen Grund, nach Winsworth zurückzukehren.

Winsworth war für mich Nostalgie pur: Segeln mit Dad, auf Apfelbäume klettern mit meinen zwei Freundinnen, Ferienlager am Winsworth River, Goldsterne als Belohnung in der Schule, während eines heftigen Schneesturms die Union Street entlanglaufen, sich mit Hummer vollstopfen. Eine Heimat wie keine andere, die ich seither gehabt hatte, aber auch eine, die ich mit zwölf verlassen hatte.

Alles in Winsworth hing mit meinem Vater zusammen, und der war, drei Jahre nachdem wir aus Main weggezogen waren, in Boston ermordet worden.

Ich hatte ihn sogar in Winsworth beerdigen lassen, aber er war ja schon lange tot. Was konnte denn da »noch Schlimmeres« passieren?

Verdammt, ich war ein Stadtmensch und lebte seit beinahe zwei Jahrzehnten in Boston. Ich kannte nichts anderes. Die U-Bahn, die Einkaufsmeile Newbury Street, das Baseball-Stadion Fenway Park. Italienische Feste im North End, der Markt um die Faneuil Hall, die Duck Boat Tours. Und die Familien der Toten. Die kannte ich auch.

Also gut – manchmal ging ich eine Runde fischen. Machte eine Reise. Oder eine Wanderung.

Aber das bedeutete nicht, irgendwo anders zu *leben*.

»Alles klar, Pens?«, fragte ich und streichelte ihr über den Kopf. Sie lag auf dem Sofa in unserer Wohnung im South End und hatte alle viere von sich gestreckt. »Was soll das bringen, wieder dorthin zu fahren. Der Anrufer war bestimmt nur irgendein Blödmann oder so was. Ich habe schließlich zu tun. Jede Menge sogar.«

Oh Mann, ich war seit mehr als zwanzig Jahren nicht in Winsworth gewesen. Ich vermisste es, sicher doch, aber eher so, wie man eine geliebte alte Puppe vermisst, die man als Kind hatte. Also nichts, womit man als Erwachsener noch spielen möchte. Nur etwas, woran man sich gern erinnert.

Beim zweiten Mal erwischte Mr Atemlos mich zu Hause.
»Die wollen sein Grab aufbuddeln. Zerstören wollen sie ...«
»Wer *ist* da, und wovon reden Sie eigentlich?«
»Emmmaaaa. Er *leidet*. Du musst kommen. Sonst wird er ...«
Er legte auf.
»Verflixt, Penny!«
Sie wollen sein Grab aufbuddeln. Himmel.

Mr Atemlos wusste nur zu gut, wo er bei mir ansetzen musste. Um was für falsche Anschuldigungen gegen meinen Dad konnte es sich da handeln? Und der Gedanke, dass jemand litt ... Oh ja, der Typ hatte echt den richtigen Hebel in Gang gesetzt.

Ich machte mir einen Bourbon auf Eis und entschied mich, den Anruf zu verdrängen. Durchgeknallte gab es schließlich jede Menge. Mr Atemlos war nur einer von ihnen.

Aber die Wahrheit war: Unser Haus war abgebrannt. Wir *hatten* die Stadt auffällig überstürzt und mitten in der Nacht verlassen. Nicht, dass ich mich noch an besonders viel erinnerte. Es war das erste Mal gewesen, dass wir »Hals über Kopf« abgehauen waren, um es mal so auszudrücken. Mich schauderte. Aber nicht das letzte Mal. Seit Winsworth – oder vielleicht gerade deswegen – war für meinen Vater vieles zunehmend schiefgelaufen. Das Leben war nie wieder einfach gewesen.

Wie lächerlich, dorthin zurückzukehren. Warum alles noch komplizierter machen?

Aber manchmal hat man keine Wahl.

Ich rief Gert an, um ihr zu sagen, dass ich mir eine kleine Auszeit gönnen wollte. Sie hatte meinen Anruf bereits erwartet und war vorbereitet.

Also reichte ich einen Monat Urlaub ein, womit ich alle bei den Crime Scene Services und das ganze MGAP schockierte, genau wie meine Pflegemütter, sollte ich hinzufügen. Ich gab vor, nach der Geschichte mit dem Schnitter eine Pause zu brauchen, was ja auch nicht wirklich gelogen war. Ich wollte meine Batterien aufladen, was irgendwie auch stimmte. Ich sehnte mich nach dem Meer. Ehrlich.

Ich erzählte nur Gert und Kranak von dem wahren Beweggrund für meine Mission. Sie waren sich beide einig – ich war durchgeknallt. Ich stellte sicher, dass jemand Qualifiziertes mich vertrat, und drückte Gert meine Schlüssel in die Hand.

»Ruf an, wenn du mich brauchst«, sagte sie. »Ich komm und steh dir bei. Schließlich fährst du mehr oder weniger in die Wildnis.«

Ich gluckste. »Nicht wirklich, Gertie. Ich fahre an die Küste von Maine.«

»Ach ja? Das *ist* die Wildnis.«

Kranak vergrub die Hände in den Taschen und schüttelte den Kopf.

Am nächsten Morgen brachen Penny und ich nach Norden auf, nach Winsworth in Maine.

2

Wer ist denn da?

Der Film war gegen dreiundzwanzig Uhr aus. Die Nacht war dunkel, Regen lag in der Luft. Typisch für Maine im Juni, aber bei Weitem zu »noir«, insbesondere nach Scorseses düsterem Drama. Zu viel Zeit zum Nachdenken auf der einstündigen Fahrt von Bangor zurück zu meinem Ferienhaus in Winsworth.

Ich war jetzt seit drei Tagen in Winsworth. In dieser Zeit hatte ich ein Cottage in einer Bucht in Surry angemietet und alte Lieblingsorte besucht – Restaurants, die Bücherei, den General Store. Manche dieser Orte – wie Mrs Cavasos Haushaltswarenladen – waren verschwunden. Andere hatten den Besitzer gewechselt. Ich sah mir auch einige neue Geschäfte an, wie die Post, Jeb's Pub und Stop & Shop. Überall stellte ich mich als »Tally Whyte« vor. Ich hatte hier nicht mehr gelebt, seit ich zwölf war. Niemand würde mich erkennen. Mir gefiel diese Anonymität. Doch ich richtete es so ein, den Namen meines Vaters zu erwähnen. Jedes Mal traf ich auf ausdruckslose Blicke.

Ich suchte auf den Microfiches in der Bücherei nach Vorkommnissen, die meinen Dad betrafen, fand aber nur Artikel, die ich bereits Dutzende Male gelesen hatte. Ich googelte meinen Vater sogar, aber auch das ergab nichts.

Ich stattete dem Friedhof einen Besuch ab. Dads Grab sah unversehrt aus. Niemand hatte ihn ausgegraben, den Grabstein mit Graffiti verschmiert oder den Baum angezündet, der das Grab beschattete.

Ich gebe zu, dass ich noch nicht bereit war, meinen alten

Freunden gegenüberzutreten. Ich zögerte. Sie hatten seit über zwanzig Jahren nichts von mir gehört. Ich bezweifelte, dass sie mich mit offenen Armen empfangen würden. Morgen war Montag. Ein guter Tag, um mit meiner Reise entlang des Pfades der Erinnerung zu beginnen. Ich rechnete damit, dass es ein holpriger Pfad sein würde.

Ich hatte noch immer keine Ahnung, wer Mr Atemlos war.

Aber eines *hatte* ich herausgefunden: Das Wetter im ländlichen Maine konnte extrem und unvorhersagbar sein. Ich machte es mir für die lange Rückfahrt bequem.

Ich bog auf die Bangor Road ein und fuhr nach Osten Richtung Winsworth. Versuchte, etwas Fröhliches im Radio zu finden. Zwanzig Minuten später prasselte der Regen gegen die Windschutzscheibe, und meine Stimmung war noch meine kleinste Sorge. Die Reifen quietschten, als ich um eine Kurve bog. Ich fuhr fast sechzig Meilen pro Stunde. Ich nahm den Fuß vom Gas.

Der Wind rüttelte an den Bäumen, und auf der Straße stand Wasser, sodass sie im Kegel meiner Scheinwerfer glänzte. Es war das einzige Licht, abgesehen vom gelben Leuchten, das aus den vereinzelten Häusern drang. Die Nacht erinnerte mich an ein Szenario von Stephen King.

Meine verschwitzten Hände umklammerten das Lenkrad. Ich beugte mich vor, zählte die Schläge der Scheibenwischer.

Ein Schlammschwall klatschte auf meine Windschutzscheibe, eine Hupe ertönte, und dann überholte mich ein Minivan.

»Himmel!«, kreischte ich. »Wer zum Teu…«

Ich atmete heftig ein. Der Van war noch immer auf der falschen Spur und raste weiter. Plötzlich schwenkte er – zu schnell – wieder auf meine Fahrbahn ein und drehte sich einmal um die eigene Achse. Jetzt hatte ich ihn direkt vor mir – *verdammt!* – und sah, wie er über die nasse Fahrbahn genau auf mich zurutschte. *Hurensohn!*

Ich riss das Lenkrad nach links, mein allradgetriebener Wagen schlingerte, und ich schrie »Scheißescheißescheiße«, wobei ich voll in die Eisen stieg.

Ich legte den Kopf aufs Lenkrad, rang heftig nach Luft und versuchte, mich zu beruhigen. Alles war gut. Ich war unverletzt. Alles in Ordnung. Ich hob den Kopf und starrte in den Regen hinaus. Der Van lag halb auf der Seite, er war in einen flachen Graben gerutscht. *Mist.* Ich konnte nur hoffen, dass der Idiot angeschnallt war.

Ich angelte nach meiner Taschenlampe und steckte das Pfefferspray ein, bevor ich ausstieg. Ich wünschte, Penny wäre bei mir gewesen.

»He?«, rief ich, als ich auf den Van zulief.

Der Strahl meiner Lampe fiel auf einen Mann, der aus einem der Wagenfenster glitt. Ich hielt abrupt inne. Er schüttelte die erhobene Faust und rief etwas, das ich wegen der Regenkaskaden, die über seine Kappe strömten, nicht verstehen konnte.

Er landete, Hände voran, unsanft auf der Straße und richtete sich langsam auf – ein großer, dünner Kerl mit einem Rauschebart, der einen vor Wut verkniffenen Mund umrahmte.

Er fuchtelte in der Luft herum und deutete mit dem Finger genau auf mich. »Sie dummes Weib! Das ist alles Ihre verfluchte Schuld!« Er taumelte auf mich zu.

»Ich bin okay, und Sie sind es auch«, sagte ich und bemühte meine beruhigendste Psychologenstimme.

»Von weg'n okay«, nuschelte er. »Wenn Sie nich' wie 'ne Schnecke vor mir hergekrochen wären, wär das alles nich' …«

»Ich rufe einen Abschleppwagen.« Ich trat den Rückzug zu meinem Truck an. Der Wind heulte jetzt, der Regen peitschte uns ins Gesicht. In seinen Augen blitzte es gefährlich auf, und ich bekam es mit der Angst zu tun.

»Das wer'n Sie nicht!«

Er stürzte sich auf mich, schnappte meinen Arm und wirbelte mich herum.

Ich hielt ihm das Pfefferspray ins Gesicht. »Hören Sie auf!«

Er fuhr zurück, doch meine Drohung hatte nichts damit zu tun. Sein Körper zuckte, als hätte er irgendeine Art von Anfall. Er schlug die Hände vors Gesicht.

Ich hatte keine Ahnung, was die Ursache dafür war, doch ich konnte ihn nicht allein lassen.

Seine Hände fielen baumelnd herunter. »Wo ist mein Van?«

Ich zögerte kurz. Er entspannte sich, der Anfall war vorbei. »Da drüben.«

»Ah. Ah ja.« Die Wut, die Raserei waren verschwunden. Geblieben war nur eine weiche, zögerliche Stimme. »Ich brauche eine Mitfahrgelegenheit.«

Die Vorstellung, das Führerhäuschen meines Trucks mit diesem Fremden zu teilen, war nicht sehr angenehm. »Lassen Sie mich einen Abschleppwagen rufen. Ich warte hier bei Ihnen.«

Der Mann zitterte. »Die brauchen doch ewig, bis sie hier sind.«

»Tut mir leid, aber Sie haben mich gerade bedroht. Ich kann Sie wirklich nicht mitnehmen.«

»Ich *muss* weiter«, flüsterte er und ballte die Hände zu Fäusten.

»Das geht nicht. Tut mir leid.« Ich streckte die Hand nach dem Türgriff aus.

Er stürzte an mir vorbei und sprang auf den Fahrersitz.

»Was zum Teufel machen ...«

Er drückte das Gaspedal durch, die Tür knallte, der Motor heulte auf.

»Oh Scheiße.« Ich sah zu, wie die Rücklichter meines Wagens hinter dem Hügel verschwanden.

***

Die Minuten vergingen. Ich war noch immer wütend auf mich, weil ich die Schlüssel und das Handy im Auto gelassen hatte. Da hörte ich das Brummen eines Wagens, der über den Highway raste.

Ich sprang von der Straße und sah schockiert zu, wie die Scheinwerfer meines Trucks über den Hügel kamen, der Wagen eine saubere Kehrtwende vollzog und neben dem verunglückten Van zum Stehen kam.

»Wie ich schon sagte, Miss, ich bra…bra…brauch die Mitfahrgelegenheit wirklich.« Der Fremde sprang von meinem Truck herunter.

Ich nahm die Schlüssel aus seinen langen, knochigen Fingern entgegen. Ich war vermutlich selber durchgeknallt, aber … »Sie haben mich überzeugt. Dann mal los.«

Statt sich wieder in den Wagen zu setzen, lief er zu seinem Van und krabbelte auf den Vordersitz. Schließlich taumelte er rückwärts, in seinen Armen lag ein enorm großer Hund. Der Hund war fast so lang wie der Mann. Auch die gebleckten Zähne waren lang, genauso wie das bandagierte Bein. Ich musste an Penny denken, die zu Hause friedlich vor sich hin döste.

Mein Herz zog sich zusammen. »Was ist passiert?«

Der Typ hörte mich nicht oder wollte nicht antworten. Was auch immer. Ich machte die Beifahrertür auf, noch immer vorsichtig, aber auch schrecklich besorgt um den Hund. Der Fremde schob sich mitsamt seinem Hund auf den Sitz. Blut sickerte durch den aufgeweichten Verband. Der Mann schluchzte auf und vergrub das Gesicht in dem feuchten, drahtigen Fell des Hundes.

Ich raste Richtung Winsworth.

Der unangenehm metallische Geruch nach Blut und Angst erinnerte mich an den Kummerladen. Schon seltsam, wie sehr dieser Ort und meine Freunde mir fehlten.

Der Hund ließ ein klägliches Jaulen hören. »Hätten Sie mir doch nur gesagt, dass Ihr Hund verletzt ist.«

»Unn wenn«, nuschelte er. »Hä...Hätten Sie uns dann mitgenommen? Na?«

»Vermutlich. Ja. Zumindest hätte ich nicht solche Angst gehabt.«

Er grinste, ein perfekter Halbmond. »Aber meine Mitfahrgelegenheit hab ich bekommen, oder?«

»In der Tat. Wie heißen Sie?«

»Roy Orbison.« Er spuckte das wie eine Provokation aus.

Ich verdrehte die Augen. Der Kerl war anscheinend betrunken, und dennoch ... »Ich heiße Tally Whyte. Wollen Sie mir nicht sagen, was passiert ist?«

Er streichelte dem Hund über die Schnauze. »Ein Fangeisen.«

»Oh Gott. Und wer hat das aufgestellt?«

Der Mann ignorierte mich, und ich lauschte dem leisen Wimmern des Hundes, während wir weiterrasten.

Aus dem Verband sickerte immer noch Blut, und obwohl ich die Heizung voll aufgedreht hatte, zitterte er die ganze Zeit. Der Fremde durchbohrte mich mit Blicken aus seinen verängstigten, unheimlichen Augen. »Schneller«, flüsterte er.

Ich erhöhte die Geschwindigkeit auf siebzig Meilen. Es war nicht schwer, mir vorzustellen, Penny läge auf meinem Schoß und würde langsam verbluten. Ich kraulte den Hund hinter den Ohren. »Tut mir ja so leid, dass er verletzt ist.«

»Das ist eine Sie, Mann!« Er massierte sich den Nasenrücken mit Daumen und Zeigefinger. »Tsch... Tschuldigung.«

Jetzt tauchten mehr Lichter auf. Der Stadtrand von Winsworth, Gott sei Dank. Die Hündin war entweder eingeschlafen oder ohnmächtig geworden. Wir hatten es fast geschafft. Der Verband war blutdurchtränkt.

»Wo ist mein Van?«, fragte der Fremde. »Wo?«

»Äh, den haben Sie doch an der Bangor Road zurückgelassen. Wissen Sie noch?«

»Oh.«

Undeutliche Aussprache, Zittern, Gedächtnislücken. Alkohol? Drogen? Eine Krankheit? Eine Psychose? Keine Zeit, ihn jetzt zu analysieren.

Ich raste am CVJM vorbei, bog an der Gabelung nach links ab und hatte an der Kreuzung von Main und Grand Street eine rote Ampel. Um uns herum blinkten die Lichter, und vor uns lag die Grand Street mit all ihren Geschäften: Outlets, Fast-Food-Restaurants, Minimalls und Ausgehmöglichkeiten. Danach führte die Straße direkt nach Mt. Desert Island und zum Acadia-Nationalpark.

»Wo geht's zum Tierarzt?«

»Nehmen Sie die Grand. Mein Tierarzt ist am Ende der Straße.«

Wir fuhren am Outdoor-Geschäft Katahdin Mountain Sports vorbei, am Immobilienmakler Beal's Realty, der Bank Union Trust, dem Restaurant Piper's, einer Reihe von Einkaufszentren und schließlich einem Bekleidungs-Outlet. Wo zum Teufel war der verdammte Tierarzt?

»Sie lag einfach da ...« Seine Stimme klang hilflos.

Die Lichter am Einkaufszentrum stachen mir ins Auge, und ich stieg auf die Bremse.

Er schlug die Hand vor den Mund und schüttelte den Kopf wie ein Tier, das den Regen aus dem Pelz schütteln will. »Sie lag da auf diesem großen, fetten Stein. Und das Messer hat mitten in ihrem Bauch gesteckt. Hat sie am Stein festgenagelt. Ganz fest. Und dann noch die Klauenspuren und ...«

»Ich dachte, sie hätte in einem Fangeisen gesteckt«, sagte ich.

»Sie doch nicht!«, schnauzte er. »Die Frau, Mann. Die Frau auf dem Felsen mit all dem Blut.«

Was zum Teufel ...?

Ein Wagen hupte, und ich zuckte zusammen. Die Ampel war grün. Ich gab Gas. Vor mir, gleich nach der Abfahrt zum Jeep/Chrysler-Händler Jones, blinkte ein Neonschild mit der Aufschrift VETERINÄR. Endlich.

»Die Frau auf dem Felsen mit all dem Blut«, sagte ich. »War sie tot? Verletzt? Was ist mit ihr passiert?«

Er antwortete nicht.

Ich bretterte auf den leeren Parkplatz vor der Tierarztpraxis. »Sind Sie sicher, dass ein Messer in ihr steckte?«

»Ja! Die Frau hat meinen Hund nie gemocht. Nie.« Er hievte sich mitsamt seiner Hündin aus dem Wagen.

»Warten Sie!« Ich rannte um den Truck. »Was ist mit der verletzten Frau? *Wo* lag sie?«

Ein Schauder lief durch seinen Körper. Dann noch einer. »Welche Frau?«

»Die Frau mit dem Messer!«

»Eine Frau hatte ein Messer?«

»Himmel! Sie haben doch gerade gesagt, Sie hätten eine Frau gesehen, in der ein Messer steckte. Auf einem Stein?«

Ein Außenlicht ging an.

Seine Augenbrauen fuhren in die Höhe. »Sind Sie verrückt? Ich muss meinen Hund zum Tierarzt schaffen, Lady. Fahr'n Sie nach Hause. Ruh'n Sie sich aus. Wie es aussieht, haben Sie es nötig.«

Zwanzig Minuten später kniete ich neben Penny und vergrub mein Gesicht in ihrem Fell. Ich war froh, dass sie in Sicherheit war. Wenn die Hündin des Fremden ein Bein verlor, dann gab es sicher Schlimmeres. Penny kam auf drei Beinen gut zurecht. Ich ließ sie kurz für ihr Geschäft hinaus, schenkte mir einen Fingerbreit Bourbon ein und rief dann die Polizei an.

»Polizei Winsworth«, meldete sich die Zentrale, und es klang wie »Winswuth«.

Ich berichtete von dem Van auf der Bangor Road, zögerte, dann ... »Ich habe den Mann aus dem Van mitgenommen. Er, ähm, hat mir eine ziemlich bizarre Story aufgetischt.«

Der Mann seufzte. »Ach ja?«

Ich erzählte die Sache mit der Frau auf dem Felsen und

dem Messer und hörte selbst, wie fadenscheinig das klang. »Sind irgendwelche Verletzungen dieser Art gemeldet worden? Oder vermisste Personen oder ...«

»Bisher hatten wir eine ruhige Nacht, Ma'am. Wie hieß der Typ gleich noch mal?«

Ich räusperte mich. »Roy Orbison. Ich weiß. Ich weiß. Der Name war nicht echt, aber ich hab nicht weiter nachgefragt.«

Er gluckste. »Hört sich ganz so an, als hätte er Ihnen einen Bären aufgebunden, Ma'am.«

»Ja, aber ich hab seiner Stimme angehört, dass er die Wahrheit sagt. Sind Sie sicher, dass niemand vermisst wird?«

»Shortie LeJeune gilt seit, hm, so drei Monaten als vermisst, aber wir haben den Verdacht, er ...«

»Eine Frau. Der Fremde hat von einer Frau gesprochen.«

Er atmete ein. »Nein. Keine einzige.«

Ich rief mir das Genuschel des Fremden noch einmal ins Gedächtnis, genau wie seine Probleme mit der Realitätswahrnehmung. Die verletzte Frau könnte aus einem Film stammen, den er gesehen hatte, oder einem Buch, das er gelesen hatte. »Ich kann nicht sagen, ob das echt war oder nicht, aber ich dachte, ich rufe besser mal an.«

»Als Frau sollte man keinen Mann an der Bangor Road mitnehmen.«

»Stimmt. Vielleicht könnte einer Ihrer Beamten mich mal zurückrufen?«

»Ja, klar. Ich sag Officer DeLong Bescheid, wenn er reinkommt.«

DeLong rief nicht an, was mich nicht überraschte. Es gibt schließlich genug Verbrechen aufzuklären, auch für einen Cop in einer Kleinstadt wie Winsworth. Nichtsdestotrotz schrieb ich mir alles auf, was der Fremde gesagt hatte.

Am nächsten Morgen wollte ich gerade nach dem Telefon greifen, um mich beim Tierarzt nach dem Ergehen der

Hündin zu erkundigen, als es klingelte. Am anderen Ende war Rob Kranak, mein Kumpel aus dem Kummerladen.

Mit Kranak, einem Spezialisten für Spurensicherung, zu reden lenkte mich von dem verletzten Hund ab, und plötzlich war es Mittag.

Ein Knirschen auf dem Kies signalisierte mir die Ankunft des Technikers von der Kabelfirma. Ich verabschiedete mich von Kranak und ließ den Techniker herein, um das Kabel zu legen und mein neues Modem anzuschließen. Der Besitzer des Cottage hatte die Installation in Auftrag gegeben, bevor ich es angemietet hatte. Ich fand die Idee klasse. Ziemlich anstrengend, im Internet über Winsworth und meinen Dad zu recherchieren, wenn man sich jedes Mal neu einwählen musste.

Ich trat nach draußen auf die überdachte Veranda, die den Ausblick auf eine kleine Bucht bot – eine für Maine typische Postkartenidylle. Zeit, einige meiner früheren Freundinnen anzurufen und die eine oder andere Frage über meinen Vater zu stellen. Eine von ihnen wusste vielleicht etwas über irgendwelche aktuellen Vorgänge, die auch meinen Dad betrafen. Das wäre immerhin ein Fortschritt in Bezug auf die Frage, warum Mr Atemlos mich angerufen hatte.

Aber ich zögerte noch, hauptsächlich, weil ich fürchtete, auf verschlossene Türen zu treffen oder – noch schlimmer – auf die Gleichgültigkeit von Leuten, an die ich mich selbst voller Zuneigung erinnerte. Schließlich waren wir einfach über Nacht aus der Stadt verschwunden.

Stattdessen machte ich mir erst einmal ein paar Notizen zu einem Vortrag über die Arbeit mit Angehörigen von Mordopfern, und dann noch welche für mein Herbstseminar an der Northeastern University. Gegen eins war ich mit dieser Arbeit fertig und wählte die Nummer des Tierarztes.

Die Bandansage verkündete, dass Dr. Dowlings Sprechstunde montags von acht bis ein Uhr ging. Auf meiner Uhr war es zehn Minuten nach. Mist.

Ich machte mir etwas zu essen und verzehrte es draußen auf der Veranda meines Cottage – in Maine nennt sich so ein Haus übrigens »Camp«. Ich saß in meinem Adirondack Chair, Penny lag neben mir. Während ich aß, beobachtete ich eine kleine Gruppe Kormorane, die in der Bucht tauchten.

Ich sollte mich noch ein paar Tage bedeckt halten, weiterhin Tally Whyte sein. Ich konnte immer noch etwas erfahren. Ein guter Plan.

Oder wollte ich nur kneifen?

Da ich mich nicht selber runtermachen wollte, widmete ich mich in Gedanken dem Fremden von letzter Nacht.

Er war offensichtlich geistig verwirrt gewesen. Schizophrenie, Demenz, eine bipolare Störung, ein Cocktail aus Pharmazeutika oder auch Alkohol, all diese Dinge und auch andere konnten die Ursache für das Verhalten sein, das er am Vorabend gezeigt hatte. Auch sein Stottern konnte verschiedene Ursachen haben. Ich schüttelte den Kopf. Es hatte keinen Sinn, ohne zusätzliche Informationen weiter darüber nachzudenken.

Ich lugte nach drinnen. Der Techniker kämpfte noch immer mit dem Anschluss.

Nach dem Sturm der letzten Nacht war der Tag warm und klar. In einigen Stunden würde es kühl genug sein, um meine neue Angelrute im Teich auf der anderen Straßenseite auszuprobieren. Ich würde nur ein paar Sonnenbarsche und vielleicht einen oder zwei kleine Wolfsbarsche fangen, aber einfach so tun, als handele es sich um trickreiche Forellen.

Später fand ich heraus, wer der Besitzer des Friedhofes war, auf dem mein Vater begraben lag. Dem gleichen Mann gehörte auch das örtliche Bestattungsunternehmen, was die Dinge leichter machte. Er war bereit, sich am Donnerstag mit mir zu treffen. Wenn wirklich jemand um das Grab meines Vaters herumgeschlichen war, dann wollte ich das wissen.

Gert rief von der Arbeit aus an, und ich beantwortete ihre Fragen zum Papierkram mit Leichtigkeit. Als wir damit durch waren, bat ich sie, kurz online zu gehen und nachzuschauen, ob im südöstlichen Maine seit gestern Abend jemand vermisst wurde.

Während ich auf Gerts Antwort wartete, sah ich einem Mädchen zu, das sich mit einem Eimer und einer Harke einen Weg über die Felsen zum Strand bahnte, um Muscheln auszugraben. Ich entdeckte auch ein Segelboot, eine kleine Friendship Sloop, die am offenen Ende der Bucht im Wind krängte.

Die Glockenboje klingelte und schaukelte im Kielwasser eines Fischerbootes, das in der engen Einfahrt zur Bucht daran vorbeituckerte. Durch das Gewirr aus Buchen, Eichen und Birken sah ich einem Paar Robben zu, die sich auf einen großen, flachen Stein hievten. Eine hatte einen Fisch im Maul. Die ganze Szene war so idyllisch, dass es mir schon fast Angst machte. Gert wäre sicher entsetzt.

»Gert?«, sagte ich.

»Hab's gleich.«

Mit einem Ohr war ich bei dem Zeitungsjungen, unter dessen Rad der Schotter auf der Auffahrt knirschte. Ich hatte die zweimal pro Woche erscheinende Lokalzeitung abonniert. Vielleicht stand ja etwas drin über eine Frau auf einem Stein.

»Tal?«, sagte Gert. »Ich kann nichts finden. Bist du da in was reingeraten?«

»Ich hoffe nicht.«

»Du bist eigentlich wegen deines Vaters da oben. Schon vergessen?«

»Bestimmt nicht, glaub mir. Danke.«

Die Zeitung rumste gegen die Tür.

»Muss Schluss machen«, sagte ich. »Ich ruf noch mal an.«

Ich schlug das *Winsworth Journal* auf. Letzte Nacht hatte es in der Oyster Bar einen »Aufruhr« gegeben. Ein paar Jugendliche hatten ein Auto »ausgeliehen« und waren damit gegen einen Zaun gefahren. Ernsthafte Verletzungen gab es keine. Aufgrund des Regens war ein Farmer im Schlamm ausgerutscht und hatte sich das Bein gebrochen. Aber keine Vermissten, keine Frau mit einem Messer im Bauch, rein gar nichts, bei dem meine Antennen vibriert hätten.

»Und, was meinst du, Pens? Angeln?«

Sie spitzte die Ohren und wedelte mit dem Schwanz. Sie wusste, wovon ich sprach. Ich holte meine Angelrute, und dann überquerten Penny und ich die Straße, gingen einen schmalen, bewaldeten Pfad entlang und kamen an einem entzückenden Fischteich an. Wenn ich einen klaren Kopf bekommen wollte, war Angeln immer eine gute Idee.

Ich warf die Schnur aus, ließ die Fliege eine Sekunde schwimmen und holte sie dann zack, zack, zack wieder ein. Warf sie wieder aus. Penny schnarchte neben mir in der nachmittäglichen Junisonne.

Die rhythmischen Bewegungen gestatteten es mir, mich zu konzentrieren, und zwar nicht auf verletzte Hunde, geistesgestörte Männer oder Frauen mit Messern im Bauch, sondern auf die Frage, warum ich überhaupt hier war. Mr Atemlos zufolge waren »alte Geschichten« ausgegraben worden. Jemand wollte den Namen meines Vaters in den Schmutz ziehen. Das konnte andere verletzen.

Mein Dad war viele, viele Jahre lang mein Ein und Alles gewesen. Ich war es ihm schuldig.

Es war Zeit.

Ob es nun riskant war oder nicht: Ich musste meine alten Freunde kontaktieren. Jetzt.

3

Alte Freunde

Als ich zurück war, schlug ich Carmen Cavasos Namen im Telefonbuch nach und fand ihre Adresse. Sie hatte entweder nicht geheiratet oder ihren Mädchennamen behalten. Vom Wasser wehte eine kühle Brise herüber, also zog ich einen Pulli an, ließ Penny in den Truck springen und fuhr Richtung Stadt.

Ich fuhr über den Winsworth River, bog erst links und dann rechts in die Gray Street ab. Vor Hausnummer vierundsiebzig parkte ein Minivan in der Einfahrt, ein rosa Fahrrad lag auf dem Rasen.

Ich hielt an, trommelte mit den Fingern aufs Lenkrad und seufzte. »Was meinst du, Pens?«

Sie gab keine Antwort. Typisch. Aber sie leckte mein Gesicht ab. Ich drückte sie an mich. »Stimmt, ich bin ein Hasenfuß. Ich muss es machen. Sie war meine beste Freundin.«

Ich stieg aus dem Auto, und Sekunden später klopfte ich an ihre Tür.

Eine Frau von Anfang, Mitte dreißig öffnete mir lächelnd. Sie war blond, wie ich, hatte aber glattes Haar. Es schockte mich, dass Carmen ihr tizianrotes Haar gebleicht hatte. Vielleicht war es aber auch nur dunkler geworden und …

»Hi«, sagte ich. »Äh, Carmen?«

Die Frau ließ ein mädchenhaft schrilles Kichern hören. »Sie suchen nach Carmen? Die wohnt hier nicht mehr.«

Dem Himmel sei Dank. Mit diesem Kichern wäre ich nicht klargekommen. »Können Sie mir sagen, wohin sie gezogen ist?«

Sie zuckte die Achseln. »Weiß ich nicht. Irgendwohin, wo's ruhig ist, nach dem Schlamassel, in den sie geraten ist.«
»Schlamassel?«
Sie kicherte wieder. »Tut mir leid. Mehr weiß ich nicht.« Vorsichtig schloss sie die Tür.
Ja, und was jetzt?

Ich konnte heimfahren und sie googeln. Aber ich hatte furchtbaren Hunger, und ein Besuch in unserem Lieblingsrestaurant, dem Piper's, stand noch aus. Das gab es noch. Ich fragte mich, ob es auch immer noch so toll war.

Ich trat ein und musste grinsen. Nichts hatte sich verändert.

Die freundliche Kieferntäfelung war noch immer da, an den Wänden hingen Fischernetze, gigantische Hummerzangen und Drucke von Segelbooten. In der Luft lag der Geruch von gekochtem Hummer, frittierten Muscheln, Pfannkuchen und dem Erdbeer-Rhabarber-Kuchen, der die Spezialität des Hauses war. Es ging laut zu an den Tischen im Piper's, an denen sich Touristen und Einheimische drängten.

Eine lebhafte Erinnerung an Dad und mich an einem der Tische. Dad erzählt mir von dieser großartigen Wohnanlage, von der er träumte, Trenton-by-the-Sea. Dass wir damit unser Glück machen würden. Dass er mir ein Pferd kaufen würde und …

»Bitte folgen Sie mir.«

Die Empfangsdame brachte mich an einen anderen Tisch, und ich bestellte den gekochten Hummer mit allen Beilagen. Eine große Kellnerin mit toupierten Haaren flitzte von Tisch zu Tisch. Ich aß langsam, genoss jeden Bissen Hummer, den Maiskolben, das Maisbrot und den selbst gemachten Krautsalat. Ich dippte das letzte Stück Hummer in die zerlassene Butter und bat dann um die Rechnung.

»Da kommt sie schon«, sagte DeeDee, die Kellnerin.

»Danke. Füllen Sie doch bitte meine Diet Coke noch mal auf, ja?«

»Sie kriegen noch Herzrasen von all dem Koffein.« Sie grinste, als sie loszog, um die Cola zu holen.

Die Empfangsdame nickte in DeeDees Richtung und begab sich zu einer ältlichen Dame, die sich auf eine Gehhilfe stützte. Die Empfangsdame schob den Koffer der Frau unter den Tisch hinter meinem.

»Sie sitzen gleich hier, Ma'am«, sagte DeeDee und klopfte mit der Hand auf den Sitz.

Das pergamentgleiche Gesicht der Frau verzog sich zu einem Lächeln. »Danke, Dee.«

Diese Stimme. In mir kribbelte es vor Aufregung.

»Sie sind also auf dem Weg nach England, Mrs Lakeland?«, sagte DeeDee, während sie die Bestellung der Frau aufnahm.

»In der Tat.«

Mrs Lakeland ... Ein angenehmes, warmes Gefühl in der Herzgegend. Das gleiche markante Kinn. Die gleiche Kurzhaarfrisur mit dem hohen Haaransatz. Die gleiche Stimme. Mit dem kleinen Unterschied, dass aus dem Kinn ein Doppelkinn geworden war, ihr Haar schlohweiß leuchtete und die Stimme vom Alter zitterte.

Sie war immer streng, gerecht und liebevoll gewesen. Eine außergewöhnliche Lehrerin und eine Freundin.

Durchdringende braune Augen sahen von ihrem Roman hoch und ertappten mich beim Starren.

Ich tat, als würde ich ein Stäubchen auf dem Tisch wegwischen.

DeeDee schenkte mir nach und brachte dann Mrs Lakelands Rührei. Ich sah zu, wie sie aß.

Was, wenn sie sich nicht an mich erinnerte? Ich würde mir wie eine Idiotin vorkommen. Aber egal. »Mrs Lakeland?« Ich versuchte zu lächeln, als ich neben ihrem Tisch stand. Ich war so verdammt nervös.

Ihre Gabel verharrte auf halbem Wege. »Ja?«

»Darf ich mich kurz zu Ihnen setzen? Ich hatte Sie in der Schule.«

Sie strahlte, als sie auf den Sitz ihr gegenüber deutete. »Wie nett.«

Ich ließ mich auf das Sitzpolster gleiten. »Ich heiße Tally Whyte. Ich wohne schon lange nicht mehr hier, aber ich hatte Sie in der fünften Klasse.«

Ihr Lächeln verschwand. »Ich fürchte, ich ...«

Ich lächelte. »Das können Sie auch nicht. Das ist ja zweiundzwanzig Jahre her. Tally ist ein Spitzname. Und Whyte ist der Name meines Ex-Mannes. Sie kannten mich als Emma. Emma Blake.«

»Oh ... Ja ... ja, natürlich. Emma.«

Ich strahlte. Es war toll, dass sie mich wiedererkannte.

Aber leider lächelte Mrs Lakeland nicht. Genau genommen hatte sie sogar den Blick von mir gewandt und tupfte sich die Lippen mit der Serviette ab.

»Das ist ja so lange her«, sagte ich, eifrig darauf bedacht, dass ihr Lächeln zurückkehrte. »Aber durch Sie habe ich *Anne Frank* entdeckt. Ich habe das Buch geliebt. Carmen hat es bestimmt gehasst, nicht wahr? Und erinnern Sie sich noch daran, wie es Annie zu Tränen gerührt hat? Wie geht es ihnen? Carmen und Annie, meine ich. Was machen ...?«

Mrs Lakeland legte ihre Serviette sachte auf den Tisch und hob den Blick. Er war so kalt und hart wie schwarzes Eis. Sie sah durch mich hindurch und winkte mit der Hand. »Zahlen, bitte, Dee.«

»Aber ...«, sagte ich.

Sie verstaute das Buch in ihrer Tasche und erhob sich.

»Aber Mrs Lakeland, ich ...«

Sie wandte sich ab und lächelte die Empfangsdame an, die ihr in den Mantel half. Sie warf einen Blick auf die Rechnung und legte dann einen Zehner auf den Tisch. »Stimmt so.«

Ich wollte nach ihrem Ellbogen greifen, um ihr zu helfen.

Ich fragte mich, warum ihre Herzlichkeit dieser Kälte gewichen war.

Abwehrend hielt sie die Hand hoch. »Nicht, Emma. Bloß nicht.«

»Mrs Lakeland, was ...«

»Über *ihn* wollen Sie nichts wissen. Was *er* uns allen angetan hat. Sicher nicht.«

Sie schob ihre Gehhilfe Richtung Tür.

Ich taumelte zurück, völlig schockiert von dem Ekel, der sich auf ihrem Gesicht spiegelte.

Die Heimfahrt verlief zügig und nachdenklich. Pennys Kopf ruhte schwer auf meinem Bein. Mit dem *er* musste wohl mein Vater gemeint sein. Sicher. Ihre Gefühle ergaben keinen Sinn – Mrs Lakeland hatte meinen Dad ja gar nicht gekannt. Sie mussten aber im Zusammenhang mit den Anrufen von Mr Atemlos stehen. Was hatte Mrs Lakeland gesagt? *Über ihn wollen Sie nichts wissen. Was er uns allen angetan hat.*

Was hatte Dad denn getan? Und warum hatte sich die liebenswerte und liebevolle Mrs Lakeland in puren Hass verwandelt?

Am nächsten Morgen erwachte ich mit dem gleichen Gedanken: Was konnte mein Vater getan haben, dass Mrs Lakeland nach mehr als zwanzig Jahren noch immer mit solchem Hass reagierte? Die Erbostheit, die von ihr ausging, war frisch und heftig gewesen, so heftig, dass ich Carmen erst einmal nicht weiter suchen würde. Nicht, bevor ich nicht wusste, was da vor sich ging.

Wie Mr Atemlos angedeutet hatte, musste gerade etwas vor sich gehen, das diese Wut anfachte. Dieses Etwas hatte Mr Atemlos auch veranlasst, mich in Boston anzurufen. Er wollte mich warnen. Aber wovor *genau*?

Ich fütterte Penny, duschte und forschte im Internet weiter nach meinem Vater. Nichts. Absolut nichts.

Ich gab Mrs Lakelands Namen ein, doch ich fand nichts außer Artikeln über ihre Tätigkeit als Lehrerin. Ich überflog die Überschriften, doch nichts schien zu passen.

Als draußen der Kies der Auffahrt knirschte, schreckte ich vom Computer hoch. Ich trat vor die Tür, als gerade ein schiffsgroßer blauer Pontiac hielt. Kummer und Sorgen waren vorgefahren.

Ein Cop. Darauf wettete ich.

Der Typ in dem Pontiac trug einen braunen Stetson. Da es sich nicht um den Marlboro-Mann handelte, vermutete ich, dass es jemand vom Department des Sheriffs war. Er kletterte aus dem Wagen und kam herüber.

Penny saß mit gespitzten Ohren neben mir, nicht misstrauisch, nur aufmerksam. Meine Neugier war geweckt. Mit Cops wurde ich fertig, sogar mit solchen, die ihre Augen hinter silberglänzenden Fliegerbrillen verbargen.

»Ma'am.« Der Officer nickte, als er vor mir stand.

Ich war schon fast eins achtzig groß, aber ich war gezwungen, noch einmal gute fünfzehn Zentimeter bis zu dem üppigen Schnauzbart des Officers aufzublicken. Mist. Er erinnerte mich ein bisschen an meinen letzten Freund. Seufz. So viel zu seelischem Ballast.

»Kann ich sie mal streicheln?« Er sah zu Penny hinunter.

»Na klar.«

Er ging in die Hocke und kraulte Penny zwischen den Ohren. Er streichelte ihren Beinstumpf, und sie ließ ihn. Interessant. Ich könnte schwören, dass sie sogar schnurrte.

»Netter Hund.« Er stand wieder auf. »Drei Beine. Ein Schäferhund, hm. Ein Belgischer? Von der Hundestaffel?«

»Ein tschechischer. Und sie war bei der Hundestaffel, bevor ihr jemand das Hinterbein weggepustet hat. Kann ich Ihnen weiterhelfen, Officer …?

»Cunningham. Sheriff Hank Cunningham.«

Wow. Ich nahm meine Sonnenbrille ab, um ihn mir besser anschauen zu können. Der kleine Henry Cunningham, so, so. Nicht, dass er dem liebeskranken Kotzbrocken noch ähnlich sah, der mir von Klasse fünf bis sieben nachgestiegen war, diesem Rotschopf mit der Quiekstimme.

Der kleine Henry hatte sich zu einem muskulösen, an die zwei Meter großen Mann mit kastanienbraunem Haar und tiefer Stimme entwickelt. Eine Aura von Autorität und Überdruss umgab ihn. Er hatte ein kleines Bäuchlein, und der buschige Schnauzer wuchs fast bis zum Kinn hinunter.

Ich hätte ihn nie im Leben erkannt. Und Gott sei Dank hatte auch er mich nicht erkannt, wenn man Mrs Lakelands eisige Reaktion als Maßstab nahm. Ich wollte erst wissen, warum Mrs Lakeland auf solch giftige Weise reagiert hatte, bevor ich mich meinen alten Freunden zu erkennen gab.

»Ich nehme mal an, dass Sie nicht hier sind, um mir Eintrittskarten für den Polizeiball zu verkaufen«, sagte ich.

Seine Lippen zuckten. »Vor zwei Tagen haben Sie nachts die Polizei angerufen, Miss Whyte. Stimmt das?«

»Ich bekenne mich schuldig, Sheriff.«

Er nickte. »Dachte mir schon, dass Sie das waren.«

»*Wie bitte?*«

»Ich habe mal Ihren zweitägigen Kurs an der Northeastern mitgemacht, so vor vier Jahren. Der, bei dem es um den Umgang mit den Angehörigen von Mordopfern geht.«

Himmel. Ich kam mir vor, als wäre ich gar nicht von zu Hause weggefahren. »Ich hoffe, er hat Ihnen gefallen.«

»Das hat er. Also, dann erzählen Sie mir mal von dem Kerl, den Sie auf der Bangor Road aufgelesen haben.«

Bei mir machte es »klick«. »Haben Sie etwa eine tote …«

»Frau gefunden?«, fuhr er fort. »Gott sei Dank, nein. Aber ich würde Ihre Geschichte trotzdem gerne hören.«

Ich nickte mit dem Kopf Richtung Tür. »Kommen Sie. Ich mach Ihnen einen Eistee und erzähle Ihnen alles.«

Hank setzte sich an den verkratzten Küchentisch, während ich Pennys Wassernapf auffüllte und den Eistee zubereitete. Er nahm seine Sonnenbrille ab. Die dunkelblauen Augen waren noch wie in meiner Erinnerung, aber sie waren alt, viel zu alt für einen Mann von vierunddreißig Jahren. Ich hätte gerne gewusst, warum.

Wir nippten am Tee, während ich Hank Cunningham von den Ereignissen auf der Bangor Road erzählte und wie ich den Fremden und seinen Hund zum Tierarzt gefahren hatte. Er machte sich Notizen auf einem kleinen Spiralblock und stellte einige gezielte Fragen, auch zur Verletzung des Hundes.

»Sie sind doch auch Psychologin, nicht nur Trauerberaterin, oder?«

Ich nickte.

»Wie würden Sie den Mann einschätzen?«

»Schwer zu sagen, da er ja kein Patient ist. Ich urteile nicht gern vorschnell.«

Er beugte sich vor. »Dann schildern Sie mir nur Ihre Eindrücke.«

»Halluzinationen? Denkbar. Drogen? Vielleicht auch das. Mal war er im Hier und Jetzt, mal nicht, ein ständiger Wechsel. Dann wurde er ablehnend und bedrohte mich. Hat mir den Truck abgenommen. Nervös. Schizophren? Wohl nicht. Bipolar? Schon eher. Obwohl ich da noch etwas anderes wahrgenommen habe. Zwischendurch hat er auffällig gestottert. Und dann wieder gar nicht. Aber das eigentlich Interessante ist ja die Frage, ob es die Frau mit dem Messer im Bauch nun wirklich gibt oder nicht.«

»Stimmt.«

»Zuerst dachte ich, ja. Diese unzusammenhängenden Abschweifungen *klangen* echt. Aber nach reiflicher Überlegung finde ich die Antwort nicht mehr ganz so eindeutig. Er könnte die Szene auch in einem Film gesehen haben, im Fernsehen, oder er hat sie in einem Buch gelesen.«

Er atmete aus, und ich bemerkte, dass er die Luft angehalten hatte.

»Sie kennen ihn, stimmt's?«, sagte ich.

Er grinste. »Roy Orbison? Der ist tot.«

Da wusste ich, dass Hank Cunningham bezüglich des Fremden auf der Bangor Road ganz eigene Ziele verfolgte. Hank kannte ihn sehr wohl. Und Hank machte sich Sorgen – nicht wegen ihm, sondern *um* ihn.

»Danke, Miss Whyte. Für die Auskunft und für den Tee.« Hank stand auf. Er fuhr mit einer Pranke durch seinen Bürstenschnitt. Das Haar sah aus wie rostfarbener Weizen, der sich im Sturm wiegt. »Ich melde mich.«

Komisch, aber ich wusste, dass er das tun würde.

Am nächsten Morgen erreichte ich endlich den Tierarzt. »Veterinärpraxis Dowling. Wie kann ich Ihnen helfen?« Die Stimme war weiblich, munter und ausgesprochen britisch.

»Ich wollte mich nach einer Hündin erkundigen, die Sonntagabend gegen Mitternacht zu Ihnen gebracht wurde. Sie war ziemlich schlimm verletzt, und ich wollte nur fragen, ob es ihr gut geht.«

»Also nicht Ihr eigener Hund, wenn ich das richtig sehe.«

»Nein. Ich habe den Besitzer zum Tierarzt gefahren.«

»Und der Besitzer heißt ...?«

»Äh, das weiß ich nicht.«

»Wirklich? Haben Sie den Namen des Hundes? Mit dem komme ich auch weiter.«

»Nein, leider nicht. Aber ich kann ihn beschreiben. Er war riesig. Mit einem großen Maul. Ganz schön knochig. Er war nass, aber das Fell war lang und drahtig. Vielleicht können Sie es anhand der Uhrzeit herausfinden? Ich meine, so viele Notfälle werden Sie Sonntagnacht doch nicht gehabt haben, oder?«

»Nicht viele, denke ich. Wollen wir mal sehen.« Ich hörte Tasten klappern, dann ... »Da haben wir es. Dr. Dowling hat sie um null Uhr vierzig am Montagmorgen behandelt.«

»Und, kommt sie wieder in Ordnung?«, fragte ich.

»Wie es aussieht, ja. Nach Dr. Dowlings Notizen zu schließen, hatte sie einen bösen Knochenbruch und viel

Blut verloren. Der Doktor hat ihr Bein gerichtet und ihr verschiedene Medikamente gegeben, darunter auch ein Antibiotikum.«

»Steht da auch ihr Name oder der des Mannes, der sie gebracht hat?«

»Einen Moment. Hm. Ich kann nichts finden. Ziemlich ungewöhnlich. Dr. Dowling ist sehr gewissenhaft. Hier steht nur, dass der Mann in bar bezahlt hat. Bei dem Tier kann es sich nicht um einen Stammpatienten handeln, sonst hätte Dr. Dowling die letzte Behandlung auf der Karteikarte vermerkt. Ah, aber da ist noch was. Dr. Dowling beschreibt den Hund.« Sie gluckste. »Ja, aber klar doch. Ein Irischer Wolfshund. Reinrassig, wie es aussieht. Interessant.«

»Stimmt. Ich habe schon Bilder von solchen Hunden gesehen. Die sind riesig.«

»Und total gutmütig. Der einzige, von dem ich hier in der Gegend je gehört habe, gehört Sheriff Cunningham.«

4

Das Unvermeidliche

Penny und ich gingen eine Runde Segeln mit dem kleinen Boot, das zum Cottage gehörte. Ich musste nachdenken. Ich fühlte mich von Hank Cunningham vor den Kopf gestoßen. Ich vermutete, dass er nicht nur die Rasse des Hundes kannte, den ich zum Tierarzt gekarrt hatte, sondern sehr wohl auch den Eigentümer.

Winsworth war schon immer eine in sich geschlossene, manchmal geradezu klaustrophobische Stadt gewesen. Das war ihre Stärke und gleichzeitig ihr Fluch. Hank kannte den Mann mit dem Hund, und er beschützte ihn aus irgendeinem Grund, den er für wichtig zu halten schien. Aus einem Grund, der sich für einige interessante Gedankenspiele eignete.

Während des Segelns verzehrte ich ein Thunfisch-Sandwich und eine Diet Coke. Penny schwamm ein bisschen in der Bucht. Für eine Stunde, nicht länger, würde ich alle Probleme an der Küste zurücklassen. Der Wind blähte sanft die Segel. Ich warf unserer Kormoranfamilie etwas Brot zu. Ich las. Und ich döste. Diese Art Tag war das.

Als ich aufsah, starrte ein großer Mann mit einem braunen Stetson vom Kieselstrand zu mir herüber.

Ich drehte bei und segelte zum Ufer.

Sein buschiger Schnurrbart war nach unten gebogen, und er hatte die Stirn gerunzelt. Die Hände in die Hüften gestemmt, beobachtete er, wie ich das Boot an seinem Ankerplatz vertäute. Ich watete ans Ufer. Penny war schneller als ich und tänzelte um den Sheriff herum.

»Warum haben Sie mir nicht gesagt, dass Sie einen Irischen Wolfshund haben, Sheriff?«, bemerkte ich. »Einen wie den Hund, den ich neulich nachts in die Stadt gefahren habe.«

Er hakte die Daumen in seine Gürtelschlaufen. »Weil mein Charm tot ist, deshalb.«

»Tut mir leid.«

»Mir auch. Haben Sie mal 'ne Minute?«

»Warum nur habe ich das Gefühl, dass Sie mehr als das brauchen?«

»Weil Sie 'ne ganz Schlaue sind.« Er verlagerte sein Gewicht und nahm die Sonnenbrille ab.

Furcht stieg aus meinen Eingeweiden bis zu meiner Kehle auf und würgte mich. »Sie haben die Frau gefunden.«

Er nickte, den Blick starr geradeaus gerichtet. Er sah nicht mich, sondern etwas in seinem Innern.

»In Sachen Trauerbewältigung lege ich gerade eine Pause ein, Sheriff. Das wollten Sie doch, nicht wahr?«

»Ja.«

Wir gingen Richtung Cottage.

»Ich glaube nicht ...«, setzte ich an. »Ich brauche eine geistige Auszeit, falls Sie verstehen, was ich meine. Wie wäre es, wenn ich Ihnen ein paar Namen gebe. Gute Leute unten in Boston.«

»Ich habe da ein bisschen recherchiert. Ich weiß von der Geschichte mit dem Schnitter, der all diese Frauen in Boston umgebracht hat ... und von Ihnen.«

Ich hielt ihm die Tür auf und warf sie hinter mir zu. »Sehen Sie, so schrecklich das auch war, deshalb bin ich nicht hier.«

»Das dachte ich mir schon.«

»Vergessen Sie's. Hier geht es nicht um mich, sondern um irgendeine Familie, in der sie gerade eine Tochter oder Schwester oder Frau verloren haben.«

Er legte mir eine Hand auf die Schulter. »Diese Leute brauchen Sie.«

Seine Hand fühlte sich warm und schwer an und weckte Gefühle in mir, die ich lieber ignorierte. Ich schob die Hände in meine Gesäßtaschen. »Ich glaube nicht, dass es gut wäre, wenn ich mich um sie kümmern würde, Sheriff.«

Er presste die Lippen aufeinander. »Das sind gute Leute, Miss Whyte. So etwas wie das passiert hier in Winsworth nicht oft.«

Jetzt reagierte ich gereizt. Wie lange spielte dieser Beamte denn überhaupt schon Sheriff? »Morde passieren immer und überall.«

»Das stimmt. Aber es ist doch etwas anderes, wenn irgendein Perverser Miss Beals Eingeweide mit einem Kampfmesser durchwühlt.«

Ich lehnte die Hüfte gegen die Spüle, rang nach Fassung, tat so, als wolle ich mir ein Wasser holen, egal, irgendetwas, denn ich war blind vor Angst. In Hancock County lebten viele Beals. Massenweise, genau genommen. Aber …

Ich sollte es lassen, auch wenn das Opfer eine alte Freundin war. Ich ließ ihn in der Küche stehen, und er starrte mir nach, als ich hinaus auf die Veranda trat.

Die Brise war kühl und angenehm, wie die sanften Liebkosungen eines Liebhabers. Ich entdeckte zwei Möwen, die nach Muscheln tauchten. *Wumm* machten die Muscheln, als sie aus den Schnäbeln der Möwen auf die Felsen fielen und zerplatzten. Dann stürzten sich die Möwen darauf und pickten das frische Mahl aus den zerbrochenen Schalen.

»Sie machen das schon ganz schön lange, nicht wahr?« Seine Stimme drang sanft an mein Ohr.

»Schon lange, bevor es als Beruf anerkannt war.«

»Dann sind Sie also ein alter Profi.«

»Auch alte Profis brauchen mal 'ne Pause.«

»Die Familie kommt nicht gerade gut damit klar. Sie haben es letzte Nacht erfahren, und … Es wäre eine gute Sache, ihnen beizustehen.«

Natürlich wäre es das.

»Offen gesagt«, fuhr er fort, »wüsste ich nicht, wie Sie ablehnen können.«

Ich auch nicht.

Als ich mich umzog, schlüpfte ich sozusagen in meine Arbeitskluft. Hier in Maine war es kein perfektes Outfit, aber es war das einzige dieser Art, das ich besaß.

Wir nahmen Hanks schiffsgleichen Wagen; im Gegensatz zu anderen Polizeiautos, in denen ich gefahren war, war er tipptopp sauber. Er fuhr – oder besser: zuckelte – in einem Tempo Richtung Stadt, mit dem er einem blinden Achtzigjährigen hätte Konkurrenz machen können.

»Ich wüsste gerne mehr darüber, wie Sie das Opfer gefunden haben«, sagte ich. »Den *Modus Operandi*, wie die Familie von ihrem Tod erfahren hat, wie sie reagiert hat, wie die Identifizierung vor sich ging. Ich treffe mich mit ihnen, um einzuschätzen, wie es ihnen geht. Zu Weiterem bin ich nicht bereit.«

Hank nickte. Dann: »Also, was ist Sonntagnacht auf der Bangor Road passiert?«

Seine Stimme war ruhig, er schlug einen Plauderton an. Doch ich hörte die Bedeutung der eigentlichen Frage durch all die Ruhe hindurch. Ich machte eine Pause. Er wartete. Ich wusste, dass ich bei dem Spiel verlieren würde, also machte ich mir gar nicht erst die Mühe, es zu versuchen.

Ich erzählte ihm noch einmal, wie ich den Fremden und seinen verletzten Hund aufgegabelt hatte.

»Wer also war der Typ mit dem Hund?«, fragte ich, als wir den Stadtrand von Winsworth erreichten.

Hank kaute auf seinem Schnauzer und sagte nichts.

»Sie kennen ihn, stimmt's?«, hakte ich nach.

»Schon möglich. Ein Kerl namens Andrew Jones hat einen Wolfshund. Den Namen weiß ich aber nicht mehr.«

Verdammt, er belog mich schon wieder. Ich wollte ihn damit konfrontieren, war aber mehr an dem *Grund* für diese

Lüge interessiert. Ich ließ es darauf ankommen. »Ist dieser Jones ein Freund von Ihnen?«

»Wenn man so will.«

»Er war ganz schön konkret, was das Messer und alles betrifft. Er könnte darin verwickelt sein.«

»Da hab ich so meine Zweifel. Aber ich geh dem nach. Danke für die Info.«

Er hatte soeben einen Schutzwall errichtet, und ich stand eindeutig nicht auf der richtigen Seite. Wer war dieser Andrew Jones, den er derart schützte? Vor drei Tagen hatte ich einen Fremden getroffen, und er hatte recht gehabt mit seinen Aussagen über einen grausigen Mord. Was über Jones und seine Verbindung zum Tod dieser Frau sollte ich nicht wissen, wenn es nach dem Sheriff ging?

»Wann hat man sie gefunden?«, fragte ich.

»Spät letzte Nacht.«

»Hat niemand sie vermisst? Arbeitskollegen? Die Familie? Ihr Freund?«

»Die Arbeitskollegen dachten, sie sei zu einer Konferenz nach Boston gefahren. Sie ist Single, lebt allein und hat nur alle paar Tage Kontakt zur Familie. Kein Freund, heißt es zumindest.«

»Ich muss die Einzelheiten ihres Todes kennen.« Dieses Wissen – das mir in die Seele schnitt – war besonders wichtig, wenn ich mich um die Familie kümmern sollte.

Wir überquerten die Brücke, die über den schnell fließenden Winsworth River führte. Als Hank nach rechts in die River Street einbog, erzählte er mir alles, was er zu wissen vorgab.

Zwei Männer, die in einem Steinbruch hatten arbeiten wollen, hatten sie am Vortag spät gefunden. Hank zufolge wurde der Steinbruch nicht mehr häufig genutzt, weshalb es ihn nicht überraschte, dass die Leiche so lange unentdeckt geblieben war. Miss Beal war seit zwei Tagen nicht mehr gesehen worden, seit sie ihren Radiosender gegen neunzehn

Uhr am Sonntagabend verlassen hatte. Ich hatte Jones an jenem Abend kurz nach elf aufgelesen.

»Selbst nach dem Regen«, sagte Hank, »war noch überall am Tatort Blut, weil der Leichnam geschützt unter einer großen, alten Eiche gelegen hat. Der Großteil des Blutes, wenn nicht alles, stammt von der Leiche – sie hat aus zahlreichen Stichwunden geblutet.«

Zahlreiche Stichwunden. Genau wie bei meinem Vater. Die Jahre verflüchtigten sich, und wieder lief es mir bei dem Gedanken kalt den Rücken hinunter – ein Beinahefreund, den ich nur zu gut kannte.

»Miss Whyte?«, sagte Hank.

»Oh, äh, Entschuldigung.« Wir fuhren die Elm Street hinauf, weg vom Fluss. Hank bog nach links auf die Grand ab und – oh Gott. Ich wusste genau, wohin wir fuhren, und es war schlimm. »Bitte fahren Sie fort«, sagte ich.

»Dem Leichenbeschauer zufolge ist der Tod irgendwann Sonntagnacht eingetreten.«

Wieder passte das zu Jones' Kommentar über die Frau auf dem Stein. »Hat ein Messer in ihrem Bauch gesteckt?«

»Keine Spur von der Mordwaffe.«

Das passte nicht. »Mist.«

»Wie bitte?«, sagte Hank.

»Äh, nichts, Sheriff.« Hank war von der Grand Street in die Straße eingebogen, in der Annie Beal vor mehr als zwanzig Jahren gelebt hatte. Beal ist ein verbreiteter Name in Winsworth. Ich wollte mir wirklich nicht ausmalen, dass die ermordete Miss Beal meine Freundin aus Kindertagen, war, Annie, und zwar die liebste und freundlichste von allen.

An diesem Punkt hatte ich zu große Angst, um Hank nach dem Vornamen des Opfers zu fragen, und er hatte ihn auch nicht von sich aus erwähnt. Das Opfer *konnte* nicht Annie sein.

Wir hielten in der Einfahrt des grauen Hauses, das ich Hunderte von Malen besucht hatte. Natürlich war es Annie.

5

V...V...Veränderungen

Noah Beal lugte zur Tür heraus. Im Mundwinkel klemmte die Pfeife, wie immer. Annies Vater hatte jetzt einen schlohweißen Schopf über den gleichen einschüchternden schwarzen Brauen, die sich zusammenzogen, als Hank und ich über den mit Platten belegten Weg zur Tür gingen.

Die grünen Rasenflächen, der Ententeich, die Gruppe Apfelbäume – alles war noch wie früher. Natürlich waren die Bäume größer, das Haus kleiner, der Rasen schmäler. Der Baum, der dem Teich am nächsten stand, war immer unser liebster Kletterbaum gewesen.

Ich konnte noch immer die knotige Rinde unter den Händen fühlen.

Oh Gott, ich hätte am liebsten die Beine in die Hände genommen.

Hank musste es bemerkt haben, denn er legte eine Hand um meinen Ellbogen und schob mich mehr oder weniger ins Haus.

»Wen hast du denn da, Hank?«, bellte Noah.

»Tally Whyte. Ich hab dir doch gesagt, dass ich mit ihr vorbeikomme.«

Noahs Blick verfinsterte sich. »Du kannst ja reinkommen, Hank, aber so 'ne Trauerberaterin brauchen wir hier nicht. Oh nein.«

»Schaden kann's nicht«, sagte Hank.

Noah versperrte den Durchgang. »Ich will die nicht.«

Hanks Gesicht wurde hart. »Noah, du bist ...«

»Warten Sie, Sheriff.« Ich schob mich vor Hank, blickte

forschend in Noahs schiefergraue Augen und ließ ihn in meine blicken. »Ich habe meinen Vater in einer Lache aus Blut gefunden, Mr Beal. Jemand hatte immer wieder auf ihn eingestochen, direkt vor unserer Haustür. Ich wollte den Kerl umbringen, der das getan hat. Wenn er da gewesen wäre, als ich meinen Dad fand, hätte ich das Messer genommen und ... Ich weiß doch, was Sie empfinden. Ich kann Ihnen helfen. Bitte lassen Sie mich.«

Noah wandte mir sein Profil zu, das wie in Granit gemeißelt war und in dem ich einst eine Ähnlichkeit mit dem Old Man on the Mountain in New Hampshire erkannt hatte, vor dem Felssturz. »Schätze Ihre Bemühungen, aber wir wollen nicht mit einer Fremden reden.«

»Aber das bin ich doch nicht. Nicht wirklich. Wir haben doch eine Gemeinsamkeit. Darf ich reinkommen?«

»Oh nein, das kann ich nicht machen. Ihr Leute aus Boston macht eure Sachen anders. Aber noch mal: Ich schätze den Versuch.«

Sollte ich Noah sagen, wer ich wirklich war? Würde das etwas ändern?

Er schlug uns die Tür vor der Nase zu.

Hanks Verdruss machte sich im Auto breit. – »Was jetzt?«, sagte ich.

Er saß eine Minute lang da und umklammerte das Lenkrad so fest, dass die Knöchel weiß hervortraten. »Dieser Noah ist so ein Dickschädel, dass ich ihn am liebsten abknallen würde.«

»Eine schlechte Idee. Wissen Sie, seine Reaktion ist nicht unüblich nach einem gewalttätigen Tod.«

»Der Tod seiner Tochter hat ihn hart getroffen. Aber es war reine Zeitverschwendung.«

»Nein, war es nicht. Ich war da, das ist schon etwas. Vielleicht überlegt er es sich anders.«

Hank setzte zurück und fuhr wieder Richtung Innenstadt.

Jetzt hatte ich endlich Gelegenheit, nachzudenken und meine Gefühle zuzulassen. Annie war tot. *Tot.*

Ich starrte aus dem Fenster, die Bäume verschwammen hinter meinen Tränen. Aber ich musste mich zusammenreißen. Ich musste. Ich konnte doch nicht zulassen, dass Hank mich sah, wie ich sein Auto vollheulte. Dann würde er Fragen stellen. »Was ist los?«, würde er nachhaken. Und ich wollte es ihm nicht sagen. Ich konnte nicht. Nicht, solange ich nicht herausgefunden hatte, warum meine alte Lehrerin bei meinem Anblick Gift und Galle gespuckt hatte. Vielleicht würde auch Hank mich verfluchen. Und das musste wahrhaftig nicht sein.

Er hielt am Ende der mit Ahornbäumen bestandenen Straße. Ich putzte mir die Nase. »Allergie«, sagte ich und riss mich zusammen.

»Stimmt das mit Ihrem Vater?«, fragte er.

»Ja.«

Zu unserer Linken schmiegte Winsworth sich in ein Tal, und dahinter, hinter der Brücke über den Winsworth River, ging es steil bergauf: Dort stand unser altes Haus, ein weißer Fleck, der sich auf den Hügelkamm duckte. Jemand hatte es nach dem Feuer wieder aufgebaut.

Ich musste Annies Leiche sehen. Ich musste einfach.

Ein statisches Knistern drang aus Hanks Funkgerät, dann ratterte eine Stimme einige Zahlen und einen Schauplatz herunter.

»Müssen Sie darauf antworten?«, fragte ich.

»Nein. Freddy wird sich drum kümmern. Ich fahr Sie zurück.«

»Wenn Sie zur Rechtsmedizin fahren, um bei der Obduktion dabei zu sein, dachte ich, ich könnte mitkommen. Das ist in Augusta, stimmt's?«

»Warum zum Teufel wollen Sie das machen?«

»Ich würde sie gern sehen.« Warum sollte jemand Annie so etwas antun …

Hank bog scharf nach links auf die Upper Main ab. »Das bringt nichts.«

»Ich kenne meinen Job. Sie sollten mich lassen. Sie hören sich schon an wie Noah.«

Er lachte hustend. »Das ist mal was Neues, mich mit Noah Beal zu vergleichen.«

»Das ist mein Geschäft. Glauben Sie mir, ich weiß, was ich tue.«

»Sie ist schon aus Augusta zurück. Vor einer Stunde oder so ist sie bei Vandermere, dem Bestattungsunternehmer, abgeliefert worden.«

Ich ließ das auf mich wirken und nickte. »Dann lassen Sie mich bei Vandermere raus.«

»Das ist ein unschöner Anblick.« Er presste die Lippen aufeinander, die Kinnmuskeln traten hervor. Er bog nach links in die Surry Road ab, die zu meinem gemieteten Cottage führte.

Er hatte mein Seminar besucht, wusste, dass ich in einem Gebäude mit der Rechtsmedizin saß und jede Menge »unschöner« Anblicke hinter mir hatte. Warum also wies er mein Anliegen ab?

Hank hätte ihr Lover gewesen sein können. Oder vielleicht war sein Freund, dieser Jones, es gewesen.

Nachdem Hank mich am Cottage rausgelassen hatte, wartete ich zwanzig Minuten, verstaute Penny im Truck und fuhr zurück in die Stadt.

Vandermeres Bestattungsunternehmen war von einem großzügigen Grundstück umgeben und lag in einer schattigen Seitenstraße. Das Gebäude im Kolonialstil ragte stolz hinter üppigen, immergrünen Hecken auf. Ich folgte der geschwungenen Auffahrt, kam am Haupteingang vorbei und fuhr an einer Gabelung der Auffahrt rechts zur Rückseite.

Vandermere gehörte auch der Friedhof, auf dem mein Vater lag.

Ich parkte neben einem blitzblanken Leichenwagen, stieg mit dem Blumenbukett, das ich unterwegs gekauft hatte, aus und schritt die Stufen zum Lieferanteneingang hinauf. Als ich die rückwärtige Tür aufzog, steckte ich erst den Kopf nach drinnen und schlich dann hinein. Widerstrebend zog ich die Tür hinter mir zu.

So irrational das auch erscheinen mochte: Ich hasste Bestattungsunternehmen.

In alle Richtungen waren verschlossene Türen zu sehen. Ich sog die Luft ein. Nichts außer dem antiseptischen Leichenhallengeruch, der einen immer aufmunterte. So weit, so gut.

Ich begann, die Türen zu öffnen. Hinter der ganz rechts lag das Bad. Hinter der ganz links war ein Besenschrank. Hinter der daneben ... ein Gesicht?

Ich zuckte zurück. Genau wie er. Glücklicherweise stieß er gegen das Geländer, sonst wäre er rückwärts die Treppe hinuntergepurzelt, und zwar samt seinen Putzutensilien.

Nachdem ich ihn beruhigt hatte, erfuhr ich, dass sein Name Mo Testa war. »Ich bin Chips Mädchen für alles«, sagte er und warf sich in die Brust.

Ich setzte ein strahlendes Lächeln auf. Gleichzeitig zückte ich meinen Ausweis vom Massachusetts Grief Assistance Program und tischte ihm irgendeine erfundene Geschichte auf.

»Sicher doch. Folgen Sie mir.« Er führte mich über die knarzenden Stufen nach unten und durch einen Raum mit niedriger Decke, in dem geschlossene Särge und Urnen standen. Er schaltete im Vorbeigehen die Lichter an.

Ein Schauder durchfuhr mich.

Trotz all der Leichen, die ich in der Gerichtsmedizin schon zu Gesicht bekommen hatte, überlief es mich in Empfangsräumen von Bestattern immer noch kalt. Lächerlich, oder? Vielleicht lag es an der Musik, am Geruch oder an den wächsernen Abbildern, die einst Seelen besessen hatten. Egal warum, ich verabscheute diese Orte zutiefst.

Wir näherten uns einer geschlossenen Tür, und die Klänge irgendeines Rappers, ähnlich einem Fat Daddy, wurden lauter.

»Hier drin, Ma'am.« Testa knipste das Licht an.

Sie lag in einer weißen Plastikhülle auf einer Bahre aus Metall. Man hatte noch nicht angefangen, sie herzurichten.

Ich atmete den starken Geruch nach Chemikalien ein und zuckte aufgrund des Lärms, der aus dem Gettoblaster kam und die Ventilatoren übertönte, zusammen. Ich legte die Blumen auf einen Stuhl.

»Würde es Ihnen etwas ausmachen, die Musik leiser zu stellen?«, sagte ich.

»Ja. Oh, aber natürlich.« Testa stellte sie ab und winkte mich dann heran. Er legte die Finger auf den Reißverschluss. »Bereit?«

Nein, wollte ich sagen. *Ich werde nie dafür bereit sein, Annie tot zu sehen.* »Danke, aber ich mache das schon.« Ich schob seine Hand zur Seite und öffnete den Leichensack bis zum Brustbein.

Ich schnappte nach Luft.

»Sie werden doch nicht ohnmächtig, oder?«, fragte Testa.

»Nein«, flüsterte ich.

Wenn man einmal von der Leichenblässe absah, dann war das Annie, wie ich sie mir als Erwachsene vorgestellt hatte. Das gleiche wallende schwarze Haar, die gleichen schrägen Augen, die gleichen üppigen Lippen, die nach dem Tod grau waren. Oh mein Gott, wie das schmerzte. Aber, Moment mal ...

Was war das für ein Leberfleck à la Cindy Crawford da neben ihrer Oberlippe? Annie hatte doch nie ...

Ich schnappte mir das Klemmbrett, das auf der Bahre lag.

In Fettdruck stand dort LAURA BEAL. *Laura* ...

Ich zitterte vor Erleichterung. Und schämte mich dann umso mehr.

Laura. Annies sechs Jahre jüngere Schwester. Ein Dreikäsehoch, den wir damals als Kinder kaum wahrgenommen hatten. In meiner Erinnerung war Laura immer noch die pausbäckige Sechsjährige. In Wirklichkeit war sie natürlich erwachsen. Und tot.

Als wir vorhin bei Noah waren, musste Annie wohl drinnen gewesen sein. Am Boden zerstört. Später. Ich würde später versuchen, Annie zu helfen.

Ich strich mit der Hand über Lauras schönes Haar und fügte sie dann meinem persönlichen Album mit den Bildern der Toten hinzu. Ich schloss die Augen.

Es tut mir leid, Laura. So leid.

Ich schlug die Augen wieder auf und untersuchte Laura Beal.

Welcher Leichenbeschauer auch immer sie aufgeschnitten hatte, er hatte es sauber und ordentlich gemacht. Ich sah hinter die sorgfältigen Autopsiestiche.

Lauras linke Schulter und Gesichtshälfte waren von schwarzen Leichenflecken überzogen.

»Haben Sie genug gesehen, Ma'am?«, fragte Testa. »Mr Vandermere wird jede Minute mit ihr anfangen.«

Mehr als genug, aber ... »Ich würde sie gern ganz sehen.«

Testa verdrehte die Augen und zog sich dann ein Paar Latexhandschuhe über. Er zog den Reißverschluss von Laura Beals Leichensack bis nach unten auf und enthüllte so ihre vollen Brüste und die schmale Taille, die anscheinend frei von irgendwelchen Verletzungen waren. Aber Dutzende von zerfetzten Einstichen und Schnitten entstellten den gesamten Unterleib.

Beide Schienbeine und die Oberseiten der Füße waren aufgeschürft und mit kleinen Einschnitten übersät. Sie stammten nicht von einem Messer, sondern erinnerten vielmehr an Kratzer, wie man sie sich beim Klettern auf Bäumen holt oder ...

»Bitte noch ihre Füße«, sagte ich.

Er zog die Plastikhülle weiter auseinander. Die Leichenflecken liefen über die ganze linke Seite bis zu ihren rot lackierten Fußnägeln.

»Schlimme Sache«, sagte Testa und schielte nervös zur Tür.

Ich hätte ebenfalls Handschuhe tragen sollen. Ich hob ihre Hände hoch. Auch die Handflächen waren aufgeschürft. Vorsichtig legte ich sie wieder ab.

Wie lange hatte Laura mit diesen schrecklichen Bauchverletzungen noch gelebt? Waren Noah oder Annie sich über ihre Qualen im Klaren? Ich hoffte, nicht.

Trauriger Weise hatte ich eine Menge über Laura Beals Tod erfahren. Jetzt musste ich ihr Leben nachvollziehen.

»Drehen Sie sie bitte um. Ich würde gerne ihr Gesäß sehen.«

Als Testa Laura auf die Seite drehte, war eine Stimme auf der Treppe zu hören.

»Wir müssen abhauen«, sagte Testa.

»Warten Sie.«

»He, wir müssen weg.«

Ganz unten am Rücken befand sich ein kreisrunder blauer Fleck. »Hat der Leichenbeschauer gesagt ...«

»Scheiße«, sagte Testa, als die schwere Tür aufschwang.

Vor mir stand ein Mann mit rotem Gesicht und blauem Anzug, etwa in meinem Alter. Er hatte die Hände in die Hüften gestemmt und starrte uns an. »Was ist denn hier los, Mr Testa?«

»Hi.« Ich grinste und streckte ihm die Hand hin. »Ich gehöre zum Büro des Leichenbeschauers in Boston. Ich bin Psychologin und Trauerberaterin. Sie müssen Mr Vandermere sein.«

Ich vermute, dass Boston das Zauberwort war, denn Vandermere ergriff meine Hand und schüttelte sie wie verrückt, während sein Blick frech zu meiner Brust wanderte.

Er befahl Testa, sich wieder seinen Pflichten zu widmen, und begleitete mich dann nach oben in sein Büro. Er bedeutete mir, in dem Ohrensessel aus weinrotem Leder Platz zu nehmen, während er sich hinter seinem imposanten Schreibtisch niederließ. Mir war bereits jetzt klar, dass Vandermere ein Blödmann war. Ich hoffte nur, kein fieser.

»Ich habe noch nie eine Trauerberaterin getroffen.« Er fegte ein unsichtbares Stäubchen von seinem makellosen weißen Hemd. »Vielleicht könnten Sie mir erklären, Miss Whyte ...«

»Tally.«

»Tally. Der Name kommt mir irgendwie bekannt vor.«

Ich zuckte die Achseln, weil ich ihn nicht an unsere Verabredung bezüglich der Grabstätte meines Vaters erinnern wollte.

Er schürzte die Lippen und legte die verschränkten Hände auf den Schreibtisch. »Nehmen Sie es mir nicht übel, wenn ich frage, schließlich sind Sie hier unbefugt eingedrungen, aber *warum* haben Sie Miss Beals Überreste untersucht? Das ist ganz schön makaber.«

»Ich versuche mir immer den Leichnam anzusehen, bevor ich mich um die Angehörigen kümmere.«

»Das ist ja schrecklich. Ich habe sie noch nicht einmal einbalsamiert.«

Sollte das ein Witz sein? »Ich versuche nachzuvollziehen, was die Familie zu Gesicht bekommen hat und wie sie sich wohl fühlt.«

»Ahhh«, sagte er und nickte. »Das ergibt einen Sinn.«

»Bitte seien Sie deswegen nicht böse auf Mr Testa, ja?«

Vandermere rollte einen goldenen Füllfederhalter der Marke Cross zwischen den Fingern. »Er hat gegen die Regeln verstoßen.«

»Nicht wirklich. Ich habe ihm meinen Ausweis gezeigt. Ich musste Laura Beal sehen. So einfach ist das.«

»Sie hätten damit warten können, bis ich sie schön gemacht habe.« Er biss sich auf die Lippe, und sein Blick schweifte ab.

»Was stört Sie so daran, Mr Vandermere?«

»Bitte nennen Sie mich Chip. Und wissen Sie, es ist nur ...«

Die Tür flog auf, und herein kam Hank.

»Na, so was, Sheriff«, sagte ich. »Zwei Treffen an einem Tag.«

Er runzelte die Stirn und richtete dann einen kühlen Blick auf Vandermere. »Ist *das* der gefährliche Einbrecher, für den ich die Unfallstelle verlassen musste?«

Chip plusterte sich auf. »Ich dachte, Miss Whyte wäre ein Dieb.«

»Ist das Stehlen von Leichen hier so verbreitet, Sheriff?«, sagte ich.

»Ich begleite den Eindringling hinaus.« Hank wollte mich hochziehen.

Vandermere sprang auf. »Nein! Ich, äh, also, es ist doch eindeutig, dass Miss Whyte wirklich kein Dieb oder Verbrecher ist.«

Hank packte mich am Ellbogen. »Das geht Sie jetzt nichts mehr an, Chip.«

»Aber das Ganze war ein Irrtum«, wandte Vandermere ein.

Ich entwand mich Hanks Griff. »Das ist doch lächerlich.«

»Tatsächlich?«, sagte Hank. »Sie hören von mir, Chip.«

Und trotz Chips Einwänden dirigierte er mich durch einen engen Flur und hinaus zu seinem Pontiac, der direkt vor dem Eingang parkte.

Mit aufeinandergepressten Lippen und mahlendem Kiefer schob Hank mich in seinen Wagen. Wenigstens durfte ich auf den Beifahrersitz. Er ging auf die andere Seite und ließ sich hinters Lenkrad gleiten.

»Hören Sie, Sheriff, ich ...«

Er legte die Stirn aufs Lenkrad. Sein Körper erzitterte.

»Himmel, Sheriff, das war doch wirklich kein ...«

Hanks Gelächter wurde lauter.

»Finden Sie das etwa komisch?«

»Und ob ich das komisch finde.« Er wischte sich über die Augen. »Mann, war das gut. Chip Vandermere ist der größte Idiot der Stadt.«

»So komisch ist das auch wieder nicht«, sagte ich. »Ich meine, ich könnte ganz schön sauer sein. Mich so vorzuführen.« Ich schüttelte den Kopf. »Sie haben mich ganz schön drangekriegt.«

»Selber schuld. Sie hätten nicht kommen müssen.«

»Oh doch, das musste ich.«

»Frieden?«, sagte er. »Ich spendiere Ihnen einen Kaffee.«

Kein Zweifel. Der kleine Henry Cunningham, so, wie ich mich an ihn erinnerte, hatte sich entschieden verändert.

6

Leichenschrei

Hank hielt vor einem schön renovierten Lokal in der Main Street. Farbenfrohe Begonien und Geranien blühten auf dem Rasen davor und in den Balkonkästen. Alles sah liebevoll und einladend aus. Man wusste einfach, dass das Essen hier umwerfend sein musste.

Ich hatte Penny aus meinem Auto geholt, bevor wir losgefahren waren. Ich gab ihr etwas von dem Wasser, das ich für sie dabeihatte, und erklärte ihr, dass ich bald zurück sein würde.

»Town Farm Restaurant«, sagte ich, als wir eintraten. »Hört sich lecker an.«

»Hier gibt's gutes Essen.« Er schob sich durch den engen Gang und ließ sich auf einer Polsterbank nieder, deren Bezug aus rotem Vinyl schon so abgenutzt war, dass er glänzte. »Alles Bio.«

Hank nahm den Hut ab und enthüllte einen Bürstenschnitt, auf dem der Hutabdruck klar zu erkennen war. Er fuhr mit der Hand durchs Haar, was es noch schlimmer machte.

Jetzt erinnerte er mich an Kranak. Ich vermisste seine griesgrämige Art und sein großes Herz.

»Lust auf einen Happen zu essen?«, fragte er.

»Ein Eistee reicht mir.«

Wir redeten über Belangloses, bis die Bedienung meinen Tee und Hanks Bean Burger mit Pommes brachte.

»Warum wollten Sie nicht, dass ich Laura Beals Leiche sehe?«

Er blickte so finster, dass sich sogar sein Schnauzer nach unten bog. »Ich fand es unpassend. So einfach ist das.«

»Wirklich? Weil Laura Beal und Sie befreundet waren?«

Er grinste mich breit an. »Ich bin mit 'ner Menge Leute befreundet. Kommt da etwa die Psychologin zum Vorschein?«

Ich lächelte. »Sogar Cops müssen mal über ihr Seelenleben reden. Vor allem Cops.«

»Lassen Sie's gut sein, Miss Whyte.« Sorgfältig setzte er seinen Bean Burger neu zusammen – Zwiebel, Salat, Tomate –, fügte Ketchup hinzu und biss dann hinein. Ein bedächtiger Mann. Ein nachdenklicher Mann.

Ich rührte in meinem Eistee. »Sind Sie immer noch sauer auf mich?«

»War ich doch nie. Ist Ihnen denn was aufgefallen an ihr?«

»Kann sein. Der Angriff auf Laura war grausam. Der Kerl war stinksauer. Wegen Laura? Könnte sein, aber er könnte seine Wut auch genauso gut auf *sie* übertragen haben.«

Er nickte.

»Wenn man die Abschürfungen an Schienbeinen, Handflächen und Füßen bedenkt, könnte ich mir vorstellen, dass sie die Knie hochgezogen hat, wie in der Embryonalstellung. Das scheint mir zur Verteidigung gewesen zu sein. Um dem Messer zu entgehen. Und dann ist sie gekrochen.«

Noch ein Biss, dann: »Da liegen Sie richtig. Wir haben ihr Blut auf einer Strecke von gut sieben Metern gefunden. Keine Ahnung, wie sie das geschafft hat. Aber Miss Beal hatte auch einen eisernen Willen.«

»Sieben Meter! Meine Güte. Wie lange hat sie ihrer Meinung nach nach der Messerattacke noch gelebt?«

»Eine halbe Stunde vielleicht.«

Ich sah Laura kriechen, unter schrecklichen Schmerzen. Oder vielleicht auch nicht. Vielleicht hatten der Adrenalinstoß und der Schock den Schmerz da schon übertrumpft, und ihr enormer Wille hatte sie gezwungen zu fliehen, sich egal wohin zu bewegen, Hauptsache weg von dem Killer.

»Und dann der blaue Fleck unten am Rücken«, sagte ich. »Da sehe ich möglicherweise jemanden mit einer Pistole. Hat sie in den Rücken gestoßen, und zwar heftig, damit sie dorthin geht, wo sie nicht hinwollte. Da hat er dann das Messer gezogen.«

»Sie sehen eine Menge«, sagte Hank.

Zu viel. »Seltsam, dass sie keine Kampfspuren an den Händen hatte. Aber das hätte auch nichts geändert, nicht wahr? Der Killer war rasend vor Wut. Aber ist Ihnen auch aufgefallen, dass er sich dann beruhigt hat? Nach der Tat hat er sie auf den Stein gezerrt. Und sie auf den Rücken gedreht. Das war Absicht. Richtig berechnend sogar. Kommt Ihnen das nicht gruselig vor? Könnte das ein örtlicher Brauch sein? Ein Ritual?«

»Nicht, dass ich wüsste.« Ich spürte, dass er zutiefst besorgt war.

»Das Ganze erinnert mich an den Jugendlichen in Boston, der an die hundert Mal auf die Mutter seines besten Freundes eingestochen hat.«

»Kann sein.« Hank fuhr sich mit der Serviette über Schnauzer und Lippen. »Profiling ist eine Kunst, keine Wissenschaft.«

»Absolut. Und ich bin kein Profiler. Ich versuche nur, hinter die Fassade zu sehen.« Unsere Bedienung schenkte mir Tee und Hank Kaffee nach. »Wer kann das getan haben? Und warum?«

»Glauben Sie, ich hätte mich das nicht selbst bereits eine Million Mal gefragt?«, meinte er. »Ich habe keine Ahnung. Noch nicht. Sind Sie sicher, dass Sie nichts essen wollen? Einen Nachtisch vielleicht?«

»Nicht jetzt. Danke.«

»Wir haben ihren Jeep vor dem Sender gefunden. Wegen der Schotterpiste und weil wir so einen komischen Juni mit kaum einem Regentropfen haben, hatten wir gehofft, ein paar Fußabdrücke oder Reifenspuren zu finden. Aber dieser fiese Sturm in der Nacht von Miss Beals Verschwinden hat alles Brauchbare weggespült. Sie sind neu in der Stadt, aber Sie dürfen mir glauben, dass solche Vorfälle nicht typisch sind für Winsworth.«

»Was haben Sie der Familie darüber erzählt, wie sie gestorben ist?«, fragte ich.

»Nicht viel. Mit Annie, ihrer Schwester, habe ich noch gar nicht gesprochen. Ich habe Noah erzählt, dass der Mörder ein Messer benutzt hat, das ist alles. Ich wüsste nicht, warum ich …«

»Ganz Ihrer Meinung«, sagte ich. »Und was ist mit diesem Jones?«

»Wie ich schon sagte, ich erzähl's Ihnen, wenn ich mit ihm gesprochen habe.«

Möglich. Aber ich bezweifelte das. Ich würde nur etwas im Austausch dafür erfahren, was Hank Cunningham von mir wollte. »Warum nennen Sie sie Miss Beal und nicht Laura?«

Er errötete. »Das schafft Distanz. Schwachsinnig, ich weiß.«

»Ich würde gern mehr über sie erfahren.«

»Ihr gehört WWTH, einer der örtlichen Radiosender. Außerdem war sie einer der zwei glühenden Demokraten in diesem County.«

»Und Sie sind der andere?«

Hanks entsetzter Blick wich einem Glucksen. »Kaum. Laura ist – war – eine eigenwillige und starke junge Frau. Eine treibende Kraft in der Stadt. Verdammt widersprüchlich. Hat immer für Unruhe gesorgt. Noah hatte ihr befohlen, den Sender nicht zu kaufen, also kaufte sie ihn. Und als er für den Stadtrat kandidiert hat, hat sie sofort eine Kampagne gegen ihn angeleiert. Er hat trotzdem gewonnen. Natürlich.«

»Die Familie stammt von hier, oder?«, fragte ich.

»Hat den Ort quasi gegründet. Die Beals lassen sich Hunderte von Jahren zurückverfolgen. Lebten ursprünglich auf den Cranberry Isles, Fischer, die dann aufs Festland übergesiedelt sind. Noah ist Immobilienmakler, sein Geschäft ist nicht weit von hier in der Grand Street. Sehr erfolgreich. Seine andere Tochter, Annie, arbeitet für ihn, und eine nettere, warmherzigere Frau werden Sie nie finden.«

Ich beugte mich vor. »Laura scheint eine echte Rebellin gewesen zu sein. Wie kommt das?«

»Annie war fast erwachsen, aber Laura war erst dreizehn, als ihre Mutter mit Joe Tarbuck nach Kalifornien durchgebrannt ist. Er war Zahnarzt hier in der Stadt, kein besonders guter. Noah hat wieder geheiratet, das hat aber nicht gehalten.« Er nahm einen Schluck Kaffee. »Laura war vielleicht das schwarze Schaf in Noahs Familie, aber er hat immer zu ihr gehalten. Ich kann mir nicht vorstellen, dass er seine eigene Tochter umbringt. Und dass Annie damit zu tun hat, glaube ich erst recht nicht. Irgendein Irrer muss Laura erwischt haben. Was passen würde, wenn man ihren Geschmack in Sachen Männer bedenkt, oder vielmehr den Mangel daran. Sie hat ständig Fremde in Bars aufgegabelt.«

»Sie sagten, Sie hätte keinen Freund gehabt.«

Seine langen Finger kratzten an dem rotbraunen Schnauzer. »Nicht im herkömmlichen Sinn. Aber gelegentlich dann doch wieder. Die Cops haben sich auf Gary Pinkham eingeschossen. Der arbeitet im Hummerfang draußen auf der Insel, hat aber Familie hier in Winsworth. Nicht gerade ein kluger Kopf, wenn man so will, aber die Art großer, stattlicher Bursche, auf den Laura stand. Und Pinkham ist abgetaucht.«

»Ihrem Tonfall nach scheinen Sie nicht zu glauben, dass er es war.«

Er zuckte die Achseln, sein Blick ging abwesend ins Leere. »Bei so was weiß man einfach nie. Bei anderen Leuten. Es sei denn, man schlüpft in ihre Haut. Aber der Typ ist ein Weichei. Hat weniger Rückgrat als eine Seegurke. Können Sie sich so jemanden vorstellen, wie er Laura Beal mit einem Messer aufschlitzt?«

»Ich habe schon viele Geistesgestörte erlebt, die sich hinter einer mausgrauen Fassade verstecken. Verstehen Sie, was ich meine?«

»Ich blicke überhaupt nicht mehr durch.« Unsere Bedienung erschien mit zwei Portionen Erdbeer-Rhabarber-Pie. Sie stellte jedem von uns eine hin.

»Das haben wir doch gar nicht bestellt, Pru«, sagte Hank.

»Weiß ich. Carm meinte, ich soll's bringen, also hab ich's gebracht.«

»Na dann danke.«

Ich stach mit der Gabel in das dampfende Kuchenstück und versuchte, beiläufig zu klingen. »Carm?«

»Carmen Cavasos. Ihr gehört der Laden.«

Carmen? *Himmel.* Ich hatte mir Carm als … ich wusste auch nicht … als jemanden vorgestellt, der etwas Wildes, Vorlautes auf die Beine stellte, nicht als jemanden, der so ein Körnerfutterlokal betrieb. Ich sah mich um, konnte sie aber nirgends entdecken. Aber würde ich sie denn überhaupt erkennen? Herrje. Fast hätte ich Hank gefragt, in was sie sich da hineinmanövriert hatte, riss mich aber noch rechtzeitig zusammen. »Sie sagten, Pinkham wäre verschwunden?«

»Nach Norden, in die Wälder, vermute ich. Da gibt's 'ne Menge Verstecke. Und Pinkham weiß das genau. Wie ich schon sagte, er ist nicht gerade ein Anwärter auf den Nobelpreis, aber ich dachte, er hätte genug Grips, um sich darüber im Klaren zu sein, dass alle Finger auf ihn deuten würden, statt einfach ab durch die Mitte zu gehen.«

»Vielleicht ist Pinkham gar nicht in der Verfassung zurückzukommen«, gab ich zu bedenken.

»Darüber habe ich auch schon nachgedacht.«

Als wir zurück zum Bestatter kamen, war mein Truck von einem Lieferwagen zugeparkt. »Mist«, sagte ich, und in diesem Moment piepste Hanks Funkgerät. »Jetzt muss ich noch mal rein und diesen Vandermere sehen.«

Er unterhielt sich flüsternd mit der Zentrale und fuhr dann die Auffahrt zurück.

»Was machen Sie denn da, verdammt?«, fragte ich.

»Irgendjemand schnüffelt in dem Steinbruch rum, wo man Laura gefunden hat. Alle anderen sind zu weit weg. Wir übernehmen das.«

»*Wir* übernehmen das?«

Er grinste. »Klar doch. Sie und Penny können von Nutzen sein.«

Nett. Von Nutzen. »Darf ich fragen, wie?«

»Penny kann die Person aufspüren, und Sie können die Straße mit dem Wagen blockieren, während ich mich umsehe.«

»Oh, das sind ja *tolle* Vorschläge.«

Er gluckste. »He, Sie sehen Sachen, die andere nicht sehen.«

»Jetzt erzählen Sie schlicht und einfach Unsinn.«

»Vergessen Sie nicht, ich hab Ihr Seminar besucht. Und ich habe einen oder zwei Artikel von Ihnen gelesen. Sie verstehen die Opfer. Und die Mörder. Sie haben eine Vergangenheit, Miss Whyte. Und Sie *spüren* Dinge.«

Ich schüttelte den Kopf.

»Wir sind doch fast vor Ort«, sagte er. »Also sitzen Sie in der Klemme. Und wahrscheinlich sind es sowieso nur Kinder.«

»Verstehe. Sie sind emotional in die Sache verwickelt. Sie wollen mich als so 'ne Art Prellbock dabeihaben, stimmt's?«

»Sind Sie dabei?«, fragte er. »Oder soll ich Sie und den Hund auf der Straße rauslassen?«

Die Rolle gefiel mir zwar nicht besonders, aber ... »Ja, ich bin dabei.«

Wir fuhren die State Street hinauf, am Gebäude des CVJM vorbei Richtung Bangor. Selbst angesichts einer gewissen Dringlichkeit fuhr Hank noch wie ein blinder Greis.

Ich hoffte, dass es wirklich nur ein paar Kids waren, die da im Steinbruch Unfug anstellten, und nicht jemand Böswilliger, der mit Laura Beals Tod zu tun hatte.

Wir versteckten unsere Augen beide hinter Sonnenbrillen und behielten unsere Gedanken für uns. Ich stemmte die Füße gegen das Armaturenbrett und legte das Kinn auf die Knie. Jeder Tatort, den ich mit Kranak besucht hatte, löste bei mir ein erwartungsvolles Kribbeln aus. Ich wusste, dass ich dort etwas über den Mörder erfuhr, und das machte mir immer Angst. Es gab dort eine Intimität, die ich fürchtete, aber auch herbeisehnte. Und immer wollte ich, dass es schnell vorüber war, dieses erste Treffen.

Hanks Zeitlupenfahrstil machte es auch nicht besser.

»Da.« Ich deutete mit der Hand hin. »Da ist der Truck des Fremden verunglückt, woraufhin ich ihn und seinen Hund mitgenommen habe.«

»Ge-nau.«

»Hatte ich das Fangeisen schon erwähnt?«

»Ja-u. Hab'n Sie.«

Hank Cunningham hatte seinen örtlichen Akzent angeknipst, etwas, das er ein- und ausschalten konnte wie einen Lichtschalter. Das Einschalten kam anscheinend einem Aus für jede Art Gespräch gleich, weshalb ich ebenfalls den Mund hielt.

Wir bogen in die Penasquam Lake Road ein, die in einem Halbkreis um den See und dann weiter nach Jonesport führt. Zur Linken wogten Felder, gelegentlich war in einiger Entfernung ein Haus zu sehen. Zur Rechten lagen Häuser mit Blick auf den großen See, in dem sich heute der wolkige Himmel spiegelte.

»Können Sie nicht ein bisschen schneller fahren?«, fragte ich.

»Kannichnich.«

Herrgott noch mal.

Bald wichen die Felder steilen, bewaldeten Hängen, hinter denen sich der Emerald Lake verbarg, eine sagenhafte Wasserfläche – tief wie die Sünde und kalt wie der Tod.

Direkt hinter einem enorm breiten Trailer, der von Narzissen umgeben war, bogen wir scharf links auf eine Forststraße ein, die aufwärts führte. Staub wirbelte auf, als der Pontiac über Schlaglöcher und unebene Stellen rumpelte, bis Hank auf dem Hügelkamm hielt, der mit Kiefern, Fichten und Pappeln bestanden war. Ein geschlossenes Gatter versperrte den Weg.

Hank stieg aus dem Wagen und zog sich Handschuhe über. Er untersuchte das Schloss.

»Aufgebrochen«, rief er mir zu und ließ dann das Gatter weit aufschwingen, damit der Wagen hindurchpasste. Wir parkten an der Kante eines Steilhangs. Vor uns lag der Steinbruch, und direkt dahinter jagten Wolken über das schwarze Wasser des Emerald Lake.

»Ein beliebter Treffpunkt«, sagte Hank. »Könnten Kids gewesen sein, die hier eingebrochen haben.« Er hatte das Schloss bereits eingesteckt. »Keine Reifenspuren.«

Wir umrundeten den kleinen Wohnwagen des – wie ich annahm – Vorarbeiters und mehrere gigantische Maschinen, mit deren Hilfe einzelne Brocken aus dem Steinbruch gebrochen wurden. Penny trottete neben mir her. Sie hatte die Nase am Boden und schnüffelte.

Das Gelände wurde unwegsamer, und ich konnte die kühle Frische des Sees riechen. Bald musste ich mich gegen den Fluch von Maine im Juni zur Wehr setzen: Kriebelmücken.

»Haben Sie ...«

Hank reichte mir ein Insektenspray, und ich sprühte mir reichlich davon auf meine nackte Haut und die Kleidung.

Nichtsdestotrotz bildeten sich schwarze Wolken aus stecknadelkopfgroßen Insekten um unsere Köpfe, als wir weiter bergab gingen. Es stellte sich heraus, dass wir dem schmalen Pfad folgten, der zum Boden des Steinbruchs führte.

»Sehen Sie was?«, fragte Hank. »Kinder. Sonst was.«
»Nein. Auch Penny hat auf nichts reagiert.«
»Riechen Sie was?«
»Nur den See und den Staub. Wenn ich zu tief einatme, kriege ich lauter Mücken in die Nase.«

Er nickte, und wir suchten weiter alles mit den Augen ab.

Der Grund glich einer Mondlandschaft aus hervorstehenden Steinen und scharfen Granitbrocken. Unterbrochen wurde die Einöde nur von zwei jungen Birken und einer einsamen Eiche, die es irgendwie geschafft hatte, auf dem unwirtlichen Boden zu überleben. Die Atmosphäre dieses Ortes erinnerte mich an Dante und seine verlorenen Seelen. Ich hob meine Digicam und machte ein paar Fotos von der Gegend.

Ein Absperrband lief in einem Abstand von einigen Metern um die Eiche herum. Ich folgte Hank und tauchte unter dem Band hindurch in den kühlen Schatten des Baumes.

Ein flacher, eiförmiger Felsbrocken, der in etwa die Größe eines Küchentisches hatte, lag dicht neben dem Baumstamm. Hank musste mir nicht erst sagen, dass das der Ort war, an dem Laura Beal abgelegt worden war. Ich wusste es auch so.

Penny umrundete den Stein und jaulte. Auch sie wusste Bescheid.

Ich trat näher. Der Stein glich keinem der anderen im Steinbruch, er war dunkel, porös und sah gewalttätig aus. Ein wütender Stein, ein toter Stein mit scharfen, splittrigen Kanten und dunkleren Stellen, die an Fettflecken erinnerten. Das war natürlich kein Fett, sondern Blut.

Ich fotografierte ihn, und während ich das tat, sah ich Laura in Rückenlage durch den Sucher. Ich sah, wie ihre Arme sich um die Knie schlangen, wie Blut aus ihrem Bauch tropfte, wie ihr Mund sich zu einem Schrei öffnete, einem Leichenschrei.

Helft mir!

7

Wenn Steine reden könnten

Ich taumelte zurück.

»Alles in Ordnung?«, fragte Hank.

»Klar doch. Klar.« Ich rieb mir die Schläfen und versuchte, das Bild einer um Gnade flehenden Laura Beal aus meinem Kopf zu vertreiben. »Nur ein bisschen Kopfschmerzen.«

»Wollen Sie zurück?«

»Nein ... Nein, geht schon.«

»Dann lassen Sie mal Ihre Eindrücke hören«, meinte Hank.

Ich umrundete den Stein. »Verstörend. Hat was Rituelles. Ein perfekter Opferaltar. Ich sammle Steine und Felsbrocken. Dieser Stein hier ist wütend. Sind Sie sicher, dass es hier in der Gegend keine kultischen Bräuche gibt?«

»Ganz sicher. Die meisten Einwohner von Maine stehen nicht auf so einen Schwachsinn.«

Der Killer vielleicht schon. »Ich nehme an, dass das Blut auf dem Stein von Laura stammt?«

Hank kaute auf seinem Schnauzer. »Ja. Nur von ihr. Ich mache mal einen Rundgang. Warum gehen Sie nicht mit Penny in die andere Richtung? Dann nähern wir uns in Kreisen dem Zentrum.«

»Alles klar.« Penny und ich kannten diese Übung. Sie hatte so etwas viel öfter gemacht als ich, damals in ihrer Zeit als Spürhund. Ich ließ die Umgebung auf mich wirken. Versuchte, alles ohne vorgefasste Meinung wahrzunehmen.

»*Revir*«, sagte ich zu Penny und bedeutete ihr damit, dass sie drauflosschnüffeln sollte. »*Revir.*«

Ich folgte Penny und blickte nach rechts und links, während wir uns zum Zentrum der Spirale vorarbeiteten. Andere hatten das bereits getan, aber es konnte nie schaden, es noch einmal zu tun. Und sie hatten ja auch keine Penny gehabt, die besonders intuitiv vorging. Ich schwitzte in der späten Nachmittagssonne, ein Fest für die Mücken. Ich zog mein T-Shirt aus der Jeans und wischte mir übers Gesicht. Ab und zu sah ich zu Hank hinüber. Sein Rücken war schweißnass.

Etwa drei Meter von dem toten Stein entfernt hielt Penny abrupt inne. Sie hob schnüffelnd die Nase, ihr Kopf ruckte vor und zurück. Sie spürte etwas. Aber was?

Sie bellte zweimal, kauerte sich dann auf den Boden und robbte vorwärts, genau an der Spur von Lauras Blut entlang. Sie bog nach rechts ab, und ich folgte ihr. Ein großer Felsbrocken lag vor uns.

Fast hätte ich schon Hank gerufen, wollte aber erst noch abwarten, was sie gefunden hatte.

Ein Augenpaar, in meinem Rücken. Ich fuhr herum und hielt Ausschau nach Kindern, Übeltätern oder auch nur Touristen. Ich beschattete die Augen mit der Hand, aber ich sah niemanden.

Ich war erschrocken, das war alles. Dieser Ort wäre jedem unheimlich.

Penny stand vor dem Felsbrocken. Ich strich mit der Hand darüber. Jaulend umkreiste sie ihn und fing dann an, davor zu graben.

»*Nech to!* Hör auf!« Sie hielt sofort inne.

»He, Hank!«, rief ich.

Er kam eilig herbei. »Was hat sie gefunden?«

»Hier ist etwas.« Er half mir, einen kleineren Stein wegzurollen. »Da.«

Wir hatten drei halb gerauchte Zigaretten mit weißen Filtern entdeckt.

»Nett«, sagte Hank.

»*Hodny*«, sagte ich und kraulte Pennys Schnauze. »Gutes Mädchen. *Hodny.*«

Ich machte ein paar Fotos, dann verstaute Hank die Kippen.

»Die helfen uns weiter«, sagte er. »Vielleicht gibt es von unserem Knaben registrierte DNA-Proben oder Fingerabdrücke. Wenn es auch welche von Pinkham gibt, könnten wir ihn dadurch entlasten. Wenn dieser Idiot doch nur nicht abgetaucht wäre.«

Ich lehnte mich gegen den Felsbrocken. »Das ist übel, Hank.«

Er nickte.

»Wir haben drei Zigaretten. Unser Mörder hat drei Zigaretten geraucht, während er Laura Beal beim Verbluten zusah. Er hatte das Gefühl, alle Zeit der Welt zu haben. Er hat sie kriechen gesehen, hat ihr Stöhnen gehört. Und nach ihrem Tod hat er sie so lange liegen lassen, bis sich eine Blutlache neben ihr gebildet hatte. Erst, als er ganz sicher war, dass sie nicht mehr lebte, hat er sie zu dem Stein gezerrt. Sie drapiert. Ihre Kleidung geordnet.«

Hank nickte und blickte zur Seite. »Das ist eine schlimme Vorstellung.«

»Ich weiß. Ein furchterregender Mensch, dieser Killer. Er hätte Laura jeden Moment von ihren Qualen erlösen können, aber er hat sich an ihrem Todeskampf geweidet, ihren Schmerz genossen. Wenn ihm irgendjemand dabei in die Quere gekommen wäre, hätte er ohne zu zögern wieder getötet.«

»Ich werde heute nicht allzu gut schlafen«, sagte er.

Das würde ich auch nicht.

Ich machte mir im Kopf einige Stichpunkte über Lauras Beziehung zu ihrem Mörder, während Hank den Abhang auf der Gegenseite erklomm, wo er nach »neuen Perspektiven« suchte, wie er es nannte.

Ich hörte ein »Scheiße!« und fuhr herum.

Rund um Hank gingen polternd Felsbrocken und Steine zu Boden. Er hechtete nach links und baumelte mit einer Hand an der Felskante.

Ich rannte zu ihm. »Halten Sie sich fest!«

Steine rollten um ihn herum, dann krachte ein größerer Felsbrocken genau auf seine Hand. Ich rannte schneller. »Hank!«

Er schauderte, versuchte, sich festzukrallen, doch seine Finger glitten ab, und er rutschte auf dem Hintern nach unten, wobei er seine blutige Hand gegen die Brust drückte.

Er kam abrupt auf und saß dann mit dem Rücken zur Wand des Steinbruchs da. Seine breite Brust hob und senkte sich ruckartig.

Ich kniete mich neben ihn. Seine Augen waren geschlossen, seine Nasenflügel gebläht. Sein Gesicht und sein Hemd waren blutverschmiert. Seine blutige Hand hatte eine unnatürliche Neigung.

Ich berührte seine Wange. »Alles in Ordnung, Hank? *Hank?*«

Mit zusammengebissenen Zähnen sagte er: »Moment noch.«

Ich klappte mein Handy auf, um Hilfe zu rufen.

»Nicht«, knurrte er. »Helfen Sie mir hoch.«

»Keine gute Idee.«

Doch es gelang mir, ihn auf die Füße zu stellen. Er schwankte und wurde bleich.

»Wagen Sie es nicht, wieder umzukippen«, sagte ich.

Er gluckste rau. »Wie charmant. Kommen Sie, machen wir, dass wir hier wegkommen.«

Irgendwie schafften wir es den Hang hinauf und zum Wagen. Bis ich Penny verstaut hatte und mich auf den Fahrersitz hievte, war er ohnmächtig geworden.

Ich ließ den Motor an, drehte die Klimaanlage auf und griff dann nach dem Funkgerät.

Seine gesunde Hand schoss vor und hielt mich zurück.

»Kein Anruf. Bringen Sie mich einfach nach Winsworth zurück.«

»Aber ...«

»Fahren Sie.«

Der kleine Henry Cunningham war noch nie ein guter Zuhörer gewesen.

»Ich dachte, Sie wären außer Gefecht«, sagte ich.

»Bin ich auch«, erwiderte er. »Dank dieses Hurensohns, der den Fels angestoßen hat.«

»Wollen Sie damit sagen, da oben war jemand?«

»Ja. Nein. Ach verdammt, ich weiß auch nicht.« Er hielt die blutige Hand hoch. »Aber ich muss auf jemanden sauer sein, weil ich das Ganze höchstwahrscheinlich selbst ausgelöst habe.«

Hank saß auf einem Bett in der Notaufnahme im Krankenhaus, während wir auf einen Arzt warteten. Er weigerte sich, sich hinzulegen. Ich ging seinen Sturz wieder und wieder durch. Ich versuchte, mir klar zu werden, ob da oben noch jemand am Abhang gestanden hatte. Aber kein Bild wollte sich einstellen. Ich machte mir Sorgen. Er sah schrecklich aus, bleich, blutüberströmt und gebrochen.

»Ich nehme Sie morgen noch mal zu den Beals mit«, sagte er.

»Ja, okay.«

Er legte die Stirn in Falten. »Sie *werden* den Beals doch beistehen?«

Ich sollte mich da nicht weiter hineinziehen lassen, aber ... Ich atmete heftig aus. »Das sagte ich doch schon. Ja.«

»Hab auch keine Minute daran gezweifelt.«

Wie er das sagte ... Ich drehte mich um. Er hatte einen eigenartigen Gesichtsausdruck aufgesetzt, der mich irgendwie an seinen Kuss als Froschprinz in der Schulaufführung in der vierten Klasse erinnerte. Vielleicht war es aber auch der Schmerz, der seinen Ausdruck sanft werden ließ.

Eine Ärztin steckte den Kopf herein. »Bin gleich bei dir, Hank. Alles klar so weit?«

»Alles bestens, Lexie«, sagte er und grinste.

»Wie bei deinen Kumpels aus *NYPD Blue*, hm?« Der Vorhang schloss sich wieder.

»Was sollte das denn heißen?«, fragte ich.

»Das war 'n ganz schlechter Scherz.«

Als wir zum Cottage zurückkamen, drehte Penny unten am Strand eine Runde, während ich den Anrufbeantworter abhörte.

Debbie Tomes, eine Freundin vom Philadelphia GAP, dem Vorbild unseres MGAP, hatte wegen eines von mir an sie überwiesenen Klienten angerufen. Ich rief sie zurück, und wir setzten für zwei Stunden später eine Telefonkonferenz mit dem Klienten an. Veda hatte ebenfalls angerufen. Nach dieser Quasselrunde konnte ich endlich durchatmen und meine Gedanken und Gefühle zu dem Mord an Laura Beal sortieren.

Ich legte im Computer eine Akte zu Laura an und gab einige Notizen zu den Ereignissen des heutigen Tages ein – Noahs Reaktion auf mein Beratungsangebot, Lauras Leiche, der Tatort, die Zigaretten, Hanks Unfall. Ich schrieb mir auf, was ich gefühlt hatte, als ich Laura sah. Das dauerte. Dann fügte ich Noah, den Ort ihres Todes und Chip Vandermere hinzu – genau so ging ich auch beim MGAP immer vor. Die Routine fühlte sich gut und vertraut an.

Ein Serientäter? Rache? Eifersucht? Was hatte den Mörder veranlasst, wiederholt ein Messer in Laura Beals Körper zu stoßen? Warum hatte er zugesehen und geraucht, während sie langsam starb?

Ich machte eine Pause und rief im Krankenhaus an. Hank war nicht stationär aufgenommen worden. Ich hatte seine Privatnummer nicht, aber ich ging davon aus, dass alles in Ordnung war, sonst hätten sie ihn wohl dabehalten.

Ich zündete drei Kerzen an und dimmte das Licht. Mir blieb noch eine Stunde bis zu der Konferenzschaltung.

Ich nahm meinen »Mutmach«-Stein in die Hand, den mein Dad geschnitzt hatte. Ich brauchte die Weisheit des Steins.

Ich kann nicht behaupten, dass sich welche einstellte, nur das dringende Verlangen, Annie Beal zu sehen. Eines war klar – der Mord an Laura hatte die Suche nach Antworten zu meinem Vater und Mrs Lakelands hartherzigem Verhalten in den Hintergrund gedrängt.

Um halb neun am nächsten Morgen stellte ich meinen Wagen in der Grand Street vor einem kleinen Einkaufszentrum ab, in dem sich das Immobilienbüro der Beals befand.

Ich wollte Annie Beal allein treffen.

Ich nippte an meinem Starbucks-Kaffee, weil ich den Koffeinkick brauchte, und beobachtete die Autos, die in das Einkaufszentrum einbogen. Ich war bereits auf der Post gewesen, in der Hoffnung, dass eine Frau namens Joy Dienst hatte. Ich hatte sie schon zweimal getroffen, als ich meine Post abgeholt und nach Infos zu meinem Dad geforscht hatte. Sie war immer für ein Pläuschchen zu haben gewesen.

Ich wollte mehr über Annie, Laura und ihren Vater herausfinden. Bisher hatte ich nur herausbekommen, dass Annie alleinstehend war, dann waren gleich mehrere Kunden zur Tür hereingekommen.

Lauras Ermordung und Hanks Unfall hatten mich miserabel schlafen lassen. Aber war Hanks Sturz überhaupt ein Unfall? Von dem angeblichen Störenfried, dessentwegen wir in den Steinbruch gefahren waren, war nichts zu sehen gewesen. Vielleicht hatte er den Steinschlag ausgelöst.

Ich öffnete das Fenster einen Spaltbreit, und sofort wurde gehupt, Reifen quietschten und Beleidigungen wurden gebrüllt, alles Gefälligkeiten der zig Millionen Touristen, die selbst so früh schon auf dem Weg nach Mt. Desert Island und

Bar Harbor durch Winsworth kamen. Ich kicherte. Ich hatte ganz vergessen, wie laut und verrückt es in Winsworth in der Sommersaison zuging. Obwohl mir nach frischer Luft war, schloss ich das Fenster wieder und entschied mich für die Klimaanlage, während ich weiter wartete.

Um fünf vor neun bogen Noah und Annie in einem ziemlich neuen Jeep Cherokee auf ihren Parkplatz ein. Wie ich den stoischen Noah kannte, überraschte es mich nicht, dass sie ihr Immobilienbüro schon wenige Tage nach Lauras Tod wieder öffneten. Ich musste an die Bestattung denken. Ich hatte noch nichts gehört.

Ich wartete weiter. Noah hatte früher immer sein Geschäft aufgemacht und sich dann mit seinen Kumpels im Piper's auf einen Kaffee getroffen. Punkt halb zehn kehrte Noah zu seinem Jeep zurück und fuhr »straßauf«, wie man in Maine zu sagen pflegte. Ein Hoch auf die Rituale, die sich niemals ändern. Ich verließ den Truck.

Meine Hand zitterte ein bisschen, als ich den Türknauf drehte. Viele Jahre waren vergangen. Ich hatte Annie so nahegestanden. Ich glaubte nicht, dass sie mich erkennen würde.

Der Verkaufsraum war leer, und der Geruch von Noahs Pfeifentabak mit Apfelduft versetzte mich zwanzig Jahre zurück. Ich wollte gerade »Hallo« rufen, schluckte es aber wieder hinunter. Ich trat zu dem großen Eichenschreibtisch, einer chaotischen Insel inmitten des sorgfältig arrangierten Landhaus-Ambientes.

Eine gedämpfte Stimme drang durch die Tür zum Büro, während ich die Fotosammlung auf dem Schreibtisch betrachtete. Annies Tisch.

Und da war sie, Laura, voller Leben. Eine Augenweide, und ihre jadegrünen Augen blitzten schalkhaft. Jede Menge Fotos von Leuten, an die ich mich vage erinnerte, deren Namen ich aber vergessen hatte. Und dann ein Bild … Ich griff nach dem gerahmten Bild eines Pärchens. Highschool-

Zeit, wie es aussah. Annies Arm war um die Taille eines blonden Jungen geschlungen – er war groß und gut aussehend und grinste breit. Ich meinte, mich an den Jungen zu erinnern, war mir aber nicht sicher. Offensichtlich ein Mädchenschwarm. Annie sah zu ihm auf, als gehöre ihm die Welt.

Joy von der Post zufolge hatte Annie nie geheiratet. Dieser Knabe bedeutete ihr anscheinend immer noch sehr viel. Wo war ...

»Kann ich Ihnen helfen?«

Das Bild rutschte mir aus der Hand. »Äh, ja, klar. Entschuldigung. Ich interessiere mich für Fotografie.« Ich stellte das Bild zurück und drehte mich zu Annie um.

Mein Lächeln erstarb.

Laura hatte genau so ausgesehen, wie ich es von Annie nach zwanzig Jahren erwartet hatte. Aber Annie? Sie sah schrecklich aus.

Das gleiche üppige schwarze Haar mit Mittelscheitel. Die gleichen grünen Augen. Das gleiche spitze Kinn. Aber sie war blass und dünn, und tiefe Schatten lagen unter ihren Augen, aus denen keinerlei Freude sprach.

Was war mit ihr geschehen? Die Annie, die ich gekannt hatte, war immer ein fröhliches Kind gewesen. Diese Frau war von großen Sorgen gebeugt, die noch über die Trauer um die kürzlich verstorbene Schwester hinausgingen. Sie war nur noch ein vager Abklatsch der Freundin, die schlechte Witze erfunden, Stäbe als Majorette in die Luft gewirbelt und in unserer kurzlebigen Rockband gesungen hatte.

Ich sehnte mich nach ihr.

Annie schien mich überhaupt nicht wiederzuerkennen, obwohl ich das insgeheim gehofft hatte. Fast hätte ich ihr gesagt, wer ich war. Aber bei Mrs Lakeland hatte die Zurückweisung nicht halb so sehr geschmerzt, wie sie es bei Annie tun würde.

»Bitte setzen Sie sich doch.« Annie führte mich in die

Nische mit den Captain's Chairs. Sie runzelte die Stirn. »Sie weinen ja.«

»Das ist diese verfluchte Allergie.« Ich kicherte und wühlte in meiner Handtasche nach einer Packung Taschentücher.

»Wie kann ich Ihnen helfen?«

»Ich bin eine Freundin von Hank Cunningham. Tally Whyte.«

»Oh! Dann sind Sie die Frau, die das alte Cottage der Bradys gemietet hat.«

Ach, diese Winsworther Buschtrommeln – effektiv wie eh und je. »Stimmt.«

»Daddy sagte, Sie seien aus Boston.«

»Das bin ich.«

Ein Lächeln. Ein kleines, doch es erfüllte ihre Augen mit Wärme. »Und, wie gefällt es Ihnen hier bei uns?«

»Sehr gut. Eine wunderschöne Gegend.«

»Wollen Sie vielleicht hierherziehen? Ein Haus am Wasser kaufen? Oder in der Stadt?«

»Nicht ganz. Es war Hanks Vorschlag, mich mit Ihnen zu treffen. Ich, ähm, bin Psychologin ... und ich betreue die Familien von Mordopfern.«

»Wirklich? Wie interessant. Von so etwas habe ich noch nie gehört.«

»Wie die meisten Menschen. Deshalb bin ich auch hier. Sheriff Cunningham dachte, ich könnte vielleicht helfen.«

Sie runzelte die Stirn. »Hier in Winsworth, meinen Sie?«

Mein Herz krampfte sich zusammen. Annie verdrängte das Geschehene. Das war nicht unüblich, machte es aber furchtbar schwierig.

»Möchten Sie mit mir über irgendetwas reden?«, fragte ich.

Sie zog ein Taschentuch aus der Tasche und fing an, es zusammenzulegen. »Nicht, dass ich wüsste, es sei denn, um Sie besser mit Winsworth vertraut zu machen, falls Sie doch darüber nachdenken hierherzuziehen.«

Ich legte meine kräftige Hand auf ihre zarte. »Ich weiß, wie schwer das für Sie ist, und dass es Sie sehr schmerzt, aber ...«

»Mir geht es gut.« Sie sah mich an, als wäre mir ein zweiter Kopf gewachsen.

Die Verdrängung einfach zu ignorieren war eine Möglichkeit, aber keine gute. Obwohl es natürlich noch schlimmer wäre, wenn jemand anriefe, um sein Beileid auszusprechen, ohne dass sie darauf vorbereitet war. »Wie wäre es, wenn wir uns über Ihre Schwester unterhalten, Miss Beal?«

Annie riss die Augen auf, dann platzte sie lachend heraus. »Entschuldigen Sie. Leute von auswärts haben manchmal schon einen eigenartigen Sinn für Humor. Und nennen Sie mich doch Annie.«

»Warum sollte ich einen Scherz über Laura machen, Annie?«

»Weil alle in der Stadt anfangen, sich ihre losen Mäuler über sie zu zerreißen, sobald sie mal wieder einen ihrer verrückten Streiche unternimmt.«

»Das hier ist aber keiner von Lauras verrückten Streichen, Annie.«

»Natürlich ist es das. Daddy ist stinksauer deswegen.«

»Also hat ihr Vater gesagt, Laura sei weggefahren.«

»Nicht ganz.« Sie setzte sich auf. »Das geht Sie aber eigentlich nichts an, Miss Whyte.«

Na toll.

Die Tür flog auf, und herein kam eine grobknochige Frau mit knallroten Haaren, in Overall und alten Birkenstock-Latschen. Himmel, das musste Carmen sein, meine beste Freundin aus Kindertagen, der inzwischen das Restaurant Town Farm gehörte. Sie beachtete mich gar nicht, sondern eilte zu Annie und drückte sie an sich.

»Es tut mir ja so leid, Sweetie«, sagte Carm. »Dieser Dickkopf Noah wollte mich gestern nicht zu dir lassen.«

Annie schob sie weg. »Wovon redest du, Carm? Wovon reden denn alle hier?«

Die Tür knallte gegen die Wand. »Was geht denn hier vor sich!«, rief Noah. Die Folge war ein einziges Chaos: Noah brüllte Carmen und mich an zu verschwinden, Carm beschimpfte ihn auf Spanisch, Annie machte große Augen, und irgendein Handy klingelte.

Ich wollte Annie in eine ruhige Ecke manövrieren.

Völlig außer sich langte Noah nach ihrem Arm. »Bleib bloß weg von dieser Frau, Annie.«

Verwirrung machte sich auf Annies Gesicht breit. »Was ist denn los, Daddy?«

»Nichts. Alles.« Noah fuhr sich mit zitternden Händen über die Haare. Er starrte stur geradeaus. »Deine Schwester Laura ist ermordet worden.«

Endloses Schweigen. Alle Blicke waren auf Annie gerichtet.

»Ermordet?«, flüsterte Annie schließlich. »Aber das ist doch nicht möglich.«

Noahs gebräuntes Gesicht wurde hart. »Es stimmt aber.«

»Laura ist doch nicht tot!«

»Doch, ist sie«, sagte Noah und sah ihr endlich in die Augen. Dann riss er Annie an sich. »Ich wusste nur nicht, wie ich es dir sagen sollte.«

8

Süßes oder Saures?

Annie schwankte. Ich bugsierte sie auf einen Stuhl, während ein fluchender Noah Carmen zur Tür hinausschob. Dann kniete er neben Annie und tätschelte ihre schlaffe Hand.

»Kommen Sie«, sagte ich. »Bringen wir Annie nach Hause.«

Annies Hausärztin kam kurz danach, doch Annie starrte nur unentwegt auf den rosa Baldachin über ihrem Himmelbett. Ich hätte gar zu gern geholfen, doch solange Annie sich so zurückgezogen hatte, war ich machtlos. Dr. Cambal-Hayward, eine imposante Frau mit stahlgrauem Haar, einer römischen Nase und einem sehr bestimmten Auftreten, versicherte mir, dass Annie zäh sei. Ich merkte, dass Annie in guten Händen war, und führte einen seltsam passiven Noah nach unten.

Wir setzten uns an den runden Tisch in Noahs gemütlicher Küche. Wieder und wieder fuhr er sich mit den zitternden Händen über seine silberne Mähne. »Ich hatte ja vor, es ihr zu sagen. Hatte mir schon alles zurechtgelegt.«

Obwohl ich wütend auf ihn war, weil er es Annie verschwiegen hatte, konnte ich nicht anders, als Mitleid mit ihm zu empfinden. Ich konnte nachvollziehen, wie schwierig es war, so etwas zu »sagen«. »Vielleicht hat ein Teil von Ihnen geglaubt, dass Laura gar nicht tot ist.«

Er kniff die Augen zusammen. »Oh, das hab ich durchaus geglaubt. Hab sie ja selbst bei Vandermere gesehen.«

»Das muss schrecklich für Sie gewesen sein.«

»Schrecklich?« Noah fing an zu lachen. »Schrecklich?«

Dr. Cambal-Hayward kam in die Küche. »Ich habe Annie ein starkes Beruhigungsmittel gegeben. Du bist ein alter Dummkopf, Noah.«

Noah nickte. »Das hör ich nicht zum ersten Mal, Cath.«

Die Ärztin gab ihm einen flüchtigen Kuss auf die Wange. »Sei nicht so verbittert über dich selbst. Und über Laura.« Sie warf ein paar Pillen auf den Tisch. »So, und jetzt nimmst du eine von denen. Die anderen zwei hebst du für Annie auf. Das mein ich ernst. Nimm sie, oder ...«

»Oder was, du alter Drachen?«

»Oder ich erzähle allen, dass du beim Poker betrügst.«

»Das machst du nicht!«

»Wetten?«

Sie verließ das Haus durch den Seiteneingang, und die Gummisohlen ihrer Bequemschuhe quietschten auf den Steinplatten.

»Die beste Pokerspielerin der Stadt.«

Ein Lächeln huschte über Noahs Gesicht, dann bedeckte er es mit den Händen. »In der Nacht, als Laura starb, waren Daniel und ich bis fünf Uhr früh auf und haben uns von dieser Frau beim Poker über den Tisch ziehen lassen. Und da war Laura schon tot, Himmel noch mal, und ich wusste es nicht mal.«

»Wie denn auch, Noah?«

»Wir brauchen diese blöden Pillen nicht.« Er wollte sie wegwerfen.

Ich ergriff seine Hand. »Vielleicht. Aber behalten Sie sie. Nur für den Fall.«

Er senkte den Arm und zog dann ein Taschentuch aus der Hose, mit dem er sich über die Augen wischte. »Das war doch dieser gottverdammte Pinkham. Wenn ich ihn in die Hölle begleiten könnte, ich würd's tun.«

»Warum sind Sie so sicher, dass es Gary Pinkham war?«

»Verzeihen Sie meine Ausdrucksweise, aber der ist ein unbedeutender Hurensohn. Hat sie ausgenutzt. Und jetzt ist er untergetaucht. Was wollen Sie denn noch? Ich mach Ihnen einen Tee.«

Ich ließ ihn gewähren. »Erzählen Sie mir von Laura. Erzählen Sie mir, was in Ihnen vorgeht.«

»Dass ich diesen Pinkham gern umbringen würde.«

»Ich wollte das Gleiche mit dem Mann machen, der meinen Vater ermordet hat.«

Er nickte, doch einen Moment später schüttelte er den Kopf. »So ein hübsches Ding, meine Laura. Ihre Mutter hat sie verdorben.«

Vom Seiteneingang kamen Geräusche, dann ging die Tür auf. Noah erstarrte. Ein blonder Mann stand mit verschränkten Armen in der Tür.

»Verschwinde aus meinem Haus«, zischte Noah.

»Ich bin wegen Annie hier.«

»Ist mir doch egal, weshalb du hier bist. Verschwinde. Oder ich werf dir den da an die Birne.« Noah schüttelte den Wasserkocher und verspritzte dabei siedend heiße Wassertropfen auf dem Tisch.

»Nicht, Noah«, sagte ich.

»Und Sie auch, Lady. Ich brauch keine blasierte Psychotante. Und meine Tochter auch nicht.«

»Scheiß auf dich.« Der Mann wollte das Zimmer durchqueren. Noahs Gesicht lief puterrot an, und er hob erneut drohend den Wasserkocher.

Ich hakte mich bei dem blonden Mann unter. »Nicht jetzt«, flüsterte ich und zog ihn aus der Küche.

Dem Zufallen der Tür folgte ein lautes Krachen.

»Wer sind Sie denn, dass Sie mich einfach mit rauszerren?«

»Eine Freundin von Annie.«

Der Mann atmete langsam und lange aus. »Und ich bin auch mit ihr befreundet.«

»Das habe ich mir gedacht. Aber mit Noah offensichtlich nicht.«

In seinen blauen Augen blitzte der Schalk. »Kann man so sagen, ja.«

»Vielleicht hat er wegen Ihnen einen Anfall gekriegt.«

Er grinste. »Keine schlechte Vorstellung.«

»Annie ist ruhiggestellt, sie hätte also nicht mit Ihnen reden ...«

»Ich hätte bei ihr sitzen können.«

»Sie möchte sicher nicht aufwachen und erfahren wollen, dass ihr Vater im Krankenhaus ist.«

Er schob die Unterlippe vor. »Wir sind alle ganz schön durch den Wind wegen Laura. Verhalten uns nicht normal. Sind Sie mit ihr verwandt oder was?«

Ich erklärte es ihm. »Und Sie sind ...?«

»Entschuldigung.« Er wischte sich die Hände an der Jeans ab und reichte mir die rechte. »Steve Sargent.«

»Was Annie betrifft«, sagte ich. »Warum warten Sie nicht noch ein bisschen. Noah braucht Zeit.«

»Und Annie braucht mich.«

»Mag sein. Aber von ihrer Familie ist jetzt nur noch ihr Vater da. Und wie unfreundlich er auch sein mag, bezweifle ich doch, dass sie Ihnen dankbar sein wird, wenn Sie ihm etwas antun.«

»Ihm etwas antun? Der alte Mistkerl hat gerade einen siedend heißen Wasserkocher nach uns geworfen!« Er vergrub die Hände in den Jeanstaschen. »Aber mit einem haben Sie recht. Annie will bestimmt nicht, dass er im Krankenhaus landet.«

»Sobald man Pinkham gefunden hat, wissen wir mehr über Lauras Tod«, sagte ich.

Sargent verdrehte die Augen. »Pinkham? Wir sehen uns.« Er ging über den Weg zu einem Pick-up, auf dem »Sargent Construction« stand – er hatte also eine Baufirma.

»Warten Sie.« Ich folgte ihm eilig. »So, wie Sie gerade die Augen verdreht haben, können Sie nicht einfach weggehen.«

Mit geschürzten Lippen nickte er. »Kann ich wohl.« Er legte die Hand auf den Türgriff.

»Sie scheinen ja offensichtlich nicht zu glauben, dass Pinkham Laura getötet hat.«

»Der ist ein Einfaltspinsel. Hat nicht alle Tassen im Schrank. Die haben sich den doch nur rausgepickt, weil niemand sich an den Typen rantraut, der Laura Beal *wirklich* hasste.«

»Und das wäre …?«

Er sprang in seinen Wagen. »Versuchen Sie es doch mal bei unserem geschätzten ehemaligen Kongressabgeordneten, Drew Jones.« Er zwinkerte mir zu und setzte dann zurück. Als er gerade davonfahren wollte, beugte er sich noch einmal aus dem Fenster.

»Und nehmen Sie sich vor Noah in Acht. Sein Biss ist schlimmer als sein Gebell!«

Drew Jones. *Drew* Jones. An*drew* Jones. Das war der Name, den Hank für den Mann benutzt hatte, den ich auf der Bangor Road aufgegabelt hatte, der mit dem Wolfshund, der das Messer in Laura Beals Bauch hatte stecken sehen. In einer so kleinen Stadt musste es sich um ein und denselben Mann handeln. Wenn dem so war, dann wettete ich, dass dieser Jones auch der Mädchenschwarm war, der Überflieger, der junge Mann auf dem Foto von Annies Schreibtisch. Und obendrein noch ein Kongressabgeordneter. Das hatte ich noch nicht gewusst. Aber da gab es noch eine andere Erinnerung, eine, die immer noch Katz und Maus mit mir spielte.

Warum sollte Sargent Drew Jones beschuldigen, Laura Beal getötet zu haben?

»Er hasste Laura.« Joy Sacco stand mit verschränkten Armen hinter dem Postschalter. Sie war nur zu bereit, mir Rede und Antwort zu stehen.

»Ich kann's ihm nicht verübeln«, sagte Joy. »*Ich* habe für Drew gestimmt.«

»Aber ...«

Sie beugte sich über den Schalter. »Wissen Sie, vor zwei Jahren hat unsere linke Laura seine zweite Amtszeit im Kongress vereitelt.«

»Wirklich.«

»Wenn jemand Ihre Karrierepläne so durchkreuzen würde, wären Sie da nicht auch sauer? Ich dachte, sie hassen sich gegenseitig. Aber dann, das war komisch. Sie waren hier, vor einem Monat ungefähr. Es kam mir vor, als wären sie dicke Freunde. Stellen Sie sich das mal vor.«

Anschließend wollte ich Hank vom Handy aus anrufen, musste mir aber sagen lassen, dass er »irgendwo draußen in Hancock« war.

Noch mal von Anfang an. Ich hatte versucht, mehr über diesen Drew Jones herauszufinden. Hank hatte mich abblitzen lassen, doch Steve Sargent hatte ihn mir auf einem Silbertablett serviert. Ich hatte den Verdacht, dass dieser Jones Leidenschaften entfachte.

Joy lieh mir ein örtliches Telefonbuch, und ich hatte keine Probleme, Drew Jones' Adresse zu finden.

Ich durchquerte die Stadt und fuhr hinunter zur Lake Street. Der Leopold Lake lag zu meiner Linken, dazwischen Landschnipsel, auf denen Gräser, Ahornbäume, Eichen und Wildblumen wuchsen. Zur Rechten lagen die Häuser meist hoch oben am Hügel. Ich suchte nach Nummer 197.

Was hatte den Kongressabgeordneten Jones in das Wrack eines Mannes verwandelt, das ich getroffen hatte? Alkohol? Drogen? Schuldgefühle? Er konnte schon seit Jahren bipolar sein, ohne dass die Krankheit als solche erkannt worden wäre. Es konnte eine Million Gründe geben.

Kleine Schaumkronen waren auf den Wellen des Leopold Lake zu sehen, wo Carmens Onkel bei dem Versuch, ein Wasserflugzeug zu landen, gestorben war. In Noahs Immobilienbüro hatte Carm mich nicht wiedererkannt. Schon komisch, wie traurig mich das machte. Ich meine, warum sollte ich es sein?

Ich entdeckte Drew Jones roten Briefkasten – Nummer 197 – und bog in die Einfahrt. Ich trat auf die Bremse. Diese Erinnerung, die Katz und Maus mit mir gespielt hatte. Da war sie.

Ich bin eine Ballerina, zumindest heute – an Halloween –, und ich fühle mich sehr erwachsen, weil ich in eineinhalb Monaten acht werde. Es wird gerade dunkel, und ich bin auf der großen Straße von Winsworth, wo ich auf einer zugigen Stufe vor Martinez' Music Store sitze. Daddy hat drinnen etwas zu erledigen, wovon ich nichts verstehe.

Aber das ist mir egal, denn in mir kribbelt es, und ich bin so aufgeregt wegen der Parade auf der Main Street, an der ich gleich teilnehmen werde, mit Moms und Dads und Kindern, und alle tragen Laternen und sind wie Gespenster und Hexen angezogen und ... wie Ballerinas!

Heute war es warm gewesen, und deshalb brauche ich meinen Mantel nicht. Ich wackle mit dem Bein, während ich aus der großen Tüte mit Süßigkeiten nasche, die ich bei Mrs Corkle und Jimmys Dad eingefordert habe und bei all den anderen Häusern, wo wir beim »Süßes oder Saures«-Spielen geklingelt haben.

Ich lege das Kinn auf die Knie und wünsche mir, dass Daddy mich auch nach Einbruch der Dunkelheit noch durch die Straßen ziehen lässt, wie die großen Kinder.

Bis auf einen alten Mann, der in LaVerdiers Drugstore verschwindet, ist niemand auf der Straße. Dann aber sehe ich vier Jungen, die viel älter als ich sind, mit gruseligen Masken näher kommen. Ich grinse. Sie sehen cool aus, insbesondere der mit der Wolfsmaske. Sie entdecken mich, zeigen mit den Fingern auf mich und winken, und ich streiche meinen Ballerina-Rock glatt, damit er hübsch aussieht.

Sie kommen näher, und ich bin ganz verlegen, ziehe den Kopf ein und bemerke ihre losen Schuhbänder, als sie an mir vorbeigehen. Und dann schießt eine große Hand mit abgekauten Nägeln vor und entreißt mir blitzschnell die Tüte mit den Süßigkeiten. Sie ist weg. Weg.

»Neeein!«

Die Jungen lachen und flitzen über die Straße, und der mit der Wolfsmaske hat meine kostbaren Süßigkeiten. Meine Augen brennen, und dann kommen die Tränen so heftig, dass ich sie nicht zurückhalten kann.

Jemand ruft etwas. Ein großer blonder Junge rennt mit verzerrtem Gesicht und wehendem Haar über die Straße. Er hält genau vor den bösen Jungs an und sagt etwas zu dem mit der Wolfsmaske. Aber die bösen Jungs lachen nur, bis der blonde Junge die Wolfsmaske am Hemd packt und schüttelt. Und dann hält er fordernd die andere Hand hin.

Die Wolfsmaske gibt dem blonden Jungen meine Süßigkeiten!

Dann rennen die bösen Jungs weg. Aber der blonde Junge kommt langsam auf mich zu. Er wird größer und größer, je näher er kommt, bis er die Sonne verdeckt. Ich kann sein Gesicht nicht erkennen.

Er geht vor mir in die Hocke, und ich sehe, dass er sehr hübsch ist, mit strahlenden Zähnen und freundlichen Augen. Sein Grinsen wird breiter. So breit, dass seine Augen fast geschlossen sind.

»Da hast du's wieder, Kleine«, sagt er und hält mir die Tüte hin.

Ich habe Angst, sie zu nehmen. Was, wenn er genauso gemein ist wie die anderen Jungen, die Hand zurückzieht, sobald ich danach greife, und mich auslacht?

»Keine Angst«, sagt er und legt mir die Tüte auf den Schoß. Er setzt sich neben mich, und ich fühle, wie warm sein Körper ist. »Ich heiße Drew. Ich bin zwölf. Wie alt bist du?«

»Ich bin Emma. Ich bin fa...fast acht.« Ich schniefe. Ich kann nicht anders.

Drew zieht ein rotes Halstuch hervor und wischt mir damit übers Gesicht. Seine Hände riechen nach Jungenhänden, nach Dreck und so. Ein guter Geruch.

»Du bist eine sehr hübsche Ballerina«, sagt Drew. »Sei bitte nicht traurig.«

Mein Gesicht glüht, und ich glaube, ich lächele. Ich mache meine Tüte mit Süßigkeiten auf. »Willst du welche?«

»Klar. Aber nur ein paar. Und dann muss ich weiter.«

Ich mag die Reese's cups mit Erdnussbutterfüllung am liebsten, Drew die Snickers.

Drew bleibt bei mir auf der Schwelle des Musikladens, bis mein Dad rauskommt, und die ganze Zeit essen wir Süßigkeiten.

Ach ja. Ich konnte Drew Jones' Freundlichkeit fast schmecken. Ich schüttelte den Kopf in dem Versuch, diese lebhafte Erinnerung abzuschütteln. Es gelang mir aber nicht, und ich verspürte eine überbordende Zuneigung zu dem Mann, den ich bei heftigem Regen auf der Bangor Road wiedergetroffen hatte.

Das alles bewies, wie viel ich in den Jahren versäumt hatte, seit ich aus Winsworth fortgegangen war. Leider aber hatte ich Laura Beals Ermordung nicht versäumt. Mein Timing war manchmal nicht das beste.

Ich legte den Gang ein und schoss die steile Auffahrt hoch.

Als ich oben ankam, konnte ich nur noch starren. Was hatte Drew sich dabei nur gedacht? Blöde Frage. Offensichtlich gar nichts.

9

Small Talk

Drews Haus war das Tara des Nordens und sicher mehr als eine Kleinigkeit wert. Außerdem war es grässlich geschmacklos. Marmorstufen führten zu massiven Säulen, die sich über zwei Stockwerke erhoben. Es fehlte nur noch eine von diesen hässlichen Jockey-Statuen. Ich ging zu dem schwarzen Jeep Cherokee, der in der Auffahrt parkte. Er war voller Pflanzensaft, und die Reifen waren reichlich platt.

Zwischen den Pflastersteinen wuchs überall Löwenzahn, und die Hecken mussten geschnitten werden. Ich lief die Marmorstufen hoch und drückte auf die Klingel. Hallende Glockenschläge ertönten. Niemand kam.

Ich ging ein Stück über die Veranda und sah durch eines der Vorderfenster.

Angekohlte Möbel lagen auf einem Stapel in etwas, das vermutlich das Wohnzimmer war. Ich ignorierte den Schauder, der mich erfasste, und umrundete das Haus. Ich ging von Fenster zu Fenster. Manche Zimmer waren leer, in anderen stapelten sich noch mehr kaputte Möbel. Die Küche war ein einziger Haufen aus zerbrochenem Geschirr und weggeworfenen Töpfen. Die Bibliothek hatte seltsamerweise ihren makellosen Glanz behalten, sowohl die Möbel als auch der Perserteppich und die Ölgemälde – alles war unversehrt.

Es fing an zu nieseln. Ich beeilte mich, zum Wagen zurückzukommen, und wäre nicht überrascht gewesen, wenn ein Skelett mich an der Schulter gepackt hätte.

Ganz sicher lebte Drew nicht hier. Ich hätte Joy danach fragen können, aber diese Quelle hatte ich heute schon einmal angezapft. Ich musste herausfinden, wo Drew wohnte, um mit ihm zu reden und den netten Jungen zu verstehen, der mir damals meine Halloween-Süßigkeiten gerettet hatte. Ich fuhr die Einfahrt hinunter. Aber ja doch. Carm würde es wissen. Carmen hatte immer alles gewusst.

Ich musste tanken, also fuhr ich auf der Grand ostwärts. Ich klopfte mit dem Fuß den Takt zu »Surfin' USA« von den Beach Boys. Auf einer asphaltierten Fläche direkt vor mir befand sich der Jeep- und Chrysler-Händler Jones. Dort standen Reihen um Reihen glänzender neuer Wagen und Trucks.

Natürlich. Ich kicherte. Dem Händler schräg gegenüber lag die Ambulanz des Tierarztes, zu dem ich Drew Jones letzten Sonntag gebracht hatte. Um nach Hause zu kommen, hatte er nur die Straße überqueren müssen, schon war er im Autohaus seiner Familie.

Beinahe wäre ich bei dem Autohändler abgebogen. Ich hätte Drew mit Laura Beals Tod konfrontieren können. Aber Drew so direkt anzugehen war kein guter Schachzug, noch nicht. Ich brauchte mehr Zusammenhänge und musste mehr über Laura erfahren.

Die örtliche Tankstelle gehörte einem Mann namens Toddy Brown. Jedes Mal, wenn ich bisher hier getankt hatte, hatte ich absichtlich mit ihm geplaudert. Er wusste offensichtlich nichts über meinen Vater, aber er war ein fröhlicher Zeitgenosse. Immer steckte er in einem makellos sauberen Blaumann und grinste über sein rundes, gerötetes Gesicht.

Toddy winkte mir wie üblich mit der Hand zu, registrierte meine MasterCard und begann, meinen Wagen vollzutanken.

»Hallo, Toddy.«
»Hallo, Tally.« Er pfiff ein paar Töne.
»Figaro?«, fragte ich.

»Oje, sind Sie schlecht. Puccini. *Madame Butterfly.* Erster Akt.« Toddy pfiff weiter, während es in der Zapfanlage gluckste. Als er den Zapfhahn in die Tanköffnung steckte, glitt sein Blick zu mir. Er zog am Schirm seiner Kappe. »Hab gehört, Sie hätten Hank nach Laura Beal gefragt.«

Die Buschtrommeln von Winsworth arbeiteten schnell. »Stimmt. Kannten Sie sie?«

»Klar kannte ich sie.« Toddy fuhr sich mit der Hand übers Gesicht. »So was Schlimmes ist hier noch selten passiert.«

»Und was ist Ihr Tipp? War es Pinkham?«

»Der hübsche Knabe?« Toddy schüttelte den Kopf. »Der war's nicht, und ich sag Ihnen auch, warum. Der Junge war doch Laura Beals Hündchen. Aber Liebe war das nicht, bei keinem von beiden. So hat es zumindest Joy unten in der Post gesagt.«

»Und was hat Joy noch erzählt?«

»Sie hat's ganz richtig erkannt. Laura hatte eine gute Zeit, genau wie Pinkham. Das ist auch schon alles. Und man bringt einen Menschen nicht einfach um, es sei denn, es kommt zum Streit.«

»Wer also könnte Laura getötet haben?«

Toddy zuckte die Achseln. »Das ist das Problem. Laura Beal war eine Expertin, wenn's darum ging, andere vor den Kopf zu stoßen. Aber doch nicht so, dass jemand sie mit einem Messer attackiert.«

»Ich habe gehört, sie hätte Drew Jones letzte Wahlkampagne sabotiert.«

»Wer auch immer Ihnen das erzählt hat, hat keine Ahnung. Oh ja, sie hat ein ganz schönes Durcheinander angerichtet, stimmt, aber ...« Toddys Blick glitt hinüber zum Autohaus. »Da haben noch eine Menge andere Sachen gegen Drew gearbeitet, um ... Nein, Laura hat zwar eine Grenze überschritten, aber das kann ich ihr nicht vorwerfen. Sicher nicht.«

Toddy schlug mit der flachen Hand auf das Wagendach und entfernte den Zapfhahn aus der Tanköffnung.

»Und was hat Sie jetzt wohl veranlasst, mich mit dieser Auskunft zu beschenken, Toddy?«

Er wandte sich wieder zu mir um, zwinkerte und fing an, im Weggehen eine weitere Arie zu pfeifen.

Ich saß im Town Farm Restaurant am Tresen mit der fleckigen Resopalplatte, die mit der Zeit ganz glatt und glänzend geworden war. Von dort beobachtete ich den Kopf der Köchin, der beim Arbeiten auf und nieder hüpfte. Ich konnte erkennen, dass es nicht Carmen war. Eine jugendliche Bedienung mit Overall und frechem Grinsen kam mit einem verführerisch duftenden warmen Stück Blaubeerkuchen vorbei. Unmöglich, da zu widerstehen, also bestellte ich ebenfalls ein Stück. Als die Bedienung es brachte, fragte ich beiläufig nach Carmen.

»Da hinten«, sagte das Mädchen mit einem Kopfnicken.

Ich sah mich um. Der Laden war voll, er lief gut. Das freute mich für Carmen. Ich stach mit der Gabel in den dicken, blauen Sirup der Pie und leckte an den Zinken. Mmm. Ich schob das Treffen vor mir her.

Ich ließ das Geld auf der Theke und ging durch den schmalen Gang nach hinten. An den Wänden hingen Filmposter und Kunstdrucke neben einem überbordenden Mitteilungsbrett.

Zwei Männer und zwei Frauen saßen Kuchen essend und Karten spielend an einem der Tische. Ein Mann mit einer blauen Baskenmütze saß über einen Winkelmesser gebeugt da, und sein Bleistift glitt über ein Blatt Papier. Sein Kaffee sah aus, als wäre er kalt. Das Town Farm musste so eine Art Treffpunkt zum Abhängen sein. Ein Mann mit Glatze, dessen Kopf vor- und zurückhüpfte, schaufelte mit einer seltsamen Verzweiflung Eier und Speck in sich hinein. Der Typ sah ziemlich runtergekommen aus, als hätte er seit Tagen keine richtige Mahlzeit zu sich genommen.

Die Glatze. Wie bei Gary Pinkham. War Pinkham etwa

clever genug, um sich im Herzen von Winsworth zu »verstecken«?

Ich blieb vor dem Mitteilungsbrett stehen und tat so, als würde mich eine Verkaufsanzeige für ein Ferienhaus interessieren. Der kahlköpfige Mann sah nicht auf, sondern schaufelte weiter Essen in sich hinein, als wäre er am Verhungern.

»Entschuldigen Sie«, sagte ich.

Er hielt den Zeigefinger hoch, schluckte den Rest seiner Eier und blickte dann auf. »Worum geht's?«

Er trug einen sorgfältig gestutzten Bart und eine schwarz gefasste Halbbrille und war zehn Jahre älter als Pinkham. Seine Augen waren ...

»Entschuldigung. Ich habe Sie verwechselt.«

Er starrte mich an, und dann an mir vorbei den engen Gang entlang. Seine Finger krallten sich an der Tischplatte fest, seine schmale Brust hob und senkte sich, sein Gesicht verzerrte sich zu einer Maske der Angst.

»Sir?« Ich blickte an ihm vorbei, konnte aber nichts sehen.

»Carm!«, heulte er aus voller Lunge. »Carm!«

»Komme schon.«

Ein Wirbelwind in einem Overall tauchte hinter der Theke auf. »Schon gut, schon gut. Alles in Ordnung.« Sie tauchte unter der Theke durch, baute sich vor mir auf, stemmte die Hände in die breiten Hüften und klopfte ungeduldig mit einem ihrer Birkenstocks auf den Boden.

»Jemand hat ihm Angst gemacht«, sagte ich und versuchte, Ruhe zu bewahren. Ich weigerte mich, mich wie früher von Carmens stechenden schwarzen Augen einschüchtern zu lassen.

»Wer, wenn nicht Sie?«, sagte Carmen drohend.

»Vermutlich jemand, der reingekommen ist. Ich stand mit dem Rücken zur Tür.«

Carmen strich mit der Hand über die Wange des kahlköpfigen Mannes. »Alles gut. Alles in Ordnung. Ich kümmere mich darum.« Sie stellte seinen leeren Teller auf die Theke.

Ich verschränkte die Arme. »Ich bin mir nicht sicher, ob alles in Ordnung ist.« Ich starrte in seine wässrigen Augen, aus denen die Angst sprach.

Sie wedelte mit der Hand. »Ihm geht's gut. Er ist hier Stammgast. Er beruhigt sich schon wieder.«

Etwas hatte ihm Angst gemacht. Ich fragte mich, was. »Na gut«, sagte ich einlenkend. »Ich würde mich gern mit Ihnen unterhalten.«

»Ach ja?« Carmen lugte über den Rand ihrer Nickelbrille. »Kenne ich Sie?«

»Wir haben uns heute Morgen im Immobilienbüro der Beals getroffen.«

»Stimmt. Kommen Sie. Ich hab nicht viel Zeit für Small Talk.«

Das, was ich ihr zu sagen hatte, hatte mit »Small Talk« wahrlich nichts zu tun.

10

Um lang zurückliegender Tage willen

Ich fand mich in einem Büro wieder, das nicht größer als ein Badezimmer war, umgeben von schwarzen Katzen, von denen nur eine echt war – ein riesiger Kater mit einem weißen Fleck auf dem Kinn. Er hatte es sich auf Carmens Computertastatur bequem gemacht. Die anderen Katzen waren aus Keramik, Holz und Stoff und bedeckten Wände und Schreibtisch.

Die Gerüche und die geschäftige Betriebsamkeit drangen aus dem Restaurant in das Kabuff. Carmen schloss die Tür und deutete dann auf einen Stuhl im Katzendesign, der dringend hätte aufgepolstert werden müssen. Ich setzte mich.

»Der Mann da draußen, der so verstört war«, sagte ich. »Ich dachte, das könnte Gary Pinkham sein.«

»Kaum«, meinte Carmen.

»Und was hat ihm solche Angst gemacht?«

Die Andeutung eines Lächelns spielte um ihre Lippen. »Bei Herbie weiß man das nie so genau. Möchten Sie was trinken? Kaffee, Limo, Tee, Wasser?«

»Diet Coke?«

»Klar doch. Soll doch jeder selbst entscheiden, ob er sich mit diesem Mist umbringt.«

»Haben das alles Sie aufgebaut?«

Auf Carmens Gesicht zeigte sich ihr ansteckendes Lächeln, das von den Augen ausging und dann die Lippen erreichte. »Mit ein bisschen Unterstützung durch meine Freunde.« Sie öffnete einen kleinen Kühlschrank, reichte mir eine Diet

Coke und machte für sich selbst einen Winsworth Chai mit einem Town-Farm-Etikett auf.

An der Rückwand hing ein gerahmter Zeitungsartikel: »Restaurant setzt sich gegen Stadtrat durch«, »Cavasos eröffnet morgen«.

Carmen musste stolz darauf sein. »Wann wurde das Town Farm eröffnet?«

»Vor drei Jahren.«

»Ach, das ist aber noch nicht lange her.«

Als sie an ihrer Flasche nippte – und mich aus neugierigen Augen beobachtete –, versuchte ich, meine beste Freundin aus Kindertagen mit der Frau in Einklang zu bringen, die hinter dem Schreibtisch saß. Wir waren einmal ein berüchtigtes Duo gewesen.

Als Kinder hatten meine gelockten, mausbraunen Haare in direktem Kontrast zu Carmens glatten, tizianroten gestanden. Meine Augen waren leuchtend grün, ihre hatten einen undurchdringlichen Braunton. Ihr Körper hatte Kurven angesetzt, bevor meiner auch nur daran dachte. *Meiner* hatte übrigens immer noch nicht viele davon, wohingegen Carmens – ganz wie ihre Persönlichkeit – rund und voller Reize war. Ihr Latino-Look war mit der Zeit deutlich hervorgetreten. Sie war wirklich eine Schönheit.

Und wenn wir uns nach all der Zeit in der Mongolei begegnet wären – ich hätte Carmen wiedererkannt.

Warum also verriet nichts in ihrem Blick, dass sie auch nur ahnte, wer ich war?

Ich sehnte mich danach, ihr zu sagen, dass ich Emma war. Aber würde sie mich dann auch so kalt anblicken wie Mrs Lakeland? Würde sie vor Hass sprühen? Sich von mir abwenden?

Oder machte sie mir etwas vor und wusste ganz genau, wer ich war?

Wie dem auch war, ich hatte nicht vor, mein Herz auszuschütten wie so mancher Interviewpartner bei einem Barbara Walters Special. Ich beugte mich über den Tisch und schüttelte Carmens ausgestreckte Hand. »Ich würde Annie und Noah Beal gern beistehen.«

»Sie sind aus Boston«, sagte sie. »Winsworth ist anders.«

»In der Hinsicht nicht. Ein Mord ist ein Mord. Ach, übrigens: Noah hat mich aus dem Haus geworfen.«

»Das überrascht mich nicht. Dieser alte *pedo*. Ein starrköpfiger *cabrón*. Der war doch nach seiner Laura viel verrückter als nach Annie. Glauben Sie mir, das war nicht Annie zuliebe, dass er ihr nichts vom Tod ihrer Schwester gesagt hat. Wahrscheinlich ... Der Himmel weiß, warum.«

»Erzählen Sie mal von Laura.«

»Sie hatte Feuer im Hintern. Wenn sie etwas angefasst hat, wurde es ein Erfolg. Und sie war hinreißend. Mit den Männern, da konnte sie. Sie bekam immer, was sie wollte, ob es nun ein neues Auto war, ein Radiosender oder sogar Mr Zugeknöpft persönlich, Hank Cunningham.«

»Der Sheriff?«

»Genau.« Carmen schüttelte den Kopf. »Aber wie es aussieht, hat sie dieses letzte Mal das Falsche gewollt. Der Himmel weiß, was es war.«

»Manche Leute hier glauben, Gary Pinkham hätte sie umgebracht.«

Carmen schnaubte.

»Und andere haben Drew Jones beschuldigt.«

Carmen lächelte. »Steve Sargent, stimmt's? Ein guter Kerl, aber der ist ein bisschen angefressen wegen Annie.«

»Woher wussten Sie, dass Sargent gemeint war?«

»Niemand sonst würde so was Dummes über Drew sagen.«

»Ich war bei seinem Haus. Bei Jones' Haus, meine ich.«

Sie grinste. »Zum Rumschnüffeln.«

Ich zuckte die Achseln. »Ich wollte mit ihm reden.«

»Ich dachte, Sie wären eine Therapeutin und kein Schnüffler.« Carmen hatte es schon immer genossen, die Dinge beim Namen zu nennen.

»Lauras Mörder zu finden könnte helfen, Annie Beals Schmerz zu heilen«, sagte ich. »Ich dachte, Mr Jones hätte vielleicht einen gewissen Einblick.«

»Also, Drew hat Laura sicher nicht umgebracht.«

»Dann kennen Sie ihn gut.«

»Er hat mir geholfen, dieses Restaurant gegen den Willen einiger unserer guten alten Stadträte zu eröffnen. Einer der Stadträte hatte vor, das Grundstück zu kaufen, um daraus einen Parkplatz zu machen.«

Carmen schuldete Drew etwas, und das Mädchen, das ich einst gekannt hatte, würde so etwas sicher sehr ernst nehmen. »Sein Haus ... Das sieht so verlassen aus.«

»Probleme«, sagte sie nur. »Die gibt's wie Sand am Meer. Sie müssen auch ein paar haben, wenn sie sich hierher in das alte Cottage der Bradys flüchten.«

»Ich habe keine ...«

»Klar haben Sie. Seit einer Woche brodelt es in der Gerüchteküche. Wegen Ihnen und diesem Killer in Boston. Aber vermutlich sind Sie in der Beziehung eher diskret.«

»Genau wie viele Leute hier in Maine.«

»Aber Sie sind ja keine von uns, oder?«

»Genauso wenig wie Sie, Madame Cornhusker!«

Carmen zuckte zusammen und funkelte mich zornig an.

»Fühlt sich nicht so toll an, was, Miss Cavasos? Wenn einem das Innerste nach außen gestülpt wird.«

Ihr Busen hob sich und sank dann wieder in sich zusammen, als sie schallend lachte. »Kein Zweifel, Sie sind wirklich nicht auf den Mund gefallen – wie man mir gesagt hat.«

Wie früher konnte ich auch jetzt nicht umhin zu lächeln. »Ich nehme das als Kompliment.«

»Woher wissen Sie, dass ich aus Nebraska komme?«, fragte sie.

»Wenn es ums Recherchieren geht, bin ich fast genauso gut wie bei meiner Beratertätigkeit. Wenn also weder Pinkham noch Jones infrage kommen, wer hat dann Ihrer Meinung nach Laura Beal auf so brutale Weise umgebracht?«

»Ein Fremder.«

»Macht Ihnen das keine Angst?«

Carmen grinste. »Himmel, nein. Es beruhigt mich sogar. Ich fände es unerträglich, mir vorzustellen, dass jemand aus dieser Stadt Laura all diese schrecklichen Dinge angetan hat.«

Im Lautsprecher auf Carmens Schreibtisch knackte es. »Was ist?«

»Der Mann vom Farmer's Market ist hier.«

»Komme gleich.« Carmen erhob sich.

Ich lächelte. Am liebsten hätte ich ihre Hand berührt. Aber ich tat es nicht. »Danke für Ihre Zeit. Ich weiß, wie beschäftigt Sie sind. Drew Jones würde ich immer noch gerne sehen.«

Carmens warme Augen wurden dunkler. »Ich sage ihm, dass Sie mit ihm reden wollen.«

»Warum der Aufwand? Ich will ihm doch nur ein paar Fragen stellen.«

»Hmm. Warum verwenden Sie Ihre Talente nicht sinnvoll, indem Sie mal nach Joy Sacco sehen.«

»Meinen Sie die Frau, die bei der Post arbeitet?«

»Hmm. Sie leidet. Erstens ist Gary Pinkham ihr Schwiegersohn, auch wenn sie nur zwei Jahre älter ist als er. Gary war mit Will Saccos Tochter Tish verheiratet, bis sie vor, hm, circa drei, vier Jahren gestorben ist. Will ist Joys Mann.«

Allmählich wurde es kompliziert. »Und woran ist Tish gestorben?«

»An Aids.«

»Schlimm«, sagte ich. »Sie sagten erstens. Gibt es auch ein zweitens?«

»Joy und Laura Beal standen sich so nahe wie Schwestern.«

Als ich mich nach Laura Beals Tod mit Joy Sacco unterhalten hatte, hatte sie diese enge Freundschaft nicht erwähnt. Mich interessierte, warum nicht. Auf meinem Weg zur Post machte ich einen Umweg durch eine Seitenstraße. Aus dem Telefonbuch wusste ich, dass der Haushaltswarenladen von Carmens Mutter nicht mehr existierte, aber ich hatte noch nicht mit eigenen Augen vorbeigeschaut. In dem Gebäude, in dem Mrs Cavasos' Laden früher untergebracht war, befanden sich nun ein Geschäft für Modeschmuck und ein Florist. Eine schreckliche Traurigkeit breitete sich in mir aus. Am liebsten hätte ich die Zeit zurückgedreht und alles wieder zurechtgerückt.

Ich hatte Mrs Lakeland geschrieben und sie auf die Quelle ihres Ärgers angesprochen, aber noch keine Antwort erhalten. Sie war vielleicht noch in England. Ich sollte einfach etwas zu Carmen sagen. Aber was ich bei Mrs Lakeland ertragen konnte, hätte ich von Carmens Seite nicht hinnehmen können. Bei der Vorstellung, solchen Abscheu auf Carmens Gesicht zu sehen, wurde mir ganz übel.

Genug.

Ich fuhr zurück zur Main Street, zur neuen Post und zu Joy Sacco.

Joy stand hinter dem Schalter und plauderte mit einem Kunden. Ich stellte mich an.

Postangestellte kennen oft alles und jeden, besonders in Kleinstädten. Bei meiner Freundin Pat, einer Postmeisterin, ist das zumindest so.

Als ich vor etwas mehr als einer Woche zum ersten Mal die Post von Winsworth betreten hatte, um meine weitergeleiteten Briefe abzuholen, hatte ich mir überlegt, dass die kleine Brünette vielleicht etwas über meinen Dad wissen könnte. Doch obwohl Joy nie von John Blake gehört hatte, scherzte sie gleich über unser beider Medusa-Haar.

Heute hatte Joy ihre wilde Mähne mit einem Haargummi gebändigt; ihre Uniform war ein bisschen zerknautscht. Ihr sonst so fröhliches Gesicht hatte einen ernsten Ausdruck. Statt mir zuzulächeln, winkte sie mir nur mit einem Finger.

Da sie Ende zwanzig war, musste Joy im gleichen Schuljahrgang wie Laura gewesen sein. Sie waren wahrscheinlich zusammen aufgewachsen. Genau wie die Familie litten auch enge Freunde sehr, wenn ein geliebter Mensch ermordet wurde. Viel zu oft ging die Trauerbetreuung aber an ihnen vorbei.

Der Jugendliche vor mir, der mit einem Stapel Päckchen gekommen war, war fertig. Also trat ich an den Schalter.

»Ich hätte gern einen Bogen von den Wohlfahrtsmarken gegen Brustkrebs, Joy.«

»Gern, Tally. Und wie geht's so?«

»Bestens. Und selbst?«

»Super.« Sie zwinkerte mir grinsend zu. Sie rieb mit einem Finger über die Blumen auf ihrer silbernen Gürtelschnalle. »Gefällt sie Ihnen?«

»Ja.«

Sie nickte. »Art nouveau. Hier sind Ihre Marken.«

Hinter mir stand niemand an. »Haben Sie kurz Zeit, um mit mir zu reden?«

»Zeit ...« Sie seufzte. »Die zerrinnt uns zwischen den Fingern.«

»Stimmt. Ihnen geht's schlecht, nicht wahr.«

Joys Mundwinkel zuckten. »Oh. Ähm, Sie wissen Bescheid, hm?«

»Über Sie und Laura? Ja. Und es tut mir sehr leid.«

»Mir auch.«

»Ich habe, glaube ich, bereits erwähnt, dass es mein Beruf ist, Menschen in Trauerfällen zu beraten. Wenn ich Ihnen helfen ...«

»Danke, aber es käme mir komisch vor, mit Ihnen darüber zu reden. Sie kannten Laura ja nicht einmal.«

»Das stimmt. Aber unterhalten könnten wir uns trotzdem.«

Sie schüttelte den Kopf. »Nein. Mit mir ist alles in Ordnung. Wissen Sie, Sie sind die Erste, die mich nach Laura fragt. Alle wussten, wie nahe wir uns standen, aber keiner hat auch nur einen Ton gesagt.«

»Und Gary? Er ist Ihr Schwiegersohn, nicht wahr? Ich habe gehört, dass er mit ihr liiert war. Er muss doch furchtbar aufgewühlt sein.«

Sie zuckte die Achseln. »Ja, vermutlich. Ich habe ihn nicht gesehen. Aber Sie wissen ja, was alle sagen, oder? Dass er sie umgebracht hat.«

»War er dazu fähig, was meinen Sie?«

Sie schlug die Augen nieder. »Ich will dazu nichts sagen. Auf eine Art war es nämlich meine Schuld.«

Ein Lied, das ich immer mal wieder von Trauernden zu hören bekam. »Wie das?«

»Na ja, Will und ich hätten uns eigentlich mit Gary und Laura treffen sollen.« Sie seufzte. »Aber unser Sohn, Scooter, hatte eine Mittelohrentzündung, und die Medizin war alle. Und ich wollte keinen Babysitter, obwohl Will meinte, es wäre keine große Sache, und deshalb ...« Sie rieb sich die Stirn. »Und als Will zurückkam, nachdem er die Medizin geholt hatte, sind wir zu Hause geblieben. Verstehen Sie nicht? Ich habe meine beste Freundin versetzt, und sie ...«

»Und wenn Sie sich getroffen hätten, dann wäre sie Ihrer Meinung nach noch am Leben.«

Sie krampfte die Finger ineinander, bis die Knöchel weiß hervortraten. »Dann wäre für Laura alles anders gewesen. Ich *weiß,* dass es anders gewesen wäre.«

Ich griff nach ihren Händen. »Was Sie da empfinden, Joy, ist ganz normal. Erstens bin ich sicher, dass Scooter Sie an dem Abend gebraucht hat. Und zweitens hat, wer auch immer Laura umgebracht hat, alles genau geplant. Ich bezweifle also, dass es einen großen Unterschied gemacht hätte. Wirklich.«

Sie reckte das Kinn vor. »Aber vielleicht doch.«

»Joy, versuchen Sie zu ...«

Jemand stellte sich hinter mir an. Ich reichte Joy meine

Karte. »Hören Sie, wenn Sie noch weiter darüber reden wollen, rufen Sie mich an. Meine Handynummer steht drauf. Keine großen Formalitäten, ja?«

Sie versuchte, die Tränen in ihren blauen Augen wegzublinzeln, straffte die Schultern und schob mir die Karte wieder zu. »Danke, Tally, aber ich habe alles unter Kontrolle.«

Als ich mich vom Schalter entfernte, spürte ich in meinem Innern den vertrauten Stich, weil ich wusste, dass ich den Schmerz heilen konnte, man mich aber nicht ließ.

Ich rutschte hinters Lenkrad und sah mich einem neongrünen Post-it gegenüber, das an meiner Windschutzscheibe flatterte. Ich stieg aus und zog es ab.

Ich vermisse dich. OL. Mich vermissen? OL?

Ich durchforstete mein Gehirn, aber mir viel kein OL ein, ob er mich nun vermisste oder nicht.

Auch an allen anderen geparkten Wagen klebten Post-its.

Ich sah sie alle an. Die anderen Post-its waren nicht unterschrieben, und es standen Dinge wie »Wasch mich!« oder »Rettet die Wale!« darauf.

Meins war direkt an mich gerichtet. Vielleicht mein Mr Atemlos aus Boston?

Ich hatte allmählich genug von all den bizarren Anspielungen.

Als ich abfuhr, war ich total genervt. Und neugierig. *OL?* Das Leben in Winsworth war wirklich seltsam.

Kaum hatte ich den Winsworth River überquert, bremste ich und bog in die Zufahrt zu einem alten, viktorianischen Haus ein, in dem eine Karateschule untergebracht war.

Seit ich Drew Jones und seinen Hund im Auto mitgenommen hatte, hatte ich den wahren Grund für meine Rückkehr nach Winsworth beiseitegeschoben: meinen Dad.

Dad hatte sich mit diesem Ort verbunden gefühlt. Er hatte immer von Winsworth geredet und gesagt, dass er an dem einzigen Ort, wo er sich je zu Hause gefühlt hatte, begraben sein wolle. Also hatte ich ihn hier beerdigen lassen.

Oh Mann, ich vermisste ihn auch noch nach zwanzig Jahren.

Ich machte kehrt und fuhr den Weg zurück, den ich gekommen war. Zum Friedhof von Winsworth.

Ich parkte auf einem schmalen Feldweg neben dem kleinen Friedhof. Umgeben wurde er von einer Steinmauer, die vor zweihundert Jahren ohne Mörtel aufgeschichtet worden war. Grabsteine ragten an dem steilen Abhang auf, und unter den grünen Rasen mischten sich Büschel aus verdorrtem Gras. Ich ging zu dem steinernen Bogen, der den Eingang bildete. Zwei alte Fliederbüsche hielten dort Wache. Die Luft war warm und erfüllt vom Duft ihrer Blüten. Ich fuhr mir mit der Hand durchs Haar. Meine Kopfhaut war schweißnass.

Ich setzte die Sonnenbrille auf und trat durch den Steinbogen des Friedhofes.

Ich wandelte zwischen kleinen Plaketten, repräsentativen Denkmälern, Putten und Engeln, geneigten Grabsteinen und solchen, die stramm wie ein Soldat standen. Es schien, als hätte hier ganz Winsworth seine letzte Ruhe gefunden.

Aufgrund meiner Arbeit war ich über die Jahre auf unzähligen Friedhöfen gewesen. Dieser hier ... Ich hatte einen Kloß im Hals.

Ich nickte Arnie Thornton zu, einem Jungen, mit dem ich die Grundschule besucht hatte. Da lag Mrs Ostermeyer, die Mutter einer Klassenkameradin. Und dort ruhte Martha Kelton, die ältere Dame, der ich einmal in der Woche vorgelesen hatte. Wie konnten sie alle hier liegen, wo sie in meiner Erinnerung doch so lebendig waren?

Plötzlich sehnte ich mich verzweifelt nach meinem Vater.

Ich rannte keuchend durch die Reihen, bis ich einen Punkt ganz oben auf dem Hügel erreichte. Er lag direkt an einer

Ecke des Steinwalls und wurde von einem knorrigen alten Rotahorn überschattet.

Ich setzte mich neben die Messingplakette und fuhr mit den Fingern über den Namen – John Blake.

Schon komisch, was uns so durch den Kopf geht. Gleich bei unserem ersten Treffen hatte Veda gesagt, »was für eine Tally« ich doch sei – was auch immer sie damit gemeint hatte. Sie hat es mir nie erklärt, aber der Spitzname ist mir geblieben. So wurde ich Tally Blake, bis ich heiratete und zu Tally Whyte wurde.

Es fiel mir schwer, mich an das Mädchen zu erinnern, an diese Emma Blake.

Ich schlang die Arme um die angewinkelten Knie. Der Himmel war so blau, dass es wehtat. Ich pflückte einen Löwenzahn und drehte den Stängel zwischen den Fingern, bis die Blüte verschwamm ...

Rote und orange Flammen züngeln in den schwarzen Nachthimmel und blenden die Sterne aus. Das Nachthemd schlottert um meine Beine, als Daddy mich aus dem brennenden Haus zieht, durch das dahinter liegende Feld und in den Wald. Daddy zerrt mich schneller und schneller mit sich und schleppt dabei diesen blöden Koffer.

Ich stolpere, als wir den steilen Abhang zum Fluss hinunterrennen, aber da läuft Daddy schon so komisch, als hätte er Seitenstechen, weshalb er mir auch nicht aufhelfen kann. Als wir am Bootssteg ankommen, hebt er mich in unser Motorboot, springt dann selber hinein und landet keuchend neben mir. Durch die Bäume sehe ich, wie die Flammen aus unserem Haus hoch in den Himmel schlagen.

Daddy flucht, als er einmal, zweimal, dreimal am Seil des Motors zieht. Endlich springt er stotternd an, und dann – gerade, als der pralle Mond über den Bäumen am Ufer auftaucht – tuckern wir über den verlassenen Fluss in Richtung Meer.

»Wir haben's geschafft, Emma«, sagt er. »Jetzt kommt alles in Ordnung.«

»Aber du bist verletzt.« Die rechte Seite seines Hemdes ist schwarz, und er presst die Hand darauf.

Er runzelt die Stirn, während er das kleine Boot steuert. »Nicht so schlimm.«

»Aber ... Was ist denn los, Daddy?«

Er legt mir einen Finger auf die Lippen. »Pass auf. Ich, äh ... Es lief gerade nicht so gut, Herzchen.«

»Aber was ist mit all den Häusern, die du baust? Du hast doch gesagt, Trenton-by-the-Sea würde die großartigste Sache der Welt.«

»Genau, das sollte es«, blafft er mich an. Er seufzt. »Und jetzt das Feuer. Wir haben das Haus verloren, Schatz. Ich hatte noch mal eine Hypothek darauf aufgenommen, aber es gab keine Versicherung, nur die von der Bank und, und ... Ach, ist ja auch egal. Aber wir fangen noch mal an, Emma. Ganz von vorn. So wie Neugeborene.«

Ich fange an zu weinen. »Ich verstehe das nicht.«

»Eines Tages wirst du es verstehen.«

Der Nachtwind kriecht unter mein Hemd, und ich zittere. Daddy greift hinter sich und legt mir seine alte Seemannsjacke über die Schultern.

Ich kann nicht mit dem Weinen aufhören. »Aber Daddy, ich will gar nicht weg von hier.«

»Du wirst schon sehen. Es kommt alles in Ordnung.«

Das Mondlicht glänzt in den Tränen, die aus Daddys Augen kommen.

Wir landeten in Boston, in einem Hochhaus neben einem Waschsalon, der Crystal's Duds 'n Studs hieß. In einer anderen Nacht, einer regnerischen, stürmischen im September, fuhren wir in Daddys Rostlaube nach East Lexington, einem Arbeiterviertel, das inzwischen längst zu einem In-Viertel geworden ist.

In all dieser Zeit nahm ich Daddy das nie besonders übel, die Verrücktheit seiner großen Pläne, seine seltsamen Fluchtmanöver, die ständig wechselnden Freunde, das Eingewöhnen in neuen Schulen, die ich dann wieder verließ. Daddys Lächeln, seine komischen Witze und seine großartigen Ankündigungen verwandelten alles in ein einziges, großes Abenteuer.

Stimmt, die Erfolgskurve seiner Abenteuer bog sich allmählich nach unten, genau wie der Boden unserer Wohnung. Da wurde mir klar, dass mein großherziger Dad ein Träumer war, dessen großartige Pläne dem Druck der Realität so wenig standhielten wie ein Kartenhaus.

Aber ich liebte ihn trotzdem, weshalb für mich eine dunkle Zeit anbrach, als ich ihn kaum noch atmend auf unserer Türschwelle fand, wo ihn ein kleiner Gauner niedergestochen hatte, und das für höchstens zwanzig Dollar und seine Geldscheinklammer, die ihm als Glücksbringer diente.

Dr. Veda Barrow hatte mich gerettet. Sie tröstete mich, stand mir zur Seite und hielt mich fest, als der Schutzwall um meine Trauer schließlich brach. Sie und ihre Schwester Bertha wurden zu der Mutter und dem Vater, die ich nicht mehr hatte.

Sie erzog mich und machte mich mit der Therapiearbeit vertraut. Aber ich war es, die sich dann für die Arbeit mit den Angehörigen von Ermordeten entschied.

Das Feuer ... das hatte ich fast ganz verdrängt. Jetzt hatte ich zum ersten Mal seit Ewigkeiten die Erinnerung daran *gesehen*. Zumindest einen Teil davon. Ich zitterte vor Ärger und Trauer.

Es ergab Sinn, dass das Feuer und Mrs Lakelands Hass miteinander in Verbindung standen. Aber wie? Wo genau war diese Verbindung? Ich musste das herausfinden.

11

Das einfache Leben

Ich wollte gerade aus dem kühlen Schatten unter dem Ahorn in die blendende Sonne treten, als ich einen Mann am Eingang zum Friedhof entdeckte. Zumindest nahm ich an, es sei ein Mann. Der Tag war heiß für Winsworth im Juni – fast dreißig Grad –, doch er trug einen langen, dunklen Staubmantel – die Art, wie ihn australische Cowboys beim Schafetreiben anhaben. Seine Hand lag am Schirm seiner Baseball-Kappe, als er durch den Steinbogen glitt. Ich war fasziniert.

Er kam mir vertraut vor. Ich forschte in Gedanken nach Menschen, die ich als Kind gekannt hatte, doch es gelang mir nicht, den Mann zu identifizieren. Bei seinem Anblick kamen mir vage Bedenken.

Der Mann ging in Schlangenlinien an den Reihen der Gräber entlang, wobei sein Kopf ständig nach links und rechts wanderte. Er suchte nach etwas. Oder nach jemandem.

Der Typ hatte etwas im Sinn. Bei jedem weiteren Schritt lagen meine Nerven ein bisschen blanker. Ich kaute auf der Unterlippe.

Ich glitt tiefer unter die schützenden Äste des Ahorns und kauerte mich hin, um ihn zu beobachten. Wenn etwas mit ihm nicht stimmte, dann würde er sich entweder davonmachen oder aggressiv werden, das spürte ich. Er arbeitete sich methodisch von rechts nach links vor und kam meinem Versteck immer näher. Ab und zu schnüffelte er in der Luft, wie einer der neun Ringgeister in *Der Herr der Ringe*. Wie seltsam.

Ich hatte nur flach geatmet und sog die Luft jetzt bewusst tiefer ein.

Jetzt konnte ich ihn besser sehen. Er war nicht groß – vielleicht eins siebzig –, und sein auffällig langer Hals mit dem kleinen Kopf unterstrich das unnatürliche Aussehen noch. Der wehende Mantel machte es auch nicht besser.

Er war fast unter mir, am Fuße des Steilhangs, und kam durch die letzte Gräberreihe auf mich zu. Beim Klettern beugte er sich vor, um jeden einzelnen Grabstein zu untersuchen, erst dann ging er weiter. Er kam näher. Ich atmete schneller. Meine Angst nahm zu. Dabei hatte die Erfahrung mich gelehrt, dass diejenigen, die mir *keine* Angst machten, die gefährlichsten Typen waren.

Der Friedhofsmann verschwand aus meinem Sichtfeld.

Mist. Ich rieb über die Gänsehaut auf meinen Armen. Lächerlich. Und doch …

Ich rutschte etwas vor, blieb aber im Schatten, und lugte über eine kleine Erhöhung hinweg. Da war er. Er kauerte neben einem Grabstein. Er redete mit Nachdruck; Spucke flog aus seinem Mund, und eine Faust hieb in die Luft. Wie bei Drew Jones.

Aber, nein, dieser Typ war zu dünn, zu klein und sah zu seltsam aus, um Jones sein zu können.

Ich hätte schwören können, dass er sich an einen alten Feind wandte. Beglich er vielleicht eine alte Rechnung? Hatte er Wahnvorstellungen? Oder hörte Stimmen? Möglich.

Es war kindisch von mir, mich hinter dem Baum zu verstecken. Ich sollte mit ihm reden. Vielleicht konnte ich ihm helfen. Ich wollte gerade zu ihm hinuntergehen, als ein lauter Knall die Luft erschütterte. Mein Friedhofsmann lag mit ausgebreiteten Gliedern auf dem Boden. Dabei war es nur die Fehlzündung eines Autos gewesen.

Der Friedhofsmann zitterte vor Angst.

Ich machte mich auf den Weg zu ihm. Ein Pärchen mit roten Nelken kam plaudernd auf den Friedhof. Der Kopf des

Mannes ruckte herum, um sie zu verfolgen. Nicht sein Körper, nur sein Kopf. Mann, war der unheimlich.

Als das Pärchen über den Friedhof ging, sprang der Friedhofsmann plötzlich auf, raste den Hügel hinab und sprang über die Steinmauer. Er rannte zu einem beigen Sedan und stieg ein.

Ich beschattete die Augen mit der Hand und wartete darauf, dass er abfuhr. Stattdessen ließ er den Motor etwa eine Minute laufen – ich hätte schwören können, dass sein Blick auf mir ruhte – und fuhr dann langsam davon.

Ich ging zu dem Grabstein, mit dem der Friedhofsmann sich unterhalten hatte.

Auf dem Stein stand »Jeremiah Blake, geboren 1905, gestorben 1942«. Mein Großvater? Das glaubte ich nicht. Ich hatte noch nie von diesem Mann gehört.

J. Blake. Genau wie mein Dad.

Eine Brise strich über die Härchen in meinem Nacken, und ein Schauder lief mir den Rücken hinunter.

Die Angst hatte mich immer noch fest im Griff, doch ich wandte mich in Gedanken von meinem Dad ab, dem Mord an Laura zu. Ich hätte gern gewusst, ob es etwas Neues gab oder ob die Forensiker eine lohnende Entdeckung gemacht hatten. Hank war sicher auf dem Laufenden, also fuhr ich zum Gericht und ging zu seinem Büro.

»Moment mal«, rief ein Mann. »Sie können doch nicht ...«

»Der Sheriff meinte, das geht in Ordnung.« Ich hielt ihm meinen MGAP-Ausweis unter die Nase und trat lächelnd in Hanks Büro. »Hank?«

Das Büro war sauber, aufgeräumt und vollgestopft mit Büchern und einer Sammlung von I-Ahs, dem mürrischen Esel aus *Winnie Puh*. Auf dem Schreibtisch lag ein ziemlich zerfleddertes Exemplar von *Tao Te Puh*.

I-Ah persönlich saß zusammengesunken und mit geschlossenen Augen auf seinem Stuhl. Das Gesicht grau und eingefallen. Ringe unter den Augen. Eine fiese Beule auf der Stirn. Er sah miserabel aus, total fertig. Die Finger lugten aus dem dreckigen Gipsverband hervor, der seine linke Hand umhüllte. Ich nahm an, dass es sich bei der Medizin auf seinem Tisch um ein starkes Schmerzmittel handelte.

»Was machen *Sie* denn hier?«, blaffte Hank.

»Einen Besuch. Von dem Zeug da wird man doch angeblich sanftmütig.«

»Ich bin sanftmütig genug«, sagte er, ohne es für nötig zu halten, die Augen zu öffnen.

»Woher wussten Sie, dass ich es bin?«

»Hab's gerochen«, sagte er. »Was woll'n Sie?«

Ich setzte mich auf den Stuhl vor dem Schreibtisch. »Ich dachte, Sie hätten vielleicht was Neues über Lauras Ermordung.«

Eins seiner blutunterlaufenen Augen öffnete sich. »Nicht viel. Im Labor arbeiten Sie an den Kippen. Die Jungs von der State Police meinen, sie haben Pinkham in seiner Hütte beim Baxter State Park eingekreist. Ein schlauer Bursche, unser Gary, sich zu Hause zu verstecken.« Seine Lider schlossen sich wieder, und er seufzte.

Ich erhob mich leise vom Stuhl und zog vorsichtig die Tür auf, um ihn nicht zu wecken.

»Moment noch«, sagte er. »Hätten Sie Lust auf 'ne Pizza.«

»Pizza?«

»Sie wissen schon, dieses *i*-talienische Zeug mit der roten Soße obendrauf.«

»Lassen Sie endlich diesen hinterwäldlerischen Maine-Akzent weg, Sheriff.«

»Sie haben mich durchschaut, was?«

»Bestimmt nicht.«

»Also, was ist jetzt mit der Pizza? Ja oder nein?«

Eigentlich war die Vorstellung ganz nett, aber ... »Tut mir leid, nein. Ich muss nach Hause.«

***

Zu Hause half mir Pennys begeisterte Begrüßung über die Leere hinweg, die ich empfand, nachdem ich Hanks Einladung ausgeschlagen hatte. Ich hatte sie nicht angenommen, weil ... Blöd eigentlich, nicht anzunehmen. Aber ich war mir nicht sicher, ob mir nach einer Romanze zumute war, auch einer kurzen.

Ich zauste Pennys Fell und genoss es, von ihr abgeleckt zu werden. Ich fühlte mich geliebt.

Ich ging mit ihr eine kurze Runde Gassi. Eine steife Brise wehte aus östlicher Richtung, vom Wasser. Sie zerzauste ihr Fell und kühlte die Luft ab. Als ich wieder drinnen war, schlug ich Lauras Akte auf und fing an, meine Notizen in den Mac zu übertragen.

Noah und Annie, Carmen, Hank, Joy, Gary Pinkham, Steve Sargent, Drew ... Ich unterstrich Drews Namen. Schwierig, die Erinnerung an den freundlichen Jungen von dem Halloween-Fest mit dem verwirrten Mann in Einklang zu bringen, den ich in der Nacht getroffen hatte, als Laura Beal starb.

So etwas hatte ich bereits erlebt – ein Wirbelsturm aus kleinen Ereignissen, die um einen Mord kreisten. Eine Mordtat konnte einfach und ungestüm sein, ausgelöst durch Wut oder Leidenschaft. Aber es gab auch eine andere Sorte, zu der vielschichtige Emotionen gehörten, die zu einem vorsätzlichen und grässlichen Abschlachten führten.

Der Eindruck, den ich von Laura Beals Ermordung hatte, entsprach eindeutig Letzterem.

Ich machte eine Pause, lehnte mich zurück und nahm die Ruhe in mich auf. Ein Herzschlag, noch einer, und dann sah ich wieder das Feuer vor mir und den verzweifelten Wunsch meines Vaters, aus Winsworth zu fliehen. Ranken aus eisigem Nebel breiteten sich in meinem Kopf aus und pressten noch mehr und schlimmere Erinnerungen heraus.

Ich schlug die Augen auf, schüttelte den Kopf und verbannte die Erinnerungen. Ich wählte Vedas Nummer. Sie war

Expertin, wenn es darum ging, mich ins Hier und Jetzt zurückzuholen.

Der Anrufbeantworter ging dran; ich hinterließ eine Nachricht.

Die Nacht war kühl, klar und tröstlich. Das Mondlicht spiegelte sich in der Bucht. Eine sanfte Brise von Westen und der Mondschein lockten mich nach draußen. Ich zog meine Laufschuhe an und trat dann vor die Tür, um mit Penny einen kurzen abendlichen Lauf zu machen. Dann würde mein Kopf wieder klar werden.

Penny preschte zu meinem Wagen, der in der Einfahrt stand.

»Was zum Teufel …! Penny!« Vermutlich ein Kaninchen. Ich trabte zu ihr. Sie umrundete den Truck immer und immer wieder. Penny lief im Kreis, als würde sie … Oh nein. Penny roch den Tod, menschlichen Tod. »Mist.«

Vorsichtig öffnete ich die Fahrertür, roch aber nichts. Penny jaulte, dann urinierte sie neben den Wagen. Sie erstarrte.

»Heilige Scheiße.« Ich sah unter die Sitze. Es war lächerlich.

»Wo denn, Pens?«

Sie sprang auf den Fahrersitz, setzte sich und kratzte dann an der Klappe zum Handschuhfach.

Herrje. Ich hatte die Post im Handschuhfach gelassen.

Pennys legendärer Ruf als Mitglied der Hundestaffel hatte sich immer und immer wieder bestätigt. Ich hoffte, dass sie dieses Mal falschlag. Vorsichtig öffnete ich das Handschuhfach. Lauter flache Briefe … und ein leicht gewölbter Umschlag, den ich plötzlich nur noch sehr widerstrebend öffnen wollte.

Aber es musste sein.

Ich holte mir eine Zange und einen neuen Umschlag aus dem Haus. Ich schob die ganze Post in den Umschlag und brachte den Stapel dann nach drinnen, die jaulende Penny immer dicht an meiner Seite.

Ich verteilte die Briefe auf einer sauberen, ungelesenen Zeitung.

Sollte ich Hank anrufen oder das Ding einfach aufmachen? Ich wollte schon nach dem Telefon greifen, entschied mich dann aber für die Schere. Ich wollte das dickliche Päckchen zuerst öffnen, weil ich davon ausging, dass es sich dabei um den Übeltäter handelte, der Pennys Aufmerksamkeit erregt hatte.

Nachdem ich ihn also aufgeschnitten hatte, schlug ich den gelben Umschlag auf. Drinnen befand sich eine Art Stoffbinde, wie sie Sportler benutzen, um Verstauchungen oder Ähnliches zu kühlen. Ich rollte sie auf.

»Himmel.«

Die Rolle enthielt einen Finger. Nicht einfach irgendeinen, sondern den kleinen Zeigefinger eines Kindes.

Du lieber Gott. Welcher Perverse ... »Alles klar, Pens ...« Ich suchte nach den tschechischen Worten. »*Nech to*«, sagte ich, was so viel bedeutet wie »Lass gut sein«. »*Nech to*«, wiederholte ich. Endlich wurde sie ruhiger. »*Hodny*, Penny. *Hodny*. Gutes Mädchen!«

Ich seufzte. Ein Kinderfinger. Ich hatte lange genug mit dem Leichenbeschauer zusammengearbeitet, um zu wissen, dass es sich um einen alten Finger handelte – vertrocknet und schrumpelig und ... von wem? Von wo? Und warum? Was für eine grässliche Nachricht war das? Oder war es ein Geschenk?

Plötzlich war ich wieder in den Händen des Schnitters, kämpfte blutend und glitt in dieses Horrorkabinett. Hier ein Arm, da ein Bein, Augäpfel, ein Torso ... Ich musste mich setzen.

Der Schnitter, ein gefundenes Fressen für die Klatschpresse, hatte Körperteile gesammelt. Und jetzt dieser Kinderfinger. Der Absender hatte Nachforschungen über mich angestellt. Das musste er. Er wusste von meinem Leben in Boston. Wusste ...

Man hatte mir eine Nachricht geschickt, eine widerliche.

Ich wickelte den zarten Kinderfinger wieder in die Originalhülle, legte das ganze Päckchen vorsichtig in eine saubere Tupperdose und stellte sie in den Kühlschrank. Ich versuchte, den Ekel zu unterdrücken. Ein Finger lag neben den Resten meines Sandwiches mit Ei und Salat. Igitt. Ich warf das Sandwich weg.

Ich rief Hank an, konnte aber nur eine Nachricht auf Band hinterlassen.

Vielleicht sollte ich besser die Polizei von Winsworth anrufen, im Gegensatz zu Hank als Sheriff. Aber ich vertraute Hank. Ich wartete.

Ich wusch ab und ging dann ins Bett. Ich fühlte mich besser, normaler, wenn man so wollte. Diese Sendung war sicher der »Höhepunkt« des Tages gewesen. Kein Anschreiben. Keine Warnung. Nur dieses grauenvolle »Geschenk«. Ich versuchte, mich in die Person hineinzuversetzen, die so etwas verschickte. Wenn der Finger keine Anspielung auf meine Vergangenheit sein sollte, um mir Angst einzujagen, was dann? Ein Appell. Eine Warnung. Ein Hilferuf. Eines davon. Oder alles zusammen. Gott sei Dank war der Finger nicht frisch. Wenigstens musste ich mich nicht auch noch *damit* auseinandersetzen.

Eine Stunde lang warf ich mich im Bett herum. Was machte ich hier in Winsworth?

Zurück in Maine zu sein kam mir surreal vor, insbesondere, seit ich in den Mordfall verwickelt worden war. Ich stellte fest, dass mir die Gegend gefiel – die Stille, die Bodenständigkeit, die Vertrautheit. Aber Lauras Ermordung, die so eng mit meinen Kindheitserinnerungen verknüpft war, begann mich allmählich zu verfolgen. Ich konnte an nichts anderes denken. Eigentlich hätte mir das MGAP mehr fehlen sollen. Gert, Veda, Kranak. Sie fehlten mir, ja. Aber ich fand es auch richtig, hier zu sein, auch wenn mich das überraschte. Und was noch seltsamer war: Ich hatte eine Schwäche für diesen kratzbürstigen Sheriff mit seinem Buddhabäuchlein entwickelt, während ich gleichzeitig versuchte, die Anschuldigungen gegen meinen Vater zu entwirren und einmal mehr Nachforschungen in einem grausamen Todesfall anzustellen.

Das alles hätte ja lustig sein können, wenn es nicht so haarsträubend gewesen wäre.

Es war eindeutig: Das einfache Leben wich mir aus.

12

Kleine Finger

Am Freitagmorgen weckte das Telefon mich zu einer unchristlichen Zeit, um sechs Uhr früh.

»Hä?«, krächzte ich in den Hörer.

»Was zum Teufel geht da vor sich?«, sagte Hank.

»Ich will verdammt sein, wenn ich es weiß.« Ich stützte mich auf den Ellbogen, um eher so tun zu können, als sei ich wach. Ich erzählte ihm von dem Finger, wie Penny ihn gefunden hatte und was ich damit getan hatte.

»Ich muss einen Anruf erledigen. Ich melde mich wieder.« Knall.

»Okay«, sagte ich zu niemand Besonderem. Penny drehte den Kopf, wie immer eine eifrige Zuhörerin. Sie grinste mit hängender Zunge, als wolle sie sagen: *He, cool, Mom steht schon um sechs auf!*

Ich war nicht »auf«, dachte mir aber, ich könne es ebenso gut sein. Ich fütterte Madame, ließ sie nach draußen und setzte dann den dringend benötigten Kaffee auf.

Ich hatte für diesen Tag vorgesehen, etwas Zeit mit Annie Beal zu verbringen, um ihr nach Lauras Tod beizustehen. Annie litt. Ich wusste, dass sie litt. Und ich wusste, dass ihr Drachen von einem Vater ihr das Leben noch schwerer machte.

Aber die Unterhaltung mit Annie musste warten, bis ich wieder von Hank, alias Mr Kurz-angebunden, gehört hatte.

Ich schlüpfte in Joggingklamotten und nahm den Kaffee und meinen Laptop mit auf die Veranda. Penny tollte in der kalten Brandung herum. »Verrückter Hund!«

Sie hatte den Finger komplett vergessen. Ich konnte das nicht. Der Gedanke, dass ein Körperteil in meinem Kühlschrank lag, weckte viel zu schlimme Erinnerungen, als dass ich es gekonnt hätte. Ich schauderte.

In dem Moment grinste Penny zu mir herauf. Dann verschwand ihr schöner schwarz-brauner Körper am Strand.

Während ich auf Hanks Anruf wartete, ging ich online. Ich googelte Laura Beal und ging dann auf die Homepage von Winsworth. Anschließend auf die des *Winsworth Journal*. Ich sammelte einiges an Informationen und nahm dann meinen Stapel Ausdrucke und den Kaffee mit auf die Sonnenterrasse. Ein scharfer Wind kam übers Wasser, und ich war froh, lange Sachen angezogen zu haben. Penny machte der kalte Wind nicht das Geringste aus. Während ich las, warf ich ihr Stöckchen, sie holte es, und dann ging das Ganze von vorn los. Wie üblich wurde mir der Arm schwer, bevor Pennys Begeisterung nachließ.

Dem *Journal* zufolge war Gary Pinkham nach einer Prügelei in der Oyster House Bar verhaftet und dann wieder freigelassen worden. In mehreren kleinen Artikeln wurde Annies ehrenamtliche Tätigkeit für das Winsworth Coast Memorial Hospital erwähnt. Noahs Name tauchte häufig auf, im Zusammenhang mit Immobiliengeschäften oder mit den Rotariern von Winsworth. Nicht überraschend war, dass die meisten Erwähnungen von Steve Sargent in Zusammenhang mit seiner Baufirma standen, obwohl auch er Mitglied im Rotary Club war, genau wie Hank, der auch in Artikeln über das Department des Sheriffs genannt wurde.

Joy hatte an einer Kunstausstellung teilgenommen. Carmens fortwährende Auseinandersetzungen mit der Stadt wegen ihres Restaurants waren zwar interessant, bargen aber keine Überraschungen.

Ich fand ein Glanzstück über Laura, eines, das mir Einblick in die öffentliche Person gewährte. Sie hatte sich mit ihrem Radiosender auf eine Berg-und-Tal-Fahrt eingelassen. Die Stadt hatte ihn beinahe dichtgemacht, als sie Howard Sterns berüchtigte New-York-Show ins Programm genommen hatte. Anscheinend hatte selbst die willensstarke Laura angesichts der heftigen Reaktionen in Winsworth auf die Obszönitäten Sterns klein beigeben müssen, und sie hatte ihn zwei Monate später wieder verbannt. Die Ironie war, dass die Einschaltquoten des Senders in dieser Zeit nach oben geschnellt waren.

Drew Jones tauchte in zahlreichen Artikeln über das Autohaus und seine letzte Kandidatur für den Kongress auf.

Penny stupste mich an, und ich warf ihr Spielzeug. Voller Freude sah ich zu, wie sie auf drei Beinen über den Strand fegte. Sie liebte das Landleben. Vielleicht fing auch ich an, es zu lieben.

Da schau her. Drews Kampagne war gut gelaufen, bis Laura ihm wegen seiner, wie sie es nannte, »menschenverachtenden« Politik Knüppel zwischen die Beine geworfen hatte. Was auch immer sie damit meinte. Ihre Anschuldigungen waren stets vage und giftig. Die Überraschung kam dann in einem Artikel von letztem Oktober. Ich hatte angenommen, Drew habe das Rennen aufgrund von Lauras Einmischung verloren. Hatte er nicht. Tatsache war, dass er in den Umfragen weit vorn lag.

Als ihre Anti-Jones-Rufe immer lauter wurden, war Drew aus dem Rennen ausgestiegen. In den folgenden Artikeln wurde Laura die Schuld gegeben, und in einem vernichtenden Leitartikel des *Journal* wurde sie förmlich auseinandergenommen. Doch in der einzigen echten Erklärung für seinen Rückzieher wurde Drew mit den Worten zitiert: »Ich habe erkannt, dass ich mich anderweitig orientieren muss.«

Hallo? Vielleicht war mir etwas entgangen, aber nichts im *Journal* ließ darauf schließen, dass Drew etwas anderes als eine leidenschaftliche und engagierte Kampagne geführt hatte. Warum also hatte er aufgehört?

Vielleicht lag es an der Trennung von seiner Frau. Ich legte einen Artikel beiseite und holte einen anderen über seine Heirat hervor. Er war mit einer gewissen Leticia Lee verheiratet. Ihr gehörte ein Geschäft in der Stadt, das Perceptions hieß. Der Name klang vertraut. Ah ja. Patsy Lee. Sie war in der Schule einen Jahrgang über mir gewesen.

Komisch, aber das konnte ich nicht nachvollziehen. Ich kannte sie aus der Twirling-Mannschaft der siebten Klasse. Sie war unauffällig gewesen, farblos. Was hatte der lebhafte Drew in ihr gesehen, was er nicht in Annie gesehen hatte?

Wenn man dem Foto auf Annies Schreibtisch glauben durfte, lag ihr immer noch viel an ihm.

Wenn ich Patsy aufsuchte, konnte sie mir vielleicht einen Hinweis auf Drews Verbleib geben, da sich sonst niemand anzubieten schien.

Das Telefon klingelte, und ich flitzte hinein, um dranzugehen.

»Ach, *Liebchen,* wie geht's dir denn?«

»Veda! Mir geht's großartig. Du fehlst mir.«

»Du mir auch. Sehr sogar. Und bei dir ist …?«

Ich zögerte eine Sekunde. »Alles in Ordnung. Alles bestens. Wo bist du?«

»Auf dem Weg zu einer Konferenz in Albuquerque. Hast du von Maine genug?«

»Nein. Ich erfahre so einiges.«

»Nicht zu viel, hm? Wir brauchen dich hier zu Hause. Ah, mein Flug. Alles Gute.«

»Dir auch.«

Ich lächelte, als ich auflegte. Ja, auch ich brauchte mein Zuhause, wie Veda es nannte.

Zu Hause. Boston. Allerdings fing ich an, mich auch in Winsworth fast zu Hause zu fühlen, und das irritierte mich.

Ich raffte die Blätter zusammen, die ich mir ausgedruckt hatte. Eines glitt zu Boden, und ich beugte mich hinunter, um es aufzuheben. Huch. Die Gesellschaftsseite des *Winsworth Journal*. Hank und Laura waren über ein Jahr zusammen gewesen. Hier war ein kurzer Bericht darüber, wie sie auf einer großen Party erschienen, bei der Noel Paul Stookey Gitarre gespielt hatte.

Hank hatte auf mich gewirkt, als sei er Laura zugetan, aber die Intimität ihrer Beziehung war mir nicht bewusst gewesen. Für mich klang das ganz nach einer echten Romanze. Das gefiel mir nicht besonders. Überhaupt nicht. Genauso wenig wie die Tatsache, dass er es mir nicht gesagt hatte.

Ich wollte verdammt sein, wenn ich auf ihn wartete.

Der Tag blieb kühl. Ich packte den Finger in der Tupperdose in einen Styroporbehälter, den ich mit Eis füllte. Dann stellte ich ihn in meinen Truck. Nicht gerade toll, mit dem amputierten Finger eines Kindes durch die Gegend zu fahren. Also versuchte ich, nicht daran zu denken.

»Wo zum Teufel steckst du, Penny?!«

Sie sprang aus dem Wasser, ihr Spielzeug zwischen den Zähnen. Natürlich grinste sie. Ich lud meinen tropfnassen Hund ins Auto, und los ging es.

Mit offenen Fenstern fuhr ich in Rekordgeschwindigkeit in die Stadt. Pennys Fell wurde vom Fahrtwind zerzaust. Himmel, vielleicht würde jetzt mein vernebeltes Hirn einmal durchgepustet. Warum konnte ich Drew Jones nicht finden? Wer hatte Laura Beal umgebracht? Warum schickte mir jemand einen Finger? Wer zum Teufel wusste Bescheid? Eine Sache wenigstens konnte ich tun.

Ich hielt vor dem Büro des Sheriffs und reichte einem seiner Kollegen die Kühlbox.

»Sagen Sie Hank, es wäre von mir, ja? Ein wichtiges Beweisstück« – *wofür auch immer,* dachte ich insgeheim. »Wenn er mich braucht, soll er mich auf dem Handy anrufen. Einer wütenden Walküre gleich fegte ich hinaus. Es ärgerte mich ohne vernünftigen Grund, dass Hank Cunningham einst auf Laura Beal abgefahren war.

Als ich die Straße der Beals entlangfuhr, entdeckte ich Noahs Jeep in seiner Auffahrt. Mist. Würde er Annie denn nie allein lassen? Das Letzte, was Annie jetzt brauchte, war eine Auseinandersetzung zwischen Noah und mir. Ich machte mir Sorgen um Annie. Ich hätte gern gewusst, ob sie sich innerlich noch immer verbarrikadiert hatte, eine Gefangene ihrer Angst und ihres Schmerzes.

Kein Anruf von Hank. Also fuhr ich zu Patsy Lees Geschäft. Ich fuhr zur Katahdin Mountain Mall, einer gehobenen Ladenzeile gleich hinter dem Piper's und schräg gegenüber vom Beal'schen Immobilienbüro.

Die »Mall« war in einer umgewandelten Lagerhalle aus dem neunzehnten Jahrhundert untergebracht, ein Überbleibsel aus der glorreichen Zeit, in der man in Winsworth Schiffe baute. Dort befanden sich das höhlenartige Sportgeschäft Katahdin Mountain Sports Ltd., ein Feinkostladen und Perceptions. In der Auslage der Boutique waren von Künstlern gestaltete Kleidungsstücke, Schmuck und Töpferwaren zu sehen. Bezaubernde Sachen. Und teuer.

Als ich gerade hineingehen wollte, riss ein älterer Herr mit den Augen eines Spaniels und einem Gehstock die Tür auf und prallte mit mir zusammen. Wir tauschten ein gegenseitiges »Entschuldigung«, und ich trat auf den weichen Teppich, dessen dicker Flor mir das Leben rettete.

Zugegeben, ich übertreibe. Aber der Stiletto, der mit Schallgeschwindigkeit auf mich zukam, streifte nur meine Wange, statt mein Gesicht aufzuspießen.

»Scheiße«, sagte ich.

»Oh, herrje!«, sagte die Frau, die das Gegenstück zu dem Stiletto hochhielt. Die Blondine senkte den Arm. »Es tut mir ja so leid.«

Das war wohl Patsy Lee, obwohl sie eher wie Scarlett

O'Hara klang. Ihr zarter Teint war gerötet. Ihre platinblonde Hochsteckfrisur war verrutscht, ihre Augen dunkel von der zerlaufenen Wimperntusche. Okay, ihr lavendelfarbenes Kaschmirkleid saß perfekt, aber es ist auch schwer, guten Kaschmir zu zerknittern.

Sie war nicht länger die graue Maus – Patsy Lee war eine hinreißende Frau.

»Ich nehme an, der gehört Ihnen, Mrs Jones.« Ich hielt ihr den weggeworfenen Schuh hin und dachte mir, dass es nicht verkehrt sein konnte, selbst eine Waffe zu haben.

»Oh. Oh. Oh, ja.« Patsy streckte mir die Hand entgegen, um meine zu schütteln, nur dass es die war, die den spitzen Stiletto hielt. »Es tut mir ja so, so leid. Und ich heiße Lee, nicht Jones. Patsy für meine Freunde.«

»Solche Fehlkäufe können schon ärgerlich sein.« Vorsichtig reichte ich ihr den Schuh.

Sie schlüpfte wieder in die Stilettos, tupfte sorgfältig die Augen, ordnete ihre Frisur und schaffte es, perfekt gestylt auszusehen, etwas, woran ich immer scheiterte.

»Fehlkauf?«, sagte sie. »Wohl eher ein verfehlter Schwiegervater!«

Also hatte Patsys Zorn dem Mann mit den Hundeaugen an der Tür gegolten – Drews Vater, ehemaliger Gouverneur von Maine und Besitzer der Jeep/Chrysler-Niederlassung. Anscheinend herrschte in der Familie Jones auch nicht immer eitel Sonnenschein.

Patsy begann zu lachen. »Ich muss ja völlig durchgeknallt gewirkt haben. Entschuldigen Sie. Daniel und ich geraten von Zeit zu Zeit aneinander. Dabei ist er ein ganz entzückender alter Herr. Kommen Sie. Ich führe Sie herum.«

»Nicht nötig. Ich sehe mich gern allein um.«

Patsy hakte sich bei mir unter. »Ach, kommen Sie, Miss ...«

»Nennen Sie mich Tally.«

»Na, dann kommen Sie mal, Tally. Ich führ Sie rum, und

außerdem kriegen Sie zwanzig Prozent auf alles, wegen des geworfenen Schuhs.«

Wer kann einem Schnäppchen schon widerstehen?

Eine halbe Stunde später war ich drauf und dran, die stolze Besitzerin einer zartgrünen Bluse aus Wildseide und eines Minirocks aus schwarzem Leder zu werden. Ein Outfit, für das man sein Leben lassen konnte, obgleich es – auch *mit* Rabatt – noch so teuer war wie ein Neuwagen.

Ich nippte an dem Eiskaffee, den Patsy mir gemacht hatte, während sie den Betrag von meiner MasterCard abbuchte.

»Ihr Geschäft ist umwerfend, Patsy.«

»Hab ich's Ihnen nicht gesagt?«, sagte sie lächelnd. Ihr Lächeln vertiefte sich, als die Abbuchung perfekt war.

Mein Handy piepste. Ich ging zur Vorderseite des Ladens und nahm den Anruf entgegen.

»Danke für den Finger, Miss Whyte.«

»Entschuldigung, aber ...« Konnte das der Typ sein, dem ich ... Aber es war Hank, der mal wieder einen seiner dämlichen Akzente ausprobierte. »Mann, sind Sie komisch. Wo zum Teufel stecken Sie, und warum haben Sie mich nicht zurückgerufen?«

»Hatte's ja vor. Bin im Krankenhaus, im Labor.«

»Bin schon unterwegs.«

»Das dachte ich mir. Fragen Sie nach Dr. Cambal-Hayward.«

Er legte auf, und als ich mich umdrehte, sah ich, dass Patsy sich leise angepirscht hatte.

»Wie Sie vielleicht gehört haben, muss ich los.«

Sie lächelte und klimperte mit den Augendeckeln. Was zum Teufel sollte denn *das?* Jetzt oder nie. »Hören Sie, Miss Lee, Patsy, eigentlich haben mich heute zwei Gründe hierhergeführt. Der Einkauf natürlich, aber ich war eigentlich auch auf der Suche nach Ihrem Mann.«

Patsys Lächeln gefror. »Ach, wirklich?«, sagte sie reserviert.

Arrrg. Sie dachte wohl, ich wäre scharf auf Drew Jones. »Sein Hund hatte sich verletzt, und ich hatte gehofft zu erfahren, wie es ihm geht.«

Patsy lachte und wackelte dann mit ihren perfekt gezupften Brauen. »Ich dachte schon, es geht um etwas *anderes*. Peanut geht's gut, obwohl sie mit ihrem Gips ganz schön humpelt. Die Arme – nicht, dass ich so ein Viech je in meinem Haus haben möchte, Sie verstehen, aber ich hänge doch an ihr. Dann sind Sie also die Frau, die Drew im Regen mitgenommen hat. Ich bin in der Nacht auch über die Bangor Road zurückgefahren, und als ich Drews Wagen gesehen habe, hab ich mich natürlich gefragt, wer ihn aufgelesen hat.«

»Ich bekenne mich schuldig. Sie waren also in der Nacht auch dort unterwegs.«

»Wir waren in Bangor im Kino.«

Wir? »Ich hatte gehofft, ich könne Drew und Peanut einen Besuch abstatten.«

»Dann hoffen Sie mal weiter, meine Liebe.« Sie strich sich über ihre Hochfrisur. »Drew will keinen Besuch. Nicht mal von *mir*.«

Das war *wirklich* kaum zu verstehen. »Er hat etwas in meinem Wagen liegen gelassen. Ich würde es gern zurückgeben.«

Sie streckte eine Hand aus. »Das dürfen Sie mir geben.«

»Machen Sie sich keine Umstände, Patsy. Ich gebe es ihm lieber selbst. Ich war schon in seinem Haus hier in der Stadt.«

»In diesem Chaos. Aber Drew hat sich dort sowieso nie wohlgefühlt.« Sie beugte sich über ihre Ladentheke und wühlte in ihren Unterlagen, als wäre ich mit diesen Worten entlassen.

»Und jetzt wohnt er ...«, sagte ich.

»Oh, einer Fremden kann ich das nicht sagen.«

Was war bloß mit Tally und Patsy passiert? »Wie wäre es dann mit einer Telefonnummer?«

Sie winkte verneinend mit dem Finger, und in ihren Augen blitzte es lachend auf. »Das glaube ich kaum.«

»Carmen Cavasos hat mich auch schon abblitzen lassen.«

Patsys Gesicht wurde starr. »Hat das etwa mit Laura Beal zu tun? Sind Sie wirklich Reporterin?«

»Nein, ich bin keine ...«

»Mitch hat mir schon gesagt, dass da so 'ne komische Frau rumschnüffelt.«

»Mitch?«

»Das kann Ihnen ganz egal sein, meine Liebe.«

»Hören Sie, Patsy, ich will einfach nur Kontakt mit Drew aufnehmen. Ich verstehe nicht, was daran so schlimm sein soll.«

»Trotzdem, nein. Drew macht die Hölle durch. Und da möchten Sie ihn bestimmt nicht besuchen.«

13

Ein Körperteil

Als ich das Labor betrat, sah ich Hank und Dr. Cambal-Hayward gebeugt an einem Tisch stehen, den Finger zwischen sich, wie ich annahm. Ich hielt mich im Hintergrund und versuchte, ihre murmelnden Stimmen zu verstehen. Hanks Arm schoss vor und zog mich heran.

»Der ist nicht echt, Tal.« Hank deutete auf den kleinen Finger, der auf einem emaillierten Tablett lag.

Ich schüttelte den Kopf. »Das kann nicht sein. Penny ist unschlagbar. Ich habe noch nie erlebt, dass sie auf etwas Unechtes reagiert.«

»Das Ding ist klasse gemacht«, sagte Cambal-Hayward. »Aus irgendwelchen Polymeren oder Plastikteilen, die so geformt und gehärtet sind, dass sie aussehen wie Knochen, Fleisch und Haut. Ziemlich gut gemacht.«

»Ziemlich«, sagte ich trocken.

Cambal-Hayward platzte lachend heraus. »Entschuldigen Sie. Wenn ich das richtig sehe, dann sollte Ihnen damit Angst eingejagt werden. Wenn es nicht für so einen schäbigen Zweck wäre, wäre ich voller Bewunderung dafür. Ich vermute mal, dass, wer auch immer es hergestellt hat, irgendeinen menschlichen Geruch aufgebracht hat, was Ihren Spürhund so reagieren ließ. In Wahrheit ist das so ziemlich das Gegenteil von Jägern, die ihren menschlichen Geruch bei der Jagd kaschieren. Ich denke, dass der Finger in menschlichem Urin oder Stuhl oder auch in Blut eingelegt war. Ich werde das noch genauer analysieren.«

»Danke, Cath«, sagte Hank.

»Ja, danke«, sagte ich. »Es freut mich, Sie nach dem Treffen bei Annie wiederzusehen. Ich wollte Sie nicht so anfahren. Aber das mit dem Körperteil ... das ist ganz schön heftig für mich.«

Sie nickte. »Das glaube ich Ihnen gerne. Sie sind ja zu so einer Art Berühmtheit geworden, wegen dieses Killers.«

Oh ja, ich Glückliche. »Haben Sie Annie schon wiedergesehen, Doktor? Mir ist es nicht gelungen, in ihre Nähe zu kommen. Noah war, na ja, nicht gerade kooperativ.«

»Typisch Noah«, sagte sie. »Mit den Mädchen war es immer so. Was er nicht verstand, hat er verboten. Ich habe Annie seither auch nicht wiedergesehen.«

Ich blickte hinunter auf das Etwas, das einem Kinderfinger glich. Er sah in jeder Hinsicht perfekt aus. Zu wissen, dass er unecht war, half mir auch nicht wirklich. »Neben den Lebenden kümmern Sie sich also auch um die forensische Pathologie, wie ich sehe, Dr. Cambal-Hayward.«

»Nennen Sie mich doch Cathy. Das ist einfacher. Und ich übe zwei Funktionen aus. Komisch, ich weiß, aber wir sind hier in einer Kleinstadt. Wenn ich mehr Einzelheiten über diese kleine Scheußlichkeit habe, rufe ich Sie an.«

Sie winkte mir grüßend zu und wandte sich wieder dem Tablett zu.

»Das gefällt mir nicht«, sagte Hank beim Verlassen des Krankenhauses. »Es war hässlich, Ihnen das mit dem Finger anzutun. Jemand, der Ihre Vergangenheit kennt. Die Sache mit dem Schnitter.«

»Sache?«, sagte ich. »So kann man es auch nennen.«

Er packte mich an den Schultern und drehte mich zu sich um. »Das ist nicht witzig, Tally. Jemand hat Ihnen eine Nachricht geschickt. Und zwar keine schöne.«

Ich schüttelte seine Hände ab und öffnete die Tür zum Parkplatz. »Glauben Sie mir, das weiß ich. Ich bin niemand, der nach der Pfeife anderer Leute tanzt. Ich *will* Annie Beal treffen. Ich *will* Drew Jones treffen. Und ich *will* herausfinden, wer Laura getötet hat. Also entweder, Sie helfen mir, oder Sie lassen mich in Ruhe.«

Wieder fuhr ich die Straße der Beals entlang. Ich war stinksauer auf Hank. Aber in gewisser Weise hatte er natürlich recht. Hinter dem Mord an Laura Beal steckte mehr. Das war kein einfacher Totschlag gewesen, sondern ein Tötungsakt aus Leidenschaft, ein Mord voller trüber Untiefen und dunkler Spalten, aus denen abgrundtiefer Hass drang. Was hatte Laura Beal nur getan, um solche Gefühle heraufzubeschwören?

Ich hielt vor Annies Haus. Noah war noch immer zu Hause. Mist. Hatte der Mann etwa hier Wurzeln geschlagen?

Ich ging zu Plan C über, durchquerte die Stadt, fuhr die State Street hinauf und bog auf den Parkplatz vor dem Radiosender WWTH ein. Seht, seht. Der Radiosender war in einer prächtigen viktorianischen Villa im historischen Viertel untergebracht, die in einem knalligen Lila gestrichen war. Einmal mehr hatte Laura Beal den Konventionen eine lange Nase gezeigt. Oder vielleicht ihrem Vater. Dasselbe galt für den großen Gartenzwerg neben dem vergoldeten WWTH-Schild.

Ich ließ Penny kurz in die Büsche springen und gab ihr mehr Wasser, bevor ich den lila Fußspuren folgte, die auf den betonierten Gartenweg gemalt waren. Ich lächelte. Ich war mir nicht im Klaren, ob ich Laura Beal gemocht oder mich von ihr provoziert gefühlt hätte. Ich hatte so ein Gefühl, dass beides zugetroffen hätte.

Ich betätigte den Türklopfer aus Messing, trat ein und fand mich in *Der kleine Hobbit* wieder. Zumindest kam es mir so vor, da jemand jedes Fleckchen Wand in Trompe-l'Œil-Manier mit seiner Version von Bilbos Welt ausgemalt hatte. Das Ganze war weit davon entfernt, nur eine Laune zu sein. Das war Kunst und wunderschön gemacht. Und es war verteufelt belebt, weshalb mir leicht schwindelig wurde.

Eine Mahagonitreppe führte nach oben. Sie klebte aber an dem Wandgemälde von Bilbos Hobbithöhle, in der noch nicht einmal das Teegeschirr fehlte.

»Hi.«

Die affektierte Mädchenstimme riss mich aus meinen glücklichen Erinnerungen an Bilbos Abenteuer. Eine etwa Zwanzigjährige mit blonden Zöpfen saß in einer entfernten Ecke der Eingangshalle hinter ihrem Schreibtisch.

»Hi«, sagte auch ich und ging hinüber. Auch das Namensschild auf dem Schreibtisch war handgemalt. »Miss Gropner?«

»Genau. Ethel Gropner. Und bloß keine witzigen Bemerkungen wegen meines Namens. Klar? Nennen Sie mich einfach Eth.«

»Verstanden, Eth. Ich bin Tally. Die Wandmalereien sind umwerfend.«

»Stimmt.« Ethel nickte. »Hat Laura gemalt.«

»Wow.« Meine Vorstellung von Laura Beal änderte sich erneut.

»Nächste Woche ist alles weg.« Ethel seufzte.

»Nein. Soll das ein Witz sein? Warum?«

»Der alte Beal«, meinte sie. »Hat sich da irgendwie reingesteigert. Absolut bescheuert.«

»Also ist Mr Beal beim Großreinemachen.« Noah verlor wirklich keine Zeit.

Sie warf einen ihrer Zöpfe nach hinten. »Dieser alte Sack. Er lässt Lauras ganze Kunst übermalen. Ich meine, stellen Sie sich doch mal vor. Das hier ist ihr Vermächtnis. Was für eine dumme Entscheidung. Er will alles hier verkaufen. Den Sender, das Gebäude, alles. Ich kann's noch gar nicht glauben. Ich meine, was wird denn in diesem Kaff dann aus mir?«

»Äh, vielleicht behält der neue Eigentümer Sie ja.«

»Ja, klar.« Sie runzelte die Stirn. »Mir hat's hier bei Laura gefallen.«

»Das kann ich nachvollziehen.« Die Malereien zeigten,

129

wie Laura Beal empfunden und gedacht hatte. »Dürfte ich vielleicht ein paar Fotos davon machen?«

Sie grinste. »Klar. Sie sind übrigens die Erste, die das fragt.«

»Danke.« Ich zog meine kleine Digicam aus der Tasche.

»*Entschuldigen Sie?*«

Ein zartes Männchen glitt die Treppe hinunter, baute sich mit baumelnden Armen vor mir auf und trommelte mit den Fingern gegen seine Bluejeans. Auf seinem schmalen, kantigen Gesicht war ein verkniffenes Lächeln zu sehen. Sein Haar war streng zurückgekämmt und gegelt. Etwas an mir nervte ihn total.

»Was sagten Sie doch gleich, was Sie tun wollten?« Er zitterte vor Entrüstung.

»Verzieh dich, Foster«, sagte Ethel. »Sie wollte nur ein paar Bilder von Lauras Sachen machen.«

Er saugte nervös an seiner Unterlippe. »Gehören Sie zum *Journal?*«

»Nein, ich ...«

»Mr Beal?«

»Aber nein. Ich bin ...«

»Von der Polizei?«

Ethel stieß mit dem Finger nach ihm. »Jetzt lass sie doch auch mal was sagen, Mann!«

Fosters Nase blähte sich. »Also?«

»Ich bin Psychologin und beschäftige mich mit Trauerarbeit. Ich versuche, mehr über Laura zu erfahren. Ich hatte gehofft, ihrer Schwester beistehen zu können, Annie.«

»Annie ist eine Heilige, aber Laura ...« Foster sank auf die Treppe und schlug die Hände vors Gesicht. »Ich vermisse sie ja so.«

»Es tut mir leid.« Ich kauerte mich neben ihn. »Sie waren ...«

»Mit ihr befreundet. Nur befreundet.« Er schluchzte. »Und alle ziehen über sie her.«

»Inwiefern?«

Er umklammerte meine Hand. »Jeder erzählt doch, mit welchen Männern sie sich alles eingelassen hat. Und dass sie bekommen hat, was sie verdiente. Und dass sie ...« Er schauderte. »Dass sie ein Flittchen war. Aber das stimmt überhaupt nicht. Sie hat einen einzigen Mann geliebt. Nur einen. Und das von ganzem Herzen.«

»Davon habe ich noch nichts gehört. Wer war das?«

Er ließ meine Hand los und richtete sich auf. »Das weiß ich nicht. Und ich würde es Ihnen auch nicht verraten, selbst *wenn* ich es wüsste. Er war Lauras geheimer Seelenverwandter, und sie hätte nie jemandem davon erzählt.« Er wedelte mit der Hand. »Ich meine, wenn sie jemandem davon erzählt hätte, dann ja wohl mir. Wir waren wie Pech und Schwefel.« Er hielt die ineinandergehakten Zeigefinger hoch und sah weg.

Ethel reichte ihm ein Kleenex. Foster wischte sich die Augen und schnäuzte sich. Ethel verdrehte die Augen.

»Foster ist unser Sendeleiter«, sagte sie. »Er ist schwul.«

Foster streckte die Brust heraus. »Nur, weil ich mich geoutet habe, heißt das noch lange nicht, dass du es jedem Fremden aufs Auge drücken musst, Eth.«

»Aber das ist doch cool«, meinte Ethel.

Fosters Gesicht wurde ernst. »Nur für dich, meine Liebe. Nur für dich.«

Foster wich mir nicht von der Seite, während ich Lauras Malereien fotografierte. Während wir durch den Sender gingen, stellte er mich dem diensthabenden Musikredakteur und seinem Producer vor, genau wie dem Nachrichtenmann. Alle hatten etwas Nettes über Laura zu sagen. Anscheinend war sie eine tolle Chefin gewesen.

Bis auf die Spuren des Puders von der Spurensicherung war Lauras Büro im dritten Stock groß und aufgeräumt und ganz mit umwerfenden Szenen aus *Der Herr der Ringe* ausgemalt. Sie zeigten Lothlorien, das goldene Königreich, und waren viel impressionistischer als die Darstellungen unten.

Frodos Gesicht spiegelte sich in Galadriels Spiegel, und Sam erklomm die Treppe an einem der riesigen Mallornbäume. Aragorn sprach mit Celeborn und in einem anderen Bild mit seiner großen Liebe, Arwen. Genau gegenüber von Lauras Schreibtisch legte die dunkelhaarige Arwen sich inmitten der verlassenen Riesenbäume zur letzten Ruhe. Auch ich hatte mich schon lange vor der Verfilmung für *Der Herr der Ringe* begeistert, und ich konnte mich noch an Arwens Tod im Anhang der Romane erinnern. Ich machte von allen Bildern Fotos.

»Darf ich, Foster?«, fragte ich und deutete auf die Darstellung von Arwens Tod.

Er seufzte. »Aber sicher doch. Sie sind so ergreifend schön.«

Ich trat näher heran. Das Wandgemälde war ausdrucksstark und zeitlos, genau wie die Szene, in der Arwen sich dem Tod hingibt, umgeben von vertrockneten Blättern, die Juwelen gleich zu Boden fallen. Tränen schossen mir in die Augen. Wie seltsam von Laura, ausgerechnet diese Szene zu malen, und dann auch noch an eine Stelle, die sie jeden Tag ansehen musste. Eine Woge der Trauer erfasste mich.

Wie traurig, dass ihr Tod in solch scharfem Gegensatz zu dem von Arwen gestanden hatte.

»Die Polizei hat hier alles durchwühlt«, sagte Foster. »Ich musste ihr Zutritt gewähren, aber ich bin nicht mehr hier gewesen, seit sie ... Sie wissen schon.«

»Sie war ganz schön romantisch.«

»Oh ja.«

Ich fuhr mit den Fingern über Arwens Gesicht. Genau genommen hätte ich Lauras Gesicht sagen müssen, denn sie hatte Arwen ihre eigenen Züge verliehen. Und vielleicht noch mehr. Ich drehte die Schreibtischlampe zu der Malerei. Verborgen zwischen den Falten und dem Muster des rotgoldenen Kleides lag ein Baby in Arwens Bauch. Das Kind in Embryohaltung saugte am Daumen. Jeder konnte es sehen, der direkt davorstand. Doch wenn man nicht aus dem richtigen Winkel und von Nahem hinschaute, war das Kind unsichtbar. Ich kehrte zum Schreibtisch zurück, schloss die Augen und schlug sie wieder auf.

Das Kind war verschwunden.

Arwen war zum Zeitpunkt ihres Todes nicht schwanger gewesen. Aber ich vermutete, Laura schon.

Falls sich noch mehr von Lauras Geheimnissen in ihrem Büro verbargen, würden sie warten müssen. Foster umschwirrte mich wie eine Biene auf der Suche nach Nektar. Minuten später brachte er mich zum Treppenabsatz, wo wir uns verabschiedeten, und ich machte mich wieder auf die Suche nach Ethel. Sie war nicht an ihrem Platz. Ich sah mir die Malereien aus *Der kleine Hobbit* noch einmal an, konnte aber nichts Verstecktes darin erkennen.

Das Telefon klingelte. »Mist!« Ethel flog herbei und griff danach. »WWTH.«

Ich wartete, bis sie den Anrufer durchgestellt hatte. »Was ist Ihrer Meinung nach mit Laura passiert, Ethel?«

Sie warf ihre Zöpfe nach hinten. »Einer von diesen Spinnern hat sie erwischt.«

»Spinner?«

»Genau. Ich würde sie ihnen ja zeigen, aber ich hab sie schon alle den Cops gegeben. Die Drohbriefe, meine ich. Die Leute haben ständig Briefe geschrieben. Wegen der Musik. Wegen der Sache mit Howard Stern. Oder weil Laura die Finger von Jones lassen sollte, dem Kongressabgeordneten. Sogar solcher Mist wie die Werbespots, die wir gesendet haben, hat sie gestört. Sie hat sogar Todesdrohungen bekommen, wussten Sie das?«

»Nein.«

»Keine große Sache, ihrer Meinung nach. Wichser und Penner hat sie die immer genannt.« Ethel grinste. »Manche hatten echt einen Knall. Einmal haben wir uns abends bei ihr zu Hause richtig volllaufen lassen. Da haben wir sie dann alle gelesen.«

»Sie waren befreundet.«

Das breite Grinsen erlosch. »Ja. Und ich vermisse sie.«

»Könnte es sein, dass sie schwanger war, Ethel?«

»Möglich. Möglicherweise wollte sie es aber auch nur sein.« Sie zuckte die Achseln. »Manchmal war es schwer, Laura zu verstehen. Ist ja jetzt auch egal.«

Ich verabschiedete mich, als das Telefon erneut klingelte.

Vom Handy aus rief ich im Büro des Sheriffs an, in der Hoffnung, Hank hätte die Ergebnisse von Lauras Autopsie. Doch Hank war wieder unterwegs. Ich hinterließ die Nachricht, er möge mich bitte zurückrufen, und begab mich dann zu Moody's Market in der Grand Street.

Dieser Markt, früher ein kleiner Tante-Emma-Laden, hatte sich inzwischen zu einem Delikatessenimperium gemausert. Er war unverschämt teuer und hatte verlockend appetitliches Obst und Gemüse im Angebot.

Wie es der Zufall wollte, verließ ich den Markt mit einer Tüte Erdbeeren, Joghurt und einem frischen Kiwi-Erdbeer-Saft.

Die tief stehende Sonne spiegelte sich im Seitenspiegel eines Autos und blendete mich eine Zeit lang. Ich setzte meine Sonnenbrille auf, blinzelte – und entdeckte den Mann vom Friedhof.

Diesmal stand er ohne Mantel auf dem Parkplatz, und sein kleiner Kopf wackelte auf dem langen Hals hin und her. Sein Rücken war gebeugt. Entweder hatte er einen Buckel, oder er hielt sich schlecht. Seine ledrige Gesichtshaut passte zum Braun seines Hemdes und seiner Hose. Nikotinfarbene Haarbüschel quollen seitlich und hinten unter seiner Kappe hervor. Seine Augen konnte ich nicht sehen.

Mir lief es vor Angst kalt den Rücken hinunter, und ich

sprang hastig in die Nische vor dem Eingang zurück. Ich stützte mich an der Wand ab und rang nach Luft. Vielleicht hatte der Friedhofsmann ja den falschen Finger bei mir deponiert. Lächerlich. Ein Jugendlicher auf dem Weg in den Laden fragte mich, ob es mir auch gut gehe. »Ja, es geht. Danke.«

Aber es ging mir nicht gut.

Meine Reaktion musste mit dem Schnitter zu tun haben. So schreckhaft war ich früher nicht gewesen. Nie. Verdammt, ich hatte schließlich manchmal unheimlichere Typen zu betreuen. Die Wand war wohltuend fest. Ich lachte in mich hinein. Warum bloß diese panische Angst von der Art, dass sich einem die Haare sträuben?

Ich drückte mich mit dem Rücken fest gegen die Wand in der Nische und schob den Kopf zentimeterweise vor, damit ich um die Ecke blicken konnte.

Der Friedhofsmann stand genau vor mir! Ich schluckte. »Ich ...«

Er fegte mit einer Tüte leerer Getränkedosen an mir vorbei ins Geschäft.

Meine Beine fühlten sich wie Gummi an, als ich zu meinem Truck ging, wo zu allem Überfluss ein neongelbes Post-it an der Windschutzscheibe flatterte.

Bis bald. OL.

Wie nett. Ich warf es in den Truck und setzte mich dann hinein, um meinen Lunch zu verzehren und wütend auf mich selbst zu sein. Ich hätte dem Friedhofsmann ins Geschäft folgen sollen.

Vor sechs Monaten hätte ich das noch getan. Und während er dann mit seinen Dosen beschäftigt gewesen wäre, hätte ich beiläufig zum Kassierer gesagt, dass ich was vergessen hätte, und übrigens, wer ist denn der Typ da, hatte ich den nicht vorher schon mal gesehen? Und so hätte ich vielleicht etwas Nützliches herausgefunden.

Der Mann hatte mir nicht mal einen flüchtigen Blick geschenkt, als er an mir vorbeigegangen war. Und dieses blöde Post-it machte mich noch ganz paranoid.

Ich seufzte. Ich ließ mir vom schwarzen Mann Angst machen. Dabei war Lauras Ermordung viel echter und beunruhigender.

Ich machte Joghurt und Fruchtsaft auf, stellte die Flasche in den Getränkehalter und nahm einen Löffel voll Pfirsichjoghurt. Ich überließ Penny den Deckel zum Ablecken.

Drew Jones, Laura mit einem Messer im Bauch, der einzige Zeuge. Würde Drew Jones etwa der Nächste sein?

Ich versuchte, mir vorzustellen, was Drew in dieser Nacht gesehen hatte. Wenn Lauras Tod im Zusammenhang mit ihrem ungeborenen Kind stand, falls es denn eines gab, hatte der Killer Laura dann seine ganz persönliche Version einer Abtreibung verpasst? Vor Jahren hatte ich einmal einen ähnlichen Fall erlebt. Ich pochte mit dem Löffel gegen meine Lippen. Mal angenommen, Laura *war* schwanger, dann von wem?

Zum einen war da Gary Pinkham. Aber das wäre zu einfach gewesen. Ihr »heimlicher Geliebter«, falls der wirklich existierte? Vielleicht war aber auch die Schwangerschaft eine zu einfache Erklärung. Man hatte es ihr noch nicht angesehen, und niemand hatte sie bisher erwähnt. Vielleicht hatte sie rein gar nichts mit ihrem Tod zu tun.

Ich brauchte Antworten, keine weiteren Fragen.

Ich warf die Reste von meinem Lunch weg und sah noch einmal zu Moody's hinein. Kein Friedhofsmann weit und breit. Es verdross mich, dass ich erleichtert war.

Ich fädelte mich in den Verkehrsstrom auf der Grand Street ein und fuhr in Richtung der Beals. Vielleicht hatte Noah sich ja mittlerweile irgendwohin verkrümelt, sodass ich endlich Annie sehen konnte.

14

Schlaglöcher auf der Straße der Erinnerung

Noahs Wagoneer war nicht zu sehen, dafür parkte ein grüner Pick-up von Sargent Construction in Noahs und Annies Auffahrt. Ich hielt daneben.

Der Wind hatte aufgefrischt, und die kupferne Wetterfahne drehte sich knirschend. Ich ging über die Steinplatten zur Tür, klopfte, und die Tür schwang auf. Huch.

Ich beugte mich vor und warf einen Blick in den rot gefliesten Vorraum. »Hallo?« Ich durchquerte ihn und machte die Tür zur Küche auf. Der Geruch nach Hefe schlug mir entgegen. Auf dem runden Küchentisch standen Blumen, und auf der Arbeitsplatte reihten sich Schüsseln mit gehendem Brotteig aneinander.

Ein zweites »Hallo« blieb mir im Halse stecken. Aus einem anderen Zimmer hörte ich wütende Stimmen.

Ich ging durch die Küche, das Esszimmer und einen kleinen Flur. Die Stimmen wurden lauter, schriller. Ich konnte aber immer noch nicht verstehen, was gesprochen wurde. »Annie?«, rief ich. »Hallo?«

Ein Mann stürzte durch den Flur, und Annie lief ihm hinterher. Ich erkannte Steve Sargent, den Mann, den Noah zusammen mit mir hinausgeworfen hatte.

Er fuhr zu Annie herum. »Du lässt dich ausnutzen.«

»Das stimmt nicht.« Annie entdeckte mich und riss die Augen auf.

»Ach nein?«, hakte Steve nach. »Du hast dich schon immer ausnutzen lassen. Von deinem Vater, von Laura, von …«

»Sag das nicht!« In Annies Augen traten Tränen.

Steve vergrub eine Hand in der Hosentasche. »Tut mir leid, Liebes. Ich hätte das nicht sagen sollen. Ich ... Das kannst du nicht machen. Bitte.«

Ich hätte Annie gern an mich gezogen, aber ich wich zurück, weg von der Auseinandersetzung.

Annie seufzte. »Wir haben Besuch, Steven. Lass uns später darüber sprechen.«

»Später, ja?« Er packte Annie an den Schultern und zog sie an sich. Sie entspannte sich in seinen Armen und vergrub ihr Gesicht an seiner Brust. Sie seufzte.

»Gibt's denn überhaupt ein ›später‹?«, fragte er.

Annie machte sich frei. »Ich kann nicht.«

»Na gut. Schieb mich nur weg.« Steve ballte die Hände zu Fäusten. »Aber ich will nicht, dass du da noch mal hingehst.«

»Ich habe die Verantwortung«, sagte Annie.

»Gar nichts hast du. Annie, ich ...«

»Sag nichts.«

Steves Gesicht wurde rot, und er wollte Annie an sich ziehen.

»Steve!«, platzte ich heraus.

Annie und Steve drehten sich beide gleichzeitig um, ihre Gesichter wirkten schockiert, wie nach dem Erwachen aus einem Albtraum.

»Ich bitte um Entschuldigung«, sagte Steve. »Meine Mutter hat mir bessere Manieren beigebracht.« Er küsste Annie auf die Wange. »Ich werde morgen für dich da sein. Das weißt du.« Er schloss mich in seinen Abschiedsgruß ein.

Annie folgte ihm nach draußen und schloss die Außen- wie auch die Durchgangstür hinter ihm. »Steven macht nie die Tür zu. Tut mir leid, dass Sie das miterleben mussten. Er ist nämlich, also, normalerweise ist er echt lieb. Ich meine ...«

»Kein Problem.«

Annie ließ sich am Küchentisch nieder, sie war eindeutig erschöpft. »Daddy würde sterben, wenn er dabei gewesen wäre.«

»Darf ich mich setzen?« Ich deutete auf einen Küchenstuhl.

»Wo habe ich nur meine Manieren! Bitte.«

Ich setzte mich. »Annie, erinnern Sie sich noch an mich von ...«

»Aber ja doch. An dem Tag wollten Sie nur nett sein, und ich habe Sie für eine Verrückte gehalten.«

»Wenn man die Situation bedenkt, waren Sie sehr freundlich. Es ist gut, jemanden wie Steve zu haben, der Ihnen über den Tod Ihrer Schwester hinweghilft.«

Sie griff nach einer Papierserviette, und ihre Finger zitterten, als sie begann, das Papier zusammenzufalten. »Vermutlich. Wir standen ... äh, stehen uns sehr nahe, aber ... Ach, ich weiß auch nicht. Das heute war meine Schuld.«

»Das sah gar nicht so aus.«

»Doch, doch. Anscheinend kann ich manchmal einfach nicht loslassen.«

Ich fing ihren Blick ein. »Sie müssen Laura auch noch nicht loslassen.«

»Das ist nicht ...« Sie schüttelte den Kopf. Dicke Tränen rannen über ihre Wangen.

Ich fragte mich, was sie wohl hatte sagen wollen, aber jetzt war nicht der richtige Zeitpunkt. »Sie müssen sich nicht von Laura verabschieden. Sie war Ihre Schwester.«

Annie senkte den Kopf und nickte. »Einer der Gründe, warum Steven so sauer wurde, war, dass ich mir wieder Videos angeschaut habe.«

»Und das ist schlecht, weil ...?«

»Ich habe nichts anderes getan, seit ...« Eifrig sah sie mich an. »Möchten Sie ein paar sehen?«

»Sehr gerne.«

Auf Annies Vorschlag hin holte ich Penny aus dem Auto. Ich folgte Annie in ein kleines Zimmer, das einst unser Fort, unser Schloss und der Ort zahlloser gemeinsamer Übernachtungen von Annie, mir und Carmen gewesen war. Jetzt war es nur noch ein Zimmer mit einer Couch, einem Sessel und einem Fernseher mit Videorekorder.

»Bitte«, sagte Annie. »Nehmen Sie Platz.«

Wir machten es uns beide in je einer Ecke des Sofas bequem, und Annie schaltete Fernseher und Videorekorder ein.

»Daddy hat unsere ganzen alten Super-8-Filme auf VHS überspielen lassen. Gott sei Dank.«

Ich hatte nicht daran gedacht, zumindest noch nicht, und jetzt war ich gänzlich unvorbereitet darauf, mir Auszüge aus meinem alten Leben anzusehen.

Da war Laura als Säugling, den Annie in ihren Kinderarmen hielt. Mein Gott, Annie war damals sechs, und wir alle waren schon dick befreundet, als Laura zur Welt gekommen war. Als Nächstes wackelte Laura mit Annie unter den Apfelbäumen herum. Mein Herz schlug schneller. Es kam mir vor, als würde dort *mein* Leben abgespielt.

»Da war Laura drei«, sagte Annie. »Da habe ich immer auf sie aufgepasst. Ich war neun.«

Die Kamera wackelte heftig. Eine Geburtstagsfeier, Annies elfter Geburtstag, am Tag, nachdem Carmen sich den Arm gebrochen hatte. Da war Annie, wie sie die Kerzen ausblies. Und Carmen, die stolz ihren frischen Gips vorzeigte.

Und da war *ich,* und wir alle fingen an, »Happy Birthday« zu singen, und ich hatte den Arm um Annies Taille geschlungen.

Ich presste die Hand vor den Mund. In mir kamen heftige Gefühle hoch, die kurz davor standen zu explodieren.

»Das sind meine Freundinnen.« Annie deutete auf den Bildschirm. »Die da ist Carmen. Sie lebt immer noch hier. Und das ist Emma. Sie hat die Stadt verlassen, als wir zwölf waren. Ich hab einen Monat lang geheult. Ganz schön blöd, was?«

Ich räusperte mich. »Finde ich gar nicht. Ich bin Emma.«

Annies Blick nach zu schließen, hatte ich eine Schraube locker. »Ihnen geht es wirklich nicht gut, oder?«

»Ich wollte nicht so damit herausplatzen, Annie, aber ich bin *wirklich* deine Freundin Emma. Sieh mich an.«

Sie sah mich an, und in ihren Augen spiegelte sich die Erkenntnis. »Emma?«

Es war ein Flüstern, so leise, dass ich es fast nicht gehört hätte. Aber es war Musik in meinen Ohren. »Ja, ich bin zurückgekommen, um, äh, Urlaub zu machen. Und dann ist deine Schwester gestorben, und da wollte ich dir beistehen.«

»Soll das heißen, dass du gar keine trauernden Angehörigen betreust?«

Ich lächelte. »Oh doch, das tue ich. In Boston. Und zwar seit zwölf Jahren. Wir sind der Gerichtsmedizin angegliedert.«

»Oh. Oh! Emma.«

Sie drückte mich an sich, und ich drückte sie, und das fühlte sich großartig an.

Als wir uns wieder setzten, fragte sie lächelnd: »Heißt du jetzt wirklich Tally?«

Ich erwiderte ihr Lächeln. »Ja. Ein Spitzname, aber der passt inzwischen besser zu mir als ›Emma‹.«

Sie runzelte die Stirn. »Ich bin anders.«

»Schon gut. Ich habe mich auch verändert.«

»Nein, ich meine, wirklich anders. Ich bin froh, dass du wieder zu Hause bist. Ich bin ja so froh, dass dein Vater und das Geld dich nicht abgehalten haben zu kommen.«

Oje. »Äh, weißt du, Annie, ich bin nicht sicher, ob ich wirklich verstehe, was du meinst. Ich bin wegen meines Vaters und eines verwirrenden Anrufs gekommen, den ich in Boston erhalten habe. Und kaum war ich angekommen, bin ich unserer alten Lehrerin, Mrs Lakeland, über den Weg gelaufen. Na ja, und die hat mich voller Hass angesehen. Und jetzt sagst du, dass …«

»Du weißt es also nicht?«

»Was immer du mit ›wissen‹ meinst, nein, ich weiß es nicht. Aber ich würde es gern.«

Annie zupfte an der Serviette in ihrer Hand herum. »Lebt dein Vater noch?«

Ich schüttelte den Kopf. »Er ist vor Jahren gestorben. Ermordet.«

»Das tut mir leid. Anderen aber nicht, fürchte ich. Mrs Lakeland hat ihn gehasst, weil er sie bestohlen hat. Sie hat all ihre Ersparnisse, ihre Pension in sein Bauprojekt gesteckt – dieses Trenton-by-the-Sea. Aber er hat alle bestohlen. Jeden Einzelnen.«

»Das kann nicht sein. Er hatte nichts, Annie. Mein Vater ist völlig verarmt gestorben.«

»Aber … Er hat auch Dr. Spence und Dr. Lee um ihr Geld gebracht. Und Mary Cavasos um ihren Haushaltswarenladen.«

»Carmens Mutter hat ihr Geschäft verloren?«

Annie nickte. »Danach hat sie in der Bucksport-Mühle gearbeitet. Es ist ihr nicht so gut gegangen. Mein Vater hat sie unterstützt, aber das war nicht genug.«

Ich beugte mich vor, weil ich mir so sehr wünschte, sie möge es begreifen. »Aber Annie, wir sind weggegangen, weil wir kein Geld hatten, um das Haus wiederaufzubauen, als es abgebrannt war. Wir hatten keine Versicherung. Alles Geld ging in das Projekt von Trenton-by-the-Sea. Das hat mir mein Dad gesagt.«

Sie wich meinem Blick aus. »In der Stadt glauben alle, dass *dein Vater* das Feuer gelegt hat. Dabei ist auch Walter Cunningham, Hanks Vater, umgekommen.«

»Nein«, kam es von meinen Lippen. »Oh Gott, das … das tut mir so leid. Aber das kann nicht stimmen. Unmöglich. Sie müssen mich ja alle hassen. Carmen. Hank.«

Ein Schluchzen. Sie lehnte sich zurück. Sie war wieder bei Laura.

»Entschuldige, meine Liebe. Das ist ja jetzt auch gar nicht

wichtig.« Ich rieb ihre Hände. Sie waren kalt und feingliedrig und erinnerten mich daran, was der Tod den Lebenden antat.

Einige Minuten später ließ Annie die Kassette weiterlaufen. »Schau, da, das ist Laura. War sie nicht süß?«

»Das war sie.«

Wir schauten noch eine Stunde Filme an, in denen Laura zu einer umwerfenden jungen Frau heranreifte. Laura und Annie hätten während Annies ganzer Schulzeit hindurch Klone sein können. Doch als Lauras Highschool-Abschluss bevorstand, hatte Annie bereits begonnen, sich zu verändern. Sie hatte abgenommen, und ihr Haar hatte seinen Glanz verloren.

Ich spürte, wie gern sie mir von sich erzählt hätte, von ihrem Leben, ihrer Schwester, Winsworth. Aber ich spürte auch, wie sie zögerte. Ich konnte schließlich der Feind sein, dessen Vater eine ganze Stadt genarrt hatte.

Stattdessen lachte und weinte Annie und kommentierte für mich ihr und Lauras Leben nach meinem Weggang. Das alles war für die Trauerbewältigung normal und richtig, und obwohl sie mir nicht geglaubt hätte, wenn ich es ihr gesagt hätte, so würden ihre Wunden über den Verlust der Schwester doch langsam so weit heilen, bis sie erträglich wurden. Mit der *Art* von Lauras Tod umzugehen war hingegen eine andere Geschichte.

Annie schaltete den Videorekorder ab und seufzte. »Ich vermisse sie. Jeden Tag. Von jetzt bis in alle Ewigkeit. Das ist alles so ungerecht. Das macht mich, na ja, wütend.«

»Wut ist etwas unglaublich Normales, Annie. Sie gehört zur Trauer dazu.«

»Ich muss wissen, *warum* sie gestorben ist.«

»Ja«, sagte ich. »Auch das gehört dazu.«

Irgendwo im Haus knallte eine Tür, dann platzte Noah herein. Er musterte mich stirnrunzelnd, grüßte Annie knurrend und stürmte wieder hinaus.

»Auch er leidet«, sagte sie. »Aus welchem Grund hat man sie umgebracht, Emma, äh, Tally?«

Ich wünschte, ich wüsste die Antwort. »Laura schien mir ziemlich bestimmt gewesen zu sein. Manche Leute hier fanden sie vielleicht ein bisschen, na ja, aufbrausend.«

Annie winkte ab. »Oh, das weiß ich. Aber Laura hat auch viel Gutes getan. Ihre Arbeit im Krankenhaus zum Beispiel. Sie hat sozusagen die Kontaktbörse für Patienten dort ins Leben gerufen, zusammen mit Elyse Baxter, und außerdem hat Laura immer örtliche Künstler unterstützt, hat ihre Ausstellungen organisiert. Und sie hat Carmen bei der Eröffnung ihres Restaurants geholfen. Hast du Carmen schon gesehen?«

»Ja«, sagte ich. »Sie hat mich nicht erkannt.«

»Und das hat dir wehgetan, stimmt's? Du solltest es ihr sagen.«

»Bald.« Nachdem ich das mit dem Geschäft ihrer Mutter verdaut hatte. Und mit meinem Vater. »Vorerst behalten wir das noch für uns, okay?«

»Sicher. Das mit Carmens Restaurant war ein ziemliches Hin und Her. So etwas hat Laura geliebt. Diesen Zug an meiner Schwester habe ich nie verstanden. Das macht mich traurig.«

»Etwas nicht Abgeschlossenes?«, sagte ich. »Das gehört auch dazu. Aber dein Verständnis ist da, Annie. Es versteckt sich nur gerade. Erzähl mir von Lauras Beziehungen. Foster hat erwähnt, dass da beim Radio was gewesen wäre.«

Annie faltete die Hände. »Der arme Foster. Er hat immer versucht, sich in Lauras Leben zu schleichen. Das war ihm wichtig. Schließlich war sie nett zu ihm. Er ist so eine Art Außenseiter hier.«

»Weil er schwul ist?«

»Nein, nicht wirklich. Eher, weil er so ein Bursche aus der Stadt ist. Er hält sich für hip und meint, immer vorne mit dabei zu sein. Das stößt manche Menschen ab. Aber er ist echt nett. Aber Laura und ein Freund? Ich wusste von allen, mit denen sie sich traf. Sie hat Wert darauf gelegt, es mir zu erzählen. So was haben wir immer geteilt. Nein. Jemand Speziellen gab es nicht.«

Ich verabscheute es, so direkt zu sein. »Kann es sein, dass sie schwanger war?«

Annie runzelte die Stirn. »Ein Baby wollte sie schon, aber ... Nein, ich glaube nicht.«

Die Wandmalerei in Lauras Büro legte nahe, dass sie es gewesen war. Vielleicht doch nur ein Wunsch? »Ich muss Drew Jones finden. Er kennt die Antworten.«

Annie riss die Augen auf. »Drew? Der lebt doch draußen in seiner Hütte. Am Emerald Lake. Es geht ihm nicht gut. In letzter Zeit hat er sich sehr zurückgezogen. Bitte tu ihm nicht weh.«

Es schmerzte, dass sie mir so etwas überhaupt zutraute. »Nein. Das werde ich nicht.«

Sie reichte mir die Adresse samt Telefonnummer. »Er ist ein paar Tage verreist. Ich weiß nicht genau, wann er wiederkommt.«

»Danke, Annie. Laura war ja noch ein kleines Kind, als ich fortgegangen bin. Sie scheint zu einer interessanten Frau herangewachsen zu sein.«

Annie ließ den Kopf hängen. »Einzigartig«, flüsterte sie – mehr zu sich selbst als zu mir. »Laura war einzigartig.« Als sie mich wieder ansah, war ihr Blick hart und brennend, Tränen standen in ihren Augen. »Ich werde es erfahren, Tally. Ich kann nicht aufhören, darüber nachzudenken. Immer wieder stelle ich mir vor, wie ... Ich *werde erfahren,* wer meine Schwester umgebracht hat, und warum.«

»Wir finden es heraus, Annie. Versprochen.«

15

Gesellschaft!!!

Nachdem ich mich von Annie verabschiedet hatte, bog ich gegen sechs Uhr am Freitagabend in meine Auffahrt ein. Ich nahm die Biegung viel zu schnell und bremste abrupt auf dem Kies und dem Dreck. Der Wind kühlte meine heißen Wangen. Ich rieb sie an Pennys kühler Schnauze. Sie leckte mich am Ohr, und ich musste lachen. Wie immer.

Ich strich über das Handschuhfach. Dieser verfluchte Finger. So gruselig. Mein Körper fing reflexartig an zu zittern. Unecht, aber ...

Ich öffnete das Fach und zog Dads Geldbörse heraus, die die er bis zum Schluss benutzt hatte. Ich drückte meine Nase dagegen, roch das moschusartige Leder, spürte, wie weich es war, wie in meiner Erinnerung. Ich tat so, als könne ich noch immer *ihn* spüren.

Insgeheim hatte ich mich immer gefragt, ob er vielleicht das Feuer in unserem Haus gelegt hatte. Wir hatten kein Geld. Seine Investitionen in Bauland hatten sich gut entwickelt, dann aber kam der Rückschlag. Schuldner klopften an die Tür und ließen das Telefon klingeln. Und doch schien er so optimistisch zu sein – bis zu der Nacht, in der wir abgetaucht waren. Danach hatte er die Sache mit dem Haus nie mehr erwähnt, und ich brachte nicht den Mut auf, ihn zu fragen.

Ich legte die Börse in das Fach zurück und schlug die Klappe zu.

Dad hatte diese Leute nicht betrogen. Nie im Leben. Aber etwas war über diese Geschichte mit dem Bauland aufgetaucht. *Darum* musste es bei dem mysteriösen Telefonanruf gegangen sein.

Penny rannte hinunter zum Strand, während ich zu meinem Häuschen ging. Ich stellte die Schale mit den Erdbeeren auf der Kochinsel ab und griff dann nach der Fernbedienung, um mich über das Neueste aus aller Welt zu informieren.

Ein Schatten huschte vorbei. Oben. Ein zweibeiniger. Auf der Galerie, wo ich schlief.

Penny tollte draußen herum. Verdammt. Ausgerechnet jetzt. Ich musste zu meiner Tasche auf der Küchenablage kommen. Vorsichtig setzte ich einen Fuß vor den anderen. Ich musste zu meinem Pfefferspray.

Der Schatten bewegte sich, dann polterte ein Mann mit einer Pistole die Treppe herunter. Mist.

Ich fuhr herum, wollte nach dem Türknauf greifen.

»Finger weg!«, bellte er, als er sich übers Treppengeländer ins Licht schwang. Overall, Baseball-Kappe, unrasiert, schmutzig, wild.

Ich tauchte hinter der Kochinsel ab und robbte dorthin, wo ich zwar gespenstische Schatten, aber keinen Mann sehen konnte. Meine Hand tastete nach meiner Tasche.

»Ich sagte, Finger weg!«, donnerte er.

Ich nahm die Finger weg, hauptsächlich deshalb, weil er direkt vor mir wedelte, aber nicht mit einer 45er Magnum, sondern mit einem lila Fruchteis am Stiel, das er aus meinem Vorrat hatte, wie ich vermutete.

»Was wollen Sie?« Ich stand auf und griff nach der Tür, um Penny zu rufen.

Er wedelte mit dem Eis. »Wagen Sie es bloß nicht, Ihren Monsterhund zu rufen.« Seine blutunterlaufenen Augen zogen sich zusammen. Er stank nach Körperausdünstungen und etwas, über das ich nicht einmal nachdenken wollte.

Ruhig. Es war wichtig, dass ich ruhig blieb. »Wer sind Sie?«

Seine Stirn legte sich in Falten wie bei einem Shar-Pei.

147

»Will verflucht sein, wenn ich das noch weiß. Heiße auf jeden Fall Gary Pinkham, hab höllische Angst und brauche Ihre Hilfe.«

Gary Pinkham und ich saßen einander gegenüber. Sein Blick war fest auf mich geheftet, und gleichzeitig schleckte er weiter sein Eis. Er hatte sich einen lila Fleck auf seinem dreckigen weißen T-Shirt geholt. Als ich den Atem anhielt, konnte ich zwischen all dem Schmutz und den schlaflosen Nächten einen flüchtigen Blick auf den Mann erhaschen, der Russell Crowe in nichts nachstand.

Ich hob den Hörer vom Telefon.

»Sie wollen doch nicht etwa jemanden anrufen?«

»Nicht, wenn ich nicht muss.«

»Müssen Sie nicht. Ich bin kein Mörder.«

Den Spruch hatte ich schon viele Male gehört. »Wie sind Sie hierhergekommen, Gary?«

»Getrampt. Hab mich nicht getraut, in meinem Bronco zu fahren.«

»Und warum glauben Sie, ich könnte Ihnen helfen?«

»Wegen Joy. Sie kennen Joy von der Post. Hat behauptet, Sie wären 'ne coole Lady. Meinte, Sie würden sich für Lauras Tod interessieren.«

»Joy hat Ihnen geraten hierherzukommen?«

»Nein. Meinte nur, ich soll anrufen. Aber das reicht nicht. Überhaupt nicht.« Er trommelte mit den Händen auf die Knie, hastig, nervös.

»Ich weiß nicht genau, wie ich Ihnen helfen kann.« Ich hörte mich weit entspannter an, als ich mich fühlte.

Sein Blick wanderte durch den Raum. »Na, wenn nicht Sie, wer dann? Sagen Sie's mir, wer dann? Na? Na?«

Er presste die geballten Fäuste gegen die Augen und atmete tief ein. »Ich dreh hier noch durch, verstehen Sie? Aber total. Die Kerle von der State Police jagen mich, dabei hab ich Laura gar nicht um die Ecke gebracht. Mann, warum sollte ich denn 'ne Frau töten, mit der ich so verdammt guten Sex hatte?«

»Vielleicht, weil sie schwanger war?«

Er errötete. »Ich ... Ich, äh ...«

»Gary? Ich denke, dass Laura schwanger war.«

Er verschränkte die Hände und sah zu Boden. »Tja, von mir war sie's nicht. Ich kann keine Kinder zeugen. Ich war zwei Jahre in der Army. Da hatte ich 'nen Unfall und ... Niemand hier weiß davon, nicht mal Joy, und wehe, Sie erzählen das weiter, klar?«

»Mach ich nicht, bestimmt. Und es tut mir leid für Sie.«

Er schnappte nach Luft, wieder und wieder. Zu schnell. Sein Gesicht lief rot an, die Augäpfel traten hervor.

Ich wollte gerade die Notrufnummer 911 drücken, doch er röchelte »Nicht!« und zog ein Asthmaspray hervor. Er zitterte, als er es zum Mund führte, pumpte, einatmete und das Ganze wiederholte.

Beim dritten Mal begann er, leichter zu atmen. Seine Schultern entspannten sich, und er ließ die Arme sinken. Sein Kopf kippte zurück.

Ich beugte mich vor. »Gary?«

»Alles in Ordnung.«

Ich holte ihm ein Glas Eiswasser und ein kühles, feuchtes Handtuch, das ich ihm auf die Stirn legte.

»Danke«, nuschelte er. »Hab fast keine Medizin mehr. Das Asthma hab ich, seit ich ein Kind bin. Es macht mir Angst.«

»Das würde es mir auch.« Ich wartete, bis er sich aufrichtete und wieder einen klaren Blick bekam. »Sie kennen doch Sheriff Cunningham. Rufen Sie ihn an. Er wird Ihnen helfen.«

»Nie im Leben. Der steckt mich ins Kittchen. Dabei hab ich absolut *nichts* getan.«

Wir hatten begonnen, uns im Kreis zu drehen. So ein Schlamassel. Streunende Hunde waren meine Spezialität, und ich kämpfte gegen den Drang an, ihn unter meine Fittiche zu nehmen.

»Werden Sie mir etwas über die Nacht erzählen, in der Laura starb?«

Er wischte sich den Speichel von den Lippen und wischte dann die Hand an seinem Overall ab. »Danke für Ihre Frage, Ma'am. Die Mühe hat sich nämlich bisher keiner gemacht. Klar. Laura und ich waren draußen am Giddyup. Das ist gleich außerhalb der Stadt, kurz vor dem Bauhof.«

»Ich kenne den Ort.«

»Es war noch früh, so gegen sechs. Wir wollten was essen und dann tanzen gehen. Um die Wahrheit zu sagen, an dem Abend lief es nicht so toll zwischen uns. War auch meine Schuld. Als wir gegessen hatten, wollte Laura unbedingt tanzen. Aber ich war fix und alle, verstehen Sie. Hatte die letzten vier Tage durchgearbeitet.«

»Um wie viel Uhr war das, Gary?«

»Vielleicht so gegen neun. Sie hatte auch nicht gerade Lust auf Sex, was ziemlich seltsam war. Normalerweise konnte Laura nämlich nicht die Finger von mir lassen. Wir sind immer förmlich übereinander hergefallen, verstehen Sie?«

Ich musste an Hank denken ... Hank! Verdammt. »Fahren Sie fort.«

»Also hab ich vorgeschlagen, wir sollen zu ihr nach Hause fahren und ... Sie wissen schon.«

»Ja.«

»Sie war aber nicht in Stimmung.« Er vergrub die Hände in seinen Achselhöhlen. »Ich ... äh. Wir haben gestritten.«

»Und wie es sich anhört, ganz schön heftig. Erzählen Sie es mir, Gary.«

»Warum sollte ich?«

»Weil ich vielleicht die Einzige bin, die Ihnen zuhört.«

Meine Worte schwebten in der Luft, und Gary starrte mich wütend an. Oh ja, ich konnte seine Wut spüren.

»Also gut. Ich hab sie eine Schlampe genannt. Und sie hat

mir eine runtergehauen. Vor allen Leuten. Dann hab ich sie da weggeschafft.«

»Meinen Sie, Sie haben Sie gezwungen zu gehen?«

Er wiegte sich hin und her und wich meinem Blick geflissentlich aus. »Gary?«

»Hab ich. Und ich bin wahrhaftig nicht stolz drauf. So was hab ich vorher noch nie gemacht. Zumindest nicht mit 'ner Frau.«

»Was geschah dann?«

»Sie hat mir in die Eier getreten.« Sein schiefes Grinsen war ansteckend. »Hat höllisch wehgetan, aber genau das hat mir an ihr gefallen. Sie hatte Pep. Hat sich von keinem Kerl was vormachen lassen, nie und nimmer.«

»Und …?«

Er zuckte die Achseln. »Hab ihr gesagt, sie soll sich doch selber ficken, hab sie stehen gelassen und bin über Nacht zu Will und Joy gefahren.«

Er log, aber ich wusste nicht, worüber genau. »Sind Sie sicher? Ich meine, nach so vielen Tagen ist Ihr Gedächtnis vielleicht ein bisschen durcheinandergeraten. Verstehen Sie? Warum kehren wir nicht noch mal zu dieser Nacht zurück und stellen sicher, ob wirklich alles genau so geschehen ist.«

Pinkham lächelte, und wieder konnte ich den verteufelt gut aussehenden Mann erahnen, der sich hinter einer Schicht aus Dreck verbarg.

»Jetzt haben Sie mich ertappt«, sagte er. »Laura und ich haben …«

Draußen vor dem offenen Fenster knirschte der Kies.

Pinkham sprang auf. Ein fünfundzwanzig Zentimeter langes Jagdmesser blitzte in seiner rechten Hand auf. »Scheiße. Wem ham Sie's erzählt?«

»Erzählt? Sie waren doch die ganze Zeit bei mir.«

Er blinzelte und stieß dann ein Jaulen aus wie ein verletzter Hund. Er wedelte mit dem Messer hin und her. Die gezackte Klinge blitzte im Schein der Lampe.

»Stecken Sie das weg«, sagte ich und stand auf. »Ich sehe nach, wer da ist. Ich lasse niemanden rein.«

Garys linke Hand schoss vor und umklammerte mein Handgelenk. Er zog die Klinge über zwei Zentimeter Haut. Fasziniert beobachtete ich, wie kleine Blutstropfen auf der Haut erschienen.

»Ich mein's ernst«, sagte er.

»Das sehe ich.«

Er schleifte mich in den Vorraum, warf einen Blick durchs Fenster und stieß mich dann zu Boden. Ich landete hart auf dem Po. »Au! Warten Sie, Gary!«

Vor der Terrassentür zögerte er kurz. »Ich kann nicht. Er sperrt mich doch nur ein. Ich melde mich wieder.«

Er schlüpfte zur Terrassentür hinaus, rannte über die Veranda und verschwand in dem Moment, als die Tür zum Vorraum aufflog.

Herein stürzte Hank, die Neunmillimeter in der Hand.

»Pinkham«, sagte ich. »Er ist Richtung Strand davon.«

Hank rannte ihm nach.

Ich setzte mich aufs Sofa und saugte an meinem Schnitt. Einige Minuten später kam Hank mit Penny zur Terrassentür herein. Beide waren außer Atem, und ich hatte den Verdacht, dass Penny sich an der offensichtlich erfolglosen Jagd nach Pinkham beteiligt hatte. Hank steckte seine Pistole weg und zog die Terrassentür hinter sich zu.

»Ich hab den dämlichen Blödmann nicht mal gesehen«, sagte er und wühlte in meinem Kühlschrank. Er holte zwei Gemüsesäfte heraus und stellte einen davon vor mich hin. »Penny ist dem Kerl hinterher, aber der ist verschwunden. In Luft aufgelöst. Alles klar mit Ihnen?«

»Ich hatte schon bessere Abende«, sagte ich.

»Haben wir die nicht alle?«

»Wem oder was habe ich Ihre rettende Ankunft zu verdanken?«

Er ließ sich aufs Sofa plumpsen und hielt seine verletzte Hand. »Rettung? Von wegen. Sie haben mir heute Nachmittag eine Nachricht hinterlassen, schon vergessen?«

Das hatte ich. »Perfektes Timing. Einfach perfekt.« Ich erzählte ihm von dem Treffen mit Pinkham.

»Gottverdammt.« Hank stürzte seinen Saft hinunter. »Ich hätte dem Bürschchen schon zugehört. War ihm das nicht klar?«

»Offensichtlich nicht«, sagte ich und drückte Penny an mich.

»Das war eine rhetorische Frage, Tally.«

»Huch. Bin gerade ein bisschen neben der Spur.«

»Wie viel von dem, was Sie zu hören bekommen haben, entspricht der Wahrheit?«

»Tja ...« Ich dachte eine Minute lang nach. »Ich bin sicher, dass er teilweise gelogen hat, insbesondere, als er behauptete, das Giddyup verlassen und zu Joy Sacco nach Hause gefahren zu sein. Er wollte noch mehr sagen, doch dann kamen Sie.«

»Und das war auch gut so.«

»Möglich.« Der Schnitt blutete nicht mehr. »Dass er mich geschnitten hat, war irgendwie komisch. Er hat mir nicht wirklich wehgetan, aber ...«

»Hätte noch kommen können.« Seine Augen blitzten vor Wut.

»Kann sein.«

Hank legte einen Arm auf die Sofalehne. »Kann sein? Was denn, sind Sie irre? Der Typ ist gefährlich, Tally. Und dass Sie mir den bloß nicht unterschätzen. Was hat er zu dem Finger in Ihrem Wagen gesagt?«

»Mist! Hab vergessen, ihn danach zu fragen. Einfach blöd, ich weiß, aber ... Da hat eines das andere ergeben mit Pinkham, falls Sie verstehen, was ich meine.«

»Tue ich.« Hank streckte seine Beine auf dem Couchtisch aus. »Glauben Sie, dass er Laura getötet hat?«

»Ich weiß nicht. Nein. Vielleicht. Die Sache mit dem

Messer. Ich hab in seinen Augen gesehen, dass er es genoss, mich zu schneiden. Aber es war auch so kindisch. Nein, ich bezweifle, dass er sie getötet hat.«

Hank nickte. »Ich weiß noch einen anderen Grund.«

»Sagen Sie schon. Ich will nicht mehr zu viel denken. Bin total platt.«

Hank grinste. »Sie sind süß, das sind Sie.«

Ich verspürte ein Kribbeln, was anscheinend meinen grauen Zellen auf die Sprünge half. Das Asthmaspray auf dem Couchtisch machte es auch nicht gerade schwieriger. »Aber ja doch. Er ist ja Asthmatiker. Die Zigaretten. Ich bezweifle, dass Gary überhaupt in der Lage ist zu rauchen.«

»Genau richtig.« Hank ließ das Inhalierspray in eine Plastiktüte gleiten. »Was bedeutet, dass er aller Wahrscheinlichkeit nach die Zigaretten aus dem Steinbruch nicht geraucht haben kann. Ich wünschte, wir hätten ein paar DNA-Spuren daran gefunden. Aber schaden kann es nicht, das hier untersuchen zu lassen. Für die Akten.«

Ich wollte gerade mit Garys Behauptung, unfruchtbar zu sein, herausplatzen, dachte aber noch rechtzeitig an mein Versprechen. »Vielleicht könnte die Sache mit Garys Asthma die Jungs von der State Police dazu veranlassen, ihr Netz weiter auszuwerfen.«

Er fuhr sich mit einer Hand übers Gesicht. »Kann sein. Kommt drauf an. Die sind notorisch überarbeitet.«

»Und Sie nicht?«

»Bei mir ist das was anderes.«

»Inwiefern?«

Er zuckte die Achseln. »Eben ... was anderes.«

Einen kurzen Moment lang sah ich einen Mann, der furchtbar litt. Wie sehr hatte er Laura Beal geliebt? Ich erzählte ihm von meinem Besuch bei Annie, ließ aber die Sache mit meiner wahren Identität weg. Er litt schon genug. Wie sehr würde er dann erst leiden, wenn er erfuhr, dass mein Vater der mutmaßliche Mörder seines Vaters war?

»Weshalb ich angerufen habe«, sagte ich. »Ich wollte wissen, ob Sie den Autopsiebericht haben und ob der Leichenbeschauer oder das Labor herausgefunden hat, dass …« Ich seufzte. »… dass Laura vielleicht schwanger war.«

Hank verfiel in Schweigen.

Er ging zur Terrassentür, zog sie auf und ließ die nächtliche Brise ein. Er lehnte sich gegen den Türrahmen. »Dieselben Sterne überall in der nördlichen Hemisphäre. Der gleiche Nachthimmel. Sie schauen hinaus und sehen, was auch jemand in New York sieht. Oder in Florida. Chicago. Arm, reich, krank, hungrig, glücklich. Ganz egal. Da ist sie, diese wunderschöne Sternenhülle. Vor langer Zeit hatte ich mal ein Teleskop. Genau genommen hab ich mir letztes Jahr ein neues gekauft. Das hindert mich daran durchzudrehen, wenn ich an einiges von dem Zeug denke, das ich in mir trage. Aber jetzt gerade hilft es nicht viel.«

Ich trat hinter ihn und legte eine Hand auf seine Schulter. »Hank?«

Er rieb sich die Stirn. »Es war schon schlimm, dass Laura gestorben ist. Ich verstehe gar nicht, wieso es mir noch schlechter gehen sollte, nur weil ich erfahre, dass sie vielleicht schwanger war.«

»Weil Sie Laura geliebt haben?«

Als er sich umdrehte, blitzte in seinen Augen große Trauer auf. »Weil ich sie nicht genug geliebt habe. Oder vielleicht ist Laura auch ein Symbol für all die toten Frauen, die ich schon gesehen habe, verstümmelt, verletzt, und manche mit einem Baby im Bauch.«

»Ach, Hank.«

Seine Lippen zuckten ein klein wenig, aber sein Blick war weiter voller Trauer. »Ich habe mir eine Art Spiel mit Ihnen erlaubt, Tally. Ein reichlich dummes, vermutlich. Aber Sie sind eine große Nummer aus Boston, und Sie sehen auf mich hinunter, als wäre ich ein Hinterwäldler.«

»Aber das tue ich doch gar nicht.«

Er holte sich seinen Saft vom Couchtisch. »Klar tun Sie das.«

Ich konnte seinem Blick nicht standhalten, weil er vielleicht sogar recht hatte. Vielleicht fühlte ich mich allen meinen alten Freunden in Winsworth wirklich überlegen. Vielleicht dachte ich wirklich, ich sei besser als sie. Vielleicht hatte ich mich gerade mal so weit herabgelassen, jemanden wie Hank zu benachrichtigen. Oh Mann, so empfand ich zwar wirklich nicht, aber ...

Ich rang mir ein Lächeln ab. »Lassen Sie uns die Diskussion darüber auf morgen verschieben, ja? Ich bin bedient.« Ich ging zur Tür und hielt sie ihm auf.

Er setzte seinen Hut auf. »Sie wollen es also nicht hören, was? Können wohl nicht mit Ihrer eigenen Fehlbarkeit umgehen? Oder halten Sie sich für so gerissen, dass Sie mich durchschaut zu haben glauben? Was davon trifft zu, hm, Tally?«

Ich wollte eigentlich gerade sagen, dass es mir leidtat, aber dann ... »Ich hab diese Scheiße gründlich satt. Dieses Jammern und Jaulen, wenn Männer wie Sie mich wie ein verdammtes Hündchen behandeln. Ich hab fünf beschissene Monate hinter mir, und ich bin zu ... nach Winsworth gekommen, um alles zu machen, nur keine Trauerberatungen. Und genau in so was haben Sie mich reingezogen. Außerdem stecken Sie heimlich mit Drew Jones unter einer Decke, und jetzt beschuldigen Sie mich auch noch einer ungeheuerlichen Gefühllosigkeit, was überhaupt nicht stimmt, verdammt noch mal! Also scheiß drauf, Hank Cunningham, wir unterhalten uns morgen weiter.«

Seine große Pranke packte mich, und dann küsste er mich, dass mir die Luft wegblieb.

16

Zu Hause ist, wo das Herz ist

Am Samstagmorgen erwachte ich erhitzt und irritiert von meinen Träumen, in denen Hank und ich in der Außendusche herumturtelten, was ganz sicher am Vorabend nicht passiert war. Verdammt noch mal, er hatte mich nur ein Mal geküsst, dann einfach zum Abschied gewunken, und ich hatte zugesehen, wie er mit seinem bootsartigen Pontiac aus meiner Auffahrt gekrochen war.

Wie konnte ein Mann, der mich so in Wallung gebracht hatte, so schnell aufbrechen und so langsam fahren?

Geheimnisse gab es überall in Winsworth, und dazu gehörte auch das unerklärliche Spiel, das Hank mit mir spielte.

Oder war das vielleicht alles nur Blendwerk? Ich sank zurück in die Kissen. Vielleicht ... vielleicht liebte er Laura Beal ja immer noch, vielleicht war sie von ihm schwanger gewesen, und vielleicht hatte er auch mit ihrem Tod zu tun.

Dass er Laura liebte, konnte ich mir vorstellen. Aber sie töten? Das konnte ich mir ganz und gar nicht vorstellen. Ich prüfte meinen Terminkalender. Heute standen weder Telefonate mit Gert noch mit Klienten an, also wählte ich Drew Jones' Nummer in seinem Camp. Annie hatte gemeint, er sei für ein paar Tage fort, aber es konnte nicht schaden, es trotzdem zu versuchen. Während ich dem Tut-tut des Klingelns lauschte, lud ich meine Fotos aus Lauras Büro auf den Computer herunter. Ich legte auf, als Jones' Anrufbeantworter ansprang. Ich rief Annie an. Penny stupste mich, und ich ließ sie hinaus. In dem Moment nahm Annie ab.

»Wie wär's, wenn ich vorbeikomme?«, schlug ich vor.

»Danke, nein. Mir geht's gut.« – »Es ist doch nichts Schlimmes, über deine Gefühle wegen Laura zu sprechen, Annie.«

»Ich weiß. Es ist wegen Daddy. Als er uns zusammen gesehen hat, hat er sich sehr geärgert. Ich möchte ihn nicht noch mehr aufregen. Äh, morgen ist übrigens die Trauerfeier für Laura, in der Congregational Church, und anschließend die Beerdigung. Danach gibt es noch einen Empfang bei uns. Kommst du? Bitte!«

»Natürlich komme ich.«

»Da wäre noch was. Äh ...«

»Was, Annie?«

»Ich könnte schwören, dass mir gestern jemand gefolgt ist. Das war ein ganz komisches Gefühl. Mir ist es kalt den Rücken runtergelaufen. Vielleicht ... Ach, ich weiß auch nicht. Vielleicht bin ich wegen Laura so überempfindlich. Aber gefallen hat mir das Ganze nicht. Drehe ich jetzt durch, Tally? Was geht hier vor?«

Ich atmete erst einmal tief durch, um die Angst zu unterdrücken. »Nein, du drehst nicht durch. Es kann schon sein, dass dir jemand folgt, vielleicht, um nach dir zu sehen. Aber, na ja, sei einfach vorsichtig, bis wir bei Lauras Tod mehr durchblicken. Es bringt nichts, unnütze Risiken einzugehen. Okay?«

»Ja.«

»Hast du deinem Vater davon erzählt?«

Sie seufzte. »Der hat doch jetzt ganz andere Sorgen.«

»Sag's ihm, Annie. Schlepp das nicht allein rum.«

»Aber ich habe doch dich, Emma ... äh, Tally. Oder?«

»Ja, das hast du.«

Und so war es auch. Ich sann über Annies Worte nach, während Penny und ich durch den dichten Morgennebel nach Winsworth fuhren. Sie wollten mir nicht gefallen. Ganz und gar nicht.

Schwer zu glauben, dass ich vor knapp einer Woche einen Fremden und seinen Hund aufgelesen hatte. Morgen Abend würde Laura Beal eine Woche tot sein. Und in etwas weniger als zwei Wochen würde ich zurück nach Boston fahren.

Ich kraulte Penny an der Schnauze und wurde im Gegenzug abgeschleckt. »Was machen wir jetzt, Pens?«

Ich hielt bei einem kleinen Lebensmittelladen mit warmer Theke an. Doch obwohl ich gar zu gern die Pancakes gegessen hätte, entschied ich mich für einen Müsliriegel und einen Tomatensaft. Als ich wieder im Auto saß, überließ ich meinen Händen die Führung und fand zu Laura Beals Privatadresse. Ich brauchte nicht mal eine Karte.

Der Morgennebel hatte sich noch nicht ganz aufgelöst und hing in Fetzen über der Straße. Ich fuhr langsam und grübelte darüber nach, wie ich in Laura Beals Haus gelangen konnte. Ich fragte mich, wer wohl Annie verfolgen könnte und ob die ganze Familie in etwas verwickelt war, das ein verzweifelter Mensch zu beenden versuchte. Einige Minuten später kam ich zu Bryer's Farm und bog nach links in die CC Road ein.

Ich fuhr durch sanft gewellte Hügel, vorbei an einer Farm, die man in protzige Wohngebäude umgewandelt hatte, und kam zu einem Kiefernwäldchen, wo ich beim Anblick von Lauras blaugrünem Briefkasten nach rechts abbog. Ich fuhr einen langen Waldweg entlang, der mich auf eine Wiese ausspuckte, die mit rosa, gelben und lila Wildblumen gepunktet war. Neben einem Felsvorsprung stand Lauras kleines Heim.

Es war weiß mit lavendelfarbenen Fensterrahmen, hatte ein spitzes Dach, eine Veranda und eine weiße Sonnenterrasse, die um zwei Seiten lief. Blumenbeete waren um den Felsvorsprung angelegt worden und rahmten den Fußweg ein. Man sah ihnen das Verschwinden ihrer Gärtnerin nicht an, und Schaukelstühle aus weißem Korbgeflecht luden die Gäste zum Entspannen und Plaudern ein.

Trotz ihrer charmanten Ausstrahlung waren das Haus und der Grund von einer Aura der Trostlosigkeit umgeben, als wüssten sie, dass ihre Besitzerin nie zurückkehren würde.

Penny und ich gingen die Holzstufen hinauf. Ich klopfte und erhielt, wie erwartet, keine Antwort. Ich umrundete das Haus auf der Suche nach einem offenen Fenster.

Ich wollte wirklich nicht einbrechen, aber ich wusste, dass ich Lauras Heim sehen musste. Aus Angst und Sorge um Annie war ich ruhelos und verzweifelt.

Ich dachte an Joy und ihre Freundschaft mit Laura. Was, wenn der Mörder auch gegen Joy Sacco etwas im Schilde führte?

Auf der Wiese teilte sich ein Stück Gras, und hervor kam eine orangefarbene Katze. Sie musterte mich kurz und bog dann den Kopf zu Penny, die sich vorbeugte und an ihr schnüffelte.

Ich warf einen Blick auf das Halsband der Katze und kraulte sie dann am Kinn. »Tigger, hm? Dann bist du wohl Lauras armes Kätzchen. Wie wär's, wenn ich dich mit zu mir nehme? Einverstanden?«

»Mrrrr.« Penny bekam einen weiteren liebevollen Nasenstupser.

Im Haus klingelte das Telefon, dann erklang die Ansage einer Frau, und anschließend sprach ein Mann etwas aufs Band, das ich gar zu gern gehört hätte.

Ich holte meine American-Express-Karte hervor, weil ich Lauras Haustür damit öffnen wollte – etwas, das ich nie zuvor versucht hatte.

Ich kam mir lächerlich vor.

»Wollen Sie etwa die Tür aufbrechen?« Lautes weibliches Lachen verscheuchte Tigger.

»Sie haben der Katze Angst gemacht«, rief ich voller Entrüstung, um meine Schuldgefühle zu überspielen.

Jemand kam hinter einer großen Kiefer hervor, jemand mit wippenden Zöpfen, einem Overall und Nickelbrille. Carmen.

»Ich grüße Sie, Miss Cavasos«, sagte ich. »Das hier ist Penny.«

Carmen kam näher. »Sie haben zu viele Sherlock-Holmes-Filme gesehen.«

»Inspector Morse, bitte schön.«

Sie trat zu mir auf die Veranda. »Wenigstens haben Sie Geschmack.«

»Sind Sie mir gefolgt?«

Sie verdrehte die Augen. »Also, wirklich. Ich wohne ein Stück weiter oben in derselben Straße. Man kann über die Wiese gehen. Ich wollte Tigger holen. Ich hab's noch nicht geschafft, ihn zu kriegen, also hab ich ihn hier draußen gefüttert. Vielleicht können Sie mir ja helfen, ihn einzufangen, wenn Sie mit dem Rumschnüffeln fertig sind.«

»Rumschnüffeln?«

Carmen musterte mich aus zusammengekniffenen Augen. »Ich kann mir nicht vorstellen, dass Sie was klauen wollten.«

Ich schluckte die Entgegnung hinunter. Ich wollte, dass wir Freunde wurden, keine Sparringspartner. »Wollen Sie die Wahrheit? Ja. Ich schnüffele. Ich versuche, Laura zu verstehen und herauszufinden, wer sie umgebracht hat und warum. Ich habe nicht vor, ihr oder sonst jemandem zu nahe zu treten.«

Sie griff in ihre Tasche und holte ein Handy hervor. »Ich rufe nur schnell Sheriff Cunningham an. Wenn er nichts dagegen hat, dann ...«

»Nein! Der nervt doch nur. Er würde sich nur einmischen.«

»Ach, daher weht der Wind! Dann vergessen wir Hank erst mal.« Carmen schürzte die Lippen. »Ich mache einen Deal mit Ihnen. Ich habe einen Schlüssel für diese Tür. Sie können hineingehen, solange Sie das mit mir tun und Hank davon erzählen, wenn wir fertig sind.«

Eher wollte ich verdammt sein, als Hank davon zu berichten. Mist. »Also gut, einverstanden. Sie sind ganz schön nervig.«

Carmen schnitt eine Grimasse, als sie den Knauf drehte und die Tür öffnete. Sie grinste mich über die Schulter hinweg an. »Laura hat sowieso nie abgeschlossen.«

Eins zu null für Carmen. Aber gut.

Laura Beal überraschte mich immer wieder. Das Ambiente von Mittelerde, das ihr Büro durchweht hatte, fehlte hier. Stattdessen war ihr Haus luftig und hell, dekoriert im Landhausstil mit maritimem Einschlag, wie man ihn in den Katalogen von Pottery Barn finden konnte. Auf der Suche nach dem Anrufbeantworter durchquerte ich die in Weiß gehaltene Küche mit den ultramodernen Geräten und dem zerkratzten Kieferntisch. Dann kam ich ins Wohnzimmer.

Sie hatte es in Hellgrün und Türkis eingerichtet und die Wände mit karibischen Motiven bemalt. Aber in dem Zimmer herrschte ein heilloses Durcheinander. Bücher, Zeitungen und Zeitschriften bedeckten jeden freien Fleck. Auf einem Klubsessel stand ein Paar Cowboy-Stiefel, daneben eine Flasche Bier.

»Haben die Forensiker das so hinterlassen?«, fragte ich.

»Meinen Sie die Typen vom CSI?«, meinte Carmen. »Nein. Das ist typisch für Laura. Hielt nicht viel vom Aufräumen, aber sie hat ein paar echt tolle Bücher.« Carmen zog einen großen Bildband aus einem der weißen Regale, die alle Wände des Wohnzimmers bedeckten. »Und einen tollen Geschmack.«

Ich entdeckte den Anrufbeantworter auf einer Ablage in der Diele, darüber hing ein gerahmter Auszug aus einem Far-Side-Comic. Ich zog den Latexhandschuh an, den ich mitgebracht hatte, und drückte auf Play. Lauras Stimme, die Annies geradezu unheimlich ähnlich war, bat um eine Nachricht. Ein Versicherungsmensch hinterließ eine und legte dann auf.

Ich drehte mich zu Carmen um, die mich über die Ränder ihrer Brille musterte. »Ein Gummihandschuh? Soll das ein Witz sein?«

»Wie stand eigentlich Annies Freund, Steve Sargent, zu Laura?«, erkundigte ich mich.

»Sie wühlen aber wirklich den ganzen Dreck auf, was?«

»Ich erkunde nur die Beziehungen.«

Sie schob das Buch, das sie in der Hand gehalten hatte, zurück an seinen Platz. »Steve mochte sie ... bis zu einem gewissen Punkt. Vor ein paar Jahren hat sie ihn mal angebaggert. Deshalb hatte er dann ein schlechtes Gewissen Annie gegenüber. Annie hat ihrer Schwester vergeben. Ob Steve das auch getan hat, weiß ich nicht. Ich hab's ganz sicher nicht getan.«

»Warum hat sie dem Freund ihrer Schwester nachgestellt?«

»Erstens mal ist diese Freundschaft eine inoffizielle. Zweitens herrschte auch zwischen Laura und Annie so eine Art schwesterliche Rivalität, die durch den Fortgang der Mutter noch stärker wurde. Und drittens hatte Laura in Steve so was wie eine verwandte Seele gesehen, zumindest eine Zeit lang.«

Ihr geheimer Seelenverwandter? Das hatte Foster behauptet. »Steve Sargent wirkt mir nicht wie der Typ für eine Seelenverwandtschaft.«

»Man sollte es nicht meinen«, sagte Carmen. »Aber Steve ist ein außergewöhnlicher Künstler. Er malt, genau, wie sie es tut – getan hat –, und Laura hatte eine richtig romantische Ader.«

Das überraschte mich jetzt weniger. »Und was wurde aus ihrer Beziehung zu Hank Cunningham?«

Sie schnitt eine Grimasse. »Es war widerlich, wie verrückt er nach ihr war. Und umgekehrt. Und natürlich dachte sie auch bei *ihm* eine Weile, er wäre ihr Seelenverwandter.«

»Und was ist passiert?«

»Keine Ahnung.«

Von wegen. »Wann haben sie sich denn getrennt?«

»Vor sechs Monaten vielleicht. Das ärgert Sie, stimmt's?«

»Warum sollte es?«, entgegnete ich reflexhaft. Oh Mann,

war sie gut darin, andere zu durchschauen. »Sie haben den falschen Beruf.«

Carmen lachte. »Was noch?«

»Was ist mit Ihnen und Laura?«

Carmen knabberte an einem Nagel. »Es ist komisch. Laura und ich waren befreundet. Sie hat mir geholfen, die Sache mit dem Restaurant aufzuziehen. Aber soll ich ehrlich sein? Ich mochte sie nicht besonders. Hauptsächlich deshalb, weil sie immer alles so manipuliert hat, wie es ihr in den Kram passte. Sie war auch diejenige, die Annie, die fröhliche, lustige Annie, in die heilige Annie der Märtyrerinnen verwandelt hat.«

»Wie das?«

»Die Geschichte ist zu lang, um sie hier und jetzt zu erzählen.«

»Ich habe jede Menge Zeit.«

Carmen schüttelte den Kopf.

»Was ist mit Drew Jones? Laura muss ihn doch total wütend gemacht haben.«

Sie fuhr mit den Händen über die Seiten ihres Overalls. »Staubig. Zeitverschwendung. Schnüffeln Sie nur weiter. Ich hole jetzt Tiggers Fressen und seine Spielsachen.«

Da war sie wieder, die Mauer des Schweigens, sobald ich auf Drew Jones zu sprechen kam.

Mein Ärger verflog, als ich Lauras Bücher durchging. Sie hatte so ziemlich alles gesammelt, von alter Kunst über billige Liebesromane bis hin zu Genforschung und Computern. Eine Reihe war den Indianern Amerikas gewidmet, eine andere dem Thema New Age. Vielseitig, um es mal so zu sagen.

Im Keller fand ich wenig außer Koffern mit alten Kleidern, Werkzeug und etwa einer Billion Schraubgläsern mit Gemüse, das sie anscheinend eingemacht hatte. Ich ging wieder nach oben und weiter in den ersten Stock.

Die beiden Schlafzimmer und das Bad waren unberührt.

Das legte die Vermutung nahe, dass Laura sie nur als Gästezimmer benutzt hatte.

Als ich wieder ins Erdgeschoss kam, folgte ich dem kurzen Flur und warf einen Blick ins Bad. Noch mehr Durcheinander. Deo, Zahnpasta und Bürste lagen auf der Ablage, und eine Rolle Toilettenpapier lag neben dem Klo auf dem Boden. Anscheinend war Laura an jenem Morgen in Eile gewesen, was vermutlich typisch für sie war. Schon komisch, wie mir beim Anblick der halb ausgedrückten Zahnpastatube die Tränen in die Augen traten.

Ich sah sie deutlich vor mir. Ihr langes Haar wehte, während sie im Haus herumrannte und sich für die Arbeit fertig machte. Hätte sie etwas anders gemacht, wenn sie es gewusst hätte?

Der Mülleimer war leer. Zweifelsohne hatte die Polizei den Inhalt mitgenommen. Nachdem ich einen Blick in den Medizinschrank und unters Waschbecken geworfen hatte, ging ich zu ihrem Schlafzimmer.

Laura hatte es mit weißen Korbmöbeln ausgestattet und das benachbarte Zimmer in ihr Atelier verwandelt. Genussvoll atmete ich den Geruch nach Farbe und Terpentin ein. Lauras Staffelei stand an einem der Fenster. Die Sonne schien auf ein impressionistisches Ölgemälde, das zwei Mädchen zeigte, Jugendliche mit großen Hüten und hübschen Folklorekleidern, die sich gegenseitig im Arm hielten. Laura und Annie.

Sie trugen beide den gleichen Gürtel, der mit dem Jugendstilgürtel identisch war, den ich an Joy gesehen hatte. Laura konnte sehr großzügig sein, und es hätte mich nicht überrascht, wenn sie den Gürtel ihrer besten Freundin gegeben hätte. Vielleicht hatte aber auch jedes der Mädchen einen, genau wie unsere Mädchenclique die gleichen Sachen besessen hatte. Diese Vertrautheit fehlte mir.

Das Gemälde war wunderschön, im Stil von Monet gemalt

und abstrakter als Lauras Wandgemälde im Sender. So ein Talent – ausgelöscht.

Die Forensiker hatten schwarzen Puder für die Fingerabdrücke auf einem alten Marmeladenglas hinterlassen, in dem einige Pinsel einweichten. Ein weiterer Pinsel, einer mit einem grünen Stiel und getrockneter Farbe, lag neben der Staffelei.

Genug Stoff zum Nachdenken, während ich das Bücherregal im Atelier durchging. Keine Zettel oder Zeichnungen fielen heraus, als ich Dutzende von Büchern aufschlug und wieder schloss. Bücher über Tarot, Gesundheit und die Geschichte des Staates Maine. Ich stocherte mit einem Staubwedel unter ihrem Bett herum, durchwühlte ihre Schubladen und suchte in Malunterlagen und der Schmuckschatulle.

Ich ging den Stapel Rechnungen auf ihrem Schreibtisch durch und durchforstete ihren Kleiderschrank auf der Suche nach Kleidern, die nicht ihr gehörten.

Wo steckte bloß der reißerische Brief ihres geheimen Lovers? Das perverse Sexspielzeug? Die Notiz, in der die Niedertracht eines bekannten Politikers bloßgestellt wurde?

»Und?«, fragte Carmen, als ich wieder in die Küche trat.

»Eine vielschichtige Persönlichkeit.«

»Stimmt.« Carmen lächelte, als sie sich die große Tasche mit Tiggers Katzenfutter unter den Arm klemmte.

»Das scheint irgendwie nicht zu passen, der getrocknete Pinsel neben der Staffelei, der doch eigentlich in das Glas mit dem Terpentin gehört hätte. Vielleicht hat der Mörder sie ja beim Malen überrumpelt.«

Sie verlagerte ihr Gewicht. »Möglich. Aber Sie sehen ja an dem Durcheinander, was für ein unordentlicher Mensch Laura war.«

»Annie war ja mit den Gewohnheiten ihrer Schwester vertraut. Sie wird das wissen.«

»Lassen Sie sie in Ruhe. Die Cops haben ihr schon zugesetzt. Sogar Hank war da. Sie hat genug um die Ohren.«

»Mann, Sie sind ja bloß auf Streit aus. Annie muss einfach erfahren, was mit ihrer Schwester passiert ist. Statt ihr noch mehr wehzutun, wird ihr das über ihren Schmerz hinweghelfen.«

Carmen wandte sich ab, aber ich sah noch, dass sie mir den Stinkefinger zeigte. Sie war richtig sauer. Es hatte keinen Sinn, das jetzt weiter zu verfolgen.

»Wissen Sie, ob die Polizei ihren Laptop hat?«, fragte ich.

»Woher wollen Sie wissen, dass sie einen hatte?«, entgegnete Carmen.

»Na, mit dem Sender und allem, da hatte sie sicher einen.«

»Da müssen Sie Hank fragen. Aber es stimmt schon, sie hatte immer und überall einen dabei. Haben Sie jetzt genug im Dreck gewühlt?«

Ich verbiss mir eine obszöne Entgegnung und griff stattdessen nach der Keramikschüssel, auf der »Tigger« stand.

»Dann wollen wir mal, oder?« Carmen stopfte sich Katzenspielzeug in die Overall-Taschen.

»Ich dachte, wir könnten vielleicht noch einen Kaffee trinken. Ein bisschen reden.«

Sie lächelte freundlich, zog die Augenbrauen hoch und legte eine Hand auf den Türknauf. »Ich kann nicht. Werde im Restaurant gebraucht.«

Auf der Veranda nahm ich Tigger hoch und reichte ihn an Carmen weiter.

»Ich komme wieder im Restaurant vorbei«, sagte ich.

»Machen Sie das.«

Komisch, aber Ihre Worte klangen alles andere als einladend.

17

Hat mal jemand Feuer?

Zwischen mir und meiner ehemals besten Freundin Carmen stand es eindeutig nicht zum Besten. Als Bilanz meiner Mission in Winsworth kam bisher nur das Wort *trostlos* infrage. Ein brutaler Mörder trieb sich herum. Ich hatte kaum etwas über meinen Dad und die Nacht, in der das Feuer ausgebrochen war, herausgefunden. Ich hatte absolut nichts über den geheimnisvollen Anrufer erfahren. Und ich hatte den Verdacht, dass Hank mir die Ergebnisse von Lauras Obduktion vorenthielt. Was verbarg er noch vor mir? Diese Frage piesackte mich ganz besonders.

Ich nahm eine Tasse Kaffee und das Handy mit auf die Veranda. Dort legte ich die übereinandergeschlagenen Füße auf das Geländer. Hätte ich mich doch nur entspannen können. Ich kreiste mit den Schultern und verwünschte all meine Probleme.

Mann, was war das schön hier. Winsworth war wie eine raffinierte Sucht, die zu überwinden mir schwerfallen würde. Es war echt cool, den Typ an der Tanke und das Mädel von der Post zu kennen und mir so vorzukommen, als sei ich Teil dieser Kleinstadt. Vielleicht sollte ich es das »Kleine Fische, kleine Teiche«-Syndrom nennen und beim nächsten Psychologentreffen vorstellen. Vielleicht aber war gerade das verantwortlich für Lauras Tod – dieser Komfort, diese Sicherheit.

Boston dagegen war geschäftig, chaotisch und distanziert zugleich. Da fiel es nicht schwer, anonym zu bleiben, so viel war sicher. Meine Stadt fehlte mir nach wie vor, genau wie

Kranak, Gert und Veda. Und die Arbeit fehlte mir, der tägliche Input.

Ich war mir nicht sicher, ob ich wusste, *wie* man abschaltet, auch nicht von der Arbeit.

Ich wählte Kranaks Durchwahl bei den Crime Scene Services in Boston.

»Kranak.«

»Hi!«, sagte ich. »Hätte gar nicht damit gerechnet, dass du drangehst.«

»Wofür brauchst du mich, Tal?«

»Wie nett. Wir haben seit Tagen nicht miteinander gesprochen, und du bist gleich so mürrisch.«

»Genau. Wie mir scheint, vergisst du allmählich, wer deine Freunde sind.«

»Ha, ha. Hier hat es einen Mord gegeben. Ich wünschte, du wärst hier bei mir.«

Kranak grunzte. »Also, was brauchst du?«

»Bist du nicht mit einem Typen aufs College gegangen, der jetzt beim Leichenbeschauer von Maine arbeitet?«

»Wie kannst du dich nur an so 'n Mist erinnern?«

»Weil ich dich liebe. Ich brauche den Obduktionsbericht einer gewissen Laura Beal. Sie ist vor etwa einer Woche ermordet worden. Ich weiß, dass sie mit ihr fertig sind, weil der Leichnam zurück in Winsworth und zur Beerdigung freigegeben ist.«

»Nur dies eine Mal: Halt dich da raus.«

»Geht nicht. Das Mordopfer ist die Schwester einer alten Freundin von mir.«

Kranak grunzte wieder. »Hab ich's nicht gewusst? Und wie läuft's mit den Nachforschungen über deinen Dad?«

Wie zum Teufel ...

»Mein Dad? Wovon redest ...«

»Jetzt komm aber, Tal. Wie könnte ich *nicht* davon wissen?«

»In diesem Laden ist auch nichts mehr heilig. Es läuft nicht so gut.« Ich seufzte. »Tatsache ist, dass ich hier inkognito rumlaufen muss ...«

»Verdammt und zugenäht! Du holst dir *wieder* einen Tritt in den Arsch, ich sag's dir. Hast du deinen letzten Undercover-Einsatz schon vergessen?«

»Das hier ist doch was ganz anderes, Rob. Versteh doch, ich tue, was ich tun muss. Das ist alles. Ich muss einfach die Wahrheit darüber erfahren, was vor zwanzig Jahren mit meinem Vater geschehen ist. Und wenn das bedeutet, dass ich erst mal nicht zugeben darf, dass ich hier aufgewachsen bin, ist das eben so. Ich will nicht noch mehr Schwachsinn von dir hören. Wie geht's dir übrigens? Mit dem Diabetes?«

»Nicht schlecht. Ganz gut. Hab ihn unter Kontrolle. Hör zu, Tal, du solltest jemanden haben, der dir den Rücken frei hält.«

»Ja. Danke. Du besorgst mir den Bericht so bald wie möglich, abgemacht?«

Ein lautes Seufzen. »Abgemacht.«

Während ich auf Kranaks E-Mail wartete, nahm ich eine schöne heiße Dusche und blieb dann noch einige Minuten draußen, in denen mir der Wind über die Haut strich. Oh Laura, was ist bloß mit dir geschehen?

Drinnen schlüpfte ich in meine ausgebeulte Jeans und ein frisches Oberteil, bevor ich meine wilden Locken bürstete.

Kranaks E-Mail traf kurz danach ein. Als Erstes musste ich lesen, dass er Lauras Ergebnisse nicht vor Montag bekommen würde. Mist. Penny kratzte an der Tür, um hinauszukommen. Ich befahl ihr, in der Nähe zu bleiben, statt irgendetwas hinterherzujagen, bevor ich zu der E-Mail zurückkehrte.

Mein Herz machte einen Sprung. Ich hatte mir schon gedacht, dass Hank etwas verbarg, aber die Wirklichkeit war noch schlimmer. Er hatte die Ergebnisse von Lauras

Obduktion bereits seit gestern Morgen. Und er hatte mir nichts davon gesagt.

Ich setzte mich abrupt hin. Was zum Teufel war nur los mit dieser Stadt? Und mit mir? Meine Schwärmereien konnten tödlich sein, wenn ich nicht aufpasste.

Ich kam immer wieder auf die Frage zurück, ob Drew Jones wohl Laura Beal umgebracht hatte, und darauf, dass alle und jeder ihn deckten und beschützten. Sogar seine grässliche Noch-Ehefrau steckte da mit drin. Was eigentlich überhaupt keinen Sinn ergab.

Niemand schien es eilig zu haben, Laura Beals Mörder zu fassen. Die Cops waren überzeugt, dass Gary Pinkham sie umgebracht hatte. Genau genommen waren sie sogar sehr zuversichtlich. Drew war also aus dem Schneider.

Vielleicht sollte ich sowohl das als auch die Geschichte mit meinem Vater ruhen lassen. Es könnte Zeit für mich werden, meine Zelte hier abzubrechen. Vielleicht. Aber zuerst ...

»He, Penny! *Ke mne!* Komm!« Ich lud sie ins Auto und fuhr los.

Auf dem Weg in die Stadt fing ich mich wieder, zumindest so weit, dass ich Hank gegenüber nicht austicken würde, obwohl ich stinksauer war, so viel stand fest.

Vor dem Gerichtsgebäude entdeckte ich Hanks Wagen. Ich öffnete die Fenster für Penny, ließ ihr einen Napf mit gekühltem Wasser da und machte mich auf die Suche nach ihm.

Als ich gerade die Steinstufen hinaufstieg, kam er durch die Flügeltür. Ich winkte und ging auf ihn zu. Ich könnte schwören, dass er die Stirn runzelte, als er mich bemerkte.

»Hi«, sagte ich und tat ganz beiläufig. Hatte er den Kuss vergessen?

Er sah auf mich herab und knurrte. »Was zum Teufel haben Sie sich dabei gedacht, zu Laura Beal zu fahren? Das ist verdammt noch mal ein Tatort.«

»Oh, ich hoffe, auch Sie haben einen schönen Tag. Ich kann einfach nicht glauben, dass Carmen Sie wirklich angerufen hat.«

»Was? Einer von meinen Jungs hat Sie aus Lauras Einfahrt kommen sehen und Ihr Nummernschild notiert.«

Also gut, auf Carmen war Verlass. Aber dieser Obduktionsbericht machte mich noch ganz verrückt. *Ganz ruhig, reiß dich zusammen,* sagte ich mir. »Frage – warum sollte Laura, eine so umsichtige Malerin, einen teuren Zobelpinsel nicht zurück ins Glas stellen?«

Hank richtete sich auf. Er setzte seine Sonnenbrille auf und seufzte. »Sie fragen die abwegigsten Sachen. Was zum Teufel meinen Sie damit?«

»Na, das Terpentinglas.«

»Wer weiß, warum sie den Pinsel draußen gelassen hat!«

»Was ist mit ihrem Laptop?«

»Den haben die Kollegen von der State Police. Sie gehen mir ganz schön auf die Nerven, Tal.«

»Eine Schande«, sagte ich. »Ich würde ihn mir gern mal ansehen.«

Er lachte, aber es klang grimmig, als hätte ich eine Grenze überschritten. »Sie sind *wirklich* auf einem guten Trip. Ich kriege morgen oder übermorgen einen Bericht darüber. Ich sag Ihnen Bescheid.«

»So? Sie sagen mir Bescheid? Schwer zu glauben. Aber jetzt sagen Sie mal, Hank, war Laura nun schwanger oder nicht?«

Die folgende Pause war so lang, dass ich schon meinte, er würde sich einfach umdrehen und gehen. Ich spürte, dass sein Blick hinter der Sonnenbrille auf mir ruhte. Ich spürte seine Wut, und dass er betroffen war. Aber ich wollte verdammt sein, wenn ich jetzt einknickte.

»Sheriff Cunningham?«

»Sie war schwanger«, sagte er. »Zweiter oder dritter Monat. Eine Eileiterschwangerschaft.«

Oje. Man spricht von einer Eileiterschwangerschaft, wenn

die befruchtete Eizelle sich außerhalb der Gebärmutter einnistet. Eileiterschwangerschaften, insbesondere unbehandelte, können starke Schmerzen auslösen, Ohnmachten, innere Blutungen. Sie können sogar zum Tod führen. Der Fötus überlebt dabei nie.

»Wusste sie davon?«, fragte ich.

»Ich weiß es nicht. Und das ist die Wahrheit. Außerdem hatte sie einen Tripper. Der Gerichtsmediziner meinte, eine relativ neue Erkrankung, weniger als ein Jahr her.« Seine Stimme klang traurig, und er presste die Lippen aufeinander.

»Der Vater?«, fragte ich.

»Keine Ahnung.«

»Wissen Annie und Noah irgendetwas von alldem?«

Er hakte seine Hände am Gürtel ein. »Ich weiß nicht. Ich werde irgendwann nach der Beerdigung mit ihnen darüber sprechen müssen. Sie sollten übrigens auch kommen. Es wird hart für die beiden werden. Besonders für Noah.«

Und hart für dich, Hank Cunningham. Ich atmete tief durch und sprach mit sanfter, freundlicher Stimme weiter. »Wieso haben Sie mir nicht davon erzählt, Hank? Sie wussten es doch gestern schon.«

Eine weitere Pause. »Sie stellen immer die schwierigen Fragen, Tally. Haben Sie sich schon mal überlegt, dass die Leute manchmal die Antworten nicht wissen?«

»Es tut mir leid für Sie, wegen Laura, wegen Ihrer Beziehung.« Ich wartete einen Herzschlag lang, dann: »Glauben Sie, es war Gary?«

»Ja, das glaube ich.«

»Ich habe vor, zu der Beerdigung morgen zu kommen. Aber danach ...«

Ein knappes Nicken, und schon lief er die Stufen vor dem Gericht hinunter.

Dieses Mal machte er sich nicht einmal die Mühe, sich zu verabschieden.

***

Ich ging kurz mit Penny auf dem Rasen Gassi, dann überquerte ich die State Street vor dem Sender WWTH. Ich trat durch die Tür des Radiosenders und schnappte nach Luft. »Ach du meine Güte.«

Bilbos Welt war verschwunden, stattdessen waren die Wände einheitlich grün. Die Hobbithöhle, Bilbo selbst, der Tisch mit dem dampfenden Teekessel, die Hüte an der ...

»Miss Tally«, erklang eine Stimme zu meiner Rechten.

Oben an der Treppe stand Foster, die Arme in die Seiten gestemmt.

»Foster. Ich bin hier, um ...«

»Oh, ich weiß schon, ich weiß.« Er kam die Treppe herunter. »Sie wollten Fotos von den Hobbits und all dem machen, da bin ich mir sicher.«

Ehrlich gesagt hatte ich gehofft, zusammen mit den Fotos auch einen Blick auf Lauras Unterlagen werfen zu können. »Ja, das hatte ich vor. Die Malereien oben?«

Er rieb sich die Stirn. »Weg. Alles weg. Mr Beal hat *alles* überstreichen lassen. Anscheinend hat er einen Käufer für den Sender gefunden. Ich weiß nicht. Ich weiß wirklich nicht.«

»Es tut mir so leid. Ich kann noch gar nicht fassen, dass ihre Kunstwerke einfach so fort sind. Wie traurig. Ich würde mich trotzdem gerne umsehen.«

»Ich fürchte, das geht nicht.«

»*Geht* nicht? Und warum bitte geht es nicht?«

»Weil man Laura *vergewaltigt* hat. Nicht nur der Mörder hat das getan, sondern ...«

»Laura wurde nicht vergewaltigt, Foster.«

»Das meine ich nicht. Alle haben in ihren Sachen rumgeschnüffelt, angefangen von der Polizei über Sheriff Cunningham bis hin zu ihrem eigenen Vater. Sie haben *nichts* gefunden. Und Sie würden auch nichts finden.«

Ich seufzte. Hier hatte ich noch jemanden vor mir, der Laura verehrte, aber auch viel verbarg. »Ich versuche doch nur zu helfen, Foster. Obwohl alle Laura schützen, scheint niemand dabei helfen zu wollen, ihren Mörder zu finden. *Warum?*«

Foster machte eine Geste in Richtung Wand. »Sehen Sie sich nur an, was er mit ihrer Kunst gemacht hat. Geschändet.«

»Kommen Sie, Foster, reden Sie mit mir.«

Er lief die Treppe hinauf. »Niemals.«

Blind vor Wut sprang ich ins Auto und machte mich auf den Weg zu Drew Jones' Camp. Zum Teufel mit alldem, dachte ich mir. Nichts lief, wie es sollte. Aber wenigstens konnte ich mich davon überzeugen, ob dieser geheimnisvolle Herr zu Hause war.

Die Nacht war pechschwarz und mondlos; die Straße nahezu unsichtbar. Ich hatte mich verfahren. Wie ich so den engen Serpentinen ins Nirgendwo folgte, wurde mein Frust noch von meiner Angst angestachelt. Was machte ich hier eigentlich, eine Frau aus der Großstadt, die hier auf unbekannten Landstraßen umherkurvte und dabei eine Mission verfolgte, die nur zu noch mehr Ärger führen würde? Im Rückspiegel nichts als Schwärze.

Penny, die mein Unbehagen spürte, stupste mir mit ihrer kalten Nase ins Gesicht.

Ich bog rechts ab, dann links, in der Erwartung, an einem bestimmten Punkt herauszukommen. Doch ich landete woanders. War ich überhaupt noch in Winsworth?

Abwechselnd blickte ich auf die Straße mit ihrer verblassten weißen Markierung und nach hinten, weil ich hoffte, dort etwas zu entdecken. Ein Auto. Scheinwerfer. Ein Geschäft. Was auch immer.

Mein Rückspiegel mit dem integrierten LED-Kompass zeigte mir, dass ich nach Norden fuhr, was ich gar nicht wollte. Ich wollte nach Osten, verdammt, nach Osten. Ich rieb mir die Augen, weil ich mich über meine eigene Unfähigkeit ärgerte.

In der Hoffnung, die Straße zurück in die Stadt zu finden, bog ich links ab. In dem Moment flammte hinter mir ein Licht auf.

Wieder starrte ich in den Spiegel. Immer noch war alles schwarz, aber da – war das nicht das Aufglimmen einer brennenden Zigarette? Hatte ich ein Feuerzeug oder ein Streichholz gesehen?

Verdammt. Jemand folgte mir – ohne Scheinwerfer – und war auch noch so dreist, sich eine Kippe anzuzünden. Die heiße Asche glühte in meinem Rückspiegel auf. Wie hypnotisiert sah ich zu.

Der Killer hatte geraucht, während er Lauras Todeskampf angesehen hatte, als sei es ein verdammter Film oder so etwas. Und der Fahrer hinter mir kannte diese Straßen bestimmt weit besser als ich, schließlich fuhr er ohne Licht. Er fuhr in der Tat sehr gut.

Da, eine Straßenlaterne. Ich *war* richtig abgebogen. Mein linker Fuß zuckte, ich wollte Gas geben. Aber ich wartete. Ich musste Geduld haben. *Ganz ruhig,* sagte ich mir. Ruhig. Penny jaulte. Ich hatte keine Angst. Schließlich hatte ich Penny bei mir, oder? Meine Hände auf dem Lenkrad waren schweißnass.

Oh ja. Der Kegel der Laterne kam näher. Ich fuhr schneller, aber nur ein bisschen. Jetzt. Und hinter mir … Nichts?

Ich ging vom Gas, bis ich fast kroch.

Kein Auto, nichts, gar nichts kam hinter mir.

Aber was hatte ich dann gesehen? Oder hatte ich mir alles nur eingebildet?

Doch in Gedanken sah ich immer noch das Pulsieren der Zigarette, sah sie aufglimmen und verlöschen, wie die Kohlen unter einem Blasebalg. Nein, er war da. Noch versteckte er sich. Aber er wartete auf mich. Ich spürte seine Geduld und bedauerte sie.

***

Ich kehrte in mein Cottage zurück. Meinem Ziel, Drew Jones zu finden, war ich kein bisschen näher gekommen.

Morgen ist Lauras Beerdigung, dachte ich, als ich gemütlich in meinem Bett lag. Keine schöne Aussicht, aber eine, die ich – leider – nur zu gut kannte.

Es ist keine schöne Vorstellung, mit dem Tod auf Du und Du zu stehen. Manchmal wünschte ich mir, ich könnte ihn abschütteln. Aber das würde bedeuten, dass ich die Ermordung meines Vaters verdrängte. Unmöglich, den Schrecken dieses Todes zu vergessen.

Hatte Laura gewusst, dass sie schwanger war? Ich versuchte, mich in sie hineinzuversetzen, mit ihren Augen zu sehen und ihrem Herzen zu fühlen.

Sie hatte es gewusst. Und sie hatte es genossen.

Eine Brise wehte vom Meer durchs offene Fenster herein. Fischgeruch und die Vorfreude auf ein Vergnügen ließen mich an meinen Dad denken. Es hatte uns so viel Spaß gemacht, mit unserer Blue Jay in den großen und kleinen Buchten zu segeln. Immer hatte er Geschichten zu erzählen gehabt, die mich faszinierten. Winsworth war solch ein einladender Ort gewesen, als wir hier lebten. Dad hatte es so abwechslungsreich gemacht; jeder Tag war hell und klar.

Aber er hatte auch Dunkelheit und Chaos über mich gebracht, wie Glasscherben, die die Landschaft übersäten.

Dad war kein perfekter Mensch gewesen. Ich liebte ihn wie verrückt.

Mein gegenwärtiges Versteckspiel war mir zunehmend verhasst. Emma Blake war in alldem untergegangen.

So vieles an den angeblichen Betrügereien meines Vaters ergab keinen Sinn. Wenn alle in der Stadt glaubten, dass er das Feuer gelegt hatte, bei dem unser Heim abgebrannt und Hanks Vater umgekommen war, wo waren dann die Zeitungsberichte darüber? Die Anklagen? Die Vorwürfe? Und warum hatte der Fremde, der mich in Boston angerufen und darauf bestanden hatte, dass ich hierher zurückkehrte, bisher keinen Kontakt zu mir aufgenommen? Diese Fragen verschleierten den Himmel wie die Gischt über einem Wasserfall. Ein ordentlicher Wind musste kommen und mir den Kopf freipusten.

Ich knipste das Licht aus, drehte mich auf den Bauch und schloss die Augen. Pennys regelmäßiger Atem wirkte zusätzlich beruhigend auf mich. Ich zog die Decke bis zum Kinn hoch. Die Nacht war kühl.

Morgen ist Laura Beals Beerdigung.

Ich hatte den Verdacht, dass ein Killer dabei sein würde.

18

Noch einer

Lauras Beerdigung begann um Punkt neun – eine traurige Angelegenheit, die dadurch noch schlimmer wurde, dass der blaue Himmel und eine unerbittliche Sonne, die von den Grabsteinen aus Granit auf dem Friedhof reflektiert wurde, sich darüber lustig zu machen schienen.

Ich sah mir jeden an, weil ich sicher war, ihren Mörder zu entdecken, obwohl ich natürlich wusste, dass Mörder oft so wie Sie und ich aussehen. Weder tragen sie Abzeichen, noch haben sie verräterische Tätowierungen auf der Stirn oder grinsen teuflisch. Aber wie sehr wünschte ich mir, es wäre so.

Laura und ihr für immer ungeborenes Baby wurden nicht weit von meinem Vater zur Ruhe gebettet, beide das Opfer eines Schlächters. Hatte der Mörder von dem Fötus gewusst? Ich vermutete, dass das Baby eine Rolle bei diesem Mord spielte.

Was für eine traurige Ironie, dass es sich um eine Eileiterschwangerschaft gehandelt hatte. Wäre Laura noch am Leben, wenn sie und der Mörder das gewusst hätten? Ständig kamen mir neue Varianten in den Sinn, doch keine schien wirklich zu passen. Selbst in einer so konservativen Stadt wie Winsworth waren uneheliche Kinder keine Seltenheit. Wenn der Mörder der Kindsvater war, warum dann nicht eher eine Abtreibung oder eine Adoption? Falls Laura das abgelehnt hatte und der Mann vor Angst oder Wut durchgedreht war, warum hatte er ihr dann nicht einfach eine Kugel in den Kopf gejagt? Warum diese genaue Planung? Dieser Zorn? Das *Zusehen?*

Letzteres irritierte mich mehr als alles andere – dass er zugesehen hatte, wie sie gekrochen war und gelitten hatte, bevor sie schließlich elendig verblutet war.

Oh, was für ein düsterer Morgen für mich.

Ich strich mit der Hand über den Grabstein meines Vaters und ging.

Als wir nach der Bestattung zurück bei den Beals waren, drückte ich mich in Annies Nähe herum, bis es Carmen gelang, sie zu einer dringend nötigen Ruhepause nach oben zu lotsen.

Im ganzen Haus roch es nach Rosen, Potpourris und Flieder, eine Mischung, die mich zum Niesen brachte. Mir fielen die Geschichten von auf Eis gelagerten Leichen in der guten Stube ein, und vielleicht wäre so etwas ja ein besserer Weg, die Dinge zu handhaben, als unsere keimfreien Verabschiedungen.

Auf dem Tisch im Esszimmer dampften Platten voller Essen, während im Hintergrund die sanften Töne von Pachelbel erklangen. Es wurde heiß in den Räumen, und jemand riss Türen und Fenster auf. Wenn ich es nicht besser gewusst hätte, hätte ich schwören können, auf einer Party der feinen Gesellschaft von Winsworth zu sein. Und auf eine Art war ich das vermutlich auch.

Ich versuchte, mit Noah zu sprechen, der mit seinem schwarzen Anzug und der weißen Mähne eine geradezu tragisch gut aussehende Figur abgab, während er durch die Reihen ging. Doch jedes Mal, wenn ich in seine Nähe kam, ging er weg. Ich gab auf und machte mich auf die Suche nach Hank, während mich Drew Jones' Ex-Frau Patsy die ganze Zeit verstohlen beobachtete. Gary Pinkham war nirgends zu sehen, aber eine blass aussehende Joy stellte mich ihrem Mann Will vor, der über fünfzig war. Ich überragte sie beide. Ich wusste noch, dass Will Sacco Gary Pinkhams Schwiegervater war, und die mehr als zwanzig Jahre Altersunterschied zwischen Will und Joy waren erschreckend deutlich zu sehen.

»Schön, Sie kennenzulernen, Will«, sagte ich. »Joy ist sagenhaft. Man kann herrlich mit ihr plaudern.«

Er nickte und zupfte an seinem kleinen Kinnbärtchen. »Das ist sie.«

»Ich wüsste gern, ob Sie Gary Pinkham in letzter Zeit gesehen haben?«

»Nein. Hab ich nicht.« Er nahm Joy einen gefüllten Teller aus den Händen. »Ich stell deine Brownies besser mal da drüben auf den Tisch, Liebling.«

Ich hatte nicht mit einer ausführlichen Antwort gerechnet, und genau so war es auch. »Wie geht es Ihnen, Joy?«

Sie rieb sich die Stirn. »Wenn Sie wüssten. Ausgerechnet heute hat Scooter einen Aufstand gemacht, als wir ihn bei Wills Schwester abgeben wollten.«

»Das tut mir leid.«

»Er hat was gespürt. Diese Sache heute mit Laura. Der arme Kleine hing so an ihr.« Joy strich mit den Händen über ihren Rock aus grüner Seide. »Sehe ich gut aus?«

»Perfekt. Ein wundervolles Kostüm, Joy.«

»Das ist Lauras. Ich musste den Saum um mehr als zehn Zentimeter kürzen, aber … Meinen Sie, es würde ihr etwas ausmachen?«

»Nein. Hat Annie es Ihnen gegeben?«

Sie errötete und schüttelte den Kopf, sodass ihre üppigen Locken zitterten. »Annie gibt Lauras ganze Sachen an eine Wohltätigkeitsorganisation. Das hier war in der Reinigung. Ich wollte es aus Achtung vor ihr anziehen.«

Ich verstand. Beste Freunde wurden oft in die zweite Reihe verbannt, wenn es ans Trauern und die Trauerberatung ging. »Sie machen sich sehr gut darin.«

Chip, der Leiter des Bestattungsunternehmens, gesellte sich zu uns. Er wollte gar zu gerne über Lauras einbalsamierte Schönheit reden. Ich entdeckte Dr. Cambal-Hayward, und weg war ich. Als ich sie erreichte, hatte sich bereits der ältere Mann zu ihr gesellt, der vor Patsys Laden mit mir zusammengestoßen war.

»Tally«, sagte Dr. Cambal-Hayward. »Ich möchte Ihnen gern Gouverneur Daniel Jones vorstellen.«

Daniel Jones räusperte sich. »Ach, papperlapapp, Cath. Vergessen Sie das mit dem ›Gouverneur‹, meine Liebe. Und die Freude, *Sie* kennenzulernen, ist ganz meinerseits. Ich weiß alles über Ihre Arbeit in Boston. Eine tolle Sache!«

»Oh, na ja ... danke.« Ich solchen Momenten wusste ich nie, was ich sagen sollte.

Jones zog eine Braue in die Höhe. »Ich wollte mich noch dafür entschuldigen, Sie neulich einfach so umgerannt zu haben, meine Liebe.« Seine fröhliche Stimme und das Lächeln standen im Kontrast zu der Trauer in seinen Hundeaugen. Augen wie diese hatte ich zuvor schon gesehen. Sie gehörten zu jemandem mit einer ungeteilten Last.

»Da braucht es keine Entschuldigung, Gouverneur Jones.«

»Einfach nur Daniel.« Verstohlen sah er zu Patsy Lee Jones, die sich bei einem großen blonden Mann untergehakt hatte. »Warum kann diese Frau unsere Familie nicht in Ruhe lassen? Das ist mein jüngerer Sohn, Mitch. Patsys letzte Eroberung. Ich würde Sie ja bekannt machen, aber ...« Er seufzte, als er sich wieder zu der Ärztin umwandte.

Patsy hing wie eine Klette an Mitch. Oh Mann, sie war echt nicht ohne.

Im Zimmer wurde es plötzlich still, und ich drehte mich um. Annie und Steve Sargent kamen zusammen die Treppe herunter, während Noah geradewegs auf sie zusteuerte.

Ich spürte die explosive Gefahr, die von Noah ausging, und wollte mich ihm schon in den Weg stellen.

Ich spürte eine Hand auf meiner Schulter.

»Warten Sie noch, Tally«, sagte Daniel.

»Noah wird ...«

»... gar nichts tun«, sagte Daniel. »Er ist ein alter Narr,

aber nicht dumm. Er wird Annie und Steve schon keine Szene machen. Nicht heute.«

»Ich weiß nicht.«

Er wurde von einem leichten Raucherhusten geschüttelt. »Ich schon. Noah ist ein guter Kerl, obwohl ihm sein mürrisches Wesen manchmal im Weg steht.«

Ich war mir nicht sicher, ob ich dem zustimmte. »Aber Annie ist im Moment sehr empfindlich.«

»Mag sein. Aber sagen Sie mir, meine Liebe, glauben Sie wirklich, dass Annie damit geholfen wäre, Lauras Mörder zu finden?«

Die Hitze, die in Daniels wässrig blauen Augen glomm, war eine Erinnerung an die Macht, die er einst gehabt hatte. »Es würde helfen. Ja. Die Person, mit der ich schon seit Tagen sprechen möchte, ist Ihr Sohn, Drew.«

Die buschige Augenbraue fuhr wieder in die Höhe. »Wirklich.«

»Unbedingt. Wissen Sie, wann er zurückkommt?«

»Zurückkommt? Aber, meine Liebe, er ist doch da drüben.«

Mein Blick wanderte zu dem großen Mann, der am Tisch mit den Erfrischungen mit Carmen plauderte. Er trug einen gediegenen Anzug und eine Schildpattbrille, und sein kurz gehaltener Bart war sorgfältig gestutzt. Doch sein Rücken war gebeugt, und er schien sich an einer Wand abzustützen, um aufrecht zu bleiben.

Wow. Ich hatte ihn erst vor ein paar Tagen in Carmens Restaurant gesehen, der Typ mit dem Winkelmesser und der Baskenmütze. Er erinnerte in nichts an den zerzausten Mann mit dem verletzten Hund, den ich auf der Bangor Road aufgelesen hatte. Komisch, ich hatte bereits mit Drew Jones gesprochen und es nicht einmal gewusst.

Carmen dagegen wusste es natürlich. Ich war sicher, dass es sie ziemlich amüsiert hatte.

Drews Hand zitterte, als er ein Glas mit Punsch hob. Genau wie in jener regnerischen Nacht. Sein langer, buschiger

Bart mochte vielleicht verschwunden sein, genau wie die Sonnenbrille und die Schirmkappe, die seinen kahlen Kopf bedeckt hatte, aber jetzt konnte ich doch die Ähnlichkeit mit dem Fremden in meinem Wagen erkennen.

Als Drew das Glas an die Lippen führte, trafen sich unsere Blicke.

Die Art, wie er mit einem Finger winkte, fast schon salutierte, wirkte ironisch. Er wusste, dass ich nach ihm Ausschau gehalten hatte und dass die Jagd jetzt vorüber war.

»Entschuldigen Sie mich«, sagte ich zu Daniel und der Ärztin.

Als ich mich durch die Menge der Trauergäste schob, kehrte ich in die Vergangenheit und zu dem Jungen zurück, der mir an Halloween meine Süßigkeiten wiedergeholt, mich getröstet und mir Gesellschaft geleistet hatte, bis mein Vater zurückgekommen war. Ein hübscher Junge, der mit der Zeit noch hübscher geworden war, wenn man den ungezählten Fotos des Kongressabgeordneten Drew Jones glauben durfte. Aber er hatte sich erneut verändert, und jetzt standen seine Wangenknochen spitz hervor, und sein Gesicht war faltig und eingefallen. Als ich näher kam, trat Drew mir entgegen.

Seine Augen blitzten, als er mir die Hand reichte. »Miss Tally Whyte. Wie ich hörte, haben Sie nach mir gesucht. Nach mir und Peanut, um genau zu sein.«

»Das habe ich, Mr Jones. Wie schön, sie schließlich, äh, doch noch zu treffen.«

Sein leises Glucksen war entwaffnend. »Ja. Na ja, verzeihen Sie auf jeden Fall mein unhöfliches Verhalten in jener Nacht. Mir ging es in letzter Zeit nicht sehr gut, und da fühle ich mich unwohl im Beisein von F...F...Fremden.«

Der Kongressabgeordnete Jones, den ich in Aufzeichnungen gehört hatte, hatte weder genuschelt noch gestottert. Ich sah ihn forschend an. Vielleicht nahm er Drogen oder trank, obwohl ich keine Fahne riechen konnte. »Es tut mir leid, dass Sie krank waren.«

»Und mir tut es leid, dass ich Katz und Maus mit Ihnen gespielt habe. Carmen meint, ich hätte mich wie ein Narr verhalten.« Sein Grinsen ließ zwei entzückende Grübchen in den Wangen auftauchen. Dann brach ein Zittern aus, lief durch seinen Körper und löschte das Lächeln aus.

»Mr Jones, ich ...«

»Wie war doch gleich noch Ihr Name?«

Oje. »Ich bin Tally. Tally Whyte.«

Sanft fuhr er mit seiner zitternden Hand die Konturen meines Gesichts nach. »Sie erinnern mich an jemanden. Das ist lange, lange her, glaube ich, aber dieser Tage hat die Zeit keine Bedeutung mehr. Ich ... Danke, dass Sie Peanut gerettet haben.«

»Ich bin froh, dass es ihr gut geht. Können wir uns ein bisschen unterhalten? Draußen vielleicht?«

»Nicht hier.« Er schüttelte den Kopf wie ein Hund, der den Regen aus dem Pelz schleudert. Er holte einen Notizblock aus der Brusttasche, zog einen Kuli aus der Spiralbindung, schrieb etwas und riss das Blatt dann ab. »Die Wegbeschreibung zu meinem Camp. Kommen Sie morgen oder übermorgen oder am Tag danach.«

»Spielt die Zeit eine Rolle?«

Sein Lachen klang traurig. »Nicht, seit ich den Capitol Hill verlassen habe. Wie war doch gleich noch mal Ihr Name?«

Ich nahm ihm den Block und den Stift aus der Hand und schrieb meinen Namen und meine Telefonnummer darauf. »Da haben Sie's.«

»Ich bin manchmal etwas vergesslich.«

»Ich auch.« Ich steckte den Block wieder in seine Brusttasche. »Wir alle machen ...«

Drew ließ mich einfach mitten im Satz stehen.

»Es geht ihm nicht gut.«

Ich wandte mich um. Dr. Cambal-Haywards besorgter Blick folgte Drew.

»Was stimmt denn nicht mit ihm?«, fragte ich.

Ihr Blick lag auf Drew, bis er sich neben Annie auf die Couch gesetzt hatte. »Es steht mir nicht zu, über die Angelegenheiten meiner Patienten zu reden.«

»Die Forensik, dann Annie Beal, jetzt Drew Jones. Sie sind eine viel beschäftigte Frau, Doktor.«

»Das bin ich«, sagte sie und verschränkte die Hände hinter dem Rücken. »Aber noch einmal: Nennen Sie mich doch bitte Cathy, ja? Wir sind hier alle ziemlich locker, was das angeht. Kommen Sie mit.«

Sie nahm meine Hand und führte mich aus dem Zimmer. Wir drängten uns durch die Menge und betraten schließlich den Vorraum, der erfrischend menschenleer war. Cathy deutete auf die Bank aus Kiefernholz.

»Huh«, sagte sie und gesellte sich zu mir. Sie zog ein Taschentuch aus ihrem Ärmel und wischte sich die Stirn. »Beerdigungen in Winsworth. Manchmal wird mir das einfach zu viel. Wie Sie vielleicht bemerkt haben, ist immer die ganze Stadt da.«

Ich war nicht bei der Beerdigung meines Vaters gewesen. Ich war krank, hatte vor Kummer im Krankenhaus gelegen. Was für eine einsame Veranstaltung das gewesen sein musste.

»Sie kannten Laura gut, oder?«

»Seit sie ein Säugling war«, sagte sie. »Ein talentiertes Kind, verdorben durch die Mutter, die fast ihre Schwester zerstört hätte. Deshalb habe ich Sie hier herausgebracht. Musste Sie von meinem Daniel wegholen.«

»Ihrem Daniel?«

Sie errötete und strich sich dann eine Locke ihres prächtigen weißen Haares aus dem Gesicht. »Noah kommt schon klar, aber ich glaube, dass Sie Annie helfen können. Wie ich hörte, haben Sie mit ihr geredet und ihr bei der Sache mit Lauras Tod beigestanden. Ihr Ruf eilt Ihnen voraus: Sie sollen verdammt gut sein, wenn es um Trauerarbeit geht. Ich habe versucht, dieser Frau gut zuzureden, und ich kann Ihnen sagen, dass ich es nicht geschafft habe. Sie muss aufhören, in der Vergangenheit zu leben. Das ist Teil von Lauras Vermächtnis. Es wird Annie umbringen, wenn sie ihn heiratet.«

Ich hatte gedacht, Steve Sargent täte Annie vielleicht gut, aber ... »Wegen seines hitzigen Temperaments?«

»Hitziges Temperament? Na, ich wüsste keinen Mann, der sich besser im Griff hätte.«

Die Küchentür ging auf, und Chip platzte herein. Er sah uns an und blieb abrupt stehen. »Äh, Tally, Cathy. Hi.«

Spielverderber.

Cathy beugte sich näher zu mir. »Ich rede nicht von Steve. Himmel, Drew ist davon besessen, Annie zu heiraten. Das macht mir Sorgen.«

Annie und Drew? »Aber ich dachte ...«

Chip kam zu uns herüber, offensichtlich *platzte* er fast wegen irgendetwas.

Cathy schlug sich auf die Schenkel. »Ich gehe dann besser mal wieder zu Daniel zurück. Wir sehen uns später.«

»Warten Sie!« Chip wedelte mit den Händen. »Ich habe gerade einen Anruf auf meinem Handy bekommen. Es hat einen weiteren gegeben.«

»Einen weiteren was?«, fragte ich.

»Mord! Ich muss meinen Assistenten und den Leichenwagen holen. Ein Touristenpärchen hat Gary Pinkham gefunden. Er ist tot.«

Oh nein. »Wo?«

»Draußen im Steinbruch von Penasquam. Auf so einem großen, schwarzen Stein.«

19

Ein dunkler, stürmischer Tag

Ich raste zu dem Steinbruch, in dem Gary lag. Der Himmel hatte sich verdunkelt. Schwere Wolken eilten über meinem Kopf dahin, der Wind war unangenehm, und der Geruch nach heftigem Regen lag in der Luft. Ich empfand alles als schrecklich dringlich – warum, wusste ich auch nicht. Gary war schließlich tot. Doch mein Puls raste, und meine Kehle war wie zugeschnürt. Ich wünschte, Penny wäre bei mir gewesen.

Ich parkte neben einer Reihe anderer Autos, die verteilt auf dem dreckigen Gelände standen. Kein Leichenwagen, Chip war also noch nicht da. Ich sah vorsichtig über den Rand des Steinbruchs. Die Leute bewegten sich zielgerichtet auf dem Gelände. Ein uniformierter Polizist stand vor dem schrecklichen Stein, sodass ich Garys Leiche nicht sehen konnte. Die schwüle Luft dämpfte die Geräusche, und ich hörte nichts außer dem Heulen des Windes.

Ich ließ meine Digicam in die Tasche gleiten, legte meine schwarzen Pumps in den Truck und ging den Pfad zum Steinbruch hinunter. An den Ausschnitten meines ärmellosen Leinenkleides hatten sich Schweißflecken gebildet, bevor ich die Hälfte hinter mir hatte. Als ich den Boden des Steinbruchs erreicht hatte, setzte ich mich auf einen Stein und massierte meine zerkratzten Füße. Hank entdeckte mich und kam mir entgegen. Jetzt sah ich auch Gary. Er lag in Rückenlage auf dem schwarzen Stein unter der großen Eiche, deren Äste vom Wind gepeitscht wurden. Ich litt mit ihm. Er war so verängstigt gewesen, als ich ihn getroffen hatte. *Wenn wir uns noch mal sehen, muss ich Ihnen etwas erzählen.* So oder ähnlich hatte er sich geäußert. Vielleicht hatte er nur einen Unterschlupf gewollt. Und eine Absolution.

Was aussah wie ein Polizistenpärchen in Zivil, stand seitlich von uns, und die Frau sprach in ihr Handy. Ein Mann in einem grauen Anzug packte gerade seine schwarze Arzttasche.

»Hübsches Outfit«, sagte Hank, als er mich erreichte.

»Danke. Ich mache mich für solche Gelegenheiten immer schön.«

Er warf einen Blick über die Schulter. »Wie haben Sie's erfahren?«

»Chip hat es bei Lauras Leichenschmaus ausgeplaudert. Zumindest mir gegenüber. Was ist passiert?«

»Sie sollten nicht hier sein.«

»Das ist aber nun mal ein *Fait accompli,* Hank.«

Die Polizistin kam auf uns zu. »Kein Problem«, rief Hank und deutete auf mich. »Sie ist okay.«

Die Frau nickte und gesellte sich wieder zu ihrem Kollegen.

»Sie gehört zu den State Cops, zur Mordkommission«, sagte Hank. »Den anderen kenne ich nicht. Der Mann im Anzug ist einer der örtlichen Leichenbeschauer.«

»Und …?«

»Keine Anzeichen für eine Fremdeinwirkung. Wie es aussieht, war es bei Gary ein Selbstmord. Er ist unter der Last zusammengebrochen.«

Selbstmord passte überhaupt nicht zu dem Gary, den ich kennengelernt hatte. »Was wird mit der Obduktion?«

»Darüber denken sie noch nach. Es gibt ja keinen Hinweis auf etwas anderes, Tal.«

»Als Selbstmord würde er in Massachusetts routinemäßig obduziert.«

Hank lachte in sich hinein und schüttelte den Kopf, als würde ich es einfach nicht kapieren. »Haben Sie schon bemerkt, dass Sie hier gar nicht in Massachusetts sind, Tally Whyte?«

»Das habe ich.« Ich hatte angenommen, dass in Maine genau wie in Massachusetts jeder, der ohne Zeugen starb, ebenfalls obduziert wurde. »Wer hat ihn gefunden?«

Hank rieb sich den Nacken. »Wanderer. Gegen acht.«

»Wenn es ein Selbstmord ist, wie hat er es dann gemacht?«

»Hat einen Asthmaanfall herbeigeführt.«

»Verflixt. Weshalb sind sie so sicher?«

»Ich gebe ja zu, dass Dottie Zweifel hatte … Zumindest zuerst. Aber hier ist nichts merkwürdig. Alles sauber. Nachvollziehbar. Keine Anzeichen für Fremdeinwirken.«

»Ich würde Gary gern sehen. Stört Sie das?«

Hank begleitete mich zu den zwei Beamten von der State Police, stellte mich ihnen vor und erwähnte auch meine Arbeit in Boston. Der Sergeant erklärte sich einverstanden.

Ich ging zu Gary Pinkham, schloss die Augen und nahm auch ihn in mein Fotoalbum der Toten auf. *Es tut mir leid, Gary. Du hattest solche Angst.*

Ich schlug die Augen auf. Im Gegensatz zu dem Abend, an dem ich ihn getroffen hatte, war er jetzt sauber und rasiert. So konnte man das Grübchen im Kinn und das runde, fast noch kindliche Gesicht sehen. Das Blau der Lippen und die graue Haut waren die einzigen Anzeichen dafür, dass er eines Todes gestorben war, der jedem Asthmatiker Albträume verursachte.

Wie traurig. Er sah aus, als wäre er gern zu den *Men in Black* gegangen, sogar die Ray-Ban-Sonnenbrille hatte er; sie war hoch auf den Kopf geschoben. Seine Augen waren halb offen, der rechte Arm lag ausgebreitet auf dem schwarzen Stein, der linke baumelte seitlich herunter. Nur die Finger schienen von der Leichenstarre erfasst, was ins Bild passte. Die Starre trat in der Regel zwei bis sechs Stunden nach dem Tod ein.

Etwas war zwischen den Fingern seiner rechten Hand zu sehen, und ich ging näher heran. Es handelte sich um eine Art Medaille an einer schwarzen Kette. Auf der Vorderseite waren Runen und der Kopf irgendeines Tieres mit aufgerissenem Maul zu sehen.

»Wissen Sie etwas über die Medaille, Hank?«

Er schüttelte den Kopf.

Der Wind ließ kurz nach, und ich atmete den Gestank des Todes ein. So unverkennbar. So unbeschreiblich.

Hinter mir hörte ich Steine rollen. Chip und sein Assistent Mo Testa rutschten den Pfad herunter und landeten unsanft auf dem Grund des Steinbruchs. Chip ging auf Hank und den Sergeant zu, während sein Assistent mit dem Leichensack zu mir herüberkam.

»Ma'am«, sagte Testa, während er den Sack auf dem Boden ausbreitete.

»Ich hoffe, Sie hatten da neulich keinen Ärger wegen mir.«

»Aber nein. Mr Vander… Heilige Scheiße.« Er bekreuzigte sich.

»Was ist denn?«, fragte ich.

»Die Medaille da, das ist was ganz Übles.« Er breitete den Sack fertig aus und zog sich dann zurück. »Echt übel.«

»Erklären Sie das genauer, bitte.«

»Nein, Ma'am. Auf keinen Fall.« Testa ging zu Chip zurück und ich zu Gary. Voodoo vielleicht. Santería. Satanismus. Schwer zu sagen.

Er sah jünger aus, als ich ihn in Erinnerung hatte. Zu jung. Und verängstigt. So verängstigt. Ich konnte die Angst in der Luft spüren, als müsse Gary Pinkhams Entsetzen sich erst noch verflüchtigen.

Es war so leicht, sich Gary in seinem Overall vorzustellen, wie er Fruchteis aß und schief grinste. Aber er war unberechenbar geworden, als er mich geschnitten hatte. Auch das konnte ich mir vorstellen.

Was übersah ich dann?

»Tally?«, sagte Hank.

»War da noch etwas anderes?«, fragte ich.

Er führte mich ein Dutzend Schritte von dem schwarzen

Stein weg und deutete auf einen kleinen Felsbrocken. Dahinter lag Garys Asthmaspray.

»Gary muss sich auf den Stein gelegt haben«, sagte Hank. »Dann hat er das Spray weggeworfen und den Anfall herbeigeführt.«

»Ist das nicht etwas weit hergeholt, Hank?«

»Das dachten wir alle zuerst auch, bis die Wanderer zugegeben haben, dass Gary noch lebte, als sie ihn fanden.«

»Er lebte noch?«

»Er lag auf dem Stein und war am Ersticken, als sie ihn entdeckten«, sagte Hank. »Sie haben es mit Mund-zu-Mund-Beatmung versucht, haben ihm sogar auf die Brust gehauen, wie man das in *Emergency Room* sieht. Sie wussten nichts von dem Asthmaspray, und zu diesem Zeitpunkt konnte Gary nicht mehr reden. Ich vermute, sie hatten keinen blassen Schimmer, was sie taten.«

»Hat er nicht darauf gezeigt?«, sagte ich. »Oder versucht aufzustehen? Etwas zu *tun*?«

»Er hat fast sofort, als sie eingetroffen waren, das Bewusstsein verloren. So stellen sie es zumindest dar. Die ganze Sache hat ihnen ziemlich zugesetzt. Niemand war in der Nähe. Und dann so zwei Naturverbundene ohne Handy. Wir haben sie überprüft. Es handelt sich um ein junges, verheiratetes Paar aus Vermont. Haben gerade ein Camp ein Stück weiter unten am See gekauft. Echte Wanderfreaks und so.«

»Seine Kleidung ist aber sehr ordentlich für jemanden, der erstickt ist.«

Hank schüttelte den Kopf. »Die Frau hat ihn zurechtgemacht. Dachte wohl, er braucht das.«

So viel zum Tod ohne Zeugen. Ich holte meine Digitalkamera aus der Tasche und fing an, Fotos zu machen.

Ich nahm die Umgebung ein paarmal im Weitwinkel auf, machte dann einige Nahaufnahmen von Garys Leiche und zoomte schließlich ganz nah an sein Gesicht. Während der Auslöser klickte, wurde Garys Gesicht zu dem eines alten

Freundes, einem, der ermordet worden war. Ich senkte den Apparat.

»Fertig?«, fragte Chip.

»Ich ... Ja, ich hab alles.«

Chip und sein Assistent begannen, den Leichnam einzupacken. Als sie den Reißverschluss zuzogen, war auch dieses Geräusch für mich ein Déjà-vu.

Hank und ich lehnten uns an einen großen Felsen und sahen zu, wie Chip und Mo Testa Gary Pinkhams verpackte sterbliche Reste den Pfad hinaufschleppten, der für eine Trage zu steil und zu steinig gewesen wäre. Chips Assistent erledigte den Großteil der Plackerei.

»Gary hat uns eine Mitteilung hinterlassen.« Hank reichte mir ein Blatt Papier. Sein Blick folgte Garys Überresten, die über den Bergkamm gehievt wurden. »Das ist eine Abschrift, die ich gemacht habe.«

Vor einer Woche habe ich Laura umgebracht. Ich gehe zum Teufel, weil er mir befohlen hat, sie und unser Kind zu töten, und das habe ich auch getan. Jetzt bringe ich mich um. Ich habe es sehr schmerzhaft für mich gemacht, genau wie für sie. Gott, bitte vergib mir, ja?

»Gary hat unterschrieben«, sagte Hank. »Einige Papiere aus seinem Auto waren identisch. Genau wie sein Führerschein.«

»Der Teufel, so, so.« Ich konnte den Spott in meiner Stimme nicht unterdrücken. »Das erklärt ja alles. Wie nett.«

Hank kratzte sich mit der verletzten Hand am Schnurrbart. »Dottie war anfangs skeptisch. Genau wie ich. Insbesondere, weil der Teufel ihm befohlen haben soll, Laura zu töten. Aber wir haben die jungen Leutchen als Zeugen seines Todes, die identische Unterschrift und die Sache mit Tish.«

»Garys verstorbene Frau. Will Saccos Tochter, stimmt's?«

»Genau. Tish war ein Schatz. Jeder mochte sie. Hat im

Krankenhaus gearbeitet, und, na ja, es heißt, sie hätte nicht genug aufgepasst. Hat sich mit Aids infiziert. 'ne große Sache hier in der Stadt, das können Sie sich vorstellen. 'ne Menge Leute hat sich aufgeregt und es mit der Angst bekommen.«

»Wissen Sie, wie selten es vorkommt, dass man sich auf diesem Weg infiziert?«, sagte ich.

»Oh ja. Aber so haben es Will und Gary beide dargestellt. Unmöglich, die Wahrheit zu erfahren. Jetzt nicht mehr. Aber Gary hatte das Virus nicht. Hat sich testen lassen und großen Wert darauf gelegt, es so ziemlich jedem unter die Nase zu reiben. Will hat Tishs Tod sehr getroffen. Gary noch mehr. Sie waren seit der Kindheit ein Paar. Was der Kummer so aus den Menschen macht.«

Als ob ich das nicht wüsste. Ich stellte mir vor, wie Gary gewürgt und nach Luft gerungen hatte, wie er seine Meinung geändert hatte, es ihm aber nicht mehr gelungen war, an das weggeworfene Spray zu kommen. Wie er dann ohnmächtig geworden war. Nicht vorstellen konnte ich mir hingegen, wie er Laura umgebracht haben sollte. »Das bereitet mir noch immer Probleme, Hank. Und Gary könnte auch ermordet worden sein, um von Lauras Tod abzulenken.«

»An ihm selbst war nichts zu sehen, Tal. Sein Bronco parkte weiter unten an der Straße. Und sobald wir den Brief gefunden hatten ... Verstehen Sie, Mord wäre einfach zu weit hergeholt. Jemand hätte ihn hierherlocken, ihm das Spray wegnehmen und den Abschiedsbrief vorbereiten müssen, von der Medaille ganz zu schweigen. Und was ist mit den Wanderern? Sie hätten das Ganze stören können.«

Bei mir machte es »klick«. »Aber sehen Sie denn nicht, wie perfekt das alles passt, Hank?«

»Was?«

»Alles ist genau wie bei dem Mord an Laura.«

Hank verdrehte die Augen. »Da ist gar nichts wie bei dem Mord an Laura.«

»Der Mörder war schlau und gut vorbereitet, aber auch besessen.«

»Besessen wovon?«

Ich nagte an meinen Fingerknöcheln. »Ich weiß auch nicht. Noch nicht. Aber durch den Mord an Gary werden wir von der Verfolgung des Mörders abgelenkt. Es gibt jede Menge Orte, um sich zu verstecken, sodass die Wanderer ihn nicht gesehen haben. Ich wette, er hat zugesehen, wie Gary erstickte, genau, wie er zugesehen hat, als Laura verblutete.«

Er legte mir eine Hand auf die Schulter. »Haben Sie das in einem Krimi gelesen?«

Ich schüttelte ihn ab. »Schön wär's. Das habe ich erlebt. Na ja, so was Ähnliches zumindest. Ich habe eine ziemlich gute Antenne, und es ist mir egal, ob sich das verrückt anhört. Gary Pinkham wurde ermordet. Das sagen mir meine Eingeweide, genau wie meine Knochen. Also hören Sie auf zu schmunzeln, verdammt.«

»Ich? Ich schmunzle nie.« Hank war eine Minute lang still. »Möglich wäre es. Ich erzähle den Beamten, was Sie gesagt haben. Und dabei bleibt es.«

Besser als nichts. Mein Nacken juckte vom Schweiß. Meine Füße schmerzten. Mücken umschwirrten mein Gesicht. Ich wedelte sie zur Seite. Und erinnerte mich dann an etwas, das ich komplett verdrängt hatte. »Gary hat mir erzählt, dass er keine Kinder zeugen konnte. Jetzt lesen Sie den Brief. Da steht was von ›unserem Kind‹. Das ist unmöglich.«

»Wovon reden Sie da, verdammt?«

»Das hat Gary mir gesagt, an dem Abend, als er bei mir war. Dass er nicht zeugungsfähig ist.«

»Warum haben Sie mir das nicht sofort erzählt?«

»Weil ich ihm versprochen hatte, es nicht zu tun. Er meinte, dass niemand davon wüsste.«

»Wie praktisch, hm.« Ein Knurren. »Niemand wusste davon, weil Gary Sie angelogen hat.«

»Können Sie das nicht überprüfen? Wenn er obduziert wird ...«

Er verschränkte die Arme. »Ich weiß es nicht. Warten wir ab, was ich herausfinden kann.«

»Gary meinte, es wäre während seiner Zeit beim Militär passiert.«

»Das ist sechs, sieben Jahre her. Er war in der Army, glaube ich.«

»Könnte an der Sache mit dem Satanismus was dran sein?«

»Das werde ich mir ansehen, aber der einzige Hinweis, von dem ich gehört habe, ist zwei Jahre alt. Habe eine Bande Jugendlicher erwischt, die in einem Jugendklub Pentagramme gemalt haben. Sie haben Ernie Nestofs preisgekrönten Hahn gestohlen und ihm den Kopf abgehackt. Nicht gerade nett, aber auch nicht gerade *Rosemarys Baby*.«

Ich versuchte es mit Laura und dem Aspekt eines Kultes. »Laura hatte Tarotbücher in ihrer Bibliothek.«

Hank hatte auf alles eine Antwort. Er ließ mich reden. So etwas hatte ich schon früher erlebt, und es fühlte sich erbärmlich an.

Ein Regentropfen fiel auf meine Wange. Der Himmel war dunkel geworden.

Ich dachte daran, wie ich früher am Tag mit Drew Jones zusammengetroffen war. An die Tatsache, dass Hank mich in Bezug auf Drew angelogen hatte. »Hank, wir müssen uns über ...«

Donner krachte.

»Kommen Sie. Wir gehen besser.« Er stand auf und bot mir seine unverletzte Hand an. Es blitzte direkt über unseren Köpfen.

Ich stopfte meine Digicam zurück in die Tasche und nahm seine Hand.

»Also, kommen Sie«, sagte er.

Als ich den Steinbruch durchquerte, zerrte der Wind an meinem Haar; ich musste mich mit Armen und Beinen dagegenstemmen. Schwarze Wolken peitschten über den Himmel und bedeckten alles. Mitarbeiter stellten ein Zelt über dem toten Stein und der direkten Umgebung auf. Weitere Tropfen fielen. Hank brüllte den Detectives zu, dass er sich telefonisch melden würde.

»Will und Joy wissen es noch nicht«, rief Hank über den Wind hinweg, während wir den Pfad hinaufkletterten. »Ich muss gleich zu ihnen.«

»Natürlich«, sagte ich.

Ein Blitz schlug in einer Kiefernschonung zu meiner Linken ein. Der stechende Geruch von Schießpulver und verbranntem Holz drang mir in die Nase. Na toll. Ich beeilte mich, den Hang hinaufzuklettern. Die Luft roch nach Ozon und Regen, und dann wurde ich von einem Vorhang aus Wasser geblendet. Der Pfad verwandelte sich in eine Skipiste aus Schlamm. Ich kletterte, aber meine Feinstrümpfe machten die Sache noch schwieriger. Ich begann zu rutschen, spürte eine Hand auf meinem Po und dann eine im Rücken. So schafften wir es nach oben. Dann lag ich halb auf der Kante und hievte mich förmlich darüber.

So viel zu meinem besten Leinenkleid.

Ich kam auf die Füße, und Hank hielt meine Hand, während wir zum Auto rannten.

Hank drehte die Heizung voll auf. Um uns herum ließen die Detectives und der Doktor ihre Wagen an und brachen auf. Chips Leichenwagen war schon lange fort. Mein bestens ausgestatteter Mr Pfadfinder reichte mir ein Handtuch. Sein tropfnasses Gesicht war zu einem breiten Grinsen verzogen.

»Sagen Sie bloß nichts«, knurrte ich.

»Würde mir nicht einfallen, Ma'am.«

»Gut.« Ich bändigte mein Haar mit einem Haargummi. »Es wäre gut, wenn Sie dabei sein könnten, wenn ich mit Joy und ihrem Mann spreche.«

»Was?«

»Ich habe sie getroffen, und ich kenne Joy ein bisschen, aber Sie kennen die beiden noch viel besser. Es wäre gut, ein tröstliches Gesicht zu haben, wenn ich mit ihnen über Garys Tod spreche. In Boston haben wir während des ersten Gesprächs immer einen Detective mit dabei.«

»Erst nicht mit Annie Beal reden wollen, und jetzt jedermanns beliebteste Beraterin, wie geht denn das?« Er drehte das Gebläse im Wagen auf.

»Was soll der Sarkasmus?« Ich wischte das beschlagene Fenster ab.

»Nichts. Wollen Sie das, weil Gary Selbstmord begangen hat?«

In dem Versuch, meine Verzweiflung wegzupusten, atmete ich tief aus. »Gerade habe ich Ihnen doch auseinandergesetzt, warum ich von einem Mord ausgehe. Hatten Sie nicht gesagt, Gary wäre ein ziemlicher Waschlappen?«

Er kniff die Augen zusammen. »Auch Waschlappen töten, wie Sie selbst gesagt haben.«

»Natürlich, aber ...«

»Jetzt reden Sie schon wieder so von oben herab mit mir.«

Ich fuhr herum und sah ihn an. »Nein, mache ich nicht.«

»Quatsch mit Soße. Sie halten mich doch für einen Provinz-Cop, der nichts erlebt hat und nicht rumgekommen ist. Irgendeinen Trottel, der von Tuten und Blasen keine Ahnung hat und erst recht nicht vom Thema Mord, und der natürlich auch nicht weiß, worauf er bei den Ermittlungen überhaupt achten soll.«

»Wie zum Teufel kommen Sie darauf?«

»Schauen Sie mal in den Spiegel, Lady.«

Ich kochte. »Ist Ihnen schon mal klar geworden, dass so ein Waschlappen sehr viel zurückhaltender ist, wenn es darum geht, das eigene Leben zu beenden?«

Hank blickte grimmig drein. »Da spricht die weise Psychologin.«

»Verdammt noch mal, Hank. Warum tun Sie das? Warum verhalten Sie sich so? Nur, weil ich mit den Saccos reden will? Ich glaube, dass ich ihnen helfen kann.«

Hank sah mich an, und sein Blick wurde noch finsterer. Ganz wie bei dem kleinen Henry Cunningham, als ich mich weigerte, mit ihm auf den Schulball zu gehen. »Wie wär's, wenn Sie mal vor der eigenen Haustür kehren, Miss Tally.«

Er hatte recht. Ich war nach Winsworth gekommen, um etwas über meinen Dad herauszufinden, nicht um als Beraterin in Trauerangelegenheiten zu arbeiten. Ich hatte noch längst nicht genug über die Geschäfte meines Vaters in dieser Stadt erfahren. Stattdessen war ich in die Ermittlungen zu einem Mord verwickelt, von dem ich glaubte, dass daraus inzwischen zwei geworden waren.

»Vor meiner eigenen Haustür?«, sagte ich. »Das tue ich. Das *ist* meine Haustür.« Ich öffnete die Tür und rannte zu meinem eigenen Truck.

Hank stieß zurück, wendete in drei Zügen und schoss dann durch das offene Tor des Steinbruchs. Der Pontiac hob ab und setzte hart wieder auf. Was zum Teufel war aus dem Mann mit dem Schneckentempo geworden?

Ich raste mit meinem Geländewagen hinterher.

Als ich die Bangor Road erreichte, stand Hanks Wagen im Leerlauf neben einem Stoppschild. Dicke Regentropfen prallten von der Motorhaube ab. Das Beifahrerfenster war halb heruntergelassen.

Ich fuhr neben ihn und ließ mein Fenster herunter. »Hank, ich ...«

»Also gut, Ma'am, ich gebe nach«, rief er über das Rauschen des Regens hinweg. »Sie können mit mir zu den Saccos kommen. Erzählen Sie Ihnen ruhig, dass ihr Gary sich gerade um die Ecke gebracht hat.«

»Wie nett, Hank«, brüllte ich. »Eine nette Art, die Sache darzustellen. Außerdem hat er sich nicht ›um die Ecke gebracht‹. Er wurde ermordet.«

»Schwachsinn. Warum waren Sie noch gleich so sicher, dass es kein Selbstmord ist?«

»Vielleicht bin ich skeptisch, weil ich mehr Facetten der menschlichen Natur gesehen habe als Sie, der Sie hier oben leben. Das haben Sie selbst gesagt.«

»So, habe ich das?« Hank begann zu lachen, doch durch den Regenschleier sah ich, dass sein Gesicht schnell wieder ernst wurde. »Sie sind also noch nicht drauf gekommen. Das überrascht mich, bei einer so cleveren Frau wie Ihnen. Ich hab zehn verdammte Jahre lang in New York City als Cop in Mordfällen ermittelt, also hören Sie auf mit dem Scheiß, was *Sie* alles gesehen haben wollen, klar? Wir treffen uns bei Noah. Joy und Will sind bestimmt noch dort.«

Seine Reifen quietschten, als er abfuhr.

20

Der Friedhofsmann

Ich saß in meinem Truck an der Straßenkreuzung und hämmerte auf mein Lenkrad ein. Dieser Mistkerl. Hank Cunningham hatte mich für dumm verkauft. Aber vielleicht war ich das auch. Sicher war jedenfalls, dass ich ihm nicht gesagt hatte, dass ich Emma Blake war.

Scheiß drauf. Ich kam mir wie ein Idiot vor. Der hatte vielleicht Nerven, mir nicht zu erzählen, dass er beim NYPD gewesen war. Grrr. Würde ich noch rauchen, hätte ich mir jetzt eine angesteckt. Oh ja, ihm gefiel das Spiel, das er da mit mir spielte. Sehr sogar.

Zur Hölle mit Hank Cunningham.

Den ganzen Weg zurück in die Stadt suchte ich nach etwas halbwegs Anständigem im Radio. Meinen Sie, ich hätte etwas gefunden? Nein! Als ich bei Noah ankam, schälte ich mich aus meinem triefnassen Kleid und den zerrissenen Strümpfen und schlüpfte stattdessen in die Jeans, das Hemd und die Sneakers, die ich immer im Wagen hatte. Ich band mein Haar noch einmal zusammen, aber da stand ich auf verlorenem Posten.

Hank hatte seine schlammige Hose ausgetauscht. Trotzdem folgten uns Blicke, als wir Noahs Haus betraten und Joy und Will in eines der leeren Schlafzimmer führten.

Als wir ihnen von Garys Tod erzählten, schluchzte Joy, und die Tränen strömten ihr unkontrolliert über die Wangen. Will Saccos Gesicht verzog sich, und er gab leise, erstickte Laute von sich. Doch er war einer von den Männern, die den Tränen nie freien Lauf lassen würden. Stattdessen schob er sich einen Juicy Fruit von Wrigley's in den Mund und fing an, wild zu kauen. Will bestand auch darauf, selbst mit Joy hinüberzufahren und seinen Schwiegersohn zu sehen. Also fuhren wir hintereinander her zu Vandermeres Bestattungsunternehmen. Als wir da waren, kamen mehr erstickte Laute von Will, und er kaute schneller.

Als wir im Wartezimmer für die Trauergäste saßen, erzählte Will mit einer Stimme von seiner Tochter Tish, der Sehnsucht nicht fremd war.

»Sie war wie ein Engel für mich, wissen Sie. Ein Engel. Drei Jahre ist sie nun schon tot, und ich vermisse sie. Wirklich.«

»Ja«, sagte ich. »Die Trauer wird dumpfer, hört aber nie auf. Mein Vater wurde Opfer eines Mordes. Ich verstehe Sie. Der Verlust Ihrer Tochter tut mir so leid, und jetzt auch noch Gary.«

Ihre Köpfe nickten so automatisch wie bei zwei Puppen. »Dann wissen Sie ja, wie sich das anfühlt«, meinte Will.

»Das tue ich, und ich bedaure wirklich, dass Sie beide das Gleiche durchmachen müssen.« Ja, jetzt gehörten auch sie zu diesem exklusiven Klub.

»Ich wünschte, Tish und Gary hätten Kinder gehabt«, sagte Will. »Wirklich.«

»Ich verstehe Sie«, meinte ich. »Ein Teil von ihnen wäre dann noch da. Aber Sie sind hier, und Sie erinnern sich.«

»Und Scooter«, sagte Joy. »Auch er ist ein Teil von Tish.«

»Das Erinnern tut gut«, sagte Will. »Manchmal. Armer Gary. Er war wie ein Sohn für mich. Wie ein Sohn.«

Joy umarmte ihren Mann. »Wir haben ihn beide geliebt, obwohl er sehr wahrscheinlich den Mord an ... Sie wissen schon. Wie ist er gestorben?«

Ich sah erst Joy und dann Will an. »Das ist noch nicht klar.«

»Die Todesursache ist im Moment noch nicht geklärt«, sagte Hank. »Wir sagen euch mehr, sobald wir etwas wissen.«

Ihre Gesichter verzogen sich, und weitere Tränen flossen. Ich machte mir um beide Sorgen, besonders aber um Joy. Sie hatte einen doppelten Schlag erlitten, erst Laura, dann Gary. Sie bat mich, sie morgen bei sich zu Hause zu besuchen, und ich stimmte zu.

Als die Saccos abfuhren, kam meine Wut auf Hank wieder hoch. Ich beobachtete ihn aus dem Augenwinkel. Groß. Kastanienbraunes Haar. Breite Schultern. Buddhabauch. Lässiges Auftreten. Augen, die Bände sprachen. Ich hatte die Tiefe in diesen aufwühlenden Augen gesehen, das Wissen, und doch war ich davon ausgegangen, dass er Winsworth nie verlassen hatte. Wem machte ich etwas vor? Ich war auf mich selbst wütend, nicht auf Hank. Ich hätte erkennen müssen, dass mehr an diesem Mann dran war. Aber ich hatte mich nur an die äußeren Merkmale gehalten und mit Genugtuung an den kleinen Henry gedacht, statt die seelischen Tiefen des Mannes vor mir zu ergründen.

Ich seufzte und verbiss mir ein halbes Dutzend Bemerkungen, die ich ihm gerne an den Kopf geworfen hätte. Dazu hatte ich kein Recht. Ich *wusste,* dass ich dazu kein Recht hatte, aber ich konnte auch nicht davon lassen. Ich war nach wie vor wütend und beschämt und betroffen. Ich wandte mich ab, da ich nicht wollte, dass er sah, wie rot ich wurde. Ich kam mir so dumm vor. Sein Kuss schien eine Million Jahre zurückzuliegen. Ich machte mir nicht die Mühe, Auf Wiedersehen zu sagen.

Im Rückspiegel sah ich den Regen von Hanks Stetson tropfen. Er stand auf dem Parkplatz des Bestatters, hatte die Hände in die Hüften gestemmt und starrte mir nach.

Ich raste nach Hause, dass die Pfützen nur so spritzten. Auf halbem Weg zum Cottage schwächte der Regen sich zu einem Nieseln ab. Zu dem Zeitpunkt hatte sich die Erschöpfung in jedem Molekül meines Körpers breitgemacht. Vielleicht war das der Grund, weshalb ich mehrere Minuten brauchte, um das Auto zu bemerken, das mit Lichthupe viel zu dicht hinter mir fuhr. Komisch, da ich gute fünf Meilen über der zulässigen Höchstgeschwindigkeit war.

Ich bremste ab und fuhr rechts ran, sodass er vorbeikonnte. Der Sedan tat es meinem Geländewagen gleich. *Das* brauchte ich jetzt wirklich nicht.

In dem Moment traf ein Sonnenstrahl das Auto, und ich sah ...

Den Friedhofsmann. Na klasse. Noch mehr Chaos. Genau das Richtige nach einem Tag wie heute.

Ich holte mein Pfefferspray heraus. Ich befand mich weit draußen auf der Surry Road. Kein Geschäft, kaum ein Auto. Nichts.

Gert würde sagen, dass man das davon hatte, wenn man aufs Land zog.

Ich trat wieder aufs Gas.

Im Geiste sah ich Bostons Läden, die U-Bahn, die Wolkenkratzer und die Hektik vor mir. Den Lärm, die Gerüche, die schiere Energie dieses Ortes.

Ich atmete mehrmals tief durch, redete mir gut zu. Es gab keinen vernünftigen Grund dafür, warum der Kerl mir solche Angst einjagen sollte. Aber er tat es. Und er folgte mir noch immer.

Ich war eine Meile von zu Hause entfernt, aber ich konnte weiter nach Blue Hill fahren. Dort würde schon etwas aufhaben.

Ich wollte nicht nach Blue Hill.

Penny war zu Hause, aber drinnen. Vielleicht war der Kerl ja sauer wegen etwas, das ich gesagt oder getan hatte.

In Boston war ich viel mehr auf der Hut. Hier ...

Die wenigen erleuchteten Häuser verbreiteten ein heimeliges Licht. Das Gewitter war weitergezogen, und die Abendsonne schien warm, rot und beruhigend.

Also gut, wollte ich mir von dem Kerl Angst einjagen lassen, oder würde ich damit umgehen können?

Meine Auffahrt tauchte auf. Ich bog scharf nach links ab und bretterte sie entlang.

Der Friedhofsmann folgte mir.

Ich sprang aus dem Wagen, riss die Cottage-Tür auf und ließ Penny heraus.

»*Pozor!*«, sagte ich auf Tschechisch zu ihr. »Aufgepasst!«, wiederholte ich. Das tat sie auch, und wie. Sie ging vor mir auf und ab, als der Sedan bremste.

Ich hatte mein Pfefferspray bereit, aber was, wenn er eine Pistole zog und Penny erschoss?

Das war ja lächerlich.

Seine Tür ging auf, und er stieg aus. Der gleiche lange Hals, der kleine Kopf und der gebeugte Rücken. Nikotingelbe Büschel sprossen unter seiner Kappe mit der Aufschrift »Ace Hardware« hervor, und graue Stoppeln bedeckten sein ledriges Gesicht. Sein langer Staubmantel fiel über dunkle Kleidung. Er lächelte nicht. Ich auch nicht.

»Hallo«, sagte ich mit meiner professionellsten Stimme.

Er hob eine Hand und kam dann schlurfend und vorgebeugt näher. Es dämmerte. Alles wirkte ein bisschen surreal. Kam da etwa einer der Ringgeister aus *Der Herr der Ringe*, um mich zu holen?

Penny knurrte mit gebleckten Zähnen, und ihr Nackenfell sträubte sich.

Er erstarrte, nur einen Meter vor mir. »Das ist aber ein toller Hund.«

»Kann ich Ihnen helfen?«, fragte ich.

Er starrte mich aus tief liegenden Augen an. Wartenden Augen. Augen, aus denen eine mögliche Geisteserkrankung der einen oder anderen Art sprach.

»Ich habe Sie gefragt, ob ich Ihnen helfen kann, Sir.«

Er runzelte die Stirn und schwieg. Dann: »Du erinnerst dich nicht an mich.«

»Ich habe Sie schon mal gesehen. Auf dem Friedhof, neben Moody's Market.« Und vielleicht gestern Nacht, als er mir folgte.

»Nicht da«, sagte er mit dunkler, aufgewühlter Stimme.

Er stemmte die Hände in die Hüften, drückte die Brust raus und beugte sich vor. Der Geruch nach Motoröl und Fisch streifte meine Nase. »Ich rede von früher.«

»Früher.« Penny stand knurrend vor mir, mit angespannten Muskeln, bereit zum Sprung. »Ich würde übrigens nicht näher kommen.«

»Bist du blöd oder was, Emma? Ich bin Lewis. Lewis R. Draper.«

Lewis Draper? Ich tauchte ab in die Vergangenheit. »Sie waren einer von Dads Freunden. Ein Banker. Ja, jetzt erinnere ich mich. Sie trugen immer einen Nadelstreifenanzug, Budapester und ein schneeweißes Hemd.« Schon damals verursachte er mir eine Gänsehaut, besonders, wenn er mich begrüßte, indem er mich in die Wange kniff. Ich hatte nur selten mit dem Mann gesprochen. »Das ist lange her, Mr Draper.«

»Nenn mich Onkel Lewis, wie früher.«

So hatte ich ihn nie genannt. »Schön, Sie zu sehen. Was kann ich für Sie tun?«

Er schob die Unterlippe vor. »Hast du einen Kaffee?«

»Ja, sicher doch. Warum setzen Sie sich nicht auf die Veranda, und ich hole uns welchen?«

Schwer zu sagen, ob er grinste oder eine Grimasse schnitt, auf jeden Fall entblößte er einen fehlenden Schneidezahn.

Ich brachte Draper einen Teller mit Cookies hinaus, während der Kaffee durchlief. Ich hätte am liebsten Hank angerufen, als ich drinnen war, hatte mich aber beherrscht.

Draper konnte eine dissoziale Persönlichkeitsstörung haben oder bipolar sein. Seine Aufmachung konnte auch Ausdruck eines halben Dutzends anderer Krankheiten sein.

Sein Benehmen könnte auch durch Drogen ausgelöst oder verstärkt worden sein. Oder er machte mir einfach etwas vor. Was auch immer dahintersteckte, ich sollte sehr vorsichtig mit diesem Mann sein.

Er hatte konkrete Pläne, und ich musste herausfinden, welche.

Penny hing wie eine Klette an meinem Bein.

»Hier.« Ich stellte das Tablett auf den Verandatisch. In meinem Gedächtnis hatte es »klick« gemacht, und ich war jetzt ziemlich sicher, dass Draper der Mann war, der mich wegen meines Dads in Boston angerufen hatte. Vergleichbare Sprachmelodie, gleicher Tonfall. Und dass er eine gewisse Dramatik schätzte, war unübersehbar. Aber warum holte er mich hierher und wartete dann bis jetzt, bevor er mich kontaktierte?

Draper nahm einen tiefen Zug aus seiner Zigarette, an deren Ende die Asche zentimeterlang war. Er wackelte mit dem Fuß, und sein Bein wippte auf und ab.

»Ich hole Ihnen einen Aschenbecher.«

»Brauch ich nicht.« Er schnippte die Asche übers Geländer.

Am Tatort hatte Lauras Mörder geraucht, während er ihr beim Sterben zugesehen hatte.

»Wie ist dein Vater gestorben?«, fragte Draper.

Ich saß ihm gegenüber, die stets wachsame Penny zu Füßen. In knappen Sätzen schilderte ich ihm Dads Tod. Es wurde nie einfacher.

Draper löschte die Zigarette mit seinen schwieligen Fingern und steckte die Kippe dann in die Tasche. »Tut mir leid. John war ein besserer Mann als die meisten anderen.«

»Das war er«, sagte ich.

Er legte seine Füße, die in schwarzen Chucks steckten, auf das Geländer. »Ich hatte gehofft, du erinnerst dich an mich.«

»Tut mir leid. Aber das ist alles lange her.«

Er zog die Augen zu Schlitzen zusammen. »Du erinnerst dich doch noch an Annie Beal, oder? Und an Noah und diese

Carmen? Und wie ich sehe, machst du auch mit dem kleinen Henry Cunningham rum.«

Wie oft hatte Draper mir nachspioniert? Ich bekämpfte den Drang, mir mit den Händen die Arme zu reiben. »Ich muss mir einen Pulli holen. Und der Kaffee dürfte auch fertig sein.«

Er nickte und beugte sich vor, um eine neue Zigarette anzuzünden.

War er, was aus meinem Vater geworden wäre, wenn er noch gelebt hätte?

Zeit, Hank anzurufen. Ich hob den Hörer ab.

»Lass das«, sagte Draper. Er lehnte im Türrahmen, und die Zigarette hing zwischen seinen Lippen.

»Ich muss jemanden anrufen. Haben Sie ein Problem damit?«

Er schnaubte nur. »Leg einfach wieder auf.«

Ich tat es. Er sah zu, wie ich den Pullover vom Sofa nahm und den Kaffee holte. Ich stellte mir vor, wie Draper Laura erstach. Kein angenehmer Gedanke.

Draußen nahm er mir das Kaffeetablett ab und stellte es auf den Tisch. Er nahm eine der dampfenden Tassen und führte sie an die Lippen. »Ich wollte nicht, dass jemand unser Wiedersehen stört.«

Was für ein Wiedersehen. »Äh, Mr Draper, ich werde jetzt ...«

»Onkel Lewis.«

»Dann also Onkel Lewis. Sie haben mich in Boston angerufen, stimmt's?«

»Kann sein.«

»Warum haben Sie dann so lange gewartet mit dem Treffen?«

»War mir nicht sicher, ob du es wirklich bist, Emma.« Er kaute auf einem Cookie und sah mich grinsend an. Seine Augen wurden schmal, und Falten zogen sich übers ganze Gesicht. »Als du aufgetaucht bist, ist mir das aufgefallen. Hab gesehen, wie du dich in der Stadt rumgetrieben hast. Dachte mir, das könnte sie sein. Genau genommen war ich mir ziemlich sicher. Weißt du, ich hab ein Bild von dir – eins aus der Grundschule – bei mir zu Hause an der Wand hängen. Gestern bin ich gerade ins Town Farm rein, als Annie Beal herauskam. Da hab ich dich die Maine Street entlangfahren sehen. Ich hab Annie gefragt, wer du bist, und sie meinte, ich dürfe es keiner Menschenseele sagen. Und das hab ich auch nicht. Aber ich wollte dich auch allein sprechen.«

Na toll. »Warum?«

»Also, pass auf. Warum ich dich angerufen habe und alles. Trenton-by-the-Sea. Ich hab die Pläne in meinem Camp gleich neben deinem Foto an der Wand hängen. Ich hab mit deinem Daddy da dringehangen, und zwar so tief, dass ich nie wieder rausgekommen bin. Mein Rubikon.«

»Ich ...«

Er winkte ab. »Hörst du mir zu, Emma? Das alles braucht zu viele Worte. Daran bin ich nicht gewöhnt. Ganz einfach. Ich seh vielleicht aus wie ein Penner, aber ich hab immer noch meine grauen Zellen. Und Augen. Und Ohren.« Er deutete auf seinen Kopf, seine Augen und Ohren. »Ich dachte, du solltest das wissen. Das Feuer in eurem Haus, das war kein Unfall.«

Genau, wie Annie gesagt hatte. Aber ... »Das Feuer hat alles vernichtet. Daddy. Warum hätte er es legen sollen? Wir hatten kein Geld. Keine Versicherung.«

»Jetzt verstehst du allmählich. Fahr da mal raus, fahr nach Trenton-by-the-Sea. Dann verstehst du noch mehr. In der Stadt tut sich wieder was. Pass gut auf.«

Er brachte sein Gesicht nah an meines, sodass ich den Alkohol und den Verfall riechen konnte. Er legte seine braune, schwielige Hand an meine Wange und kniff dann hinein.

»Sieh es dir an.«

Dann sprang er über das Geländer und lief davon.

Ich zögerte einen Herzschlag lang. Dann rannte ich ihm nach.

Als ich um die Hausecke kam, setzte er mit seinem Sedan bereits zurück.

Nach Lewis Drapers Abgang, der mich leider an einen Patienten erinnerte, den ich vor Jahren hatte, schenkte ich mir einen Bourbon pur ein und griff zum Telefon, um Hank anzurufen. Ich dachte, er könnte mich über Draper aufklären. Allerdings wollte ich gar nicht mit ihm sprechen. Nicht jetzt, nicht auf diese Art. Als hätte es zwischen uns keinen Streit gegeben. Ich suchte mir eine andere Nummer raus und rief stattdessen Carmen an. Da ich sie nicht im Restaurant erwischte, versuchte ich es bei ihr zu Hause.

»Hier ist Tally«, sagte ich, als sie abnahm. »Ich hatte gerade eine seltsame Begegnung, und ich dachte, Sie kennen den Typ vielleicht.«

»Sie wollen wohl sagen, die kommen alle in mein Restaurant. Ja, ja. Also, legen Sie los.«

»Lewis Draper.«

»Lewis? Wollen Sie etwa sagen, er hat wirklich mit Ihnen geredet?«

»Ja, das hat er. Isst er oft in Ihrem Restaurant?«

Carmen gluckste. »Meistens Freitag, wenn es Fischsuppe gibt. Er hat ein Camp unten in den Wäldern Richtung Trenton. Eher einen Verschlag.«

»Er ist nicht ganz richtig im Kopf, oder?«

»Ich bin nicht sicher, ob man das so sagen kann. Die Kinder nennen ihn Loony Louie, den verrückten Louie, aber nur, weil er in der Stadt rumhängt, in Mülltonnen wühlt, Post-its an Autos klebt und auf dem Friedhof rumlungert. So Zeug halt. Er macht ihnen Angst.«

Mr Post-it. OL. Onkel Lewis. »Wovon lebt er?«

»Im Sommer sammelt er Muscheln, habe ich gehört. Außerdem jagt er Waschbären. Früher war er mal ein Banker.

Einmal verheiratet. Warum? Weshalb hat er mit Ihnen gesprochen?«

Ich war bereit, Carmen die Wahrheit zu erzählen. Über Lewis. Über *mich*. Aber nicht am Telefon. »Ich weiß auch nicht. Mein Truck gefiel ihm oder so was.«

»Tatsächlich?«

Carmen nahm mir das nicht ab. »Carmen, ich ...«

»Es ging nicht wirklich um den Truck, stimmt's? Er hat Sie um Geld angebettelt, richtig?«

»Ich würde nicht ...«

»Geben Sie ihm bloß kein Geld. Lewis ist ein Fass ohne Boden. Annie, Dud Shea, Suki Morres und viele andere. Eine Menge gutherziger Menschen haben zu seinem ›Fonds‹ beigetragen, wie er es nennt. Und tun es immer noch, soweit ich weiß. Vor drei Monaten hat er sich auch an Laura drangehängt. Also seien Sie vorsichtig.«

»Vorsichtig ...« Lewis und Laura? »Ja, das werde ich. Danke.«

»Was hat Hank dazu gesagt, dass Sie in Lauras Haus waren?«

»Er war nicht erfreut. Danke, dass Sie ihn nicht angerufen haben.«

»Wer sagt, dass ich das nicht getan habe?«

»Hank. Er meinte, einer seiner Deputys hätte mich gesehen, als ich das Anwesen verließ.«

»Echt schlimme Sache, das mit Gary Pinkham«, meinte Carmen. »Da habe ich mich wohl geirrt.«

»Geirrt ...?«

»Ich habe nicht geglaubt, dass er Laura getötet hat.«

»Ich bin mir da auch nicht sicher.«

»Aber es sieht alles danach aus.« Sie seufzte. »Wissen Sie, wie ich ihn sehe? Als ein großes Schulkind im Blaumann, mit einem lila Fleck auf dem T-Shirt. Schwer zu glauben, dass er sie umgebracht haben soll ... Aber ich tue es.«

»Wirklich? So klingen sie gar nicht. Vielleicht wollen Sie es nur glauben, weil es leichter ist. Weil dann ihre anderen Freunde aus dem Schneider sind.«

Sie schnaubte verächtlich. »Mein Mann ruft. Ich muss los.«

Das Freizeichen tönte in meinem Ohr.

Eine Stunde später entspannte ich mich in der Wanne mit den Löwentatzen. Penny hatte sich auf der Matte zusammengerollt und sah zu, wie ich an meinem zweiten Bourbon nippte.

»Willst du auch einen?«

Penny kniff die Augen zu und öffnete sie wieder.

Ich hielt das für ein Nein. »Und, was denkst du, Pens? Ein heftiger Tag. Bei Carmen bin ich mit der Tür ins Haus gefallen. Ich muss vorsichtiger sein.«

Über dem Rauschen des Wasserhahns hörte ich, wie das Telefon klingelte. Wieder. Ich ließ den Anrufbeantworter drangehen. Wieder.

Dampf hüllte mich ein. Meine Muskeln entspannten sich, meine Lider schlossen sich.

Da sah ich Gary Pinkham vor mir; er war am Leben, grinste, schob die Hände in die Taschen seines Overalls und leckte dieses blöde ...

Wow.

Ich stellte meinen Drink auf die Ablage und fuhr mir mit dem Handtuch übers Gesicht. Carmen hatte gesagt, sie hätte Gary mit einem lila Fleck auf dem T-Shirt gesehen. Den Fleck hatte er sich hier geholt, als er das Fruchteis aß.

Was bedeutete, dass sie ihn noch einmal gesehen hatte, nachdem er mein Cottage verlassen hatte.

Ein Klopfen an der Tür ließ mich vor Schreck an die Decke springen. Das meine ich natürlich nicht wörtlich, obwohl genug Wasser spritzte, um Penny zu einem hastigen Rückzug zu veranlassen.

Ich warf meinen Bademantel über und stürzte zur Tür, wobei ich eine nasse Spur hinterließ.

Ich bezweifelte, dass »Onkel Lewis« mir so bald wieder einen Besuch abstattete.

Ich spähte durch das kleine Fenster in der Tür. Die Störung brachte mich in Wallung, und darunter mischte sich eine gehörige Portion Angst.

Meine Wut kochte über. Da stand Hank.

Er grinste mich breit an. Ich erwiderte sein Lächeln.

Seine Nasenflügel blähten sich. »Machen Sie auf, Tally. Sofort.«

Sofort, dass ich nicht lache. Für wen hielt der sich? »Sie können mich mal, Hank.«

»Sie machen jetzt besser diese Tür auf, oder ...«

Ich drückte die Handflächen gegen die Ohren. »Wir sprechen morgen darüber.«

Hank wurde zorniger und rief etwas, das sich anhörte wie »verdammtes Weibsbild« oder so ähnlich.

Ich war nicht in der Stimmung, mit ihm zu streiten. Ich winkte ihm zum Abschied, ließ das Wasser aus der Wanne, wischte alles trocken und trollte mich nach oben ins Bett.

21

Verschüttete Milch

Am nächsten Morgen, es war Montag, rief ich den Radiosender an. Ich hoffte, Ethel, die Empfangsdame, an die Strippe zu bekommen. Doch Foster nahm ab. Also verwarf ich den Plan mit Lauras Büro und beschloss, stattdessen dem Ort einen Besuch abzustatten, wo einmal das Trenton-by-the-Sea meines Vaters hätte entstehen sollen. Auf der halbstündigen Fahrt dorthin gestand ich mir ein, dass ich mich Hank gegenüber am Abend zuvor wie ein Idiot benommen hatte.

Ich kurbelte die Fenster herunter und ließ mir den warmen Wind ins Gesicht wehen. Warum nur benahm ich mich diesem Mann gegenüber so kindisch? Wenn ich Hank nie wiedersehen würde, konnte ich die Frage übergehen. Jetzt fühlte ich mich noch schlechter. Wer auch immer behauptet hatte, Unwissenheit mache selig, war ein Idiot.

Ich begann, nach Hinweisen Ausschau zu halten, damit ich nicht an dem vorbeifuhr, was das Immobilienprojekt meines Vaters hätte werden sollen.

Ich hatte Lauras Straße längst hinter mir gelassen und war etwa zwanzig Minuten außerhalb der Stadt. Jetzt näherte ich mich dem Knick, wo der Hancock River sich zur Western Bay weitete. An der Spitze lag Oak Point. Als Kind hatte ich diese Fahrt Dutzende von Malen mit meinem Dad unternommen, aber noch nicht, seit ich zurück war. Es gab ja auch keinen Grund.

Lewis Draper schien aber zu finden, dass es einen gab.

Ich kam an einem Antiquitätengeschäft zu meiner Rechten

vorbei, dann an weiteren Häusern und an einem Verkaufsstand. Der Fluss war hinter den Bäumen verschwunden.

Als ich der Straßenbiegung folgte, erfüllte der Geruch nach Seetang die Luft. Oh, wie ich diesen Geruch liebte. Dann stieg das Land an, und weit unten lag die schimmernde Bucht. Weiter hinten war die smaragdgrüne Insel Mt. Desert zu sehen. Ich fuhr langsamer.

Ein Terrassenhaus, eine Farm, Kühe auf einer Weide, und dann …

Ich stieg auf die Bremse, und mein Blick fiel genau auf den Wegweiser. Er war nicht groß, aber er war sehr geschmackvoll gemacht. In Granit gemeißelt und mit einer Jahreszahl versehen, die mit dem Jahr übereinstimmte, in dem mein Dad und ich Winsworth verlassen hatten.

Trenton Shores? Trenton *Shores!*

Ich bog rechts ab und fuhr durch die von Säulen flankierte Einfahrt, hinter der ausgewachsene Kiefern neben Schonungen mit Latschenkiefern, Beeten mit Sonnenhut und Ziergräsern standen. Ich folgte der spärlich von Bäumen flankierten Straße, die an ausgedehnten Flächen mit Heidelbeersträuchern, Granitblöcken und Wildblumen entlangführte und sich Richtung Meer wand. Meine Hände umklammerten das Steuer. Ich konnte es nicht fassen. Genau an dem Fleck, den mein Vater für sein Trenton-by-the-Sea vorgesehen hatte, standen jetzt Stadthäuser, die auf die Bucht blickten. Ich musste noch einmal nachsehen, aber ich konnte schwören, dass sie auch so aussahen wie in den Plänen meines Vaters.

Da hatte jemand mit dem Unglück meines Dads das ganz große Geld gemacht. »Das halte ich nicht aus, Pen.«

Ihr Blick folgte einem Mann, der mit einem Scotchterrier über seinen von Azaleen gesäumten Gehweg zur Straße ging. Ich winkte und hielt neben ihm, als sein Hund gerade das Bein an einem Busch hob.

»Hallo«, sagte ich.

Er nickte, und sein Blick wanderte zu seinem Hund, der jetzt das nächste Projekt in Angriff genommen hatte.

»Können Sie mir sagen, wer diese Anlage gebaut hat?«

»Keine Ahnung. Ich bin nicht von hier.« Er deutete den Hügel hinauf. »Vielleicht kann der da oben es Ihnen sagen.«

Ich sah hinter mich. »Danke«, sagte ich zu dem Mann.

Ich ging auf Hank zu.

Hank saß auf einem Stein, der Teil eines Granitblockes war und wie gefrorene Lava aus einem Feld mit Büschen voller unreifer Heidelbeeren herausragte. Er trug keine Uniform, sondern Jeans und kaute auf einem Grashalm.

»Ist dieser Platz besetzt?« Ich deutete auf den Stein neben ihm.

»Hab ihn extra frei gehalten.«

»Danke.« Ich setzte mich. »Tut mir leid wegen gestern Abend.«

»Das sollte es auch. Himmel, Tally, ich hab mir fast die Hand kaputt gehämmert.«

»Aber das war doch die geschiente Hand.«

»Ich habe mir Sorgen gemacht.«

»Das ist lieb. Aber ich bin es gewohnt, auf mich selbst aufzupassen.« Ich betrachtete die Stadthäuser und konzentrierte mich dann auf das funkelnde Meer. Ich hätte ihn ansehen sollen, aber das konnte ich nicht. »Das alles hier gehörte meinem Dad.«

»Ich weiß«, sagte er leise.

Betroffen sah ich ihn an. »Seit wann?«

»Seit gestern Abend. Als du dir die Ohren zugehalten und diesen störrischen Ausdruck aufgesetzt hast.« Er lachte in sich hinein. »Ich will verdammt sein, wenn ich in dem Moment nicht erkannt hätte, dass da die gute Emma Blake vor mir steht. Ich bin tierisch erschrocken. Von wegen Spielchen spielen ...«

»Ich weiß.« Eine Möwe krächzte über unseren Köpfen.

»Das war nicht so geplant.« Ich erzählte ihm von Lewis Drapers Anruf und meinem Widerstreben, hierher zurückzukehren. »Ich wollte etwas über meinen Dad herausfinden, bevor ich wieder Kontakt mit Leuten wie Carmen oder Annie aufnahm. Aber es ist nicht so gekommen. Ich bin unserer früheren Lehrerin, Mrs Lakeland, über den Weg gelaufen.« Als ich erklärte, was sie gesagt hatte, zuckte ich zusammen.

»Sie lebt in der Vergangenheit, Tal.«

»Ihre Worte kamen mir vor wie giftige Säure. Alles brannte in mir. Danach konnte ich den Leuten einfach nicht mehr sagen, wer ich bin.«

Er fuhr mir mit den Fingern über den Nacken, zog mich an sich und küsste mich lange, heftig und zärtlich zugleich. Dann küsste er mich noch einmal, und meine Hände glitten um sein Gesicht und nach hinten in den Nacken. Ich hielt ihn fest, liebkoste ihn und spürte, wie sein großes Herz mich aufnahm.

Eine Ewigkeit später schlug ich die Augen auf. Ich erforschte sein ernstes, freundliches Gesicht und sah die Leidenschaft und das Verständnis in seinen Augen.

Er hatte die Verbindung noch nicht hergestellt.

»Dein Vater, Hank ...« Ich seufzte. »Das mit deinem Vater tut mir so leid. Annie hat mir erzählt, dass er beim Löschen unseres Hauses ums Leben gekommen ist. Das wusste ich nicht.«

Hanks Augen verengten sich. »Und deshalb hast du mir nicht gesagt, wer du bist – weil mein Dad bei eurem Brand gestorben ist?«

»Ich dachte, du würdest es mir übel nehmen und mich hassen. Dieser Brand hat dir den Vater genommen. Mrs Lakeland verabscheut mich. Annie nicht. Aber sie hat auch ein gutes Herz. Und ihr Vater ist nicht gestorben. Hier glauben doch alle, dass mein Vater das Feuer gelegt hat.«

Zwei Finger deuteten auf seine Augen. »Sieh mich an.«

Huch. DeNiro war zurück, zumindest seine Stimme. »Das ist nicht lustig, Hank.«

»Nein, das ist totale Scheiße. Mein Dad ist bei einem Brand ums Leben gekommen, richtig. Aber in einem Lagerhaus an der Bangor Road.«

»*Was?* Jetzt hör aber auf. Wie konnte Annie das verwechseln?«

»Weil das Lagerhaus gleich nach eurem Haus abgebrannt ist. Er ist vom einen zum nächsten Brand gefahren. Die Zeitung hat es durcheinandergebracht, und es war nicht möglich, das im Nachhinein zu korrigieren.«

Mir war schwindelig vor Erleichterung. Richtig schwindelig. »Das muss ja eine schreckliche Zeit für dich gewesen sein. Und was ist mit Mrs Cavasos' Geschäft? Hat sie es verloren, weil sie in das Projekt meines Vaters investiert hat?«

»Ja. Ich fürchte schon.«

»Oh.«

»Carmen macht dir bestimmt keinen Vorwurf, Tal. Komm schon. Denk doch mal vernünftig.«

Vielleicht sollte ich das.

Ein beiger Sedan hielt vor meinem Truck. »Verdammt!«

»Loony Louie.« Hank stand auf, und der Sedan fuhr weg. Er legte mir die Hände auf die Schultern. »Ich traue ihm nicht. Sei vorsichtig.«

Er beugte sich herab und löschte jeden weiteren Gedanken mit seinen Lippen aus.

Spät in dieser Nacht lehnte Hank am Kopfteil meines Bettes, während ich mit dem Finger die Narbe an seiner Schulter nachfuhr. Irgendwie war es uns gelungen, zurück zu mir zu fahren, unsere Kleider loszuwerden und nach oben in das Loft zu kommen.

»Wer hat dir denn diesen Schatz vermacht?«, fragte ich.

»Der war auf Speed und hatte leider ein Messer.«

Ich küsste die Narbe und leckte dann seinen Bauchnabel.

»Das kitzelt. Hör sofort auf, oder du kriegst Schwierigkeiten.«

Ich lächelte. »Aber hallo, Sheriff, das will ich doch stark hoffen.«

Er nahm mich beim Wort.

Während ich uns am nächsten Morgen einen Kaffee zubereitete, hing Penny sabbernd an Hank.

»Sie hat dich bereits ins Herz geschlossen.« Verdammt. Das bedeutete ... Verdammt.

Hank schlang seine langen Arme um meine Taille und küsste mich in den Nacken.

»Wäre doch nett, wenn sie die Möglichkeit hätte, mich noch besser kennenzulernen.«

Ich fuhr herum, sah ihn an. »Bild dir bloß nichts ein.«

»Hab ich nicht. Hab nur gesagt, dass es nett wäre.«

»Na dann.«

»Und lass es nicht an mir aus, dass ein anderer Kerl sich bei dir mal schlecht benommen hat.«

»Wer behauptet, ein Kerl habe sich schlecht benommen?«

»Das sieht man.« Er strich mir eine Locke aus dem Gesicht. »Jetzt komm schon, Tally. Ich bin nicht dein Feind.«

Ich reichte ihm einen Kaffee. »Ich weiß doch. Manchmal reagiere ich etwas übertrieben.«

Er kicherte. »Eine leichte Untertreibung.«

Apropos ... »Wer hat eigentlich Trenton Shores gebaut?«

Er kaute auf seinem Schnurrbart. »Geht's hier um eine Art Vendetta oder so was?«

So hatte ich das noch gar nicht gesehen. »Könnte sein. Ich weiß nicht. Aber derjenige hat den Entwurf meines Vaters benutzt. Das Gleiche gilt für das Aussehen der Stadthäuser. Er hatte ein Gutachten anfertigen lassen, über die Durchsickerung. Er hat Brunnen und eine Straße anlegen lassen und sogar die Sickergrube. Wenn dann nicht unser Haus abgebrannt wäre ... Verstehst du denn nicht? Ein Teil von mir hat immer geglaubt, mein Vater habe das Feuer gelegt, weil die Sache mit Trenton-by-the-Sea den Bach runterging. Aber vielleicht war es ja genau umgekehrt. Vielleicht hat jemand das Feuer gelegt, um an das Land zu kommen.«

Hank nahm einen Schluck von seinem Kaffee. »Hat jemand das zu dir gesagt?«

»Lewis Draper hat es angedeutet.«

»Mein Gott, Tal, Loony Louis ist seit zwanzig Jahren weg vom Fenster.«

»Was nicht bedeutet, dass er falschliegt. Wer hat es gebaut, Hank?«

Er atmete geräuschvoll aus. »Noah. Es war das erste von vielen Bauvorhaben seitdem.«

»Dieses Schwein. Nicht zu fassen.« Aber es ergab einen Sinn, zumindest dahin gehend, dass er das Vorhaben vorangetrieben hatte. Aber Brandstiftung? Das schien absurd. Ich schenkte mir und Hank einen Orangensaft ein.

»Das alles ist lange her, Tally.«

»Für dich. Und im Vergleich zu Garys und Lauras Tod ist das auch nebensächlich. Aber ich werde an der Sache dranbleiben, bis ich ein paar Antworten habe. Aber genug davon. Hast du etwas Neues über Garys angebliche Zeugungsunfähigkeit gehört?«

»Ich habe mit einem mir bekannten Captain unten in Fort Dix gesprochen, wo Gary eine Zeit lang stationiert war. Er liest ein bisschen für mich in den Krankenakten.«

Ich ließ Penny für ihr Geschäft hinaus. »Der Mord an Laura. Die Emotionalität will mir nicht aus dem Kopf. Dieses leidenschaftliche, aber auch so methodische Vorgehen. Das Zuschauen. Das mutet fast sexuell an, zumindest teilweise.«

»Und …?«

Ich zog meine Jeans an, knöpfte meine weiße Bluse zu und lief wieder nach unten. »Was ist mit der Festplatte von Lauras Laptop? Konnte man etwas davon wiederherstellen?«

»Nein. Jemand hat sie gelöscht, und zwar gründlich.«

»Wieder diese ausgeprägte Organisationsfähigkeit.« – »Es sei denn, Laura hat es selber getan«, sagte Hank.

»Wie kommst du darauf?«

»Wir haben ihn in ihrem Jeep vor dem Sender gefunden.«

»Aber was könnte sie so eifrig verbergen wollen? Seine Festplatte zu löschen ist so, als lösche man sein Leben aus.« Ich seufzte und musste an Lauras Bücher, ihr Haus, das Chaos und all ihre Sachen denken. »Nein, ich glaube, es war doch der Mörder. War Gary ein Computerfreak?«

Hank kratzte sich den Schnauzer. »Sah er danach aus?«

»Eher nicht, aber das muss ja nichts heißen.« Ich ging ins Bad.

»Ich kaufe dir deine Theorie, derzufolge Pinkham ermordet wurde, immer noch nicht ab«, rief er aus dem Wohnzimmer. »Nicht ohne einen konkreten Hinweis.«

»Da gebe ich dir recht.« Ich fuhr mir mit der Bürste durchs Haar.

»Du gibst mir *recht?*«, rief er. »Was zum …«

Ich stellte meine elektrische Zahnbürste an und putzte mir die Zähne. Eine Minute später spürte ich, dass mich jemand ansah. Ich drehte mich um. Hank lehnte im Türrahmen, und mein Herz wummerte so schnell wie meine Zahnbürste.

Seine Brust war entblößt, und seine Boxer-Shorts saßen sehr tief. Sein Haar stand in allen Richtungen ab. Aber es war diese Andeutung eines kleinen Bäuchleins, die mich dahinschmelzen ließ. Und das Lächeln, das um seine Lippen spielte. Und die Sommersprossen. Himmel. Was waren das für lächerliche Gefühle wegen eines Mannes, den ich kaum kannte … Auch wenn wir gerade einmaligen Sex gehabt hatten … Auch wenn wir feuchte Küsse ausgetauscht hatten und …

»Das ist wohl ein Hinweis«, sagte er.

Ich gurgelte und spuckte aus. »Was ist ein Hinweis?«

»Dass du dich in Schale wirfst.«

»Ich muss los, zu Will und Joy.«

Er kniff die Augen zusammen. »Du bist wirklich unerbittlich, was?«

Seine Abneigung gegen meine Arbeit schob allmählich einen Keil zwischen uns. »Joy hat mich darum gebeten. Das ist mein Beruf. Du hast mich da reingezogen. Und wenn ich etwas angefangen habe, mache ich es nicht halb.«

Er kratzte sich am Schnurrbart und blickte mich weiter an. »Mach schon. Sag ruhig, dass das, was ich mache, makaber ist und wie man das nur so viele Jahre aushalten kann. Aber das ist nun mal mein Job. Das bin ich, und das mache ich.«

Er grinste, und dann küsste er mich. »Du hast dich nicht verändert, Emma. Kein bisschen.«

»Oh doch«, sagte ich, unfähig, mich zu beherrschen. »Und für dich immer noch Tally.«

»Jetzt plustere dich nicht so auf. Ich komme mit dir. Tally.«

Die Versuchung war groß. »Nein. Ich muss allein sein, vor allem mit Joy. Ich habe das Gefühl, dass sie Gary besser kannte als so ziemlich jeder andere. Ich möchte von ihr mehr über Gary und Laura erfahren.«

»Was ist mit Abendessen?«

»Ähm ...« Ich nahm meine Schlüssel von der Ablage. »Mal sehen. Ich hatte eigentlich vor, Drew Jones auch noch zu besuchen.«

Er verschränkte die Arme. »Mach das nicht.«

»Was soll ich nicht machen? Er hat mich immerhin eingeladen. Schließlich ist er derjenige, der das Messer in Lauras Bauch erwähnt hat. Ein Messer, das verschwunden ist. Warum gehst du dem nicht nach, Hank? Warum halten die State Cops immer noch ausschließlich Gary für Lauras Mörder? Weil Drew früher Kongressabgeordneter war?«

Hanks Augen verengten sich. »Dazu sage ich jetzt mal nichts. Ich weiß, dass du gut bist in deinem Job, also sage ich das nur ein Mal. Sei vorsichtig mit ihm oder ...«

»Oder du erschießt mich? Was, Hank? Was ist das große Geheimnis?«

Die Muskeln in seinem Kiefer und seinem Bizeps spannten sich. »Drew hat Probleme. Es steht mir nicht zu, dir davon zu erzählen. Sei einfach nur vorsichtig.«

Ich legte eine Hand auf seinen Bauch, stellte mich auf die Zehenspitzen und küsste ihn, ohne dass seine Lippen den Kuss erwiderten. »Ich werde ihm schon nicht wehtun.«

Ich wartete, doch er erwiderte nichts. Ich hängte mir die Tasche über die Schulter und ging.

Meine Karte von Winsworth sagte mir, dass die Saccos in der Wilumet Road in der Nähe der Penasquam Road und des Emerald Lake wohnten. Das war nicht weit weg von dem Steinbruch und passte nur zu gut zu dem Szenario, demzufolge Gary der Killer war, da er in der Nacht von Lauras Ermordung bei Joy und Will geschlafen hatte.

Von unterwegs rief ich Joy an, die meinte, ich solle ruhig kommen. Ich entschied mich dagegen, auch Drew anzurufen. Ich zog es vor, den früheren Kongressabgeordneten zu überraschen.

Ich kam an der Scheune vorbei, die Joy als Wegweiser erwähnt hatte, und bog um Punkt eins auf das Grundstück der Saccos ein. Joy hatte gesagt, ich würde einen alten schwarzen Imperial LeBaron im Hof sehen können. Und da war er auch, umgeben von einer Hecke aus ungemähtem Gras.

Das ließ mich an die Vergangenheit denken. Wir hatten einen Wagen wie diesen besessen. Traurig, wie vergammelt dieser war – rostiges Metall, platte Reifen, ein kaputtes Fenster.

Meine Freunde in Boston würden laut lachen, wenn sie gewusst hätten, wie nostalgisch ich hier geworden war. Ich parkte unter einem schattigen Baum und ließ Penny im Wagen, wie immer mit Wasservorrat und bei heruntergelassenen Fenstern. Sollte es ihr drinnen zu heiß werden, konnte sie aus dem Fenster springen und sich ins Gras legen.

Ein Dreirad lag umgestürzt neben einem Chevy-Pick-up,

der in der Einfahrt vor einem großzügigen gelben Einfamilienhaus stand. Als ich den Rasen überquerte und eine große Eiche umrundete, stoben Distelfinken auf, die in den Futterhäuschen hockten. Aus dem Haus war Bluegrass-Musik zu hören. Ich ging die Stufen hinauf; die Musik brach ab, und die Haustür ging auf.

»Hallo, Tally.« Joy hatte sich ihr weites weißes Hemd in die enge Jeans gesteckt. Ihre Lockenmähne wogte, als sie die Tür hinter mir schloss.

Die Einrichtung war im Retro-Look der Fünfziger gehalten, lustig und fantasievoll, abgesehen von dem Computer in der einen Ecke und einer überbordenden Spielzeugkiste in der anderen. Aquarelle mit Meeresmotiven hingen an den Wänden, und das penibel gesäuberte Zimmer roch nach Desinfektionsmittel.

»Ist Will zu Hause?«

Sie schüttelte den Kopf.

»Wie geht es ihm?«

»Gut.«

»Und Ihnen?«, fragte ich.

Ihre Lippen zitterten, und ihre Augen wurden feucht, doch sie riss sich zusammen. »Mir auch.«

»Manchmal ist es gut, wenn es einem nicht gut geht.« Ich lächelte. »Sie müssen doch am Boden zerstört sein, nachdem Sie sowohl Gary als auch Laura verloren haben. Sie erinnern mich an sie. Zumindest nach den Bildern, die ich gesehen habe.«

Ihre Mundwinkel hoben sich. »Wir haben immer Witze darüber gemacht. Vor allem, weil sie ja über zehn Zentimeter größer war als ich. Ich hätte alles dafür gegeben, ihr glattes Haar zu haben statt diesen Krauskopf.«

Dem konnte ich mich anschließen. »Ich wette, sie wünschte sich Ihre Locken.«

Ihr Lächeln vertiefte sich. »Stimmt.« Sie rieb mit dem Hemdkragen über ihre Wange. »Dieses Hemd hat ihr gehört.

Ich vermisse sie. Aber he, setzen Sie sich doch. Und entschuldigen Sie die Unordnung.«

Ich setzte mich aufs Sofa, während sie Lehrbücher, eine Schreibmaschine und Blätter zusammenraffte und auf dem Boden stapelte. »Ich habe eine Fortbildung in Webdesign belegt.«

Ich lächelte. »Klingt interessant.«

»Ist es auch. Ich würde das gerne mit meiner Arbeit als Grafikerin kombinieren und in Vollzeit machen, statt auf der Post zu arbeiten. Ich muss wegen Scooter zu Hause bleiben. Will versteht das nicht, aber ...«

Ich wartete und beendete dann das verlegene Schweigen. »Sie sind also auch ein Mac-Fan, genau wie ich.« Ich deutete mit dem Kinn auf ihren Computer.

»Für Grafiker ist er das einzig Wahre.«

»Hat Gary viel damit gespielt?«

»Machen Sie Witze? Ich schwöre bei Gott, dass er Angst vor dem Ding hatte. Will und Gary haben mir diesen neuen Mac letztes Weihnachten geschenkt. Laura hat bei der Auswahl geholfen. Ich liebe ihn. Der bringt es echt.« Das Glitzern in ihren Augen erstarb. Sie seufzte, als sie sich in den Lehnstuhl mir gegenüber setzte.

»Mama!«, drang eine Kinderstimme aus dem Babyfon am anderen Ende des Tisches.

Joy sprang auf. »Er hat ein Schläfchen gemacht. Der arme Kleine war völlig übermüdet. Und da holt man sich schnell eine Erkältung.«

Als sie zurückkam, saß ein blauäugiger, blonder und etwa dreijähriger Junge auf ihrer Hüfte. »Das ist Scooter.«

»Scooter will Töpfchen, Mama. Töpfchen.«

Joy machte auf der Stelle kehrt. »Guter Junge. Braver Junge.«

Einige Minuten später kam sie mit zwei Diet Coke und stolz lächelnd zurück. »Er liebt sein Töpfchen. Ich gebe ihm ein paar Bücher, und dann bleibt er ewig sitzen. Er ist schon

225

viel weiter als die anderen Kinder im Kindergarten. Er wird es nach Harvard schaffen, das weiß ich einfach.«

»Das wäre eine großartige Zukunft«, sagte ich.

Wir saßen uns Cola nippend gegenüber, und ich wartete.

Joy blinzelte heftig und umklammerte die Getränkedose. »Scooter wird seinen Onkel vermissen. Er ist ... war ... verrückt nach ihm.«

»Sie werden ihn alle vermissen, könnte ich mir denken.«

»Ja.« Sie blickte nach unten und spielte an der Getränkedose herum. »Ich, äh, ich bin heute Morgen rüber in den Steinbruch gegangen. Ich wollte sehen ...«

»Wo Gary gestorben ist?«

Sie nickte. »Dasselbe habe ich bei Laura gemacht. Ist das nicht unheimlich?«

»Das ist gar nicht so selten. Zu sehen, wo ein Mensch gestorben ist, kann eine Art Abschluss bedeuten.«

»Ich hab's Will nicht erzählt. Es kam mir verrückt vor, dahin zu gehen.«

»Das sollte es nicht.«

Ihr Kopf ruckte hoch. »Danke.«

»Glauben Sie, Gary hat Laura umgebracht?«

Sie fuhr sich mit der Dose über die Stirn. »Ich weiß nicht, was ich glauben soll. Es sieht Gary nicht ähnlich.«

»Inwiefern?«

»Ach, er war eher ein unbekümmerter Mensch, verstehen Sie? Ohne große Probleme oder Sorgen.« Sie hielt das Babyfon ans Ohr. »Scooter geht's gut. Ich höre ihn summen. Nein, Gary stand gut da. Mit dem Hummerfang, meine ich. Laura hat ihn dazu gebracht, einen neuen Truck zu kaufen und Geld in eine Eigentumswohnung in den Emerald Shores zu investieren. Sie hat ihn sogar dazu überredet, sich diese Jagdhütte in der Nähe von Baxter zu kaufen, die er schon immer haben wollte.«

»Ich verstehe, was Sie mit ›gut dastehen‹ meinen.«

Sie lehnte sich wieder zurück. »Mit dem Hummerfang

kann man eine Menge Geld machen. Gary war schon ein eigenwilliger Typ. Echt knauserig, typisch für Maine. Aber Laura hat ihn aus sich herausgeholt.«

»War sie seine große Liebe?«

»Nein, das war Tish. Aber er war ganz verrückt nach Laura, auch wenn er es nicht zugeben wollte.« Sie schüttelte den Kopf. »Er war zwei Jahre älter als Laura und ich, aber er kam mir vor wie mein kleiner Bruder. Manchmal hat er wirklich Bockmist gebaut. Das hat Will verrückt gemacht, aber ich habe das an ihm gemocht. Wenn wir uns gestritten haben, hat er mir danach immer Blumen gebracht.«

»Haben Sie oft gestritten?«

Sie kaute auf ihrer Unterlippe. »Garys Naturell war manchmal ... Er war nicht gerade der Hellste. Ließ sich leicht entmutigen. Darum wusste ich auch, dass er und Laura nicht zusammenpassten. Sie war zu klug.«

»Wussten Sie, dass Laura schwanger war?«

»Ja. Das war unser großes Geheimnis. Laura wollte Kinder mehr als alles andere. Sie war, na ja, sogar ein bisschen neidisch auf Scooter. Er hat sie Tante genannt. Sie war ganz vernarrt in ihn.«

»So. Das überrascht mich. Gary hat mir erzählt, er könne keine Kinder haben.«

Sie grinste. »Unsinn, das ist doch Quatsch. Aber typisch Gary, einfach Geschichten zu erzählen. Wahrscheinlich, weil Laura unbedingt wollte, dass er ihr ein Kind macht. Laura hatte gedacht, sie und Hank Cunningham würden heiraten und Kinder kriegen. Aber nachdem sie und Hank sich getrennt hatten ... Also, so ungern ich das auch sage, aber ich glaube, sie hat Panik gekriegt und wollte Gary als Samenspender. Sie muss ihn irgendwie rumgekriegt haben.«

»Aber warum sollte Gary mir so etwas auftischen?«

»Vermutlich, damit Sie nicht denken, er habe Laura getötet.« Wieder lauschte sie am Babyfon, um Scooter zu hören. »Tish war auch schwanger, aber sie hatte eine Fehlgeburt wegen der Aids-Erkrankung. Das war, bevor wir wussten, dass sie diese schreckliche Krankheit hatte.«

»Vielleicht war Gary wütend auf Laura, weil sie schwanger war.«

»Ich weiß nicht. Kann sein. Aber ist das noch wichtig? Jetzt sind sie beide tot. Und das ist so traurig.« Sie begann zu weinen, und ich reichte ihr einige Papiertücher. Sie knüllte die Tücher in ihrer Faust zusammen. »Oh, verdammt.«

»Es ist nur gut, alles herauszulassen. Ich mache mir Sorgen um die, die das nicht tun.«

»Danke.«

»In der Nacht, als Laura starb, ist Gary da noch einmal weggegangen, nachdem er hier war, Joy?«

»Weggegangen? Gary war doch gar nicht hier. Oh, verdammt!«

22

Das Erwachen

Ich setzte mich auf den Couchtisch, um näher bei Joy zu sein. Ich unterdrückte den Impuls, sie zu schütteln. Seit sie ihr »Oh, verdammt« von sich gegeben hatte, starrte sie zu Boden.

»Joy?« Ich überspielte den Frust in meiner Stimme und legte ihr die Hände um die Schultern. »Bitte sehen Sie mich an, Joy.«

Langsam hob sie den Kopf, und ihr Blick traf meinen.

»Gary hat mir gesagt, er sei nach einem Streit mit Laura beim Giddyup hierher gekommen. Und dass er den Rest der Nacht hier verbracht hat. Wenn das stimmt, dann kann er Laura nicht getötet haben.«

Sie zupfte an einer Fussel auf der Armlehne.

»Ein paar Tage nach dem Mord an Laura«, sagte ich, »hat Gary mir einen Besuch abgestattet. Er wollte mir gerade erzählen, was in der Nacht von Lauras Tod wirklich geschehen ist, als Hank Cunningham kam.«

Ihr Kopf ruckte hoch. »Wollte er das, ja?«

»Er klang so. Ja.«

»Ich hätte nicht sagen sollen, was ich gesagt habe. Jetzt erscheint Gary in einem schlechten Licht.«

Etwas Schlimmeres als der Tod kann ja nicht mehr kommen. Ich seufzte. »Gary ist tot, Joy. Da kann es nicht schaden, mir alles zu erzählen, oder?«

»Mag sein.«

»Sie wissen, wo Gary in jener Nacht war, oder?«

»Ich glaube schon.«

»Die Wahrheit ist wichtig, Joy.«

»Wirklich?«, sagte sie. »Das ist doch jetzt sowieso Vergangenheit.«

»Nicht für Annie und Noah. Oder für Sie und Will. Aus welchem Grund hätte Gary mich anlügen sollen?«

»Wie die meisten hier in der Stadt wollte er jemanden schützen.«

»Und wen?«

Ihre Augen füllten sich mit Tränen. »Drew. Drew Jones. Gary hat die Nacht in Drews Haus verbracht. Sie waren Jagdfreunde. Schon seit Jahren.«

Der Hummerfänger und der Kongressabgeordnete. In Maine nicht so weit hergeholt. Hatte Drew gesehen, wie Gary Laura umbrachte? Oder war es umgekehrt?

»Bitte erzählen Sie mir von dieser Nacht«, sagte ich.

Joy schnappte sich ein Papiertuch und putzte sich die Nase. »Es war eine schlimme Nacht. Scooter war krank. Drews Hund ist in ein Fangeisen getreten. Ich möchte keinen Freund verpfeifen.«

»Und Drew und Sie sind Freunde.«

»Irgendwie schon. Ich meine, na ja, es ist so nett mit ihm. Drew benimmt sich wie jeder andere auch, obwohl er mal Kongressabgeordneter war.«

»Und sie haben sich über Gary angefreundet.«

»Genau umgekehrt. Vor etwa vier Jahren sind Drew und ich dem Vorstand des CVJM beigetreten. Es war einfach toll, wie wir den Bau durchgesetzt haben.«

»Und wie hat Gary ihn dann kennengelernt?«

»Drew hat ein paar Unterlagen vorbeigebracht. Dabei hat er den alten LeBaron entdeckt. Gary war hier, und Drew dachte wohl, er gehört Gary, also hat er ihn gefragt, ob er ihn kaufen kann. Als Geschenk für seinen Vater, der alte Chrysler-Modelle sammelt. Gary fand die Idee klasse. Will aber nicht. Mein dickköpfiger Mann wollte nicht verkaufen. Hatte vor, ihn selbst wieder herzurichten. Haha. So seltsam es auch scheinen mag, auch Will und Drew wurden ziemlich gute Freunde. Die Sache mit der Jagd. Aber wie dem auch sei, so haben Gary und Drew sich kennengelernt.«

»Drew ... scheint es nicht gut zu gehen.«

Joy lauschte am Babyfon, verließ das Zimmer und kam einige Minuten später wieder. »Mein Kleiner ist über seinen Büchern eingeschlafen. Ich hab ihn wieder ins Bett gebracht.«

»Ist Drew krank, Joy? Alle Leute hier tun so, als wäre das ein großes Geheimnis.«

Sie rieb sich mit den Händen über die Arme, als wäre ihr kalt. »Ich habe so einiges gehört. Dass Drew ein Trinker ist oder medikamentenabhängig. Dass er Krebs oder Aids hat. Aber ich würde nie fragen. Das ist etwas Privates, obwohl ich natürlich bemerkt habe, was mit seinem Gedächtnis passiert und dass er undeutlich redet. Das macht den Leuten Angst.«

»Was sagt Will dazu?«

»Nichts. Und ich frage ihn auch nicht. Seit Tish Aids hatte, reagiert er eigenartig auf die Krankheiten anderer. Er hat Drew seit Ewigkeiten nicht mehr gesehen, abgesehen von der Beerdigung, und da ist er ihm aus dem Weg gegangen.«

»Was ist mit Ihnen? Haben Sie mal mit Drew gesprochen?«

»Nein. Er lebt ja inzwischen wie ein Einsiedler. Und Will würde Anfälle kriegen, wenn er mich mit ihm sprechen sieht. Lauras Tod muss Drew hart getroffen haben. Jemand sagte mir, Laura wäre wie eine kleine Schwester für ihn gewesen.«

»Wirklich? Wer hat das gesagt?«

»Entweder Annie oder Hank. Ich kann mich nicht erinnern.«

Viele Leute stritten mit ihren kleinen Schwestern. »Können Sie sich vorstellen, dass Drew Gary für Satanismus begeistert hat?«

»Gary stand nicht auf solches Zeug!«

Ich schwieg und wartete.

»Tut mir leid, dass ich Sie so angefahren habe«, sagte Joy. »Aber verstehen Sie, das war wirklich nicht Garys Ding.

Das war eines von Lauras ... Sie wissen schon. Hobbys. Sie hat sich immer für Religionen, Tänze, Kunst und Medizin interessiert. Deshalb mochte ich sie so. Sie war eine Forscherin.« Sie rieb über den Kragen des Hemdes – Lauras Hemd.

»Mama!«, drang es brüllend aus einem anderen Zimmer.

Joy holte Scooter, der zu mir gelaufen kam.

»Hallo, Scooter.« Ich strich mit dem Finger über seine butterweiche Wange. Als ich ihm meinen Schlüsselbund hinhielt, lachte er, wobei sich seine Augen verengten – genau wie bei einem anderen Kind, das ich gekannt hatte. Dann schlossen sich seine Finger um die Schlüssel, und er begann, den Couchtisch »aufzuschließen«.

»Das ist ein Kerlchen, was?« Joy grinste.

»Ein entzückendes Kerlchen.«

Ihr Gesicht wurde ernst. »Sie haben so freundliche Augen. Hat Ihnen das schon einmal jemand gesagt, Tally?«

»Nicht mit so vielen Worten.«

»Doch, die haben sie. Auch Will meinte das.«

»Er wirkte gestern sehr betroffen«, sagte ich. »Glauben Sie wirklich, dass er klarkommt?«

»Will ist etwas Besonderes. Wenn ihn ein schwerer Schlag trifft, geht er in seinen Gemüsegarten schuften. Da ist er auch jetzt.«

»Ich habe ihn draußen nicht gesehen.«

»Das können Sie auch nicht. Der Garten ist ein ganzes Stück vom Haus entfernt, hinter dem Hügelkamm.«

»Gartenarbeit ist Balsam für die Seele«, sagte ich. »Ich habe auch einen kleinen zu Hause in Boston.«

Sie schüttelte den Kopf. »Aber keinen wie diesen, bestimmt nicht. Will zieht Monsterkürbisse für die Jahrmärkte. Ich schwöre Ihnen, je größer sie werden, desto besser fühlt er sich. In meinen Augen hat das keinen Sinn, aber so ist nun mal mein Will.«

»Ich würde ihn trotzdem gern sehen.«

»Ich rechne nicht so schnell wieder mit ihm. Aber manchmal überrascht er mich auch.«

Ich warf einen Blick auf meine Uhr. Ich war seit mehr als zwei Stunden bei Joy. Sie sah erschöpft aus. Ich hätte draußen auf die Suche nach Will gehen können, hatte aber den Verdacht, er fände allein in seinem Garten mehr Trost. »Ich gehe jetzt besser.«

Scooter heulte, als Joy mir meine Schlüssel wiedergab. Ich wühlte in meiner Tasche herum und nahm ihn dann auf den Schoß. »Ich habe ein Geschenk für dich, Scooter.«

»Geschenk?«

Die Tür ging auf, und Will kam herein.

»Hi, Miss Whyte«, sagte er und lächelte.

»Hallo, Will«, sagte ich. »Das ist ein wirklich süßer Junge. Hier ist dein Geschenk.« Ich wackelte mit einem Plastik-Bibo, den ich mir auf den Finger gesteckt hatte. Beim Anblick der Figur aus der Sesamstraße riss Scooter die Augen auf. Wieder wackelte ich mit dem Finger. Er kicherte. Ich ebenfalls.

Will war so klein wie ein Jockey. Er gab Joy ein Küsschen auf die Wange und schüttelte dann meine Hand. »Nett von Ihnen, hier rauszukommen, Ma'am. Nett von Ihnen.«

»Ich freue mich auch. Und nennen Sie mich bitte Tally.« Ich steckte die Puppe auf Scooters Finger.

Will nahm Scooter auf den Arm, dann setzte er sich mit Scooter auf den Lehnstuhl. »Joy, Schatz, wasch das mal ab«, sagte er und reichte ihr die Puppe.

»Bibo!«, heulte Scooter.

Joy war eiligst wieder da, verdrehte hinter Wills Rücken die Augen und küsste ihren kichernden Sohn auf die Wange.

»He, Miss Tally«, sagte Will. »Wie wäre es mit einem Stück Rhabarberkuchen? Hab ihn selbst gemacht. Milch? Etwas anderes?«

»Das klingt wundervoll, und ich bedaure, das sagen zu müssen, aber ich bin ziemlich satt.«

»He, Joy«, sagte er. »Pack Miss Tally ein Stück Kuchen ein.«

»Mm. Klingt lecker.« Sein Auftreten überraschte mich ein wenig. Der schluchzende Mann von gestern war einem fröhlichen Burschen gewichen, dessen wettergegerbtes Gesicht sich zu einem Lächeln verzog. Nicht unüblich, das Ganze, aber damit hatte ich nicht gerechnet. »Und, Will. Wie geht es Ihnen heute?«

Er zog einen Streifen Juicy-Fruit-Kaugummi aus der Tasche und steckte ihn in den Mund. »Sie meinen, wegen Gary, vermute ich. Besser. Viel besser. Letzte Nacht habe ich gebetet und es akzeptiert.«

»Und das hat geholfen.«

Er stützte das Kinn auf Scooters Kopf. »Das hat es, Miss Tally. Wissen Sie, als meine Tochter an Aids starb, bin ich durch die Hölle gegangen. Dann habe ich der Natur ihren Willen gelassen und Frieden gefunden. Und diesen Frieden habe ich auch bei Gary.«

»Das ist ein Trost, da bin ich sicher.«

»Das ist es. Und dieser kleine Knabe hier.« Will summte Pete Seegers »If I Had a Hammer« und ließ Scooter auf seinem Knie hüpfen.

Joy reichte mir einen Pappteller mit einem eingepackten Stück Kuchen und Will eine Dose Limo. Er nahm einen tiefen Zug. »Hat Joy Ihnen von meinem Gemüse erzählt?«

»Das hat sie«, sagte ich.

Joy stand hinter Will und hatte die Arme um seinen Nacken gelegt. Will tätschelte ihre Hand. »Dieses Jahr sahnen wir richtig ab, was, Schatz? Oh ja. Beim Jahrmarkt von Blue Hill gewinne ich.«

»Das klingt wundervoll.« Ich stand auf. »Sollten Sie je mit mir sprechen wollen ...«

»Ich danke Ihnen für das Angebot«, sagte Will.

Joy und Will folgten mir nach draußen. Scooter saß auf den Schultern seines Vaters.

»Solider Wagen.« Will deutete auf meinen Truck. – »Ich schätze ihn sehr.«

Ich schüttelte seine ausgestreckte Hand und drückte Joy dann kurz. Scooter schlug in meine Hand ein.

»Sie rufen an, wenn Sie mich brauchen, ja? Die nächsten Tage werden sicher schwer, insbesondere wegen all der Vorbereitungen für Garys Bestattung.«

»Vorbereitungen?«, sagte Will. »Ich fürchte, davon wird es keine geben. Nach dem, was er Laura angetan hat, schmort Gary in der Hölle. Ich habe mit ihm nichts mehr zu tun.«

Ich hatte Wills schockierende Worte noch im Ohr, als ich zurück zur Penasquam Road fuhr und dann auf der Suche nach der Straße zu Drew Jones' Camp nach links abbog. Ich drückte Penny an mich, die mich mit ihrer Zunge und ihrer Liebe begrüßte.

Ich hatte schon schlimmere Sätze gehört, aber es irritierte mich, wie Will Sacco seinen Schwiegersohn verurteilte. Wie leicht er bereit war zu glauben, dass Gary der Mörder war. Seine Weigerung, ein Familienmitglied zu beerdigen, störte mich. Sogar im Wissen um einen Mord beerdigten die meisten Familien ihre Toten.

Gary hatte also die Nacht bei Drew verbracht. Das war eine Überraschung. Warum hatte er Drew dann nicht geholfen, seinen Hund zum Tierarzt zu fahren? Vielleicht war er erst eingetroffen, als Drew schon zum Tierarzt unterwegs war. Die meisten Menschen in Winsworth schlossen ihre Türen nicht ab. Wenn Gary und Drew befreundet waren, dann hätte Gary einfach eintreten und es sich bequem machen können.

Drew Jones schien mit jedem zu tun zu haben, der mit Laura Beals Tod in Verbindung stand. Es kam mir fast so vor, als liefen bei ihm die Fäden zusammen. Wenn man aber anderen glauben durfte, dann war seine Rolle durchaus zu vernachlässigen.

Nach einer halben Meile in dieser Richtung entdeckte ich das Schild, das zu Drews Camp führte. Genau darunter war ein anderes Schild angebracht, ein viel größeres, auf dem stand: EMERALD SHORES – EIN PROJEKT DER FIRMA BEAL.

Ich schüttelte den Kopf. Noah Beal machte immer noch weiter. Ich schoss an Drews Straße vorbei und bog nach links ab. Ich wollte Noahs neuestes Projekt sehen, das Teil eines weit verzweigten Geldbaumes war, den mein Vater einst gepflanzt hatte.

Ich hielt an und ließ Penny nach draußen, um sie ihr Geschäft verrichten zu lassen. Ein Schwarm Mücken fiel über mich her, als ich zu der großen Werbetafel ging, auf der ein Künstler die Eigentumswohnungen dargestellt hatte. Tennisplätze, ein Erholungsraum, sogar ein Krocketfeld – hier gab es alles, und dazu noch den Blick auf den Emerald Lake.

Das Problem war nur, dass Wirklichkeit und Kunst zweierlei waren. Stattdessen sah man mehrere Morgen gerodetes Land mit vertrocknetem Schlamm und Baumstümpfen, umgeben von dürren Bäumen. Ein Bulldozer stand verlassen neben einer grob gezimmerten Bank, die aufs Wasser blickte. Ich stellte mir vor, wie Noah, irgendeinen Trottel an der Seite, die zukünftigen Vorzüge der Anlage pries. Nach dem Zustand des mit Kiefernnadeln bedeckten Bulldozers zu schließen, ließen diese Vorzüge auf sich warten.

Ich sog die frische Luft ein, die vom See heraufwehte und vorübergehend die Mücken vertrieben hatte.

Annie musste da mit drinstecken, und ich machte mir Sorgen um sie. Wegen Noah bekümmert zu sein fiel mir schwer.

»*Ke mne,* Penny! Komm!« Sie hechtete in den Wagen, und ich überlegte mir, wie schnell sie wohl mit vier Beinen gewesen sein musste.

Als ich wendete, entdeckte ich ein Bauschild der Firma Sargent Construction, das auf dem Boden lag. Hm.

Ich fuhr über die holprige Straße zurück. Emerald Shores bot mehr Fragen als Antworten, insbesondere die, warum Laura Gary Pinkham überredet hatte, eine Wohnung zu kaufen, deren Bau in der Schwebe war.

Ich wollte gerade wieder auf die Hauptstraße einbiegen, als ich einen beigen Sedan entdeckte, der im Leerlauf auf der anderen Straßenseite an der Abzweigung zu einem Feldweg stand. Ich setzte zurück in den Schatten. Der Wagen sah eindeutig nach dem von Lewis Draper aus.

»Allmählich nervt das, Pen.« Ich fühlte mich nicht wirklich bedroht. Er rückte mir eher ein bisschen zu sehr auf die Pelle. Ich wartete ein paar Minuten, damit er abfahren konnte, was er aber nicht tat. »Ach, was soll's.«

Mit dem Wunsch, ihn direkt anzusprechen, fuhr ich los und steuerte über die Straße. Der Sedan gab Gas, sodass Dreck, Splitt und Staub aufspritzten, und fuhr Richtung Norden. Auch ich trat das Gaspedal durch und blieb ihm dicht auf den Fersen.

Ich brauchte mehr als eine Minute, um zu erkennen, wie dumm ich mich benahm. Ich wendete auf der Stelle und fuhr zu Drew Jones.

Einige Minuten später kam ich auf einem gepflegten Feldweg um eine Biegung, fuhr über einen kleinen Bach und an einem großen Stein vorbei, auf den ein Smiley gemalt war, und bog in die Einfahrt zu Drews Camp ein.

Was für ein Gegensatz zu Emerald Shores. Es war ein hübscher Fleck, tiefer gelegen als Emerald Shores, aber immer noch deutlich über dem See. Links von der Einfahrt stieg ein Feld voller Wildblumen langsam bis zum Kamm eines Hügels an. Hinter der Einfahrt lag das rot gestrichene Haus, und daneben ging ein Pfad ab, der hinunter zum See und dem Anlegeplatz des Camps führte.

Das Haus sah ziemlich neu aus, doch es gab bereits einen Rasen, und man hatte Fliederbüsche gepflanzt.

Dieses Mal nahm ich Penny mit. Ich hatte keine Ahnung, was ich dort antreffen würde, und mir war nicht nach unangenehmen Überraschungen. Ich lief die Stufen hinunter. Eine Schaukel für zwei Personen hing unter dem Vordach, und ich war versucht, mich daraufzusetzen. Zwei Tontöpfe mit farbenfrohem Springkraut rahmten die Tür ein, und jemand hatte das Licht unter dem Vordach angelassen.

Die Fliegentür war zu, doch die Haustür stand weit offen. Ich legte die Hände um den Mund. »Hallo?«

Als Antwort kam ein lautes Bellen. Peanut. Penny erwiderte das Bellen. Doch niemand kam an die Tür.

Ich warf einen Blick durchs Fenster und sah die u-förmige Küche, aber wenig dahinter. Ich zog die Fliegentür auf und steckte den Kopf hinein. »Hallo?«

Eine riesige Zunge attackierte mich. »Peanut!«

Peanut legte die Vorderpfoten auf meine Schultern, womit sie mich fast umgeworfen hätte. Der Verband an ihrem Hinterlauf störte sie kein bisschen. Penny, die Peanuts Gutmütigkeit bereits ahnte, gestattete den Angriff der Zunge des größeren Hundes äußerst geduldig und ohne allzu eifersüchtig zu werden.

»Ist ja gut, mein Mädchen.« Ich schob ihre Pfoten hinunter. »Ein guter Wachhund. Und wo ist dein Herrchen?«

Beide Hunde folgten mir zur Küchenzeile, wo ich einen Zettel für Drew schrieb.

Ein Seufzen unterbrach die Stille.

Peanut verschwand um die Ecke. Ich folgte ihr in ein hohes Wohnzimmer mit Galerie, ganz ähnlich wie in meiner Behausung, nur größer.

Drew schlief auf der Couch. Er lag bis zur Nase unter den Decken.

Ich sah zu ihm hinunter. Schatten lagen auf seinem ausgezehrten Gesicht, und die Augen waren in ihre Höhlen gesunken. Er war kahlköpfig, genau wie Gary Pinkham, aber blasser.

Es kam mir vor, als sähe ich den Geist von jemandem, den ich einst gekannt hatte.

Peanut leckte ihm das Gesicht, und langsam schlug er die Augen auf.

»Willkommen in meinem Lustschloss, Miss Whyte.« Seine Stimme war rau vor Erschöpfung. »Setzen Sie sich.«

Er warf die Decken von sich und wankte zur Küche. »Der Bourbon kommt gleich«, sagte er. Er bewegte sich sehr zögerlich, dann wurden seine Bewegungen hektisch, als er in den Wandschränken herumwühlte, bis er die Flasche gefunden hatte und uns Drinks einschenken konnte.

»Das ist ein hübscher Fleck«, sagte ich und nahm mein Glas entgegen.

»Stimmt.«

»Gehört das alles Ihnen?«, fragte ich und musste an Patsy denken.

»Alles bis vor zur Penasquam Road. Aber Sie sind doch nicht hier, um über die Schönheit der Natur zu reden. Sie sind doch wegen Gary hier, stimmt's?«

»Und wegen Laura. Und wegen der Regennacht mit Peanut.« Ich kraulte sie am Kopf. »Sie sieht gut aus.«

Er lächelte, aber aus seinen Augen sprach großer Kummer, genau wie bei seinem Vater. »Ihr geht's besser.« Er nickte. »Viel besser. Tut mir leid wegen der Nacht neulich. Ich … ich erinnere mich nicht an besonders viel, um ehrlich zu sein.«

»Macht doch nichts. Ich freue mich, dass die Wunde so gut heilt.« Ich nahm einen Schluck Bourbon. »Was an mir war eigentlich so Angst einflößend im Restaurant?«

»Im Restaurant?«

»An dem Tag, als Sie die technische Zeichnung angefertigt haben. Im Town Farm Restaurant. Bei Carmen.«

Er seufzte. »Daran erinnere ich mich auch nicht.«

»Kein Grund zur Aufregung. Es war auch nichts Besonderes.«

Er hielt sein Glas hoch. »Ich hol mir noch einen. Was ist mit Ihnen?«

»Nein, danke.«

Er kam mit der Flasche zurück und stellte sie neben einem gerahmten Foto von sich und Annie ab, auf dem sie beide jünger und sehr attraktiv aussahen.

»So ist es doch einfacher«, sagte er und schenkte sich nach. »Sie haben mich also nicht erkannt, ja? In letzter Zeit lasse ich mich etwas gehen. Letzte Woche ist Annie hier hereingeplatzt, hat mir den Bart gestutzt, mich gezwungen, eine Dusche zu nehmen, und überall aufgeräumt.«

Ich konnte mir nur schwer vorstellen, dass Annie irgendwo hereinplatzte. »Ich kenne Sie, Drew. Und nicht erst, seit ich Sie neulich nachts im Auto mitgenommen habe.«

Seine Augen weiteten sich vor Angst. »Aber woher? Ich erinnere mich nicht. Ich, nein. Ich ... ich ...«

Ich ergriff seine Hand, sie war dünn, vertrocknet, skelettartig. »Nein. Nein. Daran können Sie sich nicht erinnern. Das ist Jahre her.« Als die Angst nachließ, entspannte sich sein Gesicht. Ich erzählte ihm, dass ich Emma Blake war und was an jenem denkwürdigen Halloween-Tag passiert war.

Ein Lächeln, ein Aufblitzen seines früheren Ichs, strahlende Augen. »Ja. *Genau.* Die kleine Ballerina. Ja ... Daran habe ich seit Jahren nicht mehr gedacht. Das waren gute Zeiten.«

»Ich denke mal, für Sie war das nichts Besonderes.«

Er lachte. »Ich fürchte, dass ich mich hauptsächlich daran erinnern kann, Chris Delahanty eins auszuwischen, dem Jungen, der die Süßigkeiten gestohlen hatte. Aber erzählen Sie doch mal, was Sie in all den Jahren gemacht haben?«

Ich erzählte ihm in groben Zügen von meinem Leben.

Ein ironisches Lächeln spielte um seine Lippen. »Es ist immer kompliziert, nach Haus zurückzukommen, stimmt's?«

»Oh Mann, das können Sie laut sagen. Vermissen Sie Washington? Die Aufregung? Die Spannung?«

»Manchmal. Ja, doch. Aber ich habe immer an Winsworth gehangen. Hank sagte mir, Sie wären ein ganz schöner Spürhund.«

»Also wussten Sie schon von mir«, sagte ich.

»Nein. Nur über die Sache mit den Nachforschungen.«

»Hank ist derjenige, der mich in die Sache mit Lauras Tod hineingezogen hat. Als ich mich dann um Annie gekümmert habe, na ja, das war schon schwer. Ihr Vater ist sehr ablehnend, und sie ist nicht sehr entscheidungsfreudig.«

Er stützte den Kopf kurz in die Hände und sah dann wieder auf. »Wie heißen Sie gleich noch mal, Emma? Jetzt, meine ich?«

»Tally. Tally Whyte.«

»Ah, ja. E…Es ist traurig, aber ich habe Aussetzer.«

»Das tut mir leid.« Seine Augen blickten düster, hauptsächlich aus Angst, und seine Verwirrung war echt, glaubte ich. Aber ich konnte mich trotzdem nur über mich wundern und mich fragen, ob mein Gespür mich im Stich ließ, weil ich für diesen Mann eine große Zuneigung empfand. »Ähm, würde es Ihnen etwas ausmachen, wenn wir noch einmal über die Nacht von Lauras Tod sprechen?«

»W…W…Würde das ei… ein' Un'nerschied machen?« Er lächelte. »Also, legen Sie los. Ich gebe mein Bestes.«

»Können Sie sich noch daran erinnern, wie Sie mir von dem Messer erzählt haben, das in Lauras Bauch steckte?«

»Habe ich das wirklich so gesagt?« Er fuhr sich mit der knochigen Hand übers Gesicht. »Himmel. Ja, ich erinnere mich, und es war … grauenhaft. Ich habe nach Peanut gesucht. Manchmal streunt sie umher.«

»War Gary Pinkham bei Ihnen?«

Seine Hände zitterten. »Nein. Zuers' nich'. Ich … Ich hab Laura gefunden. Erst dann habe ich ihn oben am Rand des Steinbruchs gesehen.«

Er log. Warum? »Also haben Sie nicht gesehen, ob Gary sie umgebracht hat?«

Jetzt geriet sein ganzer Körper in Zuckungen, wie in jener Nacht auf der Straße. Das war nicht gespielt. »Kann ich Ihnen etwas holen, Drew?«

Er umklammerte seine Knie, wiegte sich. Dann hielt er einen Finger hoch und bedeutete mir: *Wasser.*

Ich rannte nach einem Glas Wasser, und als ich zurückkam, saß er ruhig da, mit pendelndem Kopf und geschlossenen Augen, als sei er ohnmächtig geworden.

Ich hielt ihm das Glas an die Lippen. Er trank langsam, schluckte schwer und seufzte.

Langsam schlug er die Augen auf, nahm mir das Glas aus der Hand und leerte es.

»Besser?«, fragte ich.

»Aber ja. Mir geht es nicht gut und … Ja. Jetzt geht's besser. Was haben Sie eben gefragt?«

»Ob Sie gesehen haben, wie Gary Laura umgebracht hat?«

Er kniff die Augen zusammen und richtete sich gerade auf. Er strahlte jetzt eine Macht aus, die den ganzen Raum einnahm. Er übernahm das Kommando, und zum ersten Mal konnte ich mir vorstellen, wie er vor dem Kongress aufgetreten war, eine Rechnung geprüft oder um eine Gesetzesänderung gerungen hatte.

»Sie wollen die ganze Wahrheit und nichts anderes, richtig?«, sagte er.

»Sie *nicht?*«

»Vergessen Sie nicht, ich habe im Kongress gesessen.« Drews Lächeln erlosch. »Ob ich gesehen habe, wie Gary Laura umgebracht hat? Ja, kann sein.«

23

Ein schönes Bad

Ich nahm einen Schluck Bourbon. »Können Sie mir erklären, was das heißen soll, dieses ›kann sein‹?«

Drew verschränkte die Hände. »Ganz ehrlich? Er hat neben dem Stein gestanden, nicht oben am Rand des Steinbruchs. Er weinte. Als ich zu ihm hinüberkam, flehte er mich an, ihm zu glauben, dass er sie nicht getötet habe.«

»Und haben Sie das? Ihm geglaubt, meine ich?«

»Habe ich, ja. Gary war ein einfacher Junge. Ich sagte, er könne über Nacht bleiben. Auf dem Rückweg hierher haben wir Peanut in der Falle gefunden. Hier hat es nie solche Fangeisen gegeben. *Nie.* Einige Tage später haben Hank und ich fünf weitere ausgebuddelt, die auf meinem Grundstück verteilt waren.«

»Himmel. Und Gary?«

»Ach ja ... ja. In jener Nacht hat er mir geholfen, Peanut zu befreien, und mir dann versprochen, hier zu sein, wenn ich vom Tierarzt zurückkäme. Aber er war fort, als ich kam.«

»Warum haben Sie Hank das nicht gesagt?«, fragte ich.

»Ich ... äh ... hm. Ich glaube, ich hab's vergessen. Alles. Dass ich Lauras Leiche gesehen hatte. Das mit Gary. Alles. Erst nachdem man den Leichnam gefunden hatte, ist es mir wieder eingefallen.«

»Und das Messer?«

»Ich bin ziemlich sicher, dass Gary es dagelassen hat, aber ich weiß nicht genau. Das alles verschwimmt immer wieder. Sagen Sie nichts zu Hank, okay? Wegen Gary, meine ich.«

»Aber Drew. Wie könnte ich nicht?«

»Ich weiß. Ich habe gehofft ... Herrje, manchmal ist er halt ein bisschen humorlos. Und das hier wird ihm nicht gefallen.«

»Glauben Sie Gary immer noch?«

Er zögerte, dann: »Ja. Ja, das tue ich.«

Die Wolken rissen auf, und das Licht der Nachmittagssonne strömte herein. Drew stand auf, um die Vorhänge zuzuziehen.

»Wenn Gary Laura nicht getötet hat«, sagte ich, »dann war es jemand anderes. Und dieser Jemand hätte dann auch Gary getötet und es wie einen Selbstmord aussehen lassen.«

Peanut legte ihren Riesenkopf auf seinem Knie ab. Er streichelte ihr drahtiges Fell. »Ich habe auch darüber nachgedacht. Aber ich habe nichts gesagt, weil das, was einem in den Kopf kommt ... Verstehen Sie, das würde Annie wehtun. Und sie hat doch schon genug gelitten.«

Ich nippte an meinem Bourbon und sah über den Rand hinweg zu Drew. Er sah eher verärgert als besorgt aus. »Kann es sein, dass Sie auf Noah anspielen? Er sagte mir, dass er die Person, die Laura getötet hat, gern umbringen würde.«

»Noah hat eine große Klappe. Hatte er schon immer. Aber er würde sich nie die Hände schmutzig machen. Nicht wirklich. Das ist nicht sein Stil. Apropos Stil – das bringt mich auf Steve Sargent.«

Wenn das mal keine Gleichmacherei war. »Warum?«

»Das liebe Geld. Laura hat ihm ordentlich was abgeluchst.«

»Steve hat das Gleiche von Ihnen behauptet.« Ich versuchte, es wie einen Scherz klingen zu lassen. »Das klingt nach keiner großen Freundschaft.«

Er lachte. »Kann sein. Ja, doch. Aber ich hätte doch Laura nicht umbringen können. Steve hat Ihnen wahrscheinlich erzählt, dass ich sauer auf sie war, stimmt's?«

»Stimmt.«

Er schüttelte den Kopf. »Typisch. Ja, doch, sie hat mir ganz schön zugesetzt. Aber unter uns haben wir darüber gelacht.«

Er beugte sich vor. »Dieser Sargent hat doch überhaupt keine Ahnung, was mich betrifft. Ich hätte nämlich eine Pistole benutzt bei Laura, verstehen Sie. Und bei Gary auch, mit dem Unterschied, dass ich sie ihm in den Mund gehalten hätte. Damit es aussieht wie ein *richtiger* Selbstmord.«

»Was meinen Sie damit, ein richtiger Selbstmord?«

Er schlug sich mit den Händen auf die Knie. »Himmel, allein die Vorstellung eines Asthmaanfalls war die Hölle für Gary Pinkham. Das hat ihm Albträume verursacht. Glauben Sie wirklich, dass er sich dann durch einen Anfall umbringen würde?«

»Nein, ehrlich gesagt nicht.«

»Gary war schnell, wie ich. Ich war oft mit ihm zusammen auf der Jagd. Keiner von uns konnte es ertragen, ein Tier leiden zu sehen. Nicht mal eine Minute lang. Keiner von uns hätte Laura auf diese Weise umgebracht. Nie im Leben.«

»Eine interessante Perspektive«, sagte ich.

»Aber warum Gary töten? Das verstehe ich nicht. Der hatte doch überhaupt keinen Durchblick.«

»Vielleicht aufgrund dessen, was er danach erfahren hat: nämlich den Namen des Mörders.«

»Aber …« Er kniff die Augen zu. »Allein schon bei dem Gedanken daran wird mir schlecht. Davon kriege ich Kopfschmerzen. Wo ist Peanut?«

»Sie ist hier, Drew.«

Er riss die Augen auf. Aus seinem Blick sprach Panik. Er presste seine Wange an Peanuts haarige Schnauze und wiegte sich hin und her.

Ich strich ihm sacht über seinen kahlen Schädel, um ihn zu beruhigen, so gut ich konnte. Was war nur mit seinem dicken, blonden Haar passiert? Welch schreckliches Unglück zerstörte den Mann, der er einst war? »Drew?«

Drew wiegte sich immer weiter hin und her. Etwas an seinem Verhalten, die blitzartigen Stimmungswechsel, dieses Zittern … Das hatte ich schon einmal erlebt. Aber wo?

Die Fliegentür ging quietschend auf, und Hank platzte herein.

»Scheiße, was hast du mit Drew gemacht?«

Er stürmte mit gebleckten Zähnen und blitzenden Augen durch das Zimmer.

»Hank, ich ...«

Er drängte sich an mir vorbei, beugte sich über Drew und schüttelte seinen Kopf.

»Hank«, sagte ich. »Drew war ...«

»Nicht.« Er streckte ihn vorsichtig auf der Couch aus und deckte ihn dann zu.

Ich saß da und hatte die Fingernägel in die Stuhllehnen gekrallt. Hank beobachtete Drew. Sein Schweigen war schwerer zu ertragen als sein Zorn.

Drew stieß ein leises Schnarchen aus. Dann noch eines.

Ich atmete hörbar aus. »Jetzt, wo Drew schläft, können wir bitte ...«

Ohne ein Wort stürmte Hank aus dem Haus.

Alles klar. Ich stand auf und beugte mich über Drew. Sein Schlaf schien ganz natürlich zu sein. Ich strich ihm über die Wange und ging Hank nach.

Ich lief auf dem Grundstück umher, sah ihn aber nicht. Er saß auch nicht im Wagen, doch als ich wieder zum Haus zurückwollte, sah ich eine Bewegung unten am See.

Penny folgte mir über den Serpentinenweg hinunter zu einer kleinen Lichtung zwischen den dicht stehenden Bäumen. Am Ende des hölzernen Steges stand Hank mit hinter dem Kopf verschränkten Händen.

Als ich näher kam, entdeckte ich zwei Seetaucher, die im Kielwasser eines dümpelnden Segelbootes schwammen. Wunderschön. Ich hielt das Gesicht in die Sonne und ließ mir die spätnachmittägliche Brise durchs Haar wehen. Ich würde diesen Unsinn nicht lange mitmachen. »Hank.«

Er sah mich an, und seine Kiefer mahlten. »Ich war schon wütender. Weiß aber nicht mehr, wann.«

»Ich habe eine Menge von Drew erfahren.«

»Ich habe dich gewarnt, dass du vorsichtig sein sollst«, sagte er mit zusammengebissenen Zähnen.

»Warum reden wir nicht lieber über Gary, Laura oder Steve? Drew meinte, Laura hätte Steve um eine Menge Geld gebracht.«

»Drews Sicht der Dinge.«

»Dann gab es zwischen Laura und Steve also tatsächlich ein Geldproblem.«

»Und? Steve hat genug Kohle. Deshalb bringt er doch niemanden um.«

»Aber Drew war mit ...«

»Bist du etwa deshalb hergekommen? Um ihn zu provozieren?«

»Ich habe Drew nichts getan.«

»Ach nein? Du hättest ihn verletzen können. Und zwar schlimm. Du hörst einfach nicht zu, verdammt.«

»Ich war sehr vorsichtig. Leider hatte er immer wieder Aussetzer. Was ist mit Drew Jones los, Hank?«

»Ich hab dir doch gesagt, es steht mir nicht zu, darüber zu reden.«

»Machst du Witze? Zwei Menschen sind tot. Ermordet. Und du ...«

»Erklär du mir nicht meinen Job!«

»Tue ich doch gar nicht! Aber es gehört auch nicht gerade viel dazu, um zu wissen, dass die Morde Drews Abhängigkeit von wer weiß was in den Hintergrund drängen.«

Er legte mir die Hände auf die Schultern. Ganz ruhig. Zu ruhig. »Jetzt hör mir mal zu.«

»Nimm die Hände da weg.«

»Hör zu«, sagte er, und seine Stimme war leise und rau. »Drew ist weder alkohol- noch drogenabhängig oder sonst was.«

»Ich bin seit Jahren in der Beratung tätig. Ist dir schon mal die Idee gekommen, dass ich ihm vielleicht helfen kann? Aber ich muss es zuerst einmal verstehen, Hank. Was ist Drews Problem? Was?«

Plötzlich stieß Hank mich auf den Steg und landete auf mir. Ich bekam keine Luft und hatte den Eindruck zu ersticken.

Penny knurrte. Ein Knall, dann flogen Splitter und piksten mich in die Wange.

Ach du lieber Himmel. Auf uns wurde geschossen.

Noch ein Knall. Mehr Splitter. Hank packte mich an den Schultern, und wir kugelten zur Seite, und dann verschwand der Steg unter mir. Ich brüllte »*Skoc!*« und hörte Pennys Platschen, bevor mir das kalte Wasser den Atem nahm. Ich ging unter.

Ich strampelte mit den Beinen und schwamm zwischen die Stegpfosten, tastete mich vor, und als meine Lungen nach Luft verlangten, tauchte ich vorsichtig mit dem Kopf auf. Ich sah Penny, die Richtung Ufer paddelte, eine Baumgruppe, ein Stück Himmel und meilenweit bleigraues Wasser.

Wo war Hank?

Ich klammerte mich an die Planke über meinem Kopf, während ich den Fels nach einer Ausstiegsmöglichkeit absuchte. Wasser spritzte mir in den Nacken.

Hank tauchte auf und spuckte Wasser. »Alles okay?«

»Oh, einfach großartig. Ehrlich gesagt ist mir kalt.«

»Es ist Juni, und wir sind in Maine. Was hattest du erwartet?«

Er wischte sich das Gesicht ab. »Bleib hier. Ich seh mal nach, ob ich den Schützen erwischen kann.«

»Nimm Penny mit. Sie kann ihn aufspüren.«

Hank nickte und tauchte dann wieder ab.

Ich paddelte zwischen den Stegpfosten herum, blieb nie lang an derselben Stelle und streckte ab und zu den Kopf raus, in dem Versuch, etwas oder jemanden zu sehen. Ich rechnete jede Minute damit, einen weiteren Knall zu hören. Oder zu spüren.

Ein Glitzern. Oben auf dem Abhang, neben der Hütte. Aber vielleicht hatte ich es mir auch nur eingebildet.

Geräusche von hinten. Ich kreischte, tauchte unter, angelte nach einem anderen Pfosten und kam wieder hoch.

Nur ein Vogel. Ein Seetaucher.

Himmel.

Wo zum Teufel steckten Hank und Penny?

Eine Explosion, gleich hinter dem Steg. Ich rutschte ab, tauchte unter, tastete nach einem Balken und spürte ... einen Leichnam! Ich schlug um mich, aber er packte erst mein Bein und dann meine Kleider. Ich strampelte wie wild, als er mich nach oben zog.

»Ruhe«, zischte Hank.

»Du hättest mich warnen müssen!«

»Wie denn? Mit Tauchzeichen? Wer auch immer da herumgeballert hat, ist weg.«

»Wieso bist du dir so sicher?«

»Später.«

»Willkommen in der Welt der Geheimcodes.« Ich schwamm an Land, und eine kalte Böe veranlasste mich, wie der Teufel die Stufen zum Camp hinaufzusprinten.

»Ich brauche ein Badezimmer«, sagte ich zu Hank, als sich auf dem Boden unter mir Pfützen bildeten.

»Geht's dir auch wirklich gut?«

»Bombastisch.« Genau wie Penny, die gerade von Peanut abgeleckt wurde.

Hank deutete auf eine Tür. »Handtücher sind unter dem Waschbecken.«

Ich schloss die Tür, lehnte mich dagegen und glitt nach unten, sodass mein Hintern auf den kalten Fliesen landete.

Eine Kugel. Explodierendes Fleisch. Blut spritzt. Die schreckliche Stille des Todes.

Laura mit aufgeschlitztem Bauch. Gary erstickt. Der Kopf eines Mannes explodiert.

Ich kniff die Augen fest zu, atmete tief ein und langsam wieder aus. Wieder und wieder.

Der Mann war ein alter Fall; Laura und Gary waren neu. Angst schmeckt wie Scheiße. Lassen Sie sich nie etwas anderes weismachen.

»Alles klar da drin?«

»Nein«, hauchte ich.

»Was?«

»Ich sagte, ich bin gleich da.«

Ich zog ein Handtuch unter dem Waschbecken hervor, trocknete mein Gesicht ab und schlang es um mein Haar. Ich zog mich aus und benutzte ein anderes Handtuch, um mich trocken zu reiben. Dann wrang ich so viel Wasser wie möglich aus meiner Kleidung. Ich zog die feuchten Sachen wieder an und öffnete die Tür.

Hank stand neben der Couch und beugte sich über Drew.

Ich durchquerte das Zimmer. »Wie geht's ihm?«

»Was glaubst du denn?«, sagte er und ging weg.

Drews Flanellhemd war schweißnass. Genau wie Gesicht und Hände. Ich zog das Handtuch von meinem Kopf und trocknete ihn ab.

»Lass mich mal.« Hank knöpfte Drews Hemd auf, zog es ihm aus und tauschte es gegen ein neues.

Von draußen war ein Knirschen zu hören. Ein Wagen war vorgefahren.

»Das ist Mabel«, sagte Hank. »Sie kümmert sich manchmal um Drew. Dann gehst du jetzt besser.«

Ich wurde weggeschickt. Durchaus sinnvoll. Hank wusste, dass ich Drews Arme gesehen hatte, und ihm war nicht danach, mit mir darüber zu reden.

»Ich ruf dich an«, sagte ich.

»Gut.«

Ich sah Drew ein letztes Mal an, kraulte Peanut hinter den Ohren und ging.

Auf dem Weg kam mir eine ältere Frau mit einer Tüte voller Vorräte entgegen. Wir tauschten ein Lächeln.

Meines war unecht.

Ich fand kaum die Kraft, den Wagen anzulassen, ihn zu wenden und nach Hause zu fahren. »Bin ich froh, dass du da warst, mein Mädchen.« Ich kraulte Penny an der Schnauze.

Drew. Der goldene Junge. Ich hatte die hässlichen roten Einstichstellen gesehen, überall auf der weichen Haut an der Innenseite der Ellbogen. Und die Kratzspuren an seinen Armen, wie die bei Heroinsüchtigen und Aids-Patienten mit Kaposisarkom.

Welches von beiden war es wohl?

24

Nach und nach

Schweren Herzens wählte ich Carmens Nummer. Und erreichte sie beim ersten Versuch. Ich Glückliche.
»Hier ist Tally, Carmen. Könnte ich vorbeikommen?«
»Wo sind Sie? Sie klingen schrecklich.«
»Mir geht's auch schrecklich. Ich bin auf der Bangor Road und fahre Richtung Stadt.«
»Ich komme raus zu Ihnen. Schon unterwegs.«

Ich fuhr in einer Staubwolke vor meinem Häuschen vor, wie im Film. Ich wollte nichts außer schlafen. Warum nur hatte ich Carmen angerufen?
Auf dem Weg nach drinnen hob ich ein FedEx-Päckchen mit Gerts Berichten der letzten Woche auf, dann schälte ich mich noch im Vorraum aus meinen Kleidern. Schlotternd sprang ich kurz unter die Außendusche und schlüpfte dann in trockene Yoga-Kleidung. Trotzdem fror ich noch immer. Ich setzte Kaffee auf.
Soweit ich wusste, trank Carmen nur Tee.
Aber was wusste ich denn wirklich über die erwachsene Carmen Cavasos? Nicht viel. Das war mir zuwider. Das Verlangen, ihr zu sagen, wer ich wirklich war, fraß mich innerlich auf.
Ein Wagen rumpelte in die Einfahrt.
Zahltag. Carmen würde ganz schön sauer sein. Nun denn.

»Hi.« Ich machte die Tür weit auf und versuchte zu lächeln.

Carmen fegte an mir vorbei, ohne mich anzusehen, und in mir kochte die Angst hoch.

»Gibt's hier einen Kaffee?«, fragte sie.

»Schon unterwegs.« Ich bedeutete ihr, auf dem Sofa Platz zu nehmen, und holte uns Tassen.

Sie drehte sich einmal um sich selbst. »Ich war schon seit Jahren nicht mehr hier draußen. Sieht doch anders aus als zu der Zeit, als die Bradys noch hier wohnten.«

»Ach, wirklich?«

Carmen musterte mich über den Rand ihrer Nickelbrille hinweg. »Sagen Sie's mir doch, Miss Tally Whyte.«

Sie wusste Bescheid ... sie musste einfach ... oder?

Ich setzte mich neben sie aufs Sofa. »Ich bin Emma, Carmen. Emma Blake.«

Sie riss die Arme auseinander wie ein Gospel-Prediger. »Na endlich! Halleluja! Ich glaub's nicht. Sie hat's gesagt. Endlich.«

»Du wusstest Bescheid.«

Sie schürzte die Lippen. »Natürlich wusste ich Bescheid. Verdammt, Emma. Tally. Wie auch immer. Wir haben zusammen BHs ausgesucht. Wie könnte ich dich da nicht erkennen?«

»Aber ich sehe gar nicht mehr wie Emma aus. Gerade Zähne, blonde Haare, groß und dünn und ...«

»Du warst immer dünn.«

»Aber jetzt hab ich Busen.«

»Weiß ich, ob der echt ist.«

»Wie nett, Carmen. Wirklich nett.«

»Das hast du verdient.«

Sie stach mit einem Finger nach mir. »Du hast mich ganz schön verletzt, du. Meine beste Freundin. Erzähl mir nicht mal, dass sie wieder in der Stadt ist. Stattdessen beschließt sie, ein Mantel-und-Degen-Drama zu spielen, mit *mir*. Wie konntest du ...«

»Aber Carmen, ich ... Deine Mutter, der Laden, dass sie

dann in der Mühle arbeiten musste. Du musst mich doch hassen.«

Sie verdrehte die Augen. »*Tú idiota!*«

»Ich bin kein Idiot. Ich kenne dich, Carmen Cavasos. Du trägst einem Sachen nach. Jahrelang. *Jahrzehnte.*«

Sie zuckte die Achseln. »Also gut. Gut. Dass ich stinksauer auf dich war, hat vielleicht *ein* Jahrzehnt gedauert. Aber ich bin drüber weggekommen.«

»Das nehm ich dir nicht ab.«

»Also gut. Eineinhalb Jahrzehnte. Mom ist schließlich doch noch zu mir durchgedrungen, kurz bevor sie starb.«

»Oh, Himmel. Das tut mir leid.«

»Sie hat dich sehr gerngehabt, weißt du.«

»Ich hatte sie auch sehr gern.« Ich kämpfte mit den Tränen. »Aber worüber bist du dann so wütend?«

»Wütend?« Carmens üppiger Busen wogte. »Ich bin nicht wütend, ich bin völlig außer mir, so sauer bin ich. Da kommst du zurück in die Stadt – nicht, dass ich davon wüsste, denn du meldest dich ja bei niemandem. Und dann tauchst du einfach in meinem Restaurant auf und tust so, als wärst du nicht *du*. Und jedes Mal, wenn ich dich danach treffe, ziehst du das gleiche Spielchen ab, und mit jedem Mal bin ich wieder außer mir. Die ganze Zeit warte ich darauf, dass unsere Madam Mystery endlich ihre Karten aufdeckt. Anscheinend glaubst du ja, ich hätte eine Gehirnamputation gehabt, sodass ich dich nicht erkenne. Du solltest erschossen werden!«

»Das wäre ich auch fast.«

Carmens Tasse schwebte auf halber Höhe. »Was?«

Ich erzählte ihr von meinem Bad im Emerald Lake.

»Du hast dich nicht verändert. Du kriegst überall Ärger, wo du auftauchst.«

»Das stimmt nicht.«

»Ha!«

»Fang nicht wieder an!«

»Warum nicht?«

Ich setzte ein ernstes Gesicht auf. »Weil ich eine bedeutende Psychologin bin. Bescheiden. Demütig. Tatsache ist, ich bin der demütigste Mensch, den du dir vorstellen kannst.«

Sie lachte schallend. »Oh Mann! Du hast mich schon immer zum Lachen gebracht. Aber, du ... Verdammt! Ich lass mich von dir nicht einwickeln. Nie und nimmer. Kein Wort. Kein einziges Wort hab ich in all den Jahren von dir gehört. Warum?«

Ich wurde wieder ernst. »Es ist so manches geschehen. Schlimmes. Mit Dad, mit mir, und ich ...« Ich beherrschte mich ... beherrschte mich ... Und dann brach der Damm, die Tränen flossen, und ich rief: »Bitte verzeih mir, Carmen Cavasos.«

Sie verzog ihr Gesicht zu einer finsteren Grimasse. »Ach, zum Teufel.«

Und dann breitete sie ihre Arme aus und umarmte mich so fest, dass ich fast erstickt wäre. Wie früher auch. Nur noch besser als in meiner Erinnerung.

Carmen erhob ihre Kaffeetasse, die inzwischen mit Bourbon gefüllt war. Bis oben. Wie meine auch. Kann sein, dass es unser zweiter war. Oder dritter. Oder ...

»Hab Bob gesagt, dass ich heut Nacht nicht heimkomme.«

Sie artikulierte jedes Wort, als wäre es eine Perle. Nein, ein Diamant. Vielleicht auch ein Rubin. »Ein Rubin, meinst du?«

»Hä?«

»Nichts«, sagte ich. »Ich hab dich vermisst, Carm. Die ganze Zeit über.«

»Ich dich auch. Aber mehr. Hab nie wieder jemanden mit deinem schrägen Sinn für Humor getroffen.«

»Sehr gut. He, ich hab ein Foto, das ich dir zeigen will.« Ich stand auf, und alles drehte sich. Ich stützte mich ab und erlangte meine Würde wieder. »Ich glaube, wir lassen das mit dem Bourbon jetzt besser sein.«

Ich öffnete die Tür zu dem Zimmer, das ich als Büro nutzte. »Heilige Scheiße.«

»Ganz meine Meinung«, sagte Carmen.

Das Zimmer war verwüstet. Alles zerstört. Überall lagen Sachen. Vorsichtig schloss ich die Tür wieder. Ein allzu vertrauter Schauder lief mir über den Rücken, und dann kam die Wut, die alles andere auslöschte.

Hank blieb, während die Forensiker am Werk waren. Ein solcher Einbruch war in Winsworth keine Kleinigkeit.

Der Widerling, der bei mir eingedrungen war, hatte Scheiben und Lampen zerschlagen, meinen Terminkalender zerrissen und mit einem schweren Gegenstand um sich geworfen, der an den Wänden Spuren hinterlassen hatte. Ich war sicher, der Besitzer des Häuschens würde *entzückt* sein.

Auf dem Teppich waren Exkremente verschmiert, was mir die Wut hinter dieser Tat vor Augen führte. Mein Gespür sagte mir, dass Chaos Ausdruck fehlgeleiteter Emotionen war. Und dass hinter dieser Tat kalte Berechnung lag, und kein Wutausbruch. Nicht, dass ich Wut als Motiv komplett ausschloss. Nein – stattdessen kam es mir eher vor wie die Variation eines Themas, wie die Sache mit dem Plastikfinger.

Überall lagen MGAP-Akten, und als Penny nach ihrem Ausflug hereinstürmte, lief sie mit gebleckten Zähnen unablässig im Zimmer auf und ab und knurrte ausdauernd.

Wenn Penny hier gewesen wäre, hätte sie den Eindringling festgesetzt. Dieser musste also gewusst haben, dass sie nicht da sein würde. Woher?

Schwer zu sagen, ob die Zerstörung in Zusammenhang mit Laura Beals Ermordung stand oder etwas mit der angeblichen Niedertracht meines Vaters zu tun hatte. Jemand, der auf Rache aus war, konnte meine wahre Identität herausgefunden haben.

Als ich Penny so im Kreis laufen sah, kam auch ich mir vor, als drehte ich mich im Kreis.

Hank saß auf einem Stuhl, Carmen am Küchentisch, von wo sie mit ihrem Mann telefonierte, und ich lungerte auf der Couch herum. Ich kraulte Pennys Schnauze, während ich die Geschehnisse des Abends durchging, von denen die Schießerei bei Drews Hütte nicht gerade das unwichtigste war.

»Interessant, diese Vorkommnisse, was, Hank?«
»Du solltest verdammt noch mal vorsichtiger sein.«
»Ist das Tipp Nummer sieben oder was?«
»Manchmal nervst du einfach nur, Tal.«
»Und manchmal versteckt sich hinter solchem Galgenhumor einfach nur Angst, Hank. Glaubst du, das war derselbe Kerl, der auch unten am Steg auf uns geschossen hat?«

Hanks Blick wanderte zu Carmen, die mit dem Rücken zu uns saß. »Ich bin ziemlich sicher, dass das Drew war.«
»Drew? Nein. Ich kann nicht glauben …«
»Doch, du kannst. Du willst nur nicht.« Er rieb sich den Nacken. »Du hast doch gesehen, wie verschwitzt er war, wie verwirrt. Ich nehme an, er hielt uns für Eindringlinge da unten auf seinem Steg.«

Drews Aussetzer wären eine Erklärung. »Hast du konkrete Beweise?«
»Seine Pistole ist abgefeuert worden. Ich habe am Lauf gerochen.«

Ich sah aus dem Fenster in die dunkle, kalte Nacht.

»Drew und Gary waren in der Nacht, als Laura starb, zusammen.«
»Ich weiß«, sagte Hank leise. »Alles, und das ist auch der Hauptgrund dafür, weshalb ich Garys Abschiedsbrief für echt halte. Drew hat es mir erzählt, als wir auf seinem Grundstück die Fallen ausgebuddelt haben.«

»Er sagte, er hätte dir nichts davon erzählt.«

Sein Gesicht verriet wenig. »Das überrascht mich nicht. Er hat mir das mit Gary bereits zweimal erzählt. Dann vergisst er es wieder. Ich bezweifle nicht, dass ich es wieder hören werde.«

»Bleibt die Frage, ob Drew Laura umgebracht hat und sich einfach nicht mehr daran erinnert. Der Mann, den du kanntest, ist über alle Zweifel erhaben, aber jetzt ... Denkbar ist das, Hank, ob du nun willst oder nicht.«

Er ging auf und ab. »Ich will nicht. Er hat absolut kein Motiv. Zugegeben, ich bin sicher, dass er auf uns geschossen hat. Aber er ist ja überhaupt nicht in der Verfassung, um dein Büro so zu verwüsten. Was, wenn das hier gar nichts mit Laura zu tun hat, sondern etwas mit deinem Vater?« Er nahm mich bei den Schultern.

Ich entwand mich seinem Griff. »Einundzwanzig Jahre sind eine lange Zeit, um jemandem etwas nachzutragen. Aber zugegeben, ich habe auch schon daran gedacht.«

Er vergrub die Hände in seinen Gesäßtaschen. »Wir waren alle Freunde von dir, Annie, Carm, ich. Aber viele Leute waren das nicht. Viele sind schlimm getroffen worden. Manche haben bei dem Projekt deines Vaters alles verloren, jeden einzelnen Cent.«

»Aber dieses Trenton-by-the-Sea, Hank. Wir haben es doch gesehen. Es ist klasse. Ein Riesenerfolg.«

»Noah ist eingesprungen, nachdem dein Dad abgetaucht war.«

Oh, Dad, hast du denn wirklich getan, was alle hier von dir behaupten? Ich verließ das Haus und trabte mit Penny neben mir hinunter zum Strand. Die Wellen schlugen an das steinige Ufer. *Du hast sie bestohlen.* Aber das hatte er nicht. Konnte er nicht. Nicht der Vater, den ich gekannt hatte.

Ich sah uns wieder mit unserer kleinen Blue Jay in der Bucht von Trenton segeln, sah Dad lachen und wunderbare Geschichten erzählen. Er hatte alles getan, was eine Mutter hätte tun sollen und getan hätte. Aber da war ja keine Mutter gewesen, also hatte er unser Leben organisiert, bis ...

Aber er hat sich immer durchgemogelt. Hat immer versucht, leichtes Geld zu machen.

Nein. Nicht immer.

Würde ich je die Wahrheit herausfinden?

Menschen, die litten, waren zu fast allem fähig. *Das* wusste ich nur zu gut.

Jemand musste Schreckliches durchmachen, um auf diese Weise in mein angemietetes Häuschen einzudringen. Wer sich so rächte, reagierte auf den *eigenen* Schmerz. Das Herz eines Menschen kann lange auf der dunklen Seite bleiben.

Ich sehnte mich nach Boston. Der Kummerladen war zwar ein einziges Durcheinander, aber es war mein Durcheinander. Dort war alles klar. Ich wusste, wo ich stand. Meine Vergangenheit war dort unwichtig. Dort zählte das Hier und Heute.

Das Beruhigende dieser Wirklichkeit fehlte mir.

Hände auf meinen Schultern.

»Lauf nicht gleich wieder weg«, sagte Hank.

Sein Kuss erfüllte mich mit Wärme. Ich entspannte mich, lehnte mich an ihn und erwiderte den Kuss. Meine Hände umschlangen seine Taille. Die Meeresbrise erfüllte meine Sinne, während er mich mit seinem großen Körper gegen den scharfen Wind schützte.

Er würde mich beschützen, dieser Mann, vor den Unbilden des Lebens.

Ich drückte ihn an mich und schob mich dann weg, aber nur so weit, dass ich ihm ins Gesicht sehen konnte. Im Mondschein konnte ich nur dessen Umrisse erkennen. Seine Güte musste ich aber gar nicht sehen. »Du bist ein wunderbarer Mann. Ein guter Mann. Danke.«

»Ein selbstsüchtiger Mann, was dich anbelangt.«

Es wäre so leicht. »Der Trost muss aus mir selber kommen, Hank. Aber ich danke dir von ganzem Herzen.«

Wir gingen Hand in Hand zur Hütte zurück, und ich ließ ihn erst los, als wir durch die Tür traten.

Ein Officer streckte den Kopf aus der Bürotür. »Wir sind fast fertig hier drin, Hank. Susan macht noch ein paar Bilder.«

»Danke, Charlie. Ich bleib noch 'ne Weile hier. Ruf mich an, wenn Sue bei den Abdrücken einen Treffer hat.«

»Mach ich.«

Später in dieser Nacht schob ich Hank zur Tür hinaus und befahl ihm, nach Hause zu fahren, eine Runde zu schlafen und mich am nächsten Morgen anzurufen. Das war inzwischen so etwas wie unser Standardspruch.

Carmen und ich gingen am Strand spazieren. Wir unterhielten uns die ganze Zeit über unsere Erlebnisse, seit wir getrennt worden waren. Das Leben hatte es mit keiner von uns gut gemeint, und das verstärkte das Band zwischen uns noch. Etwas mit jemandem gemein zu haben ist eine gute Sache.

Gegen zwei Uhr früh konnten wir nicht mehr. Nicht viel später setzte ich mich wieder auf und schlang die Arme um die Knie. Ich hatte von Drew und mir als Kindern geträumt. Noch einmal waren mir meine Süßigkeiten von den Jungs gestohlen worden, noch einmal hatte Drew sie mir zurückgeholt. Und er war schön gewesen, so schön. Aber dann hatte er sich in den heutigen Drew verwandelt – in diesen distanzierten, verwirrten und zittrigen Mann. In Drew, das Skelett.

Was an seinem Zustand kam mir so vertraut vor?

Ich kroch aus dem Bett und schlich in das verwüstete Büro. Ich atmete tief durch. Ich würde mir hiervon keine Angst einjagen lassen. Noch einmal versuchte ich es an meinem Computer. Hinüber. Total hinüber. Ich setzte mich auf das Ausziehsofa und schrieb von Hand alles über die Nacht auf, in der ich einen Fremden aufgelesen hatte, und auch, was ich von Drew Jones in seinem Heim zu sehen bekommen hatte. Ich notierte alles so ausführlich wie möglich und las es dann noch einmal durch.

Ich rief meinen Kumpel Kranak in Boston an.

»Wehe, das ist nicht wichtig«, brummte er. »Und außerdem schiebst du deinen Arsch besser schnell hierher zurück. Wir brauchen dich. Scheiß auf Maine. Scheiß drauf.«

Schwer zu sagen, ob er getrunken oder geschlafen hatte. Ich tippte auf Ersteres. Das hatte er oft getan, seit seine große Liebe ermordet worden war. »Danke, dass du überhaupt drangegangen bist, Rob. Du fehlst mir.«

»Das sagen die Weiber alle. Wart mal kurz. Ich mach mir 'nen Tee, dann bin ich genießbarer.«

»Wir wissen doch beide, dass das nie passieren wird.« Ich kicherte.

Während ich also wartete, versuchte ich, mich an einen gemeinsamen Fall mit ihm zu erinnern. Ich hatte die Trauerberatung gemacht, er die forensische Untersuchung. Ich sah es genau vor mir.

»Also dann, was ist los?«, fragte er.

»Vor etwa fünf Jahren, da hast du eine Frau reingebracht, eine ältere. Ich habe mich nach dem Selbstmord ihres Mannes um sie gekümmert. Sie war so um die achtzig. Es kam dann raus, dass sie ihn umgebracht hat, erinnerst du dich?«

»Nein«, sagte er. »Tu ich nicht.«

»Denk nach. Sie hatte diesen kleinen Yorkshire, den du so süß fandest. Weißt du jetzt …?«

Ich hörte, wie Kranak seinen Tee schlürfte, und ich sah ihn genau vor mir, in der Koje seines schönen Segelbootes, das sein Heim war und im Hafen von Boston ankerte. Seine Augen waren sicher gerötet, seine Haare verwuschelt, seine Tränensäcke hingen ein wenig, und sein Verstand arbeitete auf Hochtouren.

»Jetzt hab ich's«, sagte er. »Ja, das war 'n süßes Hündchen. Der alte Mann hatte 'ne Krankheit. War dem Tod geweiht. Was Übles. Was wirklich Übles. Weshalb sie ihn auch umgebracht hat.«

»Ja. Es war das Endstadium und so was wie Alzheimer. Er hat gezittert und genuschelt und hatte Ausset…«

»Aber nicht Parkinson, oder?«

»Nein.« Ich ging auf und ab. »Nein, das nicht. Es war was anderes. Es war …«

»Chorea Huntington«, sagte er. »Genau, so hieß das.«

»Du bist der Beste, Rob. Und du hast ja so, so recht.«

»Hat das jemand da oben?«

»Kann sein. Ja, ich glaube schon … Ja, hat er.«

25

Manchmal trügt der Schein

Ich ging zum Sofa, auf dem Carmen schlief. Ich überlegte, ob ich sie wach rütteln sollte. Die Huntington-Krankheit. Ich musste die Wahrheit über Drew erfahren, also begann ich, mir die Worte zurechtzulegen.

Als ich so weit war, legte ich eine Hand auf Carmens Schulter. »Carm?«

Sie schoss sofort in die Höhe. »*Mierda!*«

»Entschuldige, Carm. Ich muss mit dir reden.«

»Du hast mir vielleicht einen Schrecken eingejagt!«

»Entschuldigung. Ich muss mir Klarheit über Drew verschaffen. Ich sehe ihn noch genau vor mir, wie er einmal war.«

Sie stützte sich auf einen Ellbogen. »Hank meinte, du hättest ihn getroffen. Und dass er dir jede Menge seltsame Geschichten über Steve aufgetischt hätte.«

»Seltsam? Da bin ich nicht so sicher.«

Carmen schüttelte den Kopf, und das Mondlicht fiel auf ihr Gesicht. »Die beiden geben sich nichts. Ich glaube nichts davon. Weder Lauras Tod noch Garys. Und auch das hier heute Abend. Wie könnte jemand, den ich kenne, so etwas Schreckliches tun? Ich bin mit den beiden aufgewachsen, Tal.«

»So läuft das manchmal.«

»Vermutlich.«

»Erzähl mir, was mit Drew los ist.«

Sie seufzte. »Du hast schon früher nie aufgegeben.«

Ich erwiderte nichts, da mir bewusst war, wie oft meine

Verbissenheit mir schon zum Verhängnis geworden war.
»Drew«, sagte ich. »Ich habe so gute Erinnerungen an ihn.«
»Die haben wir alle«, sagte sie.
»Es sind keine Drogen.«
Carmen schüttelte den Kopf. »Er ist nicht der Suchttyp, Tally. Ich sollte es besser wissen.«
Ihr Gesicht lag im Schatten, aber ich konnte ihr Bedauern spüren. »Du?«
»Ich war mal stark kokainsüchtig«, sagte sie. »Ja. Ich hab schwere Zeiten durchgemacht. Im College fing's an. Lange vor meinem Mann und dem Restaurant. Bob hat mich gerettet. Bob und Drew. Sie haben alles drangesetzt, mich da rauszuholen, und mir später geholfen, das Restaurant aufzubauen.«
»Und du hast es geschafft. Das ist ein toller Laden. Die Leute kommen doch total gern.«
»Danke. Nein, du hast recht. Drew ist kein Suchttyp.«
Mein Herz verkrampfte sich. Ich war mir sicher über die Chorea Huntington. »Die Ursache für seine Ausfälle könnte Aids sein. Oder eine fortgeschrittene Geschlechtskrankheit. Mein Bauch sagt mir, dass seine Symptome eine körperliche Ursache haben.«
Carmen biss sich auf die Lippe. »Das haben andere auch schon vermutet, die Sache mit Aids, meine ich.«
»Die Symptome sind die gleichen, stimmt's? Aids-Kranke im Endstadium können solche Demenzzustände haben. Und dann das Zittern. Der Verlust des Kurzzeitgedächtnisses. Sogar das Nuscheln kann auftauchen.«
»Ja.« Sie wandte sich ab.
»Aber die Einstiche kommen nicht von den Aids-Medikamenten, und die Kratzspuren nicht vom Kaposisarkom. Er kriegt intravenös Antibiotika, und wenn er einen seiner Anfälle hat, kratzt er sich vermutlich manchmal wund. Daher auch die Krusten. Es bricht mir das Herz, es auszusprechen, aber ich glaube, dass Drew die Huntington-Krankheit hat.

Man nennt sie auch Chorea Huntington. Das ist ein Todesurteil ohne Gnadenfrist. Auch Woody Guthrie hatte diese Krankheit. Sie ist genetisch bedingt. Erblich. Habe ich recht?«

Sie nickte. »Wie bist du darauf gekommen?«

»Eine Frau, die ich betreut habe, hat ihren Mann auf seine Bitte hin umgebracht. Ein furchtbar trauriger Fall. Sie war schon sehr betagt, gebrechlich. Sie haben sich sehr geliebt. Also hab ich ein bisschen was darüber gelesen. Ist schon lange her.«

»Daniel hat es ihm vererbt.«

»Sein Vater hat keine Symptome.«

»Daniel braucht nur einen Stock«, sagte sie. »Huntington hat etwas von einem Glücksspiel. Wenn du das Gen erbst – was nicht jedes Kind tut –, bleibt lange Zeit alles ganz normal. Wenn die Diagnose nicht schon bei einem ›senilen‹ Verwandten, Großvater, Mutter, Tante, gestellt wurde, hat man normalerweise lange Zeit keine Ahnung von diesem schrecklichen Gen. Bis vor etwa zwanzig Jahren war man nicht einmal in der Lage, einen Test zu machen. Und wie das bei so vielen Erbkrankheiten der Fall ist, kann ein Kind das schlechte Gen kriegen, während ein anderes es nicht hat.«

Ich streichelte Pennys weiches Fell. »Ich kann mir lebhaft vorstellen, wie Patsy Lee auf die Neuigkeit reagiert hat. Ich verstehe nicht, warum Drew sie überhaupt geheiratet hat. Sie muss doch total entsetzt gewesen sein, als sie es erfahren hat.«

Im Mondschein sah ich eine Träne über Carmens Wange rinnen. »Das ist längst nicht alles. Sie ist *una puta,* eine Schlampe. Man sollte meinen, sie hätte ihn geliebt. Aber als Drew von seiner Krankheit erfuhr, hat sie ihm noch Vorwürfe gemacht, als ob er es in der Hand hätte.«

Eine unerträgliche Traurigkeit erfasste mich. »Ich hole mir ein Wasser. Für dich auch?«

»Nein.«

Als ich zurückkam, stand das Fenster auf, und die salzige, eiskalte Luft drang ins Zimmer. Carmen hatte sich unter der Daunendecke vergraben. Ich zog die Afghaner-Decke zu mir und kroch in den Ohrensessel. Penny kuschelte sich auf meine Füße, wie eine Wärmflasche.

»Ich hatte noch nie davon gehört, bis es Drew erwischt hat«, sagte Carmen. »Nach dem, was ich zuerst darüber gelesen habe, kriegen nur alte Menschen diese Krankheit.«

»Nicht nur«, sagte ich. »Obwohl sich bei manchen Betroffenen die Symptome erst zeigen, wenn sie schon weit über vierzig sind. Was ist mit Drews Bruder?«

»Mitch? Der hat das Gen nicht. Nur die Guten sterben jung, schon vergessen?«

»Und wie hat Drew herausgefunden, dass er es hat? Ich nehme mal an, Daniel hatte keine Ahnung.«

»Vor etwa drei Jahren begann Drews Kurzzeitgedächtnis plötzlich, manchmal auszusetzen. Wir haben noch Witze darüber gemacht, haben von seinen Alzheimer-Attacken gesprochen. Die hat ja jeder mal. Aber es wurde schlimmer. Und dann fing dieses Zittern an. Manchmal verlor er das Gleichgewicht. Kippte einfach um. Die Ärzte wussten immer noch nicht, was Sache war. Bis zu dem Tag, an dem Drew auf dem Dachboden bei Daniel einen Stapel alter Briefe fand. Seine Großmutter, die um die fünfzig war, als sie diese Briefe schrieb, erwähnte die gleichen Symptome, obwohl die gute Frau keinen Schimmer hatte, was mit ihr geschah. Drew machte sich schlau. Und stieß auf Huntington. Er hat sich auf das Gen testen lassen, und da war es.«

Drew war jung für den Ausbruch der Krankheit. Mit achtunddreißig war er gerade mal vier Jahre älter als ich. Man stelle sich nur einmal vor, einfach Dinge zu vergessen. Vor seiner Klasse oder seinen Kollegen zu stehen oder – in Drews Fall – vor dem Kongress, und plötzlich die Leute nicht wiederzuerkennen. Mit seinen Eltern, seinem Partner, seinen Freunden zu sprechen, und plötzlich zu zittern. Oder mit jemandem zu schlafen, und plötzlich zu vergessen, mit wem.

Und dann dagegen anzukämpfen, sich zu wehren und gleichzeitig zu *wissen,* dass man niemals gewinnen würde.

Daniel musste am Boden zerstört sein, insbesondere, weil er Drew die Krankheit vererbt hatte. Und was war mit Annie und all denen, die ihn liebten? »Es gibt keine Behandlung«, flüsterte ich.

Carmen schüttelte den Kopf. »Keine. Deshalb schirmen wir ihn auch so ab. Er war doch Winsworth' großes Aushängeschild. Wirklich ein großartiger Mann. Als du dich anfangs nach Drew erkundigt hast, ohne zu sagen, dass du Emma bist, dachte ich … Na ja, ich dachte, du wärst vielleicht einer von diesen miesen Reportern, die im Privatleben eines früheren Kongressabgeordneten rumschnüffeln. Oder noch schlimmer.«

»Verstehe. Drews Zustand erklärt so einiges.«

»Aber nicht, warum Laura umgebracht wurde.«

»Nein. Es gibt da einen Aspekt an Lauras Tod, den wir nicht sehen, Carmen. Es wäre denkbar, dass Drew sie getötet hat, erst sie und dann Gary.«

»Das liegt nicht in seiner Natur, Tally.«

Ich seufzte. »Du meinst wohl, es *lag* nicht in seiner Natur, bevor die Krankheit sein Gehirn beeinträchtigte.«

Carmen knipste das Licht aus.

In der Dunkelheit flüsterte sie: »Dasselbe habe ich auch schon gedacht.«

Die frühmorgendliche Kälte weckte mich. Nach meinem Gespräch mit Carmen hatte ich unruhig geschlafen und war mit einem vernebelten Kopf aufgewacht.

Ich stemmte mich aus dem Sessel hoch. Mann, fühlte ich mich steif. Ich öffnete die Tür, um Penny für ihre morgendliche Runde hinauszulassen. Dann machte ich ein paar Yoga-Übungen, konnte mich aber nicht konzentrieren.

Vor dem Küchenfenster kabbelten sich zwei Eichelhäher, und ihre Schreie klangen fast menschlich.

Sechs Uhr früh war noch nie meine Lieblingsstunde gewesen. Heute noch weniger.

Zeit für eine kalte Dusche, um mein vernebeltes Hirn wach zu rütteln. Ich schnappte mir ein frisches Handtuch, ging in der belebenden Morgenluft über den Gartenweg und öffnete die Tür der Außendusche.

»Huch!« Ich zuckte zusammen, als die geschmeidige schwarze Nachbarskatze an mir vorbeiwischte. Allerdings sah sie heute räudig und reichlich mitgenommen aus. Das ergab keinen Sinn.

Oje. Als ich gestern Abend draußen geduscht hatte, musste ich sie eingeschlossen haben. Verständlich, dass sie nicht begeistert war. Ich duschte mich eilig und fühlte mich nicht besser als zuvor.

Die Sonne erwärmte die Luft allmählich, also legte ich mich auf eine Liege und sah Penny zu.

Ich nickte ein. Als ich wieder aufwachte, drang verlockender Kaffeegeruch aus dem Fenster des Cottage. Ich stemmte mich hoch, um mir eine Tasse zu holen. Carmens Zettel lehnte an der Kaffeemaschine. Sie war in die Stadt zurückgefahren, und ich sollte sie anrufen.

Auch später am Tag fehlte mir jegliche Lust, das Büro aufzuräumen. Aber es musste ja sein. Ich brauchte ein paar Spezialreiniger, also auf zum nächsten Geschäft.

Als ich mich meinem Wagen näherte, entdeckte ich eines von Lewis Drapers berühmt-berüchtigten Post-its unter dem Scheibenwischer. Das hatte mir noch gefehlt. Ich zog es heraus und ärgerte mich darüber, ständig von solch schrägen Typen belästigt zu werden.

Sie steckte zwischen zwei Steinen fest. Bei der nächsten Flut wäre sie ertrunken. Habe sie in die Dusche gesperrt. OL.

Sie? Wer war ... Die Katze! Aber ja doch. So also war die

schwarze Katze in meine Außendusche gekommen. Kein Wunder, dass sie heute Morgen so mitgenommen ausgesehen hatte. Draper hatte sie dort eingesperrt, um sie in Sicherheit zu bringen. Das war seltsam, ergab aber einen Sinn.

Wer zum Teufel würde denn auf diese Art eine Katze ertränken wollen? Wie krank.

Ich warf meinen Rucksack in den Truck und fuhr los. Der Wagen rumpelte und hüpfte über die Auffahrt und auf die Surry Road.

Ich hatte die Wut gespürt, mit der der Eindringling mein Büro verwüstet hatte. Aber die Katze zwischen den Steinen, das war doch grausam. Jetzt sah ich in dem Übergriff auf mein Heim weit mehr als nur einen Versuch, Aufmerksamkeit zu erregen.

Natürlich hätte Draper es selbst gewesen sein können. So, wie ich Loony Louie in Erinnerung hatte, wäre er durchaus imstande, so zu tun, als hätte er eine Katze aus einer vermeintlichen Gefahr gerettet. Ich verstand nicht, warum. Nein, die Katze musste einen Aufstand veranstaltet haben oder in mein Cottage gekommen sein, und deshalb hatte der Eindringling sie auf diese Weise zum Tode verurteilt. Aber warum sich solche Mühe machen? Warum sie nicht einfach wegjagen?

Andererseits erinnerte das Einfangen und Ersäufen einer Katze auf unangenehme Weise an Peanut, die in ein Fangeisen getreten war.

Wenn der Kerl, der mein Büro kurz und klein geschlagen hatte, auch versucht hatte, die Katze zu töten, dann wettete ich, dass es derselbe Mensch war, der auch Laura Beal umgebracht hatte. Das gleiche kranke Bild wie bei Peanut. Die gleiche Raserei und Leidenschaft.

Das gefiel mir alles überhaupt nicht. Genauso wenig wie die Vorstellung, dass Lewis Draper mir überallhin folgte. Allmählich wurde es kompliziert. Und ich rechnete durchaus damit, dass alles noch schlimmer kommen würde.

Ich reinigte das Büro oberflächlich. Die Cops hatten die Exkremente mitgenommen, und ich hatte mir einen Spezialreiniger besorgt, um den Urin zu entfernen. Zu meiner großen Erleichterung stank es nicht länger in dem Zimmer. Ich hatte den Verdacht, dass ich dem Vermieter eine Entschädigung würde zahlen müssen.

Ich ließ den Sprühreiniger und die restlichen Putzmittel neben der Bürotür zurück und rief Ethel Gropner an, die Empfangsdame von Lauras Radiosender.

»WWTH«, sagte eine fröhliche Stimme, die ich nicht kannte.

»Hi. Hier ist Tally Whyte. Ist Ethel da?«

»Einen Moment, bitte.«

Während in der Warteschleife Werbung lief, rief ich mir ins Gedächtnis, was ich zu Ethel sagen wollte. Ein Klicken unterbrach die Werbung für eine Hummerzucht in Trenton.

»Miss Whyte, hier spricht Foster.«

»Hi. Ich war auf der Suche nach Ethel.«

»Diese miese Schlampe.«

»Wie bitte?«

Ein Seufzen. »Ach, ich sollte nicht so empfindlich sein, aber sie hat mir die ganze Übergabe an den neuen Eigentümer überlassen.«

»Mit anderen Worten, Ethel ist weg?«

»Es scheint so. Und ohne jede Vorankündigung. Ist heute Morgen einfach nicht aufgetaucht, und als ich bei ihr angerufen habe, kam eine Ansage, dass der Anschluss nicht mehr existiert.«

»Gab es eine Nummer, wo ...«

»Nicht in der Ansage. Und in ihrer Personalakte hier steht auch nichts. Ich bin zu ihrer Adresse gefahren. Alles verlassen. Jetzt frage ich Sie, wie konnte sie mir das antun? Die Vorstellung, dass Mr Beal Lauras Sender verkaufen könnte, war schrecklich für sie, aber ... Kann *ich* Ihnen helfen?«

»Äh, nein. Ich habe nur angerufen, um ein Treffen mit ihr

auszumachen. Hm. Mir gegenüber hat sie nichts davon erwähnt, dass sie gehen wollte.«

»Seit Laura ... Ethel war ziemlich unzufrieden hier. Hat sie Ihnen erzählt, dass Mr Beal nicht vorhatte, sie zu behalten?«

»Es überrascht mich nicht, dass diese zwei sich nicht ausstehen konnten. Ich würde gerne vorbeikommen und ...«

»Unmöglich. Mr Beal hat streng untersagt, dass irgendwelche Fremden in den Sender kommen, solange er nicht verkauft ist.«

»Aber ...«

»Bedaure, aber nein.«

»Sicher doch. Alles klar. Trotzdem danke, Foster.«

Als ich auflegte, empfand ich einen Anflug von Sorge um Ethel.

Das Telefon klingelte.

»Wie geht's?«, fragte Carmen.

»Ganz gut, denke ich.« Ich erzählte ihr von Ethels Abgang.

»Mach dir keine Sorgen«, sagte Carmen. »Ich hab gesehen, wie sie heute Morgen zum Flughafen abgefahren ist.«

Erleichtert erzählte ich ihr von Lauras Wandmalereien und Fosters strikter Weigerung, mich noch einmal in ihr Büro zu lassen. »Könnte doch sein, dass da etwas Wichtiges zu finden ist.«

»Du könntest immer noch Noah fragen«, meinte sie.

»Guter Witz«, sagte ich.

»Wir könnten einbrechen.«

»Der Witz ist ja noch besser, Carm.«

»Nein, ich mein's ernst«, sagte sie. »Äh, na ja, ich bin zwar nicht gerade stolz darauf, aber während meiner Jahre als Junkie hab ich da gewisse Fertigkeiten entwickelt. Bin noch nie geschnappt worden.«

»Es gibt immer ein erstes Mal. Und mir ist nicht gerade nach zu viel Publicity, das darfst du mir glauben.«

»Hast du nicht gerade gesagt, dass es da vielleicht etwas Wichtiges zu finden gibt?«

»Komm mir nicht so«, sagte ich. »Vergiss es.«

»Dann mach ich's allein.«

»Von wegen.«

»Sag mir einfach, was du brauchst«, meinte sie. »Und ich finde es.«

»Das ist doch nicht das Gleiche wie Eier kochen, verdammt.«

»Sind wir nicht mehr die überlegene Psychologin?«

»Hör schon auf.«

»Nein, du. Bist du nun dabei oder nicht?«

Ich sah ein Beerdigungsunternehmen vor mir, in das ich einst ohne Ankündigung eingedrungen war. Das war in einem anderen Leben gewesen. »Also gut, ich bin dabei.«

Wir beschlossen, bis zum Abend zu warten, Carmens einzig vernünftige Idee. Hank rief gegen zwei Uhr nachmittags an und berichtete, dass die Fingerabdrücke aus meinem Büro bisher niemandem zugeordnet werden konnten. Er wollte mich am Abend sehen, doch ich gab vor, Halsschmerzen zu haben. Sofort hatte ich wieder ein schlechtes Gewissen.

Als es gegen drei Uhr an meiner Tür klopfte, verstärkte das meine Angst noch. Ich hatte gerade meine Einbrecherkleidung anprobiert und niemanden in der Auffahrt gehört.

Ich riss mir die Sachen vom Leib, schlüpfte in Shorts und T-Shirt und machte auf. Vor der Tür standen Annie und Steve Sargent. Annie hatte eine Keksdose in der Hand und lächelte.

»Hi«, sagte sie. »Wir dachten uns, wir kommen mal vorbei.«

»Macht Ihnen hoffentlich nichts.« Steve zog seine Kappe ab, und sie traten ein.

»Ich hab dir die hier gebacken.« Annie reichte mir die

Keksdose. »Magst du sie immer noch mit Walnüssen? So wie früher?«

»Darauf kannst du wetten.« Ich öffnete die Dose. Darin stapelten sich große, appetitliche Cookies mit Schokostückchen. Ich holte Milch und Gläser heraus. Steve lehnte an der Küchentheke, während Annie sich auf einen Stuhl setzte. »Ist schon okay, wenn Steve Bescheid weiß, Annie. Inzwischen wissen es so ziemlich alle.«

»Bescheid worüber?«, fragte Steve.

Annie setzte ihr Koboldgrinsen auf und erzählte ihm von mir. Sein überraschter Ausdruck wirkte echt und erfreulich frei von Schuld. Bald schon schwelgten wir in Jugenderinnerungen.

Ich biss in einen Cookie, eine leckere Kombination aus Walnuss und Schoko. »Göttlich.«

Annie errötete. »Das war ganz leicht. Carmen hat mir von letzter Nacht erzählt. Da dachte ich mir, du könntest eine Stärkung brauchen.«

»So viel ist sicher«, sagte ich zwischen zwei Bissen.

»Tut mir leid um all deine Sachen, die zerschlagen wurden«, sagte Steve. »Wenn ich irgendwie helfen kann ...«

»Danke. Aber es könnte schlimmer sein. Ist ja niemand verletzt worden, Gott sei Dank.«

Annie lachte, ein glockenheller Laut, den ich nicht mehr gehört hatte, seit wir Kinder waren. Sie war auf dem Wege der Besserung.

Steve runzelte die Stirn. »Hast du denn, ähm, irgendwelche Fortschritte bezüglich Lauras Ermordung gemacht?«

»Du glaubst immer noch nicht, dass es Gary Pinkham war.«

»Stimmt«, sagte Steve. »Und Annie glaubt es auch nicht.«

Annie errötete. »Ich habe nur gesagt, ich bin mir nicht sicher.«

Steve legte eine Hand auf Annies. »Ich kenne doch deine Gefühle, Liebes.«

Seine besitzergreifende Art irritierte mich. Annie wollte es immer allen recht machen. Ich wünschte, ich hätte ihre wahren Gefühle gekannt. »Gestern habe ich Drew getroffen«, sagte ich.

Steve errötete. »Annie und ich hatten gehofft, mit dir über unsere, na ja, unsere Beziehung sprechen zu können.«

Annie faltete die Serviette zusammen und strich sie glatt.

»Wie wäre es, wenn du Annie auch mal was sagen lässt, hm?«, warf ich ein.

»Wir, also, äh, Steven, Drew und ich ...«

Das Geräusch eines Autos unterbrach sie.

»Klingt nach Daddy.«

»Mist«, sagte Steve.

26

Wie man einen Dieb fängt

Annie wich Steves Blick aus. »Er musste irgendwelche Unterlagen raus auf die Insel bringen. Ich wusste doch nicht, dass er so schnell zurück ist.«

»Mit anderen Worten«, sagte Steve, »du hast ihm gesagt, dass du hierherwolltest.«

»Musste ich doch. Du weißt genau, wie er ist.«

Steve seufzte, küsste Annie auf die Lippen und winkte mir zum Abschied. »Mein Angebot, dir zu helfen, steht.«

Als ich auf Noahs Klopfen hin öffnete, nickten er und Steve sich nur zu und rauschten aneinander vorbei.

Sobald Steve einmal aus dem Weg war, kam ein strahlender Noah mit weit ausgebreiteten Armen ins Wohnzimmer. Der Griesgram war verschwunden. Ich hatte das tausend Mal gesehen, wusste, dass es nicht von Dauer war, und fragte mich, ob er nur Annie nachspionierte oder ob er etwas von mir wollte.

Aus Angst, dass Annie später dafür würde bezahlen müssen, sagte ich: »Herrje, Noah, wie schön, Sie zu sehen. Annie meinte, Sie kämen vielleicht auf einen Sprung vorbei. Ich habe Steve gebeten, sie herzubringen.«

Er schob seine Pfeife in den Mund und wollte sie anzünden.

»Da ich hier nur zur Miete wohne, Noah«, sagte ich, »sollten Sie das vielleicht lieber draußen tun. Stört Sie das?«

Er lächelte mit der Pfeife im Mund. »Nicht im Geringsten. Nettes Häuschen hier. Sollte Harm je verkaufen wollen, wäre es gut, wenn er zuerst mich anruft.«

Noch mehr Strahlen. Noahs liebenswürdiges Maklergehabe war wirklich Furcht einflößend.

Ich hielt ihm Annies Kekse unter die Nase. »Bedienen Sie sich.«

»Wenn Sie es sagen.« Er schnappte sich den größten aus der Dose. »Annie ist die beste Köchin, die ich kenne. Ich wollte Ihnen für all Ihre Hilfe während dieser harten Zeit danken.«

»Ich bin immer froh, wenn ich ein bisschen helfen kann.«

»Mehr als ein bisschen, meine Liebe. Tut mir leid, falls ich manchmal etwas ... ruppig gewesen sein sollte.«

Oh Mann. Eine Entschuldigung von Noah bedeutete, dass er etwas wollte. »Kein Grund, sich zu entschuldigen.«

»Wenigstens ist Lauras Mörder tot.«

Ich warf einen Blick zu Annie hinüber, die zu Boden starrte.

»Glauben Sie wirklich, es war Gary Pinkham?«, sagte ich.

Er runzelte die Stirn. »Klar war er's. Kein Zweifel.«

Annie sah mich flehend und verängstigt an.

Würde ich ihre Beziehung doch nur besser verstehen. Annies Angst wollte mir nicht gefallen. Sie betete ihren Vater an, doch ihr Verhältnis zu ihm war komplexer als die meisten. Ihre Anhänglichkeit irritierte mich.

»Schlimme Sache, das mit dem Einbruch hier«, sagte Noah.

Warum man sich in Winsworth noch die Mühe machte, eine Zeitung zu drucken, war mir ein Rätsel. »Ist schon aufgeräumt.«

»Und auch noch während Ihres Urlaubs.«

Sein stechender, forschender Blick ruhte auf mir. Er suchte nach einer Schwäche. Ich wollte nicht klein beigeben. »Ja.«

»Ich schicke Ihnen Will als Unterstützung vorbei. Wie wäre das?«

»Will Sacco?«

Noah kaute auf seiner Pfeife. »Macht die eine oder andere Reparatur für mich.«

»Es stört Sie nicht, dass er Garys Schwiegervater war.«

»Ich kann ihm ja schlecht das Verhalten des Jungen vorwerfen, oder?«

»Nun denn, danke für das Angebot, aber ...«

»Ich bestehe darauf. Das ist das Wenigste, was wir tun können.«

»Danke, aber nein.«

Unsere Blicke trafen sich. Das war ein Test. Ach so. Aber natürlich. Noah wusste längst, dass ich Emma war. Und er wusste, dass ich hier war, um etwas über meinen Vater herauszufinden. Ich hätte schwören können, dass er mir gerade bedeutete, dass die Schwerter gezogen waren. Der Mann verstand sich auf Machtspielchen.

Aber ich war eine harte Nuss.

Was würde ich zu hören bekommen? Dass er derjenige war, der die Gerüchte über meinen Vater in die Welt gesetzt hatte. Dass er meinen Vater und mich weiter der Brandstiftung und des Diebstahls bezichtigen würde. Dass Annie ihm gehörte und er sie nie freigeben würde. Seine Augen waren kalt und unergründlich wie die See, deren Farbe sie hatten. Sie forderten mich heraus, die Wahrheit zu entdecken. Er war ein meisterhafter Betrüger, aber etwas entging ihm. Einer, der wirkliche Macht hat, hat schließlich nicht viel zu verbergen.

Was er gewollt hatte – Trenton-by-the-Sea –, hatte er bekommen. Also gut, er hatte meinen Vater schlechtgemacht. War er etwa noch einen Schritt weiter gegangen?

Der Zorn packte mich. Ich hätte ihm gar zu gern Vorwürfe ins Gesicht geschleudert und Antworten verlangt. Noahs Lächeln vertiefte sich.

Dein Lächeln kommt zu früh, Noah. Viel zu früh. Er dachte, er hätte mich in der Tasche. Und einen Moment lang hatte er das auch. Aber ich war nicht mein Vater.

Ich nickte und grinste. »Aber ja doch, Noah. Schicken Sie Will vorbei. Ich kann Ihnen gar nicht genug danken. Ich bin sicher, dass ich gut mit ihm auskommen werde, schließlich habe ich ihn erst gestern bei sich zu Hause besucht.«

Noah runzelte die Stirn, fasste sich aber schnell. »Ich werde sehen, wann er Zeit hat. Gehen wir, Annie.«

Annie und ich umarmten uns, und als wir das taten, flüsterte sie: »Ich heirate nächste Woche Drew. Ich wollte, dass du es weißt.«

Ich hielt sie fest. »Annie, nicht. Nein. Drews Krankheit. Und du und Steve. Lass uns darüber reden.«

Sie schob mich sanft von sich. Ihre Augen waren erloschen. »Es ist, wie es ist.«

»Tochter!«, bellte Noah.

»Komme ja schon, Daddy.«

»Warte, Annie. Du ...«

»Wir fahren ein paar Tage nach Portland, um meine Brautausstattung zu besorgen.«

Ich schloss die Tür, als Noahs Jeep in der Auffahrt verschwand. Annie würde Drew heiraten? Was für eine Katastrophe.

Etwas lief hier total schief. Ich spürte es an Annies Zittern und Noahs Triumph. Annie musste doch von Drews Krankheit wissen. Aber was, wenn nicht? Ich sah auf die Uhr. Mir blieb gerade noch Zeit, mich wieder umzuziehen, bevor ich mich mit Carmen in der Stadt traf.

Schwarze Leggings, schwarzer Rollkragenpullover, schwarze Mütze. Sogar schwarze Schuhe. Ich sah aus wie jemand aus *Matrix*. Obwohl ich mir albern vorkam, war die Verkleidung doch sinnvoll. Ich hatte meinen Bauchgurt umgelegt, in dem meine Digicam, Handschuhe, eine Minitaschenlampe und mein Glücksbringer, ein unechter Hasenfuß, verstaut waren. Erwischt zu werden, insbesondere von Noah, war das Letzte, was ich wollte.

Am liebsten hätte ich Penny mitgenommen, aber das wäre nicht klug gewesen.

Ich machte das sowohl, um meine Freundschaft mit Carmen zu festigen, als auch, um Lauras Mörder zu finden. Noah hatte ihr Büro inzwischen bestimmt ausräumen lassen.

Wie geplant, erwartete Carmen mich um neun auf dem Parkplatz vor der Bücherei. Nicht geplant war, dass sie ein Hawaiihemd über ihrer Jeans trug.

»Himmel, Carm.« Ich band meinen Bauchgurt um. »Was ist aus unserer Absprache, dass wir ganz in Schwarz kommen, geworden?«

»Mein Mann ist mir dazwischengekommen. Ich konnte nicht anders. Kein Grund zur Sorge.«

»Das sagst du viel zu oft.« Ich zog meine Handschuhe an. »Annie war heute da. Sie hat mir erzählt, dass sie Drew heiratet.«

»Nie im Leben«, entgegnete Carmen.

»Anscheinend doch, laut Annie.«

»*Imbécil!* Ich wette, das hat Noah eingefädelt.«

»Warum überrascht mich das nicht? Was steckt dahinter?«

»Emerald Shores. Erzähl ich dir später. Lass uns gehen.«

Wir umrundeten die Bücherei, huschten von Baum zu Baum und sprinteten dann über das baumlose Gelände hinter dem Sender. Carmen winkte mich zu dem einsamen Ahorn, der etwa zwanzig Meter vom Gebäude entfernt stand.

Sie deutete auf das Licht, das im ersten Stock brannte. »Da liegt das Studio. Das Licht im ersten Stock gehört zur Treppe, die nach unten führt. Noah ist ja so geizig.«

Wir flitzten zu einer schräg in den Boden eingelassenen Kellertür und kauerten uns daneben nieder.

»Hab ich heute Nachmittag schon überprüft«, sagte sie. »Ein Klacks. An der Cornell hab ich jede Menge Erfahrung gesammelt.«

»An der Cornell?«

»Meiner Alma Mater.«

Auch ich hatte dort studiert. Das war ja wie in *Twilight Zone*. Carmen und ich hatten eine Menge zu bereden, unter anderem Annies Hochzeit und Gary Pinkhams bekleckertes Hemd. Aber nicht jetzt, da sie bereits an dem Schloss herumtüftelte. Sie sprühte ein Schmiermittel auf die Scharniere und zog die Holztüren dann auf.

Sie quietschten.

»Na toll«, sagte ich.

»Öl funktioniert nicht immer«, zischte sie.

Wir lauschten. Und hörten nichts.

Carmen stieß die Luft aus. »Geh die Stufen runter und mach das Licht an. Es gibt zwei Treppen. Nimm die linke. Die führt zum zweiten Stock hoch und zu Lauras Büro. Und weil du es unbedingt so willst, stehe ich hier draußen Schmiere. Ich versteh zwar nicht, warum ...«

»Vergiss es, Carm«, zischte ich. »Du hast schließlich Kinder. Wenn du ertappt wirst ...«

Carmen drückte meine Schulter und flüsterte: »Viel Glück.« Ich stieg die Stufen aus alten, unbehauenen Steinen in den Keller hinab. Ich knipste meine Taschenlampe an, und der Lichtkegel fiel auf eine Ratte, die über den Boden huschte.

Ich wollte schon kehrtmachen, doch Lauras Gesicht – das aus dem Wandbild, auf dem die Mutter ihr Kind im Schoß trägt – flehte mich an, die Treppe hinaufzugehen.

Also ging ich.

Die Treppe war eng und bedrückend, und die Stufen waren steil. Als ich endlich im zweiten Stock ankam, war ich außer Atem.

Ich hielt inne. Im Schein meiner Taschenlampe sah ich den Türknauf. Ich schaltete die Lampe aus, drehte am Knauf und hielt die Luft an.

Durch den Treppenschacht drang von unten schwaches Licht herauf. Alles war still. Ich schob mich durch die Tür, schloss sie wieder und ging dann auf Zehenspitzen durch den mit Teppich ausgelegten Gang zur Tür von Lauras Büro. Ich drehte am Knauf.

Die Tür war abgeschlossen.

Mist.

Ich wog die Möglichkeiten ab. Ich konnte die Tür eintreten. Den DJ holen, um mich einzulassen. Es mit der Kreditkarte versuchen. Ich kratzte mich am Kopf, der juckte, weil ich unter der Wollmütze schwitzte.

Meine Uhr zeigte halb zehn an. Rein und raus in einer halben Stunde, das hatte ich zu Carmen gesagt. Aber selbst die besten Pläne …

Ich ging und holte sie.

Carmen war offensichtlich in Form, denn sie war kaum außer Atem, als wir vor Lauras Bürotür standen. Sie benutzte wieder dasselbe Werkzeug zum Knacken des Schlosses, und innerhalb von Sekunden schwang die Tür auf.

»Ich kann es nicht fassen, dass du so was besitzt«, flüsterte ich.

»Hab ich bei Einbrüchen immer dabei. Ich halte Wache. Beeil dich jetzt, Tal.«

Ich sah sie grinsen, als sie sich wieder der Treppe zuwandte.

Ich schloss hinter mir ab und nahm mir die Zeit, meine Augen an das Licht im Zimmer zu gewöhnen. Die Jalousie am Fenster war nicht geschlossen, also eilte ich durchs Zimmer, ließ sie herunter und zog auch noch die Vorhänge zu. Dann knipste ich meine Taschenlampe an. Ich verschaffte mir hastig einen Überblick.

Mir war übel. Noah hatte Lauras umwerfende Wandmalereien mit einer dicken Schicht kotzgrüner Farbe überziehen lassen. Banale Ansichten von Maines felsiger Küste hingen stattdessen an den Wänden. Laura Beal hätte die Durchschnittlichkeit dieser Bilder verabscheut.

Ich seufzte, suchte hinter den »Kunstwerken« nach einem Wandsafe und nahm mir dann Lauras Schreibtisch vor. Einige Unterlagen waren noch da – Rechnungen, Artikel und Notizen, wie ich annahm. Ich überflog sie, verteilte die Blätter auf dem Tisch und fotografierte alles.

Nach jedem Stapel legte ich die Blätter wieder an ihren Platz zurück und nahm mir den nächsten vor. Mein Magen knurrte. Ich hatte Magenkrämpfe. Ich war nicht dafür geschaffen, Einbrecher zu spielen, wirklich nicht.

Als ich mit dem Schreibtisch fertig war, ging ich zum Aktenschrank über. Ich ließ den Lichtkegel über die beschrifteten Aktendeckel gleiten. Noch mehr Rechnungen, Howard Stern Show, Bewertungen, Mitarbeiter. Alles schien mit dem Sender zu tun zu haben, und mir blieb nicht die Zeit, alles zu fotografieren.

Ich machte den Wandschrank auf. Er war bis oben hin vollgestopft mit Kleidung. Ich vermutete, dass sie sich oft im Sender umgezogen hatte. Ich versuchte, mich in Laura hineinzuversetzen. Wenn ich an ihrer Stelle etwas zu verbergen gehabt hätte, wo hätte ich es hingetan? Ich fuhr mit den Händen zwischen die Pullover, die sich in einem Fach stapelten. Nichts.

Ich schloss den Schrank und untersuchte dann das Bad. Ich ging die Zeitschriften auf dem Boden durch, machte ihr Schminktäschchen auf, sah in Medizinfläschchen und entdeckte die Schachtel mit ihrem Diaphragma im Medizinschrank. Es sah denkbar unbenutzt aus, und ich konnte mir nicht vorstellen, dass es Lauras Wahl in Sachen Verhütung war. Hm. Ein Mann würde das Ding natürlich nicht in die Hand nehmen. Ich machte den Deckel auf und zog das Diaphragma heraus.

Treffer! Sie hatte ein Paar Ohrringe mit Mondsteinen darunter versteckt. Ziemlich clever. Hatten die Ohrringe eine besondere Bedeutung, oder hatte sie den Schmuck nur diebstahlsicher aufbewahren wollen?

Ich lehnte mich gegen das Waschbecken und sah mich im ganzen Bad um. Parfum, ein Gesteck aus Trockenblumen, ein Korb mit Deckel. Ich durchsuchte alles, fand aber nichts. In dem kleinen Wäscheschrank befanden sich Handtücher, noch mehr Wässerchen und Cremes und eine Schachtel Tampons. Die Schachtel sah alt und abgenutzt aus, als hätte Laura sie häufig auf- und zugemacht. Das war sonderbar. Wir Mädels brauchen doch jeden Monat eine neue.

Ich zog den Deckel hoch. Bingo.

Ich kippte den Inhalt der Schachtel auf die Schreibunterlage und verteilte alles. Eine getrocknete Rose. Eine Kette aus Mondsteinen, die zu den Ohrringen passte. Zwei Drohbriefe wegen der Howard Stern Show. Huh. Einen davon hatte Will Sacco geschrieben. Unterlagen über Emerald Shores. Und einen Trennungsbrief, unterschrieben von ... Ich hatte Schwierigkeiten, den Namen zu entziffern.

Schritte auf der Treppe.

Mist! Ich stopfte alles bis auf die Immobilienpapiere zurück in die Tamponschachtel. Die Papiere schob ich in meinen Bauchgurt.

Ein Schlüssel in der Tür. Ich schnappte die Schachtel und duckte mich unter den Schreibtisch.

Endlich wusste ich, was damit gemeint war, wenn einem der kalte Schweiß ausbrach. Mit dem Unterschied, dass mir schrecklich heiß war.

Die Tür sprang auf. Die Lichter gingen an.

Ich biss mir so fest auf die Lippe, dass es schmerzte.

»He, Mann, ich hab dir doch gesagt, hier ist niemand.«

Ich kannte die Stimme nicht. Dann Schritte, eine Tür im Büro wurde geöffnet, dann noch eine. Der Wandschrank und das Bad.

»Was, hat mich der alte Beal etwa aus dem warmen Bett gescheucht, nur weil er meinte, er hätte im Vorbeifahren hier drin Licht gesehen?«

Foster.

»Du bist so ein Schleimscheißer«, sagte der andere. »Vielleicht ist das Lauras Geist.«

»Das ist nicht lustig, Mann.« Das Geräusch von reißendem Papier. »Hier ist das Schloss, das ich gekauft habe. Mach's jetzt.«

»Verpiss dich, Mann. Du hast wohl vergessen, dass ich Winsworth' bester DJ bin, was? Nur, weil dir dieser Haufen Müll bald gehören wird, heißt das noch lange nicht ...«

»Das heißt, dass du bald deinen Job los bist, wenn du nicht den Handwerker spielst. Ich schaue so lange im Studio nach dem Rechten. Und pass bloß auf, dass du die Kombination nicht verlierst.«

Die Tür fiel ins Schloss. Dann heulte eine Bohrmaschine auf.

Ein Kombinationsschloss an der Tür. *Außen* an der Tür.

Na toll.

Ich saß zusammengekauert unter dem Schreibtisch und lauschte, wie der DJ das Türschloss auswechselte. Also Foster würde den Sender kaufen. Er hatte mich angelogen. Er konnte auch in Bezug auf Ethel gelogen und sie einfach gefeuert haben. Welchen Unsinn hatte er mir wohl noch aufgetischt?

Das Bohren hörte auf, dann Fußtritte, schwere Schritte, die nach unten gingen. Ich blieb noch endlose zehn Minuten sitzen.

Ich war schweißgebadet, als ich wieder herauskrabbelte. Meine Beine fühlten sich auch nicht gerade glücklich an, und etwas in meinem linken Knie knackste – eine alte Skiverletzung.

Ich hielt die Taschenlampe auf meine Uhr. Halb elf. Die Zeit verflog, wenn man sich derart amüsierte.

Ich saß fest. Ich widerstand dem Drang, nach Carmen zu brüllen. Die Dame mit den Zauberfingern konnte mich sicher hier herausholen. Ich seufzte. Wenigstens konnte ich mich nützlich machen, während ich mir überlegte, in was für einer Patsche ich saß. Ich machte die Schachtel wieder auf und fotografierte alles, was darin war. Dann stellte ich sie wieder in den Wäscheschrank.

Ich wettete, dass Foster von dieser Schachtel keinen blassen Schimmer hatte.

Ich vergewisserte mich zweimal, dass ich auch alles an seinen Platz zurückgelegt hatte, und überlegte mir dann Alternativen zur Tür. Ich fand keine.

Ich ließ mich auf Lauras Couch plumpsen.

Wie zum Teufel sollte ich hier herauskommen?

Ich fuhr mit einem Finger unter die Wollkappe. Bäh. Ich wischte ihn an meiner schwarzen Jeans ab. Was sollte ich tun? Kein geheimer Ausgang. Keine Carmen. Keine Idee. Na ja, eine vielleicht doch, die ungefähr so verlockend war wie Fallschirmspringen. Aber trotzdem …

Ich steckte den Kopf durch das Badezimmerfenster in die Schwärze hinaus. Vom Hügel schienen Lichter herüber; Leute, die es sich zu Hause gemütlich gemacht hatten. Vermutlich konnte ich mich durch das Badfenster quetschen. Und dann?

Das alte, viktorianische Haus hatte jede Menge Dachüberstände und Vorbauten, auf denen meine Turnschuhe einen guten Halt finden würden.

Allerdings war ich im zweiten Stock. Von da nach unten war es verdammt weit.

Sollte Foster mich entdecken, würde ich ihm erklären müssen, was ich da gerade machte und warum. Er würde die Polizei rufen. Hank würde auftauchen. Oh Schreck. Eventuell würde ich die Nacht hinter Schloss und Riegel verbringen müssen, und ganz sicher würde Noah alles mitbekommen. Und Annie auch.

Die Folgen wären noch schlimmer, sollte sich herausstellen, dass Foster Laura ermordet hatte.

Es gab immer noch das Dach. Ich schob das Badfenster

nach oben. Es ging leicht auf. Die frostige Nachtluft kühlte mein Gesicht. Ich wäre gleich draußen.

Ich starrte nach unten in die Dunkelheit. Unmöglich. Das konnte ich nicht.

Aber Foster hatte sein warmes Bett erwähnt. Vielleicht hatte er das Gelände längst wieder verlassen. Dann bliebe nur noch der DJ. Der beste DJ von Winsworth, wie er betont hatte. Ah ja.

Ich hämmerte an Lauras Bürotür und brüllte: »Hilfe! Hilfe!« Bald schon waren Schritte auf der Treppe zu hören.

»Wer ist da?«, drang eine Stimme durch die Tür. Er hörte sich nervös an. Sogar ängstlich.

»Eine Freundin von Ethel«, rief ich. »Lassen Sie mich bitte hier raus.«

Eine Pause, dann klapperte das Schloss, und die Tür ging auf. Dahinter erschien ein Typ mit teigigem Gesicht und Bartflaum, der etwa so groß war wie ich.

»Hi!«, sagte ich und streckte eine Hüfte nach vorn. Ich hatte meine Kappe und die Handschuhe in meinen Bauchgurt gestopft, ein bisschen von Lauras Make-up aufgetragen und war in einen roten Minirock aus ihrem Wandschrank geschlüpft.

»Wie zum Teufel sind denn Sie hier reingekommen?«

Ich lächelte mit großen Augen. »Die Haustür war nicht abgeschlossen.«

»Und was haben Sie hier gemacht?«

Ich warf mein Haar in den Nacken und machte ein verdrießliches Gesicht.

»He, ich weiß, das klingt jetzt echt komisch, aber Ethel hatte mir versprochen, dass ich Lauras Wandmalereien für ein Projekt fotografieren darf, an dem ich gerade arbeite. Ich, na ja, Foster hat das Ganze untersagt. Dabei sahen die doch so toll aus, dass ...«

Er verschränkte die Arme. »Ja, und ...?«

Ich leckte mir über die Lippen. »Dann bin ich halt heimlich reingehuscht, um sie zu fotografieren. Ich wusste ja nicht, dass die Malereien längst weg sind. Und dann habe ich euch beide gehört und mich versteckt.«

Er grinste. »Und was haben Sie gedacht, als wir das Schloss angebracht haben?«

»Ich, äh, hatte Angst.«

»Ach ja?« Er grinste breit.

Ich klimperte mit den Augendeckeln, legte eine Hand auf seinen Arm und sprach mit noch rauchigerer Stimme. »Ich hatte wirklich Angst. Ich bin ja so froh, dass Sie gekommen sind.«

»Wirklich?«

Er legte seine Hand auf meine Hüfte und wackelte mit den Augenbrauen. »Es gibt eine Couch hier drin.«

Widerlich.

Ich stotterte, wenn auch nur ein bisschen. »Wa...Was ist mit Foster?«

»Der ist weg.«

Ja! »Und bist du nicht der DJ hier?«

»Kein Problem. 's laufen gerade ein paar Lieder am Stück. He, ich kann schnell machen.«

Darauf wettete ich. Ich lächelte. »Äh, klar.« Ich nahm seine Hand und zog ihn nach drinnen.

»Aber kein Licht!«, sagte er.

»Natürlich nicht.«

Ich drehte mich um, legte ihm die Arme auf die Schultern und küsste ihn, mit Zunge und allem Drum und Dran, was höchst unerfreulich war.

»Nett«, sagte er.

Ich senkte meine Stimme, sprach leise und verrucht. »Ich freue mich echt, dass du, na ja, interessiert bist.« Ich hatte *keinen* Schimmer, wie ich aus diesem Schlamassel wieder herauskommen sollte. Aber vielleicht...

»Ist schon 'ne Weile her, was?«, sagte er.

»Ja, na ja. Manche Kerle kriegen ja immer gleich Paranoia ...«
»Paranoia?«
»Wegen dieser blöden HIV-Infektion.«
Er sprang zurück und fuhr sich mit der Hand über die Lippen. »Du Schlampe. Raus mit dir. Mach bloß, dass du hier rauskommst.«
Ich flitzte die Treppe hinunter. Ich hörte ihn fluchen und das Wasser in Lauras Waschbecken aufdrehen.
Mein Timing war vielleicht doch nicht so schlecht.

27

Grinsegesicht

Als wir zurück zu meinem Truck rannten, erzählte ich Carmen schnell von meiner »Gefangennahme«. »Ich lass dich vorm Town Farm raus«, sagte ich und warf meine Ausrüstung ins Auto. Auf dem Parkplatz vor dem Restaurant hielt ich neben ihrem Elektroauto. Wir saßen eine Minute da, rangen nach Atem und versuchten zu begreifen, was wir da gerade getan hatten. Es war spät. Die Laternen beschienen eine leere Straße. Sogar die Touristen waren schon im Bett.

»Jetzt erklär mir mal, warum Annie Drew heiratet«, sagte ich.

»Noah will an Drews Land kommen, um weitere Parzellen für Emerald Shores zu haben. Und Drew ist entschlossen, für Annie zu sorgen, bevor er komplett abdriftet.«

»Ich dachte, Noah ist wegen des Geldes so aufgebracht.«

»Geld?« Sie schnaubte verächtlich. »Bei dem Deal geht es auch um Geld, aber mich erinnert das mehr an Sklavenhandel.«

»Kein schöner Ausdruck«, sagte ich. »Aber ich verstehe, was du meinst. Annie im Austausch für Drews Land.«

»So läuft das bei Noah. Zum Kotzen.« Sie wollte aussteigen.

»Warte.« Ich legte ihr eine Hand auf die Schulter. »Woher wusstest du von Garys Eisfleck?«

»Hä?«

»Der Fleck von dem lila Fruchteis. Den hat er sich an dem Abend, als er bei mir war, geholt. Das Eis war aus meinem Gefrierfach. Wenn du den Fleck gesehen hast, musst du ihn danach getroffen haben.«

Sie fuhr sich mit den Händen durch das rotbraune Haar. »Habe ich. Ganz kurz. Er ist auf der Suche nach Drew ins Restaurant geplatzt und war genauso schnell auch wieder weg. Ich hab's Hank erzählt. Er schien dem nicht viel Bedeutung beizumessen.«

»Ich …«

»Schon gut.« Sie umarmte mich, und wir verabredeten, am nächsten Tag voneinander zu hören.

Die Fahrt nach Hause schien ewig zu dauern. Ich machte die Fenster auf und ließ mir von der kühlen Sommernacht den Schweiß auf meinem Gesicht trocknen. Meine Kopfhaut juckte. Das heute Abend war keine meiner Sternstunden gewesen. Ich hatte soeben meinen ersten Einbruch begangen. Annie wurde für Drews Land verschachert. Und Gary hatte in der Nacht seines Todes nach Drew gesucht. Was davon mit Lauras Ermordung zu tun hatte, blieb unklar. Aber ich wusste, was mit Noahs Gier zu tun hatte.

Ein Wagen folgte mir in meine Auffahrt. Ohne Licht. Verdammt. Mir war nicht gerade nach einem von »Onkel« Lewis' Spielchen.

Dank des Bewegungsmelders ging das Außenlicht am Cottage an. Oh. Es war Hank, diesmal ohne Uniform und in einem Pick-up. Und er sah nicht gerade erfreut aus.

»Hi!« Ich glitt aus dem Auto. »Warum fährst du ohne Licht?«

Er blickte noch finsterer. Er kam auf mich zu. Ich sah, dass Penny am Fenster stand und zuschaute. Hank stieß die Luft aus. »Heißer roter Minirock und Lippenstift, der auch noch verschmiert ist. Konntest du deshalb nicht mit mir essen?«

»Darauf kannst du wetten …« Ich sah den Schmerz in seinen Augen. Dieser Dummkopf. Ich streichelte ihm über die Wange. »Ich hab noch nicht gegessen. Komm rein, dann kannst du uns was kochen, während ich dir alles erzähle.«

***

Hank kochte, während ich ihm von meinen Abenteuern berichtete. Er zuckte mit keiner Wimper, als ich ihm beschrieb, wie ich in Lauras Sender eingebrochen war. Er briet weiter Pilze für das Omelett, das er zubereitete. Seine einzige Reaktion bestand darin, dass er die Lippen aufeinanderpresste, ein sicheres Zeichen für sein Missfallen. »Ich sollte dich verhaften, verdammt noch mal«, sagte er schließlich.

»Das kann ich dir nicht verdenken.« Ich schenkte den Cabernet ein, von dem ich hoffte, er möge ihn wieder besänftigen. »Aber da du der County Sheriff bist, fällt das genau genommen nicht in deine Zuständigkeit.«

»Scheiß auf die Zuständigkeit.«

»Und genau das hast du getan, indem du Nachforschungen zu Lauras Tod angestellt hast.«

»Versuch nicht, vom Thema abzulenken. Ich finde das nicht lustig, *Emma*.«

Ich schnaubte. »Ich bin auch nicht dort eingestiegen, damit du dich amüsierst.«

»Es war falsch.«

»Ist aber nun mal passiert. Und vorbei. Also vergiss es.«

Hank lächelte nicht, und seine Knöchel wurden weiß, als er das Glas in die Hand nahm. »Es war illegal. Außerdem hätte dir etwas zustoßen können.«

»Deshalb bin ich auch nicht durch das Fenster raus.«

»Heiliger Strohsack!«

Ich stellte die Teller mit dem luftigen Omelett auf den Tisch und setzte mich. »Ich hatte Angst. Okay? Es hat mir nicht gefallen, und ich werde es auch nicht wieder tun. Können wir es dabei belassen?«

»Wer hat dir geholfen?«, fragte Hank.

Meine Gabel schwebte in der Luft. »Niemand.«

»Tally.« Er dehnte es wie ein dreisilbiges Wort.

»Was? Glaubst du etwa nicht, dass ich allein zu so was fähig bin. Das ist aber nicht nett, Hank. Das Omelett ist übrigens große Klasse.«

»Wechsel nicht wieder das Thema. Und nein, ich glaube nicht, dass du allein in den Sender gekommen bist.«

»Bin ich aber.«

»Lügnerin.«

»Beweis es doch.«

»Das habe ich vor.« Er nahm einen Schluck Cabernet. »Und, was genau hast du mit diesem misslungenen Abenteuer erreicht? Außer Mark ›Cruise Machine‹ Smith eine Heidenangst einzujagen?«

»Zuerst einmal habe ich Will Saccos Hetzbrief gesehen.«

Er nickte. »Gut, aber nicht wichtig, da er ihn geschrieben hat, weil der Sender die Howard Stern Show gebracht hat.«

»Ja, aber Ethel hat mir erzählt, dass Laura und sie sich über diese Briefe lustig gemacht haben. Also warum hat sie dann Wills Brief in der Tamponschachtel versteckt?«

Er nickte. »Gute Frage.« Er vertilgte den Rest seines Omeletts.

»Zweitens«, sagte ich. »Foster wird der neue Besitzer. Hat er Ethel gefeuert, weil sie etwas wusste, oder ist sie freiwillig gegangen?«

»Und weiter?«

»Und waren Fosters Gefühle für Laura echt oder nur gespielt, um den Mord an ihr und den anschließenden Kauf des Senders zu vertuschen?«

»Das scheint mir weit hergeholt. Ist doch deine Theorie, dass der Killer auch Gary auf dem Gewissen hat.«

Ich räumte unsere Teller ab. »Ja, aber ich dachte, wir wären uns darüber einig, dass Gary umgebracht wurde, weil er etwas wusste.«

»Wir waren uns über gar nichts einig. Aber deine Aussage bedeutet, dass der Killer Gary ziemlich gut gekannt haben muss. Und ich bezweifle, ob er und Foster sich je getroffen haben. Aber das kann ich ja rausfinden.«

»Weiter. Emerald Shores. Ich habe Unterlagen gefunden.«

»Und …?«

Ich hörte auf, die Teller abzuspülen. Ich wollte Hank nicht sagen, dass ich sie hatte mitgehen lassen. »Ich muss warten, bis ich die Fotos der Dokumente gesehen habe, weil ich sie dort nicht lesen konnte.«

»Warum nicht? Du hast doch alles andere gelesen?«

»Sehr witzig.«

Hank kam zum Spülbecken herüber. »Drew hat darüber nachgedacht, bei Noahs Projekt, Emerald Shores, einzusteigen. Aber in letzter Minute ist er abgesprungen.«

»Weil er an Huntington erkrankt ist?«

Hank schwieg. Seine Augen waren so blau, wie ich sie noch nie gesehen hatte. Der Kummer, der daraus sprach, schockierte mich.

»Carmen hat es dir erzählt«, sagte Hank.

»Ja.«

»Drew hat keine Verwendung für langfristige Investitionen.«

»Nein, vermutlich nicht. Das ist so traurig.«

Hank nahm mir den Teller aus der Hand, spülte ihn kurz ab und stellte ihn in die Spülmaschine. »Ich gestehe, dass dieses Emerald Shores auch mein Interesse erregt hat.«

»Ich habe das Bauschild da draußen gesehen. Was ist zwischen Steve und Noah vorgefallen?«

Er rieb Daumen und Zeigefinger aneinander. »Das liebe Geld. Noah konnte es nicht allein finanzieren. So hat es zumindest geheißen. Steve hat seine Leute abgezogen, bis er mehr Geld kriegt. Ich kann Steve verstehen, er muss schließlich die Löhne bezahlen und so. Aber das hat Noah ziemlich aus der Fassung gebracht.«

»Und wie passt Laura da rein? Warum hat sie Gary überredet, dort eine Wohnung zu kaufen? Zum Spaß? Um Noah Geld zu beschaffen? Das wüsste ich gern. Und schließlich ist da noch dieser Trennungsbrief.«

»Von ...?«

»Ich bin nicht sicher. In dem Moment ist nämlich Foster

hereingekommen. Aber ich lese ihn später. Die Unterschrift war verschmiert. Ich glaube, es hieß ›Striker‹.«

»Striker? Bist du sicher? Die Einzige, die hier so heißt, ist Helen, draußen in Winter Harbor. Sie hat sieben Kinder, eine Menge Enkelkinder, von denen keines hier lebt, und sie ist ungefähr fünfundsiebzig Jahre alt. Was stand in dem Brief?«

»Das war nicht ganz klar. Die ganze Seite war mit Filzstift geschrieben. Laura muss darüber Tränen vergossen haben. Aber soweit ich gesehen habe, handelt es sich um das Übliche: ›Tut mir leid, dir wehzutun, aber ich verlasse dich.‹ Kam wohl von einem Mann, mit dem sie etwas hatte. Die Schrift war schlecht lesbar, weil sie so verschmiert war und ich nur wenig Licht hatte.«

»Vielleicht helfen uns ja deine Fotos weiter.«

Ich seufzte. »Das ist das Problem. Ich hab mich für ganz schlau gehalten, weil ich den Fotoapparat mitgenommen habe, um mir dann später alles am Computer anzusehen. Aber der Eindringling, der hier war, hat meinen Computer ja kaputt gemacht. Jetzt bin ich geliefert. Gibt es ein Internetcafé hier in der Stadt?«

»Nein.« Er schlug seinen Notizblock auf, schrieb etwas und reichte mir dann den Zettel. »Das ist Everett Arnolds Nummer. Sag ihm, dass ich dich schicke. Er hat einen ganz neuen Mac.«

»Super.« Ich griff nach dem Telefon.

Hank legte seine Hand auf meine. »Du warst zu lange fort, Tal. Everett ist vermutlich um acht ins Bett gegangen.«

»Oh. Verstehe. Ich rufe ihn morgen früh an. Warum hast du mir nicht gesagt, dass Gary Pinkham in der Nacht, als er starb, nach Drew gesucht hat, Hank?«

»Weil er ihn nicht mehr getroffen hat.«

»Wer sagt das? Drew?«

»Wer sonst?«

Ich beließ es dabei. »Irgendwas stört mich.«

»Was?«, meinte Hank.

»Ich weiß auch nicht. Da war noch was ...« Ich lehnte mich gegen die Küchenzeile. »Das mich stört. Doch. Aber ... ich komme nicht dahinter, was. Ich bin bedient. Zeit, ins Bett zu gehen.«

Er zog mich an sich, küsste mich und ging.

»Was hast du vor?«

»Ich verzeihe dir.« Als er zurückkam, trug er nichts außer einem Grinsen im Gesicht. In der Hand hielt er ein paar Handtücher. »Ich dachte, eine gemeinsame Dusche unter freiem Himmel belebt dich vielleicht lang genug, um ...«

»Jaaa.«

Am Mittwochmorgen wurde ich vom Zwitschern eines Vogels geweckt, den ich nicht kannte. Ich hatte meine Bücher über Vogelkunde in Boston gelassen, genau wie mein Vogelhäuschen. Schade.

Stunden zuvor hatte ich Hanks Lippen auf meinen gespürt und ihn dann über die Treppe nach unten gehen hören. Seufz. Die letzte Nacht war umwerfend gewesen. Es dürfte nicht schwerfallen, süchtig nach den Liebesspielen des Sheriffs von Winsworth zu werden.

Während ich duschte, überlegte ich mir, warum gewisse Männer mir unter die Haut gingen, andere mich aber kaltließen. Eine Erkenntnis kam mir jedoch nicht. Ich fütterte Penny und schenkte mir dann eine Tasse Kaffee ein. Ich wählte Everett Arnolds Nummer. Seine Frau sagte mir, dass er nach Bucksport gefahren war und gegen drei wieder zurück sein würde.

Ich konnte auch einen PC benutzen, aber im Umgang mit einem Mac fühlte ich mich vertrauter. Ich würde auf Arnold warten.

Der Vertrag über Emerald Shores ließ mir keine Ruhe. Ich holte ihn aus meinem Bauchgurt und verzog mich mit einer Schale Cheerios-Frühstücksflocken, mehr Kaffee und einem Glas Saft auf die Veranda.

Hässliche Wolken rangen mit der Sonne. Hoffentlich gewann die Sonne.

Penny rollte sich neben mir auf der Veranda zusammen, und ich begann zu lesen.

Juristenblabla ist eine mir total verhasste Lektüre. Ich legte den Vertrag auf den Tisch und drückte mit zwei Fingern gegen meine Augen. Sie schmerzten von den zehn Seiten Kauderwelsch, die ich gerade gelesen hatte.

Ich kraulte Pennys Kopf. »Hochinteressant, was?«

Sie seufzte.

Noah Beal. Laura Beal. Steve Sargent. Patsy Lee Jones. Chip Vandermere. Und Daniel Jones. Sie alle hatten in das Projekt Emerald Shores investiert. Eine ganz schöne Bande. Bei den Treffen der Anteilseigner musste es hoch hergegangen sein.

Die große Überraschung waren Drews Name und Unterschrift. Carmen und Hank hatten sich geirrt. Er *hatte* großzügig in Noahs Schlappe investiert.

Einen Moment lang fragte ich mich, wo all die Verträge vom Projekt meines Vaters, Trenton-by-the-Sea, hingekommen waren. Darin würden sich eine Menge Informationen darüber finden, wer durch den Weggang meines Vaters profitiert hatte.

Aber genau wie Dad waren auch sie verschwunden.

Zurück zu Emerald Shores und Lauras Ermordung. Wenn Garys Tod eine Folge von Lauras war, und wenn Lauras Tod wie ein Mord aus Leidenschaft aussehen sollte, dann konnte ihre Ermordung sehr wohl auch im Zusammenhang mit Emerald Shores stehen.

An den Vertrag waren Parzellierungspläne angeheftet – zumindest glaubte ich, dass man sie so nannte. Einer zeigte die Topografie des Geländes, ein anderer die Lage der Wohnungen und der Freizeiteinrichtungen und ein dritter die Brunnen, die Kläranlage und die Sickergrube.

Beim Anblick der topografischen Karten schrillten bei mir die Alarmglocken. Ich drehte den Plan hin und her. Neben einer Reihe von Nummern hatte der Zeichner auch Sachen wie Flüsse und Straßen eingetragen, um die Grundstücksbegrenzungen und die Höhenunterschiede im Gelände sichtbar zu machen. Eine Art Hilfestellung für unerfahrene Kartenleser wie mich. Vielleicht machte man so etwas auch immer.

Ich gebe ja zu, dass es im notorisch felsigen Boden von Maine mehr als einen godzillagroßen Felsblock gibt. Manche standen vielleicht sogar an Straßen, die parallel zu einem Bach verliefen.

Aber dieser Witzbold von Zeichner hatte der Versuchung nicht widerstehen können, ein Grinsegesicht auf den Felsblock zu malen, den er eingezeichnet hatte. Genau wie das echte Smiley auf den echten Felsbrocken gemalt war, der auf Drews Grundstück stand.

Auf der Karte gehörte dieses Grundstück allerdings nicht mehr Drew, sondern zu Emerald Shores.

Ich ging die Liste der Investoren noch einmal durch – Chip Vandermere, Patsy Lee Jones, Daniel Jones, Drew, Noah. Von all denen war Vandermere meine größte Chance. Ich rief an, und er stimmte einem Treffen mit mir nicht nur zu, sondern war sogar ganz erpicht darauf, sobald ich diesem Gierschlund die verlockende Möglichkeit in Aussicht gestellt hatte, selbst in Emerald Shores investieren zu wollen.

Ich zog mich an, stopfte den Vertrag in meine Tasche und machte mich auf dem Weg zu Vandermeres Bestattungsunternehmen.

28

Blut schmeckt nicht gut

Ein lächelnder Chip Vandermere ließ mich durch die Hintertür seines Unternehmens ein und geleitete mich nach oben in die Wohnräume.

Bei deren Anblick bekam ich eine Gänsehaut, und das ohne ersichtlichen Grund. Jemand hatte ein Vermögen für eine Mahagonivertäfelung und Seidentapeten ausgegeben. Die Möblierung war nicht weniger vornehm, der Schwerpunkt lag auf Leder und Brokat.

Ich folgte Chip in die Küche im Landhausstil. Er platzierte mich an einem massigen Eichentisch, während er mit einer blitzenden Espressomaschine herumhantierte. Nachdem er Shortbread Fingers auf einen Teller gestapelt hatte, brachte er ihn und unseren Espresso zu mir.

Seine Nervosität wirkte auf mich, als läge ich unter einer psychedelischen Decke. Uaaa – sehr seltsam.

Er zog sich einen Stuhl – viel zu dicht – neben mich und stützte das Kinn in die Hände. Grinsend bleckte er die Zähne. »Also, Sie denken darüber nach, in das Projekt Emerald Shores zu investieren, Miss Whyte?«

»Tally, bitte.« Ich nahm einen Schluck Espresso. »Ich weiß, dass es Probleme gegeben hat, aber ich habe ein paar Dollar übrig und habe mir überlegt, dass ich ja in Winsworth' Zukunft investieren kann.«

»Schön. Sehr schön.« Er nickte. »Und wie kann ich Ihnen weiterhelfen?«

»Wie ich bereits am Telefon erwähnte, würde ich mir gerne mal eine Kopie des Vertrages ansehen.«

Eifriges Kopfschütteln. »Das hat keinen Sinn.« – »Weil ...?«
»Er wird neu aufgesetzt.«
»Warum genau?«
Noch mehr Zähne. »Ich weiß ein paar sehr gute Gründe, warum Sie bei uns einsteigen sollten. Zuerst einmal ...«
»Mr Vandermere ... Chip. Erst wenn ich den Vertrag gesehen habe, kann ich ernsthaft über meine Investition nachdenken.«
»Wie ich schon sagte, das hat keinen Sinn.«
Ich erhob mich. »Dann gehe ich wohl besser.«
Chip sprang auf. »Gehen Sie nicht, Tally.«
»Warum nicht? Ich möchte etwas sehen. Sie zeigen es mir nicht. Noch länger zu bleiben führt zu nichts.«
Chip runzelte die Stirn, fasste sich aber wieder und setzte erneut ein Lächeln auf.
»Sicher, sicher. Bin gleich wieder da. Sehen Sie sich doch so lange ein bisschen um.«
Ich schlenderte zurück ins Wohnzimmer. Kristall von Waterford und andere wertvolle Stücke waren in dem konservativ eingerichteten Zimmer verteilt. Ich blieb vor einem Bücherregal aus Mahagoni stehen, das mit Urnen bestückt zu sein schien. An jeder glänzte unten ein Namensschild aus Messing.
»Champion Duster.« – »Chip's Darling.« – »Rambling Rose.« – »Champion Van's Crimson.«
»Unsere Schätze«, sagte Chip und gesellte sich zu mir.
»Schätze?«, fragte ich.
Chip strich mit den Fingern über eine Urne. »Unsere Babys. Dobermänner. Meine Frau und ich, wir, äh, können keine Kinder haben, also ...« Er zuckte die Achseln.
Das war der erste menschliche Zug, den ich hinter seiner Fassade aufblitzen sah. Ich fand es traurig und anrührend zugleich.
»Haben Sie denn auch welche hier? Lebende Hunde, meine ich.«

»Madeline ist gerade unterwegs, um zwei von ihnen vorzuführen.«

»Das genießt sie bestimmt sehr.«

»Wir beide. Ich gehe immer mit, wenn es sich einrichten lässt.«

Wir kehrten in die Küche zurück, und Chip machte erneut Espresso. Er setzte sich wieder, und diesmal schob er seinen Stuhl so nah an meinen, dass ich sein Mundwasser riechen konnte.

Er schob mir mehrere gefaltete Blätter zu. »Da haben Sie ihn.«

Ich faltete den Vertrag auseinander und las. Sein Blick kitzelte mich im Nacken.

Aha. Da hatten wir es. Chips Vertrag unterschied sich eindeutig von Lauras. Er hatte mit Bleistift Bemerkungen an den Rand gekritzelt, und auch die Daten waren unterschiedlich. Lauras Vertrag war eine Woche vor Chips unterschrieben worden.

Ich überflog den Text, doch bei diesem Juristenkauderwelsch gab ich nach Seite eins auf. Ich lächelte Chip beruhigend an und blätterte dann zu der Seite mit den Unterschriften. Drew hatte Lauras Vertrag unterzeichnet, aber auf Chips stand sein Name nur in Druckbuchstaben. Keine Unterschrift.

Ich ging zu den Plänen über. Chips topografische Karte hatte eindeutig einen anderen Umriss als Lauras. Auf ihrer war Drews Besitz dabei. Auf Chips nicht.

Das Entscheidende war die Sickergrube. In Lauras Vertrag befand sich die Sickergrube der Anlage Emerald Shores auf Drews Grund. Bei Chips Vertrag – ohne Drews Besitz – war sie an einem anderen Ort eingezeichnet. Chip hatte daneben mit vielen Ausrufezeichen notiert: *Nicht genehmigt. Boden nicht durchlässig!!!*

Wow.

***

Als ich aufsah, glich Chips Gesicht einer Maske der Angst – er hatte die Lippen aufeinandergepresst, und seine furchtsamen Augen blinzelten. Er versuchte es mit einem leutseligen Lächeln. »Sieht doch ganz schön vielversprechend aus, oder? Diese Wohnungen werden großartig. Und Noah hat einen erstklassigen Designer an der Hand. Die Leute werden uns die Bude einrennen.«

»Aber nicht, wenn das Abwasser nicht versickert.«

»Aber das wird es. Bestimmt.«

»Was ist passiert, Chip?«

»Äh ...« Sein Blick wanderte zum Fenster. »Wir mussten die Sickergrube im letzten Moment noch versetzen.«

»Weil einer ihrer Investoren abgesprungen ist? Drew Jones etwa? Ich sehe seinen Namen gedruckt, aber keine Unterschrift.«

»Ja, Drew ist abgesprungen.« Er lachte in sich hinein. »Ist aber nicht schlimm.«

»Ach nein? Aber er hat seinen Grund mitgenommen. Und da sollte die Sickergrube hin.«

»Also gut. Ja.« Chip drehte aufgeregt an seinem Ehering. »Und ich will ehrlich sein: Dadurch hat sich alles etwas verzögert.«

»Es sieht nicht gut aus für das ganze Projekt.«

»Das sieht nur so aus. Noah kümmert sich um alles.«

»Tut er das? So, wie er sich um Lauras Einmischung gekümmert hat?«

»Einmischung? Laura war doch die ...« Er presste die Lippen zusammen.

»Die was, Chip?«, hakte ich nach und lächelte aufmunternd.

Chip kniff die Augen zusammen und entriss mir den Vertrag. »Sie wollen doch gar nichts investieren. Sie wollen bloß schnüffeln. Die ganze Sache ist absolut legal. Also, was interessiert Sie so?«

»Laura Beals Tod.«

301

»*Was?*« Meine Antwort schien ihn ernsthaft zu überraschen. Plötzliches Hundegejaule ließ uns beide zusammenzucken. Aus dem Jaulen wurde ein Bellen. Chip sprang vom Tisch auf. »Madeline ist mit den Hunden zurück. Sie gehen jetzt besser.«

»Was? Ohne Madeline und die Hunde zu sehen? Warum?«

»Sie wird müde sein. Und ganz verdreckt, weil sie den Morgen über mit den Hunden gearbeitet hat. Das ist alles.«

Ich sah aus dem Fenster. Madeline kam mit zwei Dobermännern um die Ecke. »Was, wenn Laura Beal wegen Emerald Shores gestorben ist? Was, wenn einer der Investoren sauer war, weil der Deal nicht zustande gekommen ist?«

»Das ist doch Unsinn. Wie können Sie es wagen, mir damit zu kommen?«

»Weil hier etwas nicht mit rechten Dingen zugeht, Chip.«

»Dann fragen Sie doch Daniel Jones oder Patsy Lee.«

Wieder drehte er an dem Ring. Das brachte mich auf etwas ... »Wie man mir sagte, war Laura sexuell sehr aktiv. Haben Sie mit Laura Beal geschlafen, Chip?«

»Jetzt hören Sie aber auf.«

»Sie wirken so unglaublich nervös. Warum?«

»Sie machen sich lächerlich.«

»Das glaube ich kaum.«

Chips Brust schwoll an. »Wehe, Sie erzählen Madeline von Laura.«

»Das hatte ich nie vor. Aber ich wundere mich doch über Ihr Verhalten. Eine Frau wurde brutal umgebracht, Chip. Und niemand scheint mir dabei helfen zu wollen herauszufinden, wer es war und warum.«

Ein Klopfen an der Tür, dann steckte Chips Assistent den Kopf herein. »Chip? Madeline meinte, sie bräuchte dich unten.«

Chip setzte sein patentiertes Grinsen auf. »Sag ihr, ich bin gleich da.«

»Gut.«

Kaum war die Tür wieder zu, erlosch Chips Grinsen. »Sie sehen ja, ich muss gehen.«

»Noch eine Minute. Wer hat Ihrer Meinung nach Laura umgebracht?«

»Gary Pinkham natürlich.«

»Das passt nicht zusammen. Zumindest nicht in meinen Augen. Ich denke, dass Gary dran glauben musste, weil er *wusste,* wer sie umgebracht hat. Jemand hat mein Büro verwüstet und meinen Computer zerstört.« Ich stützte das Kinn auf die gefalteten Hände. »Wenn ich zu Hause gewesen wäre, hätte man mich dann auch umgebracht?«

»Wie können Sie ...«

»Der Mörder hat zwei Mal zugeschlagen. Bin ich das nächste Opfer? Sind Sie es?«

Er riss die Augen auf. »Natürlich nicht. Ich ...« Er vergrub das Gesicht in den Händen. »Das war von Anfang an ein Schlamassel.«

»Was?«

»Emerald Shores.« Er wich meinem Blick aus und rückte stattdessen das Gebäck zurecht.

»Die Zeit läuft ab. Madeline. Schon vergessen.«

»Ich *weiß*«, blaffte er. »Laura hat uns erpresst.«

»Wen, uns?«

»Alle Investoren, Noah natürlich ausgenommen. Sie hat es für ihn getan. Um sein Ansehen zurückzugewinnen. Sie hat uns gezwungen, in dieses blöde Bauprojekt zu investieren.«

»Sie haben mit ihr geschlafen, stimmt's?«

»Ich ... Ja.« Er sank in sich zusammen. »Sie meinte, wir würden ein Kind bekommen. Madeline ist diejenige, die ... Das mit Madeline macht mir nichts aus. Nicht wirklich. Aber Laura ist mir mit dieser Babymasche auf den Geist gegangen. Und dann hat sie mir gedroht.«

»Was hatte sie gegen die anderen in der Hand?«

»Ich weiß nicht.«

»Chip?«

Sein Kopf ruckte hoch. »Ich schwöre, ich weiß es nicht. Aber eines weiß ich. Sie hat einen Anfall gekriegt, als Drew ausgestiegen ist.«

»Also hat sie ihn nicht erpresst.«

»Doch, sie hat. Aber er hat sie schließlich in die Wüste geschickt, als sie noch einmal zwanzigtausend Dollar gefordert hat. Sie hatten einen Riesenkrach. Himmel, war Laura sauer.«

»Warum ist er ausgestiegen?«

»Ich sagte doch, ich habe keine Ahnung. Aber er hat uns alle mit reingerissen, als er es tat.«

»Die Sickergrube.«

»Genau. Sein Grund und Boden war nämlich als einziger durchlässig.«

»Also ist das Projekt Emerald Shores gestorben?«

»Nein. Noah hat einen Plan, wie wir unser Geld wieder reinbekommen.« Er grinste. »Und es sogar noch vermehren.«

Annie als Ware im Austausch gegen den Grund für die Sickergrube. Ekelerregend. »Noch eine Frage, Chip.«

Er lachte. »Sie klingen ja wie der alte Columbo.«

»Oje, danke. Womit waren Sie an dem Abend beschäftigt, als Laura starb?«

Er schlug auf den Tisch. »Jetzt hören Sie aber auf.«

»Chip?«

»Madeline und ich hatten drei James-Bond-Videos ausgeliehen und haben sie alle geschaut.«

Nicht schwer zu erraten, wessen Idee das gewesen sein dürfte. »Noch etwas?«

Wieder klopfte es an der Tür. Chip sprang auf. »Wenn ich jetzt nicht hinuntergehe und Madeline helfe, denkt sie sicher, dass etwas nicht stimmt. Und ich möchte nicht, dass sie Sie auch nur sieht. Nicht heute.«

»Für jetzt lasse ich Sie vom Haken. Ich bin sicher, Madeline ist eine nette Frau.«

»Das ist sie. Ich liebe sie wirklich, aber ... Am Ende habe ich Laura gehasst.«

Mein Gefühl sagte mir, dass er nicht der Einzige war. Chip folgte mir nach unten und verschwand dann um die Hausecke. Ich hörte die Hunde vor Freude aufjaulen.

Ich stieg in den Wagen und machte mich auf den Weg zum Gericht. Hank hatte sicher mehr Einblick, was mir nutzen würde.

Der schockierende Gedanke, dass Chip vielleicht Laura und Gary ermordet hatte, kam mir. Ich schob ihn beiseite.

Chip schien mir gern im Verborgenen die Fäden zu ziehen, aber eigentlich war er nur ein Feigling. Seine Augen waren vor Angst ganz groß geworden, als ich den Killer erwähnte. Er war kein guter Schauspieler. Zumindest glaubte ich das nicht.

Und Chips Frau Madeline? Er hatte sie als lieb und geduldig beschrieben, ich hatte jedoch den Verdacht, dass sie einfach nur langweilig war.

Aber eine Frau, die keine Kinder bekommen konnte, die von der Affäre ihres Mannes mit einer schönen und jüngeren Frau erfuhr. Die dann vielleicht noch erfuhr, dass er eben unbedingt ein Kind haben wollte. Die vielleicht von Laura verlacht worden war.

Wenn man es so betrachtete, war die Idee, dass Chips Frau Laura Beal umgebracht hatte, nicht weit hergeholt.

Ich war sicher, dass derjenige, der die Morde begangen hatte, einer eigenen inneren Logik folgte. Laura abgeschlachtet, Gary erstickt, Peanut in dem Fangeisen, die Katze des Nachbarn eingeklemmt zwischen zwei Steinen – für mich war der Killer ein zutiefst gestörtes Individuum.

Vielleicht war es auch gar nicht so. Konnten beide Morde mit Emerald Shores und bloßer Gier zu tun haben?

Aber so *fühlte* es sich ganz und gar nicht an.

Himmel.

Diese Szenarien waren ja alle gut und schön, aber keines schien das richtige zu sein. Sogar die Sache mit dem Grundbesitz schien mir nicht recht zu passen. Was für ein Durcheinander. Laura war jetzt seit elf Tagen tot, Gary Pinkham seit vier. Und wegen der Sache mit den Verträgen fühlte ich mich noch verwirrter, was die Tode betraf.

Als ich auf den Parkplatz vor dem Gericht einbog, blieb ich mit dem Fuß auf dem Gas. Hank würde mir den Hintern versohlen, weil ich Lauras Vertrag hatte mitgehen lassen. Dafür war ich jetzt nicht in Stimmung. Ich hätte Drew besuchen können, war aber viel zu wütend über seine bevorstehende Heirat mit Annie. Wenn ich wieder mit Drew sprach, wollte ich meinen Schutzschild aus Vernunft tragen.

Der Killer oder sein Komplize hatte mich gewarnt. Ich war verfolgt worden. Jemand war bei mir eingedrungen. Anscheinend kam ich der Sache näher.

Aber warum auf den nächsten Schachzug des Mörders warten? Zeit, das Ganze etwas anzukurbeln.

Es ging auf Mittag zu, als ich über die Grand Street zu Patsy Lees Laden fuhr.

Patsy stand hinter dem Ladentisch und hofierte eine Frau, die mit Seide und Diamanten behängt war. Wie konnten andere Leute denn das Unechte an diesem Lächeln nicht bemerken? Das Leben war voller Rätsel wie diesem. Ich schlenderte zu dem Ständer mit den Sonderangeboten. Verschiedene Pullis waren von sechshundert Dollar auf fünfhundertfünfzig Dollar reduziert worden. Echte Schnäppchen.

Die Diamantentussi brach schließlich begraben unter Einkaufstüten und in einer Woge aus Chanel Nr. 5 auf. Patsy zwinkerte mir zu und lächelte dann – auf ihre ganz eigene Art, die Ärger bedeutete.

»Ja, wenn das nicht die kleine Tally Whyte ist. Oder sollte ich lieber Emma Blake sagen.«

Ich ging auf Patsy zu. Am liebsten hätte ich ihr den Stinkefinger gezeigt.

»Nenn mich Tally. Das sagen jetzt alle.«

Patsy setzte sich auf die Seitenlehne des Sofas. »Netter Auftritt neulich, *Tally*. So zu tun, als würdest du nach Drew suchen.«

»Das habe ich auch.«

»Und hast du ihn gefunden?« Ihr Grinsen war fies.

»Sozusagen.«

»Und was ist aus deinem Nichtsnutz von Vater geworden?«

»Lass es gut sein, Patsy. Mein Vater ist vor langer Zeit gestorben. Ich will vielmehr über das Hier und Jetzt reden.«

Sie presste die Lippen aufeinander und wandte den Kopf ab. »Du hast dich zu deinem Vorteil entwickelt. Als Kind sahst du grässlich aus.«

»Danke für das Kompliment.«

Sie beugte sich vor. »Stimmt das, was ich da gehört habe? Dass du so was wie eine nationale Berühmtheit bist?«

Ich fragte mich, wer da getratscht hatte. »Nicht wirklich. In gewissen professionellen Kreisen bin ich bekannt für das, was ich tue.«

»Irgendwas mit Leichen, stimmt's?«

»Nett ausgedrückt, wie immer. Ich bin Psychologin. Mein Spezialgebiet ist die Trauerarbeit mit Angehörigen von Mordopfern.«

»Widerlich. Wie schade, dass du nicht was, äh, Normaleres machen konntest.«

Ich lachte. »Wie kannst du nur so danebenliegen? Erstaunlich. Aber pass auf. Ich möchte eigentlich über dich und Drew reden.«

Sie wedelte mit ihren roten Nägeln. »Wie dein Vater, ein alter Hut.«

»Ach wirklich? Warum hatte ich dann den Eindruck, dass du noch nicht geschieden bist?«

Ihr Pfirsichteint wurde fleckig. »Sind wir auch nicht. Lass dir von niemandem was anderes erzählen. Verstanden?«

»Ich habe verstanden, dass er vorhat, wieder zu heiraten.«

Sie atmete tief ein und lächelte dann. »Nicht, bevor ich

nicht diese blöden Scheidungspapiere unterschrieben habe, nein.«

»Verstehe. Übrigens, wie bist du eigentlich in die Sache mit Emerald Shores verstrickt?«

»Hexe!«

Ich lächelte. »Das hat dich aufgebracht, was, dass ich Emerald Shores erwähne? Vielleicht deshalb, weil es mit Laura Beals Tod in Zusammenhang steht?«

»Raus mit dir«, kreischte sie. »Und komm nie wieder durch diese Tür.«

Als die Glastür hinter mir zuschlug, sah ich noch den Schuh, den sie nach meinem Kopf geworfen hatte. Ich drehte mich um und winkte. Patsy schrie etwas, das ich nicht hören konnte.

Wenn es um Patsy Lee Jones ging, hielt das Leben doch die eine oder andere kleine Befriedigung parat.

Ella Fitzgerald drang aus den Lautsprechern, als ich die Stadt durchquerte. Ich wollte zu Daniel Jones' Haus in der Park Street.

Soviel ich wusste, war es durchaus möglich, dass Laura auch mit ihm geschlafen hatte. Und mit Steve. Drew? Vielleicht. Womit sie wohl Patsy erpresst hatte? Da gab es nur eine Million Möglichkeiten, wenn man Patsys lange Karriere voller mieser Tricks betrachtete.

Wusste Joy von Lauras Erpressungen? Mein Bauch sagte: Ja, mein Kopf: Nein.

Ich fuhr über eine von Eichen gesäumte Straße in der Nähe der Main Street und hielt vor einem blauen Cape-Haus, das von ebenso traditionellen und einfachen Häusern flankiert wurde. Zwei große Eichen überschatteten das Haus; es war von einem Meer aus Grün umgeben. Ein handgemaltes Schild mit der Aufschrift »Willkommen bei den Jones« hing neben der Tür. Ich überlegte, wann wohl Mrs Jones gestorben war.

Das Haus sah aus, als wohnte seit Langem jemand darin, und wenn ich tippen sollte, würde ich sagen, dass Daniel seine Braut nach ihrer Heirat hierhergebracht hatte und seither hier wohnte. Das sagte mir, dass der frühere Gouverneur keine Extravaganzen nötig hatte, um zu betonen, wie wichtig er war.

Ich klingelte, und drinnen schlug ein Hund an, doch niemand machte auf. Also fuhr ich zur Autohandlung der Familie in der Grand Street.

Wenn überhaupt, dann war die Geschichte um Laura Beal noch rätselhafter geworden. Wer war sie? Eine Künstlerin, eine Macherin, eine Unangepasste, die Gutes tat, Hanks Geliebte. Aber auch jemand voller Geheimnisse, der andere erpresste. Ein vielschichtiger Mensch, wie wir alle. Die Frage war, was davon ihren Tod verursacht hatte.

Es war fast zwei. Mir blieb noch genug Zeit, bei Taco Bell einen Burrito zu verdrücken und mit Daniel zu sprechen, bevor ich um drei Everett Arnold anrief, auf dessen Mac ich meine Fotos herunterladen wollte.

Ich fuhr auf den Parkplatz vor der Jeep/Chrysler-Niederlassung und parkte unter einem metallenen Vordach neben dem Eingang zum Wartungsbereich. Einen Moment lang saß ich nur da und ordnete meine Gedanken.

Wenn Daniel mit Laura geschlafen hatte, hätte ihr das Einfluss auf ihn verliehen. Insbesondere, da Daniel und Dr. Cambal-Hayward etwas miteinander hatten.

Daniel hatte auf mich warmherzig und aufrichtig gewirkt. Nicht viel anders als der fünfundsechzigjährige Lehrer, der seine zwanzigjährige Geliebte ermordet hatte. Ich hatte mich um die Familie dieses Mädchens gekümmert und um zu viele andere vereinsamte Seelen, als dass ich noch etwas auf den ersten Eindruck geben würde, den ein Mensch machte. Das war Teil des Geschäfts.

Aber es war auch zweifelhaft, ob ein Mann in Daniel Jones'

Alter mit seinen körperlichen Gebrechen und seinem Temperament die Kraft und den Willen gehabt hätte, wieder und wieder auf Laura Beal einzustechen.

Die Fahrertür wurde aufgerissen.

»Was zum …«

Ich wurde von einem Mann mit einer Partymaske grob vom Sitz gezerrt. Er schleuderte mich gegen die Wand, und die Welt um mich wurde schummrig. In meinem Kopf explodierten grelle Blitze.

Ich wollte nach ihm greifen, doch er hielt meine Hände fest. Wieder rammte er mich gegen die Wand aus Stein. Galle stieg in mir hoch, und mein Magen krampfte sich zusammen, als ich die Alkoholfahne des Mannes roch.

»Lass sie in Ruhe«, lallte er. »Oder ich zeig's dir.«

Ich hörte im Geiste Kranaks Stimme, riss das Knie hoch und traf.

»Aaaaau!«

Sein Griff lockerte sich, und ich riss meinen Körper herum, um meine Hände freizubekommen, doch es wollte mir verdammt noch mal nicht gelingen. Seine Hand umklammerte meine Kehle und drückte zu.

Ich schnappte nach Luft. Ich versuchte es noch einmal mit dem Knie, traf daneben und wand mich. Meine Lungen brannten.

»Das hättes' du nich' tun soll'n«, sagte er. »Das wird dir noch leidtun.«

Ich zwang mich zu entspannen, schnellte vor und fand mit meiner Zunge ein Ohr.

Ich biss beherzt zu und ließ nicht locker, nicht locker, obwohl ich Blut schmeckte und er schrie und zappelte. Mir wurde schwarz vor Augen, und ich schnappte nach Luft.

»He!«, rief jemand.

Und dann war ich frei.

29

Vertraute Gesichter

Hank lehnte an seinem Schreibtisch. »Du hast ihn gebissen.« Er sagte das ganz sachlich, doch hinter seinen Worten brodelte die mühsam unterdrückte Entrüstung.

»Habe ich.« Ich trank von dem Gingerale, das er mir besorgt hatte, um den widerlichen Geschmack des Magenmittels zu verdrängen, das mir ebenfalls Hank gegeben hatte. Sein Büro hatte aufgehört, sich zu drehen, und ich verspürte auch nicht mehr länger den Drang, mein Mittagessen von mir zu geben.

Hank hatte das Stadium der Besorgnis bereits hinter sich gelassen – in dem er mir sanft das Gesicht abgewischt, zärtlich nach ernsthaften Verletzungen gesucht und mich auf der Fahrt zu seinem Büro umsorgt hatte – und war zu einer kaum noch unterdrückten Wut übergegangen. Ob diese meinem Angreifer oder mir galt, war mir nicht ganz klar. Er hatte zwei Polizisten aus Winsworth dorthin beordert, um vom Serviceleiter Einzelheiten über den Angriff zu erfahren. Obwohl dieser Angestellte meinen Angreifer vertrieben hatte, vermutete ich doch, dass er nichts gesehen hatte.

Hank verschränkte die Arme.

»Wir können von Glück reden, dass der Serviceleiter nicht ins Krankenhaus musste.«

»Tut mir leid. Das muss das Blut auf meinem Gesicht gewesen sein, nachdem ich dem Kerl ins Ohr gebissen hatte.«

Er fuhr sich mit der Hand durchs Haar. »Warum zum Teufel hast du nicht einfach geschrien?«

»Ich ... Ich glaube, daran habe ich gar nicht gedacht.«

»Herrgott noch mal, was hast du denn nur angestellt, um jemanden so gegen dich aufzubringen, dass er dich auf diese Art angreift?«

»Mundgeruch?«

Hanks Gesicht lief dunkelrot an.

»Mein einnehmendes Wesen?«, schlug ich vor.

Seine Faust krachte auf den Tisch. »Verdammt, Tally!«

Ein Kollege steckte den Kopf zur Tür herein. »Alles in Ordnung, Sheriff?«

Hank knurrte, und der Mann verkrümelte sich hastig. »Ich bring dich jetzt raus, Tal.«

»Everett Arnold …«

»Vergiss Everett Arnold. Jetzt wollen wir mal ehrlich sein, Tally. Geht es bei deinen Nachforschungen wirklich um Laura und Annie, oder nicht doch um deinen Vater?«

Ich sprang auf. »Das ist doch lächerlich. Ich …«

Um mich drehte sich alles.

Ich sehe Daddy und einen Mann, einen großen Mann. Sie reden im Wohnzimmer unseres Hauses miteinander. So ein Ärger! Daddy sollte eigentlich mit mir zum Fischen gehen, und er hatte gesagt, wenn wir nicht bald gehen, fehlt uns das Licht.

Er hat versprochen, mir endlich das Fliegenfischen beizubringen, und ich kann es kaum erwarten. Mit elf hält er mich für groß genug. Echt cool.

Ich schleiche näher zum Wohnzimmer. Wer ist der Typ? Huch. Es ist Mr Beal, Annies Dad. Wenn ich sie doch nur hören könnte, dann wüsste ich auch, wie lange Daddy noch braucht. Ich gehe noch näher; Mr Beal redet über etwas, das Trenton-by-the-Sea heißt. Ich frage mich, was das wohl ist.

»Das wäre eine ganz prima Investition, John«, sagt Mr Beal zu meinem Daddy. »Ganz prima.«

»Das glaube ich nicht, Noah. Überhaupt nicht. Aber danke für das Angebot.«

Daddy und Mr Beal kommen auf die Tür zu. Daddy entdeckt

mich und hebt eine seiner buschigen Brauen, was bedeutet, dass ich mich verkrümeln soll.

Ich will nicht, aber ...

Er tut es wieder, und das zweite Mal bedeutet, dass wir nicht fischen gehen, wenn ich nicht gehorche. Ich trete zurück und mache leise die Wohnzimmertür zu.

Ein wenig später verlässt Daddy unser Haus mit Mr Beal. Er sagt, es tue ihm leid, aber wir müssten ein anderes Mal angeln gehen.

Ein anderes Mal ...

Ein kaltes Tuch auf meiner Stirn. Ich blinzelte, bis der Raum wieder Gestalt annahm.

»Hui«, sagte ich. »Das ist mir noch nie passiert.«

»Alles in Ordnung, Tal?«, fragte Hank.

»Ja. Schon. Entschuldige.«

Ich rieb meine Schläfen. Was für eine seltsame Erinnerung. Sie besagte, dass Noah Beal den Deal mit dem Land angestoßen hatte, und nicht umgekehrt. Wenn das stimmte, änderte sich dadurch alles. Noah hatte meinen Vater vorgeschickt, war aber in Wirklichkeit derjenige, der das Geld der Investoren hatte verschwinden lassen. Ebendieses Geld hatte er dann dazu benutzt, sein eigenes Trenton Shores zu finanzieren. Noah hatte mir einiges zu erklären.

Würde ich je die Wahrheit herausfinden?

Ich sank zurück auf den Stuhl und zog die Beine unter mich. Mein Vater mochte zwar unzuverlässig und verschwenderisch gewesen sein, er war aber auch liebenswürdig und obendrein ein guter Lehrer. Am Tag danach hatte er mir nämlich meine erste Lektion im Fliegenfischen erteilt. Ich lächelte. Er war ein strenger, aber fairer Lehrer gewesen, der mich freigebig gelobt hatte.

»Tally?«, sagte Hank leise.

»Oh. Entschuldige. Ich bin gerade etwas zerstreut. Möglich ist es schon, dass ich nicht auf den Mord an Laura gestoßen wäre, wenn ich nicht die Spuren meines Dads verfolgt hätte. Ich weiß es ganz ehrlich nicht, Hank. Aber für jetzt reicht es mit dem Schimpfen, sonst kotze ich noch quer über deinen Schreibtisch. Das wäre dann eklig sauber zu machen.«

Er hob eine Augenbraue. »Ich versuch's.«

»Besser, du hältst dich dran«, sagte ich, und dann packte ich aus und gestand ihm, dass ich Lauras Kaufvertrag über Emerald Shores aus ihrem Büro hatte mitgehen lassen.

Hank lud mich in seinen Pontiac. Er hatte mich nicht wegen Diebstahls hinter Gitter gebracht. In Anbetracht seines überwältigenden Schweigens während meiner Erzählung stand zu vermuten, dass die Entscheidung knapp ausgefallen war.

»Ich fahre lieber selber zu Everett Arnold raus«, sagte ich.

»Auf keinen Fall. Ich traue weder dir noch deinem Angreifer.«

»Ich denke nicht, dass der Typ mir folgen wird oder ...«

»Du denkst nicht. Punkt.«

»Wie nett. Du benimmst dich ja, als wäre ich eine Kriminelle. Ich habe doch nur ...«

Er schlug aufs Lenkrad. »Du hast doch nur ... Du bist in den Sender eingebrochen, du hast Unterlagen gestohlen und hast dich mit ein paar Personen angelegt, von denen du offenbar einer gewaltig auf die Zehen getreten bist.«

Ich biss mir auf die Lippe. »Du hast Angst um mich.«

Er umklammerte das Lenkrad. »Wir lassen das jetzt mal mit dem Katz-und-Maus-Spiel, ja? Ich bin nämlich ziemlich sicher, dass ich weiß, wer dich heute überfallen hat.«

Mein Kopf fuhr herum. »Wer?«

»Mitch. Mitch Jones.«

Damit hatte ich nicht gerechnet. Hank klärte mich auf, während wir in seinem üblichen Schneckentempo über die Bucksport Road fuhren.

»Drews Bruder? Und du behauptest, er wäre ein Schlappschwanz«, sagte ich. »Da sagt die Beule an meinem Hinterkopf aber etwas ganz anderes.«

»So wie ich Mitch kenne, hat er sich vorher Mut angetrunken.«

»Also, dieser ›Mut‹ hat höllisch wehgetan. Er hat mich gegen die Wand geschleudert und versucht, mich zu erdrosseln, verdammt noch mal. War das mit dem Würgen etwa ein Zufall?« Ich konnte immer noch diese langen Finger spüren, die meinen Hals zudrückten, sodass ich nicht atmen konnte und um Luft gefleht hatte. Ich sah weg. Hank sollte nicht sehen, welche Ängste ich ausgestanden hatte. »Wenn ich ihn nicht gebissen hätte ...«

»Das habe ich nicht vergessen. Aber im Grunde ist Mitch ein Weichei, der sich von seinem Schwanz zu Dummheiten verleiten lässt. Er muss verrückter nach Patsy sein, als ich gedacht hatte.«

»Wie konnte Drew nur diese Frau heiraten? Erinnerst du dich noch, wie sie Annie in der Junior Highschool zugesetzt hat?«

»Allerdings.« Er rieb sich den Nacken. »So ging das auch während der Highschool-Zeit weiter. Aber im College war sie dann total süß.«

»Damit hat sie sich auch Drew geangelt, nehme ich an.«

»Damit. Und mit ihren anderen, äh, Reizen.«

»Verstehe«, sagte ich und war kurzfristig etwas perplex angesichts der Naivität der Männer. »Himmel, geht das nicht auch schneller?«

So das überhaupt möglich war, wurde Hank noch langsamer. »Wir kommen schon an. Bisher hat es immer geklappt.«

»Ja, aber in welchem Jahrzehnt?«

Er grinste. »Würde mich nicht überraschen, wenn Patsy hinter deinem kleinen Zusammenprall steckt. Als Anstifterin, sozusagen. Das wird nicht wieder passieren.«

Der Mann lächelte doch tatsächlich. »Hör mal, du wirst doch nicht etwa eine Dummheit begehen?«

»Ich begehe keine Dummheiten, Tally. Aber ich garantiere dir, dass Mitch sich von dir fernhalten wird, sollte er ein angebissenes Ohr haben. Und zwar auf Dauer.« Sein Grinsen wurde breiter.

Ach du meine Güte – Rambo. »Was, wenn er Laura umgebracht hat?«

»Gary hat Laura getötet.«

»Immer noch das gleiche Lied?«

Seine Antwort bestand in einem Schnauben, einem ärgerlichen.

Ich sank zurück in meinen Sitz, frustriert und ziemlich übel gelaunt.

Hank bog nach links auf eine Schotterstraße ab. »Was ist mit Vandermere?«, sagte er. »Nach dem, was du mir erzählt hast, muss er doch ganz oben auf deiner Liste der Verdächtigen stehen.«

»Aber er passt nicht. Klar, er manipuliert andere, aber er ist auch ein Umstandskrämer, der solch ein schmutziges Verbrechen verabscheuen würde. Stimmt, er arbeitet mit Leichen. Aber er hatte richtig *Angst,* als er den Killer erwähnte. Und einen Kerl wie Gary könnte er nie überwältigen. Aber was ist mit Daniel?«

»Drews Vater? Das ist bisher das Dümmste, was aus deinem Mund gekommen ist.«

»Herrgott, Hank, jetzt lass mal die Komplimente beiseite. Daniel wirkt so nett, so echt. Aber ich wette, dass er zu seiner Zeit ein ganz schönes Raubein gewesen ist. Er mag ja körperlich nicht mehr auf der Höhe sein, aber Ausstrahlung hat er immer noch. Das habe ich bei Lauras Trauerfeier gesehen. Diese Anziehungskraft. Bei Drew ist das genauso. Allerdings hat Daniel ein Alibi für die Nacht, in der Laura starb. Genau wie Noah. Sie haben zusammen mit Dr. Cambal-Hayward bis morgens um fünf Poker gespielt.«

»Da bringst du etwas durcheinander«, sagte er. »Dr. Cambal-Hayward war bis nach drei Uhr morgens im Krankenhaus. Hab sie dort selbst gesehen. Vielleicht meinte Noah Seth Spinner. Sie spielen mindestens einmal die Woche bei ihm.«

»Warum rufst du ihn nicht an und fragst?«

Hank verdrehte einmal mehr die Augen, zog aber sein Handy heraus, suchte die Nummer und wählte. Er hinterließ eine Nachricht, als niemand abnahm. »Zufrieden? Nicht, dass ich Daniel oder Noah als Verschwörer sehe.«

»Mag sein, aber ich frage mich doch, was Laura gegen Daniel in der Hand hatte.«

Die Straße wand sich nach rechts, und Hank fuhr durch ein Schlagloch, woraufhin ich mir den Kopf am Dach stieß. »Autsch, verdammt. Hast du irgendwelche forensischen Ergebnisse zu Gary bekommen?«

»Gary hatte Valium genommen. Wir haben eine frisch gefüllte verschreibungspflichtige Flasche unter dem Fahrersitz seines Broncos gefunden. Die Einnahme von Valium ist bei Selbstmördern sehr verbreitet.«

»Ich weiß«, sagte ich. »Aber in diesem Fall nicht, denn er wurde ermordet. Was ist mit Will Sacco? Er war stinksauer auf Gary. Er wollte ihn nicht einmal beerdigen lassen. Stand er in irgendeiner Beziehung zu Laura?«

»Nur der dumme Brief wegen der Howard Stern Show, von dem du mir erzählt hast und Joy.«

»Sie hat angefangen, Lauras Kleider zu tragen. Sie versucht verzweifelt, an ihrer Freundin festzuhalten. Vielleicht war Will ja eifersüchtig auf ihre Freundschaft und ...?«

»Hat Laura umgebracht? Wer weiß. Aber ich hab da so meine Zweifel. Sie standen sich nahe, lange bevor Will Sacco aufgetaucht ist. Seit der Schulzeit standen sie sich so nahe wie Schwestern. Lass uns einfach die Fragen beiseiteschieben, okay?«

»Das ist nicht okay. Was ist mit deinem Freund beim

Militär? Hat er sich schon bei dir gemeldet, wegen Garys Zeit in der Army? Wegen seiner Krankenakte?«

»Wir sind fast da«, sagte er.

»Das wollte ich nicht wissen.«

»Zeit für dich, aus den Ermittlungen auszusteigen, Babe.«

»Du machst Witze, oder? Was hast du rausgefunden?«

»Du bist wie einer von diesen verfluchten Pitbull-Terriern. An der Sache mit Garys Unfruchtbarkeit *scheint* etwas dran zu sein. Laut meinem Freund in Fort Dix hatte er einen schweren Unfall, als er dort war. Er hat einen Hoden verloren und sich den anderen schwer verletzt.«

Ich schlug auf das Armaturenbrett. »Da hast du's!«

»Da hab ich gar nichts. Ich habe nur gesagt, dass es möglich ist. Wir haben nichts Konkretes darüber, ob Gary unfruchtbar war oder nicht.«

»Na, aber der Bericht deines Freundes ist ein verdammt guter Hinweis. Und wenn Gary nicht der Vater von Lauras Baby war ...«

»Ich sage nur, vielleicht. Aber falls es dich tröstet: Sergeant Thibideaux, die eine von den State Homicide Detectives, ermittelt weiter in der Richtung. Also lass gut sein.«

Diesmal hielt ich den Mund, aber den Hamster im Kopf konnte ich nicht anhalten. Laura war schwanger. Aller Wahrscheinlichkeit nach hatte sie nicht gewusst, dass es eine Eileiterschwangerschaft war. Also hatte sie fest geglaubt, jemandes Kind zu bekommen. Laura Beal wollte ein Kind. Und sie war ein Kontrollfreak. »Ich glaube nicht, dass Laura unabsichtlich schwanger geworden ist. Ich wette, sie hatte es darauf abgesehen. Ich glaube, sie hat den Vater bewusst ausgewählt. Für wen könnte sie sich wohl entschieden haben, Hank?«

»Verdammt, weiß ich doch nicht. Jedenfalls nicht für mich!«

»Hättest du dir gewünscht, es zu sein?«

»Nein«, grollte er.

»Bist du sicher?«

Seine Kiefermuskeln spannten sich. »Nein, bin ich nicht, verdammt noch mal.«

Ich ließ die Worte für eine Minute im Raum stehen, dann sagte ich sanft: »Warum hast du dich von ihr getrennt, Hank?«

Er seufzte und rollte mit den Schultern, als wolle er einen vertrauten Schmerz abschütteln. »Wir hatten ein gemeinsames Leben geplant – wir wollten Kinder haben, ein Haus bauen. In jener Nacht hat es geregnet. Ich hatte vorgehabt, bis spät zu arbeiten. Papierkram. Aber dann sagte ich mir, was soll's, und bin zu ihr gefahren. Ich habe sie und Steve beim Vögeln ertappt. Sie hat mich angefleht zu bleiben, hat geheult, war hysterisch. Meinte, sie hätte nicht anders gekonnt. Dass es nur ein One-Night-Stand gewesen sei.«

Ich legte eine Hand auf seine. »Daran war doch was faul.«

Er lächelte auf seine ironische, liebenswerte Art. »Ja, das dachte ich auch. Das Komische war aber, dass ich ihr geglaubt habe. Was mich aber nicht davon abgehalten hat, sie zu verlassen.«

Wie es aussah, näherten wir uns dem Ende der Straße. Vor uns standen hohe Gräser, Erlenbüsche und eine Reihe von Kiefern.

Hank bog nach links ab, und wir ruckelten über einen Feldweg, der von dem hohen Gras gesäumt war.

»Everett Arnold legt wohl Wert auf Privatsphäre«, sagte ich.

»Das tut er.«

»Hast du Steve zur Rede gestellt?«

»Nein. Steve kam am Tag danach zu mir. Entschuldigte sich, war völlig zerknirscht. Hat keine Ausflüchte gemacht. Ich wusste, dass Laura ihn irgendwie geködert hatte. Steve schämte sich fürchterlich, insbesondere, weil sein Herz eigentlich Annie gehört. Und das schon seit Jahren.«

»Wo war Steve in der Nacht, als ich Drew an der Straße aufgelesen habe, also der Nacht von Lauras Ermordung?«

»Ich habe mich umgehört. Steve zufolge war er noch spät wegen eines Auftrags in Calais und hat dann die Nacht in seinem Camper verbracht. Bis sieben Uhr abends ist alles nachprüfbar.«

»Also hatte er Zeit zurückzufahren, um Laura zu töten.«

»Ich kann mir einfach nicht vorstellen, dass er Annies Schwester wegen einer einmaligen Sache getötet hat.«

»Was, wenn er der Kindsvater war?«

Hank antwortete nicht.

»Nach allem, was ich gestern gesehen habe«, fuhr ich fort, »weiß Steve nicht, dass Annie Drew heiratet.«

»Wenn er Noah nicht erwürgt hat, als er aus deiner Tür gegangen ist, dann nicht.«

»Steve wird versuchen, das zu verhindern. Und ich auch. Ich glaube nicht, dass sie Drew heiraten will. Das hat nur mit Noah, dem Land und ihren Schuldgefühlen zu tun.«

»Halt dich da raus, Tally. Annies Gefühle für Drew reichen weit zurück.«

»Das weiß ich. Aber sie ist meine Freundin. Außerdem sagt mir meine Ausbildung als Psychologin, dass sie sich wegen Drews Krankheit zu ihm hingezogen fühlt. Nicht aus Liebe. Und das ist kein Grund, jemanden zu heiraten.«

»Herrgott, Tally. In wie viele Dinge willst du dich denn noch einmischen, bevor du dir die Finger verbrennst? Hm?«

Wieder bog er nach links ab, und ein ausgebleichtes Cape-Haus kam in Sicht. Es stand geduckt auf einer Klippe über einer kleinen Bucht. Wäsche wehte an der Leine, auf dem Wasser tanzten Schaumkronen, und Wildrosen wiegten sich im Wind. Als wir in die Einfahrt einbogen, erhob sich der schlaksige braune Hund, der auf der Veranda gelegen hatte, und bellte.

Hank streckte seinen Arm hinter mir auf dem Sitz aus. »Alles, was wir haben, sind ein paar Ansätze. Verwirrende Ansätze. Vielleicht helfen uns deine Fotos ja weiter.«

»Mal abgesehen von Chip weißt du für jeden, den ich aufgezählt habe, einen Grund, warum er Laura nicht getötet haben kann.«

Er fuhr sich mit der Hand übers Gesicht. »Diese Sache macht mich noch verrückt. Und du hast ebenfalls für alle Ausreden, *auch* für Vandermere. Du willst den Mörder auch nicht finden.«

»Das stimmt.«

»New York war hässlich und boshaft, aber wenigstens hatten die Killer da keine Gesichter, die ich den Großteil meines Lebens kannte.«

Ein etwa fünfzigjähriger Afroamerikaner in Chinos und Jeanshemd öffnete die Tür und winkte.

»Auf geht's«, sagte ich. »Lass uns ein paar Fotos runterladen.«

30

Streicher

Mrs Arnold, eine strahlende Frau mit Schürze und noch kräftigeren Händen als meinen, überhäufte uns förmlich mit selbst gemachten Keksen, ihren eingemachten Heidelbeeren und dem stärksten Kaffee, den ich je getrunken hatte. Dann führte Mr Arnold mich voller Stolz zu seinen Macintosh-Rechnern. Er hatte eine leistungsfähige Anlage und deutete auf einen Epson, auf dem ich ausdrucken konnte, was immer ich wollte.

Er war so freundlich, mich bei meinem Tun allein zu lassen, vielleicht, weil er in meinen Augen gelesen hatte, dass ich allein sein musste. Ich holte die zwei Compact-Flash-Cards, die ich mitgebracht hatte, heraus und ging ans Werk.

Sie alle zu sichten dauerte eine Weile, auch mit dem zugehörigen Fotoprogramm, da die Bilder groß waren. Und ich machte Fehler bei dem, was mir eigentlich in Fleisch und Blut übergegangen war.

Die Fotos waren halbwegs okay, aber nicht toll, und zum Schluss musste ich die meisten in Photoshop überarbeiten, sodass man die Einzelheiten leichter erkennen konnte. Das nahm weitere Zeit in Anspruch, und aus irgendeinem Grund fingen meine Hände so stark zu zittern an, dass ich für einen Moment aufhörte zu arbeiten und tief durchatmete.

Der Angriff wurde mir erst jetzt voll bewusst.

Ich machte eine Pause, reckte mich und sah aus dem Fenster auf die Bucht unter mir. An diesem klaren Tag bot sie einen herrlichen Anblick – das dunkelblaue Wasser war mit weißen Schaumkronen getupft, und das Meer erstreckte sich über endlose Meilen.

Zuerst hatte ich mich in Winsworth so fremd gefühlt. Das Land, die Ruhe, die starken sozialen Bindungen. Von alldem hatte ich immer geträumt, doch in der Realität war das eine beängstigende Vorstellung.

Jetzt fühlte ich mich als Teil dieser Stadt und mochte sie mehr und mehr. Das Leichte und Natürliche eines guten Lebens berührten mich.

Ich saß zwischen den Stühlen, genau wie in meiner Kindheit, als mein Dad mich von Winsworth nach Boston und weiter nach Lexington gebracht hatte.

Aber dieses Meer war doch das gleiche wie in Boston. Ich liebte seine endlose Weite.

»Alles klar bei dir da drinnen, Tal?«, rief Hank.

Ich setzte mich zurück an den Computer. »Alles klar. Bin gleich fertig.«

Ich hielt meinen Stapel Ausdrucke in der Hand. »Können wir die irgendwo auslegen, Mr Arnold?«

Er führte uns in ein Esszimmer mit Eichenmöbeln. »Seien Sie mein Gast.«

Mr Arnold zog sich zurück, und ich verteilte die Fotos auf der Spitzendecke des Esstischs.

»Mal sehen, was wir da haben«, sagte Hank.

»Ich habe sie in der Reihenfolge hingelegt, wie ich sie auch aufgenommen habe.«

Hank nahm eines in die Hand. »Das kommt alles ziemlich gut raus.«

»Ja.« Ich überflog die erste Reihe, die Fotos von den Rechnungen, Artikeln, Notizen und Unterlagen, die ich in Lauras Büro gefunden hatte. »Fällt dir was auf?«

»Nein«, sagte er. »Das ist nur das Übliche.«

»Die nächsten sind von den Sachen aus der Tamponschachtel.«

Hank stieß einen Pfiff aus. »Da ist ja unser Grinsegesicht.« – »Auf dem Stein.«

»Genau. Drew und ich haben es vor ungefähr zehn Jahren gemalt.«

»Dieser Stein war der Hinweis, dass die Sickergrube für das Bauprojekt eigentlich auf Drews Besitz sein sollte.«

»Noah hat echt Nerven«, sagte er.

»Glaubst du, dass Lauras Erpressung der Grund ist, warum Drew den Originalvertrag unterzeichnet hat? Wenn sie etwas gegen ihn in der Hand hatte, wie kommt es dann, dass er kurz vor knapp noch abgesprungen ist?«

»Ich werde ihn einfach fragen, Tal. So schwer ist das nicht.«

Ein Windstoß bewegte die Gardinen.

»Nein? Was, wenn Steve recht hat, indem er Drew beschuldigt?«, sagte ich. »Vielleicht wollte Drew Laura tot sehen wegen etwas, das sie gesehen oder mitbekommen hatte. Wie kannst du dir so sicher sein, dass Drew in der Nacht, bevor Gary starb, nicht da war, als Gary nach ihm suchte?«

Hank ignorierte meine Frage und sah weiter die Fotos durch. Er tippte auf den Ausdruck mit den Mondsteinen.

»Die sind schön, nicht?«, sagte ich.

»Ja. Die wurden in der Stadt bei einem Juwelier gekauft, einem gewissen Hobbs.«

Er vergrub die Hände in den Taschen. »Sie wollte sie unbedingt haben. Ich, na ja, die sind in achtzehnkarätiges Gold gefasst. So viel Geld hatte ich zu der Zeit nicht. Ich frage mich, wer sie ihr gekauft hat.«

Ich legte eine Hand auf Hanks Arm. »Vielleicht hat sie den Schmuck einfach selber gekauft.«

»Jemand wie Laura nicht. Sie hatte so ihre Methoden, von anderen zu bekommen, was sie wollte.«

»Gary könnte …«

»Machst du Witze? Stimmt, der Kerl hatte Geld. Aber das Letzte, was Gary Pinkham einer Frau kaufen würde, war so eine Kette.«

»Aber sicher sein kannst du nicht.« – »Nein, kann ich nicht. Aber Joy müsste es wissen. Frauen reden doch über so was.«

»Manchmal.« Ich würde Joy nach den Mondsteinen fragen.

Wir machten am Tisch weiter. »Da ist der Brief von Will.« Hank hob das erste der beiden Fotos hoch, las es und nahm dann das zweite.

Ich las die erste Seite, die mit den Worten begann: *Auf Howard Stern wartet die Hölle. Ich finde es empörend, dass Sie diesen Mann in Ihrem Sender spielen.*

»Das ist ein Computerausdruck. Ich vermute, dass Joy das für ihn an ihrem Rechner getippt hat. Was sie wohl davon hält?«

Hank schüttelte den Kopf, als er mir die letzte Seite zurückgab. »Die Dummheit der Menschen hört nie auf, mich zu erstaunen.«

Hank ging zum nächsten Foto über, während ich den Rest von Will Saccos Hetzbrief überflog und mich fragte, ob jemand wie Howard Stern ein ausreichendes Motiv war, um Laura abzuschlachten. Ein erschreckender Gedanke. »Will hat strenge Moralvorstellungen, nicht wahr?«

»Es gab da Gerüchte, dass seine Tochter, Tish, sich nicht im Krankenhaus mit Aids infiziert hat, sondern ... Du verstehst schon.«

»Joy meinte, dass Tish eine Fehlgeburt gehabt hat. Deshalb konnte Gary ihrer Meinung nach auch nicht unfruchtbar sein. Aber wenn Tish fremdgegangen ist, könnte das die Schwangerschaft erklären.«

»Ist dir schon aufgefallen, dass du die Unterschrift falsch gelesen hast?«

Mein Kopf ruckte hoch. »Welche Unterschrift?«

»Die auf dem Abschiedsbrief an Laura. Da steht nicht Striker, sondern Strider. Ich kenne niemanden im Umkreis, der so heißt.«

Ich beugte mich tief über das Foto. Strider. Aber natürlich. Völlig klar für mich, aber ein Mysterium für alle, die Tolkiens *Der Herr der Ringe* nicht gelesen oder gesehen hatten. Strider oder Streicher war ein anderer Name für Aragorn, den zukünftigen König und Geliebten von Arwen.

Das Wandgemälde von Arwen und Aragorn zeigte Lauras Gesicht in der Gestalt von Arwen. Zeigte es auch das Gesicht des Mannes, der sie geschwängert hatte? Ich versuchte, mir Aragorns Gesicht auf der Wandmalerei vor Augen zu führen, aber es gelang mir nicht. Bei der Betrachtung hatte ich nicht reagiert. Ich fragte mich, ob mein Eindringling nach diesen Bildern gesucht hatte.

Ich hatte sie nicht mehr. Ich hatte sie an einen Fotoversand geschickt und dort Abzüge bestellt und sie dann gelöscht, um die Speicherkarten wieder benutzen zu können.

Vielleicht *hatte* Laura Aragorn ja gar nicht das Gesicht ihres Lovers gegeben.

Aber ich wettete, dass doch. Schließlich hatte sie sich für eine Romantikerin gehalten.

Während Hank und Mr Arnold über gute Fischgründe plauderten, was ich nur ungern verpasste, sah ich online nach, wann die Ausdrucke abgeschickt würden. Ich sollte sie morgen erhalten.

Hank gegenüber erwähnte ich diese Bilder nicht. Eine dumme Entscheidung, die kaum zu übertreffen war.

Hank setzte mich bei meinen Wagen ab, der noch immer vor der Jeep/Chrysler-Niederlassung stand. Er bestand darauf, dass ich wartete, und kam bald mit der Nachricht zurück, dass weder Daniel noch Mitch in der Nähe waren.

Er ließ mich zurück, ohne mir auch nur zu versprechen, mich anzurufen. Ich hatte den Verdacht, dass er nun Mitch Jones einen Besuch abstatten würde. Ich wollte Hank Cunningham lieber *nicht* zum Feind haben.

Ich fuhr los, änderte meine Meinung und parkte wieder, diesmal aber vor dem Geschäft. Obwohl ich mich beschissen fühlte, war das doch der perfekte Zeitpunkt, um mit den Angestellten über die Familie Jones zu plaudern.

Als ich die gläserne Doppeltür aufzog, sprang die Frau, die hinter dem Schreibtisch saß, auf. Mit starrem Grinsen durchquerte sie den Ausstellungsraum in Rekordgeschwindigkeit.

»Was kann ich für Sie tun, Miss ...?«

»Whyte. Ich habe dieses Auto hier bewundert.« Ich deutete auf den alten LeBaron, der vorne mitten im Ausstellungsraum stand. Er glänzte wie neu, und die verchromten Teile funkelten in der Nachmittagssonne, die durchs Fenster fiel.

Sie tätschelte den Kotflügel des Wagens. »Damit empfehlen wir uns all unseren Kunden. Der Gouverneur fährt genau so einen.«

»Daniel Jones?«

»Genau. Um zu zeigen, wie langlebig ein Chrysler ist.«

»Wir hatten einen ganz ähnlichen, aber unserer war, glaube ich, noch älter. Aus den frühen Sechzigern. Ein Imperial LeBaron.«

»Wirklich. Der wäre dem Gouverneur sicher einiges wert, wenn Sie ihn noch hätten.« Sehnsuchtsvoll schaute sie einem jungen Paar mit einem Kleinkind hinterher, die den Ausstellungsraum betraten. Ein anderer Verkäufer machte sich auf den Weg zu ihnen.

Sie zwinkerte mir zu und beugte sich vor. »Obwohl der Gouverneur die alten liebt, sind die neuen sogar noch besser.« Sie deutete auf den Wagen, der neben dem LeBaron stand.

Ich schlenderte zu dem schimmernden roten Sedan. »Toll. Ich könnte mir Mitch Jones in so einem vorstellen.«

»Ganz sicher, obwohl er auch unsere Jeeps liebt.«

»Da fällt mir ein«, sagte ich, »habe ich ihn nicht heute Nachmittag hier gesehen?«

»Ja, schon, er ...« Sie presste die Lippen aufeinander.

»Nein. Aber unser Prachtstück hier hat einen sehr geringen Benzinverbrauch.« Sie öffnete die Tür und zeigte auf die Sitze aus schwarzem Leder. »Möchten Sie mal eine Probefahrt machen?«

»Mal sehen. Sind Sie sicher, dass Mitch nicht hier war?«

»Ich habe die Tage durcheinandergebracht. Ist es nicht schlimm, wenn einem so was passiert?«

»Sicher. Kennen Sie Drew Jones?«

Sie saugte die Wangen ein. »Nicht gut. Warum fragen Sie?«

»Weil ...« Ich suchte nach einem Grund, einem, der nicht mit Winsworth zu tun hatte. »Ich war mit ihm auf dem College.«

Das brachte mir ein säuerliches Lächeln ein. »Also waren Sie auch in Harvard?«

Ein Mann in einer Bomberjacke aus Leder öffnete die Tür zum Ausstellungsraum, und die Verkäuferin ging mit einem »Entschuldigen Sie mich« zu ihm hinüber.

So viel zu meinen plumpen Schnüffelversuchen. Mein Gespür war entschieden schlecht. Trotzdem sprach ich noch verschiedene andere Verkäufer an, deren Neigung zum Plaudern sich verflüchtigte, sobald ich Mitchs, Drews oder Daniels Namen in einem anderen Zusammenhang als mit Autos erwähnte. Die Büro- und Serviceangestellten waren, falls möglich, sogar noch kürzer angebunden.

Ich fuhr mit dem Gefühl nach Hause, versagt zu haben. Und meine Kopfschmerzen hätten einem Tyrannosaurus Rex zur Ehre gereicht.

Ich brauchte ein bisschen Erholung, also nahm ich meine Angelausrüstung und Penny und ging zu dem Teich auf der anderen Seite der Straße. Obwohl das Fliegenfischen gut gegen meine Kopfschmerzen war, gelang es mir nicht, mich dadurch wie üblich zu entspannen. Ich spielte den Abend über mit Penny Stöckchen werfen.

Als ich mich zwischen die Laken gleiten ließ, war ich immer noch ruhelos und kribbelig. So viel war geschehen ... und doch nicht genug. Ich wünschte, die Fotos von Lauras Wandbildern wären schon hier.

Ich nahm mir den letzten Brady-Coyne-Krimi vor. Sechs Kapitel später war ich sicher, dass Hank nicht mehr anrufen würde, was bedeutete, dass kein mürrischer Cop mir heute Nacht die Bettdecke stehlen und neben mir schnarchen würde. Ich ließ das Buch in den Schoß sinken. Nicht nur, dass wir großartigen Sex hatten, es gefiel mir auch, mein Bett mit ihm zu teilen.

Huiii. Gar nicht drüber nachdenken.

Ich kehrte zu Brady zurück. Er steckte bis zum Hals in Mordermittlungen, als das Telefon klingelte.

»Ach«, sagte eine liebe und vertraute Stimme. »Du bist also *keiner* Sekte beigetreten.«

»Hi, Veda. Du fehlst mir auch.«

»Das sehe ich, wo du doch ständig anrufst und E-Mails schickst.«

»Mein Computer ist kaputt.« Viele »Ts, ts, ts« begleiteten im Anschluss einmal mehr Tallys unglaubliche Geschichten, wie wir sie zu nennen pflegten.

»So, das waren schon die paar Neuigkeiten des Tages.«

»Die paar Neuigkeiten? Meine liebe Tally, mach mal die Augen auf. Das klingt ja, als würdest du dir das mit dieser Laura Beal nur antun, um für die Vergehen deines Vaters zu büßen.«

»Wie bitte?«

»Versuchst du, dich umbringen zu lassen?«

»Das ist doch lächerlich, Veda. Der Mord an Laura hat nichts mit meinem Vater zu tun.«

Ein Lachen. »Natürlich nicht, meine Liebe. Und der Mond besteht aus grünem Käse.«

»Hör auf, Veda. Ich habe die Sache mit Daddy auf Eis gelegt, solange ich an dieser Geschichte dran bin.«

Sie seufzte laut und vernehmlich. »Aber sicher doch, meine liebste Tally. Ach. Warum, glaubst du wohl, ist das Haar dieser alten Frau so grau?«

»Es ist schwarz, und du bleichst es. Und lass das mit der alten Frau. Du bist alles, nur nicht das.«

»Du hast doch nicht etwa vor, dort oben zu bleiben?«

»In einer Woche bin ich zu Hause.«

»So Gott will.«

»Hör auf!« Das war's also. Veda hatte Angst davor, dass ich nach Winsworth zog.

»In einer Woche«, wiederholte ich.

Aber das war ganz und gar nicht sicher, und wir beide wussten es.

Am nächsten Morgen wachte ich völlig erschöpft von meinen surrealen Träumen auf, die mich in eine schlechte Stimmung versetzten. Aus schmerzlich eindeutigen Gründen hatte Annie in meinen Träumen Pie gegessen und dazu Gary Pinkham als Tisch benutzt, Steve Sargent hatte Joy Sacco beim Tanzen herumgewirbelt, und Hank hatte mit meiner früheren Sekretärin geschmust, die in Wirklichkeit mit meinem Ex-Mann durchgebrannt war. Kein Wunder, dass Mr FedEx mich leicht besorgt ansah, als er mir den Umschlag des Fotolabors überreichte.

Ich riss den Umschlag auf und verteilte die Bilder von Lauras Wandmalereien auf dem Couchtisch. Es waren zwei Abzüge von »Aragorn« und »Arwen« dabei.

Ich hielt den Atem an, als ich beide in das frühmorgendliche Licht hielt.

Oh Gott. Aragorn trug Drew Jones' Gesichtszüge. Nicht die jetzigen, von Krankheit gezeichneten, sondern die schönen, zuversichtlichen Züge eines Mannes im besten Alter, bevor sie von der Krankheit zerstört worden waren.

Drew und Laura.

Ich blickte hinaus aufs Meer und spürte den beruhigenden

Rhythmus der Wellen. Ich musste nachdenken, meine Wahrnehmung dessen neu bewerten, was ich wusste, zu wissen meinte und was real war.

Drew Jones war Streicher – Laura Beals Liebhaber und der Vater ihres Kindes. Aber ja doch. Laura würde niemanden wie Gary Pinkham auswählen, sondern jemanden wie Drew, intelligent, gut aussehend und bedeutungsvoll. Jemanden mit Ausstrahlung.

Ich lehnte die Stirn gegen das kühle Glas. Aber einen Mann mit einer Erbkrankheit? Einer Krankheit, die mit fünfzigprozentiger Wahrscheinlichkeit auf ihr Kind vererbt wurde?

Vielleicht hatte sie nichts von der Chorea Huntington gewusst. Aber sie *musste* es gewusst haben.

Warum hatte sie es getan? Laura war klug, mutig, selbstsicher ... und eigensinnig, ein Kontrollfreak, zu allem entschlossen. Hatte sie zu Selbsttäuschungen geneigt? Sicher. War sie eifersüchtig auf ihre Schwester gewesen? Unbedingt.

Was für eine Frau. Sie hatte es drauf ankommen lassen. Es einfach getan. Oder hatte sie vielleicht vorgehabt, das Kind abzutreiben, falls es das Huntington-Gen in sich trug? Eine Fruchtwasseruntersuchung hätte das vielleicht klären können. Oder Laura war überzeugt gewesen, dass es möglich war.

Penny jaulte. Ich bemerkte, dass ich sie weder hinausgelassen noch ihr zu fressen gegeben hatte. Ich holte beides nach, während meine grauen Zellen auf Hochtouren liefen.

Hatte Laura Drew hereingelegt, damit er sie schwängerte? Oder hatte Drew die Affäre angefangen? Es war egal. Um ihn in Sachen Emerald Shores erpressen zu können, hatte Laura etwas Entscheidendes gegen ihn in der Hand gehabt: Annie. Sie hatte Drew damit gedroht, Annie zu erzählen, dass er der Vater ihres Kindes war. Also hatte er sich auf den Deal eingelassen. Dann hatte Laura es zu weit getrieben. Nicht schwer, sich das bei ihr vorzustellen. Und Drew, der ihre Intrigen satthatte, war aus dem Projekt ausgestiegen. Aber vielleicht hatte sie ihn noch einmal überredet, ein Mal zu viel. Und da hatte er sie umgebracht.

Diesen letzten Punkt ... Das war immer noch unvorstellbar. Unmöglich.

Aber ich wusste, wer die Antwort darauf hatte.

Penny erschien vor der Terrassentür, und ich ließ sie ein. »Hier ist dein Fresschen. Und dann machen wir einen Ausflug, Mädchen.« Ich kraulte sie hinter den Ohren.

Dann schnappte ich meine Tasche und machte mich auf den Weg zu Drew.

31

Hat noch jemand nicht genug?

Ich lud Penny in den Truck und wollte den Motor anlassen. Aber der wollte nicht anspringen. *Verdammt!* Ich versuchte es erneut, hörte die Batterie langsamer und langsamer werden. Ich stieg aus und schlich ums Auto.

Ich hatte das blöde Licht angelassen.

Ich lehnte mich mit dem Hintern gegen einen Kotflügel. Nein. Ich hatte das Licht nicht angelassen. Sogar mit den monstermäßigen Kopfschmerzen und der schlechten Laune von gestern Abend hätte ich das nervige Schrillen beim Öffnen der Autotür gehört.

Ich war nicht sicher, ob ich das Licht an meinem Wagen überhaupt anlassen konnte, wenn der Motor aus war. Da hatte jemand nachgeholfen.

Ich zog mein Shirt über die Hand – wegen der Fingerabdrücke oder auch der Paranoia – und machte das Licht aus. Dann umrundete ich den Truck auf der Suche nach einem Hinweis. Keine Kippen, keine Bonbonpapiere, keine Streichholzbriefchen mit Werbung. Aber in einem der Büsche flatterte ein weiteres dieser verfluchten neonorangen Post-its.

Ich will nicht, dass dir etwas passiert. OL.

Onkel Lewis.

Oh Mann. Anscheinend ließ er mich nicht aus den Augen. Das machte mir Angst *und* nervte gleichzeitig. So patriarchalisch.

Kochend vor Wut versuchte ich, Hank zu erreichen, was mir nicht gelang, und erfuhr dann, dass vom Automobilklub frühestens in einer Dreiviertelstunde Hilfe zu erwarten war. Daher rief ich jemanden von der Tankstelle in Winsworth an.

Der Wagen sprang noch immer nicht an, also spielte der Mann von der Tankstelle ein bisschen Detektiv und fand heraus, dass die Verteilerkappe fehlte. Na toll. Er bestand darauf, nicht nur die Kappe zu ersetzen, sondern den ganzen Wagen durchzuchecken, um sicherzugehen, dass nicht noch mehr Schaden angerichtet worden war. Ich war einverstanden, mich von ihm abschleppen zu lassen, ließ Penny in der Hütte zurück und befahl ihr, Wache zu halten. Dann fuhr ich mit dem Abschleppwagen mit.

»Die Verteilerkappe kriegen wir nicht vor morgen früh«, sagte der Fahrer, als wir über die Surry Road fuhren, meinen Geländewagen im Schlepptau.

»Da hat mich jemand ganz schön ausgebremst, was?«
»Ge-nau.«
»Besteht die Möglichkeit, dass sie mich vielleicht raus in die Penasquam Road bringen?«
»Aber gerne doch.«
»Klasse.«

Loony Louie würde mich nicht daran hindern, mit Drew zu sprechen.

Der Mann setzte mich an der Zufahrt zu Drews Haus ab. Ich lief den Weg unter einem strahlend blauen Himmel entlang, vorbei an dem Smiley-Stein und dem Bach, und als ich endlich vor der Tür stand, schwitzte ich ordentlich.

Drews Van war nicht da, aber ich wollte noch nicht aufgeben.

Ich eilte die Stufen hinunter und hob die Hand, um anzuklopfen.

Hinter der Tür erklang ein Jaulen. Peanut.

Ich griff nach der Türklinke.

***

Drew lag schlafend unter einem ganzen Stapel Decken auf der Couch, sodass nur seine Nase hervorsah. Wie beim letzten Mal. Er trug eine zu große Kappe der Red Sox, etwas, das ich schrecklich bezeichnend fand, und sein rechter Arm hing baumelnd herunter.

Ich wollte seinen Arm wieder unter die Decke stecken, doch ich wagte es nicht, weil ich befürchtete, ihn zu wecken. Er sah so zerbrechlich und schmal aus. So jemand konnte doch kein Mörder sein, oder?

Ich brachte es nicht übers Herz, ihn zu wecken, zumindest nicht gleich.

Im Zimmer roch es irgendwie medizinisch, und ich rümpfte die Nase. Wenigstens funktionierte die Klimaanlage. Die Vorhänge waren zugezogen, doch eine Lampe neben dem Lehnstuhl spendete genug Licht, damit ich das *Winsworth Journal* lesen konnte. Ein pelziger Kopf, der mindestens eine Tonne wog, ließ sich in meinem Schoß nieder.

»Peanut«, flüsterte ich. »Wie lang schläft denn dein Herrchen schon?«

Peanut machte kurz »wuff«, nicht wirklich eine Antwort auf meine Frage. Ich kraulte sie hinter den Ohren und begann zu lesen. Als ich den Artikel über die Muscheln in Trenton gelesen hatte, nahm ich mir einen der Schokoladen-Cookies, die auf dem Tisch standen, neben einem Glas Milch. Lecker. Genau wie die, die Annie mir vorbeigebracht hatte.

Ich hatte noch nicht gefrühstückt, und da auf dem Teller mindestens ein Dutzend der selbst gemachten Cookies lag, dachte ich mir, dass Drew nichts dagegen haben würde, wenn ich einen – oder zwei – davon aß.

Peanut jaulte, ich kraulte sie weiter am Kopf, und sie seufzte zufrieden. Mitten in einem Artikel über die Heidelbeerernte wurden meine Augen unerträglich schwer. Meine Albträume forderten ihren Tribut. Die Erschöpfung kroch mir in die Knochen.

Ich legte die Zeitung beiseite, weil ich vorhatte, Drew aufzuwecken, aber ich saß gar zu bequem. Und ich war ja so müde. Kalt war mir auch, also wickelte ich den gehäkelten Überwurf um mich.

Ich würde die Augen nur für eine Minute zumachen und anschließend mit Drew über Lauras Schwangerschaft reden.

Das Knurren weckte mich. Ich presste die Finger gegen meine Lider, rieb mir die Augen und zwang mich, sie zu öffnen.

Peanut begrüßte mich mit gebleckten Zähnen.

Sie stand neben der Couch und knurrte die Verandatür an.

Ich versuchte, den ekligen Geschmack im Mund durch Schlucken loszuwerden, und schlug mir auf die Wangen, um wieder klar zu sehen. Ich fühlte mich erbärmlich.

»Was ist los, mein Mädchen?«

Sie knurrte weiter. Der Klang war schlimm, ihre Stimmung war noch schlechter. Ich vertraute Hunden mehr als Menschen.

Es war besser, Drew aufzuwecken. Ich stand auf und rüttelte ihn sanft an der Schulter.

Ich fuhr zurück. Sein Fleisch war hart, hart wie Granit, hart wie in der Totenstarre.

Gütiger Gott.

Ich kniete neben ihm nieder und zog die Decken von seinem Gesicht.

Nein. Oh nein. Bitte nicht.

Drews Mund stand starr offen, seine Lider waren halb geschlossen. Ich hob die Decken hoch, sah aber keine Wunden, nichts.

Durch die Bewegung verrutschte seine Kappe. Seine rechte Schläfe war durch ein kleines, geschwärztes Loch entstellt. Ich zog ihm die Kappe ab. Die linke Hälfte von Drews Schädel war fort, genau wie die linke Seite der Kappe.

Ich fuhr zurück. Ich wollte in Tränen ausbrechen. Drew war tot. *Tot.* Und zwar schon lange bevor ich hergekommen war.

Aber das konnte doch nicht sein. Wie …?

Wo war die Waffe?

Ich atmete tief durch und tastete dann vorsichtig Drews Körper und anschließend den Boden ab. Ein großer Revolver lag auf den Dielen. Sorgfältig vermied ich es, ihn noch einmal zu berühren.

Ich nahm Drews steife Hand in meine und wiegte mich vor und zurück. *Es tut mir so leid, Drew. So leid.*

Wieder sah ich den Jungen vor mir, der meine Süßigkeiten und mich gegen die Burschen verteidigt hatte, die mich schikanieren wollten. Ich sah den Jungen mit dem netten Lächeln und der freundlichen Art, der mir das Gefühl verliehen hatte, etwas Besonderes zu sein. Ich weinte hemmungslos und schaukelte in meinem Kummer hin und her. Nach einer Weile spürte ich die Wärme und Nässe einer Zunge. Die gute Peanut leckte mein Gesicht und versuchte geduldig, meinen Kummer zu lindern.

»Es tut mir leid, mein Mädchen«, sagte ich und lehnte den Kopf an ihren. Zitternd atmete ich ein und dann ruhig wieder aus. Zeit, an die Arbeit zu gehen.

Ich wischte mir mit einem Zipfel der Decke übers Gesicht. Ich fügte Drew dem Fotoalbum der Toten in meinem Kopf hinzu, wo bereits Laura, Gary und viele andere waren.

Und jetzt sprich mit mir, Drew.

Ich untersuchte ihn mit den Augen.

Eine großkalibrige Kugel hatte das Loch in der rechten Schläfe verursacht. Es hatte kaum geblutet. Die Baseball-Kappe war alt und abgetragen. Er hatte noch vor Kurzem etwas auf seinem ansonsten sauberen Lederhemd verschüttet. Die Schnalle seines Gürtels saß auf dem letzten Loch. Weil er so viel Gewicht verloren hatte, vermutete ich. Er trug Jeans.

Ich biss mir auf die Lippe, weil mir der nächste Schritt schwerfiel.

Durch die Decke tastete ich nach seinem Fuß und bewegte dann sein Bein vor und zurück. Ich drückte seinen Oberschenkel. Auch da keine Totenstarre.

Die Totenstarre breitet sich vom Kopf bis in die Extremitäten aus und verschwindet dann wieder in umgekehrter Richtung. Drew war also bereits vollständig steif gewesen, und jetzt hatte der umgekehrte Prozess eingesetzt. Nur Schultern, Hals und Gesicht waren noch starr. Er war also bereits eine ganze Weile tot. Ich tippte darauf, dass er irgendwann zwischen elf Uhr gestern Abend und fünf Uhr morgens gestorben war. Aber ich war keine Expertin, und ich wusste, dass auch die Zimmertemperatur eine Rolle spielte.

Ich hatte weder ihn noch das Kordit aus der Pistole gerochen, was an dem medizinischen Geruch im Haus lag.

Peanut jaulte erneut.

Was machte ich da nur? Ich musste die Polizei anrufen und Hank. Arme Annie. Auch für Hank würde es ein Schock sein. Ein schlimmer Schock.

Ich tastete hinter mir nach dem Handy, das auf dem Couchtisch lag. Meine Hand stieß gegen etwas, und ich spürte, wie mein T-Shirt feucht wurde.

Mist. Ich hatte die Milch umgeschüttet, die nun alles nass machte. Ich angelte nach der Zeitung. Ich schüttelte mich. Im Moment war ein Glas verschüttete Milch nicht so wichtig. Ich hob ein Blatt Papier auf, auf dem etwas gedruckt war.

Liebe Familie, liebste Annie,
in diesem Augenblick bin ich bei klarem Verstand, aber ich weiß, dass das nicht von Dauer ist. Ich ...

Peanut stieß ein tiefes Bellen aus. Sie stand auf, und ihr Körper spannte sich wie ein Bogen. Dann knurrte sie mit entblößten Zähnen und schlich langsam hinüber zu der Wandnische mit den Bücherregalen.

Meine Kopfhaut kribbelte. Kein gutes Zeichen. Ganz und gar nicht.

Ich stopfte Drews Abschiedsbrief in meine Tasche und folgte Peanut. Ich versuchte, ganz beiläufig zu wirken, als ich aus dem halb geöffneten Fenster lugte. Ich sah nichts.

Aber ich hörte etwas. Draußen. Ein Pfeifen. Jemand war draußen und pfiff ein Lied. Und zwar ziemlich schief. Es war ein Lied, das ich kannte.

Benzingeruch drang mir in die Nase. Ich beugte mich weiter aus dem Fenster und atmete tief ein. Mist. Es war eindeutig Benzin.

Na großartig.

Ich stürzte zum Telefon, riss den Hörer hoch und hörte ein tödliches Schweigen.

Mein Handy!

Ich klappte es auf. Kein Netz. Nichts.

Was jetzt? Ich konnte unmöglich durch die Verandatür hinausgehen, da sie mich viel zu nah an den Benzinmann führen würde, der mit etwas beschäftigt war, über das ich gar nicht nachdenken wollte. Ich nahm Peanut an die Leine und ging zu der Schiebetür hinter der Couch.

Ich streichelte Drew ein letztes Mal übers Gesicht und zog dann am Griff der Tür.

Die Schiebetür bewegte sich nicht.

Ich stellte sicher, dass sie nicht verriegelt war, dass die Schiene unten nicht blockierte, und versuchte es wieder und wieder. Sie wollte nicht.

Toll. Peanut und ich würden durch die Verandatür gehen *müssen.*

Mit Peanut neben mir ging ich in Richtung Tür. Ein lautes Zischen und Rauschen, wie bei einem Tornado oder …

Feuer! Mein Blick ging zum Fenster. Überall Flammen. Das Feuer umschloss das Haus, und dichter Rauch stieg auf.

Ich packte den Türknauf an der Veranda und drehte ihn. Er klemmte, oder es war abgeschlossen. Was auch immer. Er bewegte sich nicht.

Ein Fenster. Ich konnte eines einschlagen. Und erschossen werden. Die Veranda war keine gute Idee.

»Bleib hier, mein Mädchen. Bin gleich wieder da.«

Ich stürzte ins Bad. Das Fenster sah groß genug aus. Wenn ich mich auf die Toilette stellte, konnte ich Peanut hindurchschieben und dann hinterherklettern.

Ich rannte zurück ins Zimmer.

Peanut war weg.

32

Wer hat den Hammer?

Der Rauch kroch in Drews Haus. Ich rannte umher und schloss alle Fenster, lief dann nach oben, rief nach Peanut und sah in jedes Zimmer. Kein Hund.

Sie musste aber irgendwo sein.

»Peanut!«

Zurück nach unten. Mehr Rauch. Ich hatte Schwierigkeiten zu sehen. Meine Augen brannten. Noch mehr Tränen, und dieses Mal nicht vor Kummer.

Ich ging auf alle viere und begann herumzukriechen. Hier unten war viel weniger Rauch, aber die Perspektive war komisch. »Peanut!«

Ein Bellen. Im Keller? Möglich. Aber wo war die Tür?

Ich tauchte unter die vorstehende Galerie des ersten Stocks und griff nach dem Türknauf. Ein Wandschrank. Außerdem konnte Peanut ja gar keine Türen aufmachen. Wo war ich nur mit meinen Gedanken? Ich biss mir in die Fingerknöchel. Denk nach. *Denk nach.*

Ich krabbelte über den Boden und musste husten. Mehr Rauch, diesmal weiter unten. *Bumm.* Verdammt! Mein Kopf. Aber Moment mal. Eine Tür, die halb offen stand. Ja.

Ich ging in die Hocke und kroch dann vorwärts. Meine Hand tastete über den Boden, denn ich wollte nicht ins Leere stürzen. Mit der anderen Hand suchte ich nach dem Geländer, dem Lichtschalter, nach egal was. Wieder musste ich husten. Überall Rauch. Eine Flamme, die an der Wand weiter hinten entlangzüngelte. Der Lichtschalter. Da. Jetzt anknipsen. – Kein Licht.

Scheiß drauf. Dann eben nicht. Vielleicht würde das Feuer uns ja im Keller am Leben lassen.

»*Peanut, verdammt!*«

Als Antwort kam ein Bellen, nicht weit weg, aber immer noch zu weit.

Mein Fuß tastete nach einer Stufe, dann der nächsten, und dann rutschte ich auf dem Hinterteil hinunter, bis ich auf dem harten Boden landete.

Kein einziges Fenster, was in Hinsicht auf das Feuer ein Vorteil war, vermutete ich. Nur konnte ich leider nichts sehen.

Etwas Eisiges, Nasses berührte meine Hand. Iii! Dann drängte sich ein großer Körper an mich. »Peanut«, seufzte ich.

Ich kniete nieder und umarmte sie fest. Sie zitterte wie verrückt. Genau wie ich. Sogar meine Zähne klapperten.

»Irgendwelche Vorschläge, altes Mädchen?«

Raten Sie mal, wer nicht antwortete. Ich stand zitternd auf.

Etwas an diesem Keller war komisch. Drews Haus war ganz neu, aber hier … Ich tippte mir mit den Fingern an die Lippen. Die Luft? Der Geruch? Die …

Frische Luft.

Von irgendwoher kam frische Luft herangeweht. Ich stellte mir den Rauch und die Flammen vor, die sich unter der Kellertür oben an der Treppe durchfraßen. Herrje. Ich tastete nach Peanuts Leine und folgte meiner Nase.

Wir bewegten uns langsam, und ich hielt die Hand auf Armeslänge von mir gestreckt, um nach möglichen Stolpersteinen oder Hindernissen zu tasten.

Das Feuer war jetzt sehr laut – es krachte und prasselte und verschlang gierig alles.

Mist.

Seltsam, dass ich das Klackern von Peanuts Krallen und das Aufsetzen ihrer Pfoten auf dem Zementboden hören konnte.

Ich schnüffelte und spürte den schwachen Luftzug. Aber ich hatte keine Ahnung, ob wir uns darauf zubewegten.

Peanut drängte an mir vorbei.

Ich folgte dem Ziehen an der Leine. Warum auch nicht?

Ich spürte es mehr, als ich es sah, dass wir einen Gang betreten hatten. Eng, niedrig, feucht. Der Lärm des Feuers war jetzt gedämpft. Und der Boden war weicher, vielleicht aus Lehm oder Holz.

Wir gingen und gingen, und ich kam mir vor, als würde ich mir mein eigenes Grab schaufeln.

Ich kaute auf meiner Unterlippe und zwang mich, nicht daran zu denken, wie Drews Körper ein Opfer der Flammen wurde. »Und, mein Mädchen, wohin gehen wir?«

Ich tastete mit der Hand dort, wo sich in meiner Vorstellung die Wand befand. Steine. Ohne Mörtel. Ein schwacher Luftzug strich über meine Hand. Oder bildete ich mir das nur ein?

Ich stieß mit Peanut zusammen. Warum war sie stehen geblieben?

Mit einer Hand tastete ich über ihren Rücken und ging in die Hocke. Dann kroch ich vorwärts. Auf der Suche nach der Steinwand hielt ich beide Hände ausgestreckt und verlor das Gleichgewicht.

Ich stieß mir heftig den Ellbogen an, fing mich aber, bevor auch das Gesicht zu Schaden kam.

Tränen quollen aus meinen geschlossenen Augen. Ich sah Daddy in der Tür meines Zimmers stehen, dann rüttelte er mich wach. *Es ist heiß im Haus, viel zu heiß.* Hatte die kleine Emma Blake das gedacht? Lieber Gott, ich musste an die Nacht unserer Flucht denken. Nicht jetzt. Nicht …

Eine Zunge schleckte mir über die Wange. – Ich vergrub mein Gesicht in Peanuts Fell, um die schreckliche Erkenntnis abzuschütteln, dass ich fast in unserem Haus in Winsworth verbrannt wäre. Ich rang nach Luft, nach kühler und nicht nach brennend heißer. Ich streckte die Hände aus und ließ sie meine Augen sein.

Ich war über eine Treppe gestolpert. Eine grobe. Ich krabbelte mit den Händen voran nach oben.

Das Dach war geneigt. Schmale Holzbretter, die über Nut und Feder miteinander verbunden waren.

In die Schräge war eine Tür eingelassen. Was, wenn sie von außen verschlossen war? Ich setzte mich. Ich hatte Angst. Ich wollte es nicht ausprobieren. Sie konnte ja verschlossen sein. Das wäre dann das Ende.

Peanut stupste mich an.

Ich hockte mich auf die Treppe, streckte die Hände über den Kopf und hielt den Atem an, als ich aufstand. Ich warf mich mit meinem ganzen Gewicht gegen die schräge Tür.

Sie flog mit einem Krachen auf. Licht strömte herein. Ich stolperte nach draußen und zerrte Peanut an der Leine mit. Plötzlich standen wir im Freien, mitten im Wald, und atmeten die frische Luft.

Ich schluchzte.

Einige Minuten später sah ich mich um und versuchte, mich zu orientieren. Der Wind blies nach Osten, Gott sei Dank. Ich sah nach unten auf die Treppe, die ich gerade heraufgekommen war. Bei dem Gang handelte es sich um ein altes Kellerloch, das Drew repariert hatte. Danke, Drew. Nochmals danke.

Ich sah hinter mich. Da, etwa zehn Meter von der Bodentür, stand Drews Blockhaus in Flammen.

Die Flammen schossen hoch bis ins erste Stockwerk, und ich spürte die infernalische Hitze, sah die Wandfarbe abplatzen und hörte das Prasseln des Feuers.

Es war grässlich und schön zugleich, die tanzenden Farben zu sehen – rot, gelb, orange, an manchen Stellen sogar blau.

Peanut jaulte, und mir fiel wieder ein, dass jemand das Feuer gelegt hatte. Wer immer das war, er schlich vielleicht noch in der Nähe herum.

Ich führte Peanut tiefer in den Wald, weg von dem hübschen, kleinen Cottage, das nun ganz in Flammen und Rauch gehüllt war. Ich kam zu einem großen Felsen, neben dem eine Quelle entsprang. Wir tranken beide gierig, und dann setzte ich mich und sah meinem Dämon ins Auge, dem ich bereits im Keller begegnet war.

Mein Blick wandert durchs Zimmer. Ich rieche Rauch und höre Lärm, wie ein starkes Brausen. »Daddy!«
»Alles in Ordnung, Schatz. Ich bin hier.«
»Aber was ...«
»Zieh dich an.«
Ich stürze zum Fenster. Mein Baumhaus! So können wir rauskommen.
Und ich sehe zwei Männer. Draußen. Das Gesicht des einen wird vom Licht aus dem Wohnzimmer erhellt. Er trägt eine Wollmütze und eine Cabanjacke und hat ein lustiges Bärtchen, genau wie mein Dad. Und er ist so groß wie Daddy, aber dünner.
»Komm, Schatz. Wir müssen los. Sofort!«
»Warte!« Ich lege die Hände gegen die Scheibe. Mein Nachthemd bläht sich um mich. Und der Mann dreht sich um und sieht nach oben, genau zu mir.
Daddy reißt mich hoch, ich greife nach meiner Puppe, Gladdy, und dann trägt Daddy mich aus dem Zimmer. Er steckt mich in Jacke, Mütze und Stiefel und hebt mich wieder hoch. Er hat auch einen Koffer in der Hand, und der ist schwer.
Wir rennen aus dem Haus und laufen den Weg hinunter. Ich höre etwas krachen, und wir fallen und kullern weiter, bis wir am Fluss liegen bleiben. Ich bin schmutzig und verkratzt. Und Daddy hat einen Schnitt über den Augen. Er ist rot und blutet. Er nimmt mich an der Hand, und wir gehen zu unserem Boot, das im Jachthafen des Flusses vertäut ist.
Ich zittere, und er setzt mich im Bug unseres kleinen Segelbootes ab. Dann legt er eine kratzige Decke um meine Schultern.

Er hisst nicht die Segel, sondern schiebt die Ruder durch die Riemen und fängt an zu rudern. Sein Hemd ist schwarz und voller Flecken, und das macht mir mehr Angst.

Es ist Nacht, und ich kann weder Mond noch Sterne sehen, weil der Himmel rot-orange und voller Rauch ist.

Daddy rudert, und ich sehe zu, wie das Feuer in unserem Haus kleiner und kleiner wird.

»Alles wird gut, Schatz. Du wirst schon sehen.«

Natürlich war es das nicht geworden. Ich drückte Peanut an mich. Mein Dad hatte uns in jener Nacht gerettet. Und wenn Peanut nicht da gewesen wäre, um mich zu retten, dann würden wir jetzt in Drews Keller verbrennen.

Die Erinnerung an die Nacht unserer Flucht aus Winsworth war nicht neu. Ich hatte sie über die Jahre immer wieder durchlebt. Ich hatte ja solche Angst gehabt!

Aber dieses Mal sah ich einige Details zum ersten Mal deutlicher als vorher.

Ich erkannte einen der Männer, die uns beobachteten, auch wenn er sich genau wie mein Dad angezogen und sich sogar einen Bart angeklebt hatte. Es war Noah Beal, und er hatte einen Kanister in der Hand gehalten. Einen roten Benzinkanister.

Daddy hatte das Feuer nicht gelegt. Noah hatte es getan.

Ich fuhr mir mit der Hand über die Stirn. Es fühlte sich gut an, die Wahrheit zu kennen. Da gab es wirklich nur eine einzige Möglichkeit. Mein Vater war tot, und ich konnte Annie nicht ihren Vater wegnehmen. Manchmal lässt man sogar die schlimmen Geschichten besser ruhen.

Drews Tod und das Feuer in seinem Haus waren jetzt. Zumindest dafür würde jemand bezahlen.

In der Ferne hörte ich im Wald das Aufheulen eines Automotors. Ich würde den Brandstifter finden, das würde ich, aber zuerst einmal brauchten wir eine Mitfahrgelegenheit.

***

Ich zog Peanut tiefer in den Wald, in die Richtung, aus der das Motorengeräusch gekommen war. Ich vermutete, dass sich in der Nähe die Zufahrt zu einem anderen Camp befand, parallel zu Drews Zufahrtsweg.

Das Wetter war umgeschlagen, es war jetzt grau und stürmisch und passte gut zu meiner Stimmung. Ich roch die Flammen, roch, wie Stoff, Holz und Fleisch verbrannten. Inzwischen hatte bestimmt jemand die Feuerwehr verständigt.

Wir erklommen einen bewaldeten Hügel, durchquerten eine Talsenke und kamen sogar an einem verfallenen Baumhaus vorbei, das wer weiß wann gebaut worden war. Einmal blickte ich zurück, als wir auf einer kleinen Erhöhung eine Pause einlegten. Über Drews Camp stieg dichter Rauch auf.

Kaum waren wir weitergegangen, hörte ich den Knall einer Fehlzündung. Ich versuchte zu erkennen, aus welcher Richtung das Geräusch kam.

»Komm, altes Mädchen, weit kann es nicht mehr sein.«

Wir liefen einen Abhang hinunter, durchquerten ein ungepflegtes Kohlfeld und kletterten dann zu einem großen Ahorn auf der nächsten Anhöhe hinauf.

Unter uns lief eine Schotterstraße entlang.

»Wir haben es geschafft, altes Mädchen.« Peanut setzte sich auf die Hinterläufe und schnüffelte in die Luft.

Uns gegenüber war eine große Scheune, umgeben von mit Maschendraht eingefassten Weiden. Und ein Stück die Straße hinauf lag in fröhlichem Gelb das Haus der Saccos.

Wie bei einem Zauberwürfel passte plötzlich alles zusammen. Das Lied, das ich den Brandstifter hatte pfeifen hören, war »If I Had a Hammer«; Will hatte dieses Lied gesummt, als ich nach Garys Tod zu Besuch gekommen war.

Ich war ohne größere Schwierigkeiten hierher gelaufen, und ich hatte den Verdacht, dass Will genauso einfach von hier zu Drews Heim gegangen war.

Will war der Feuerteufel. Das sagte auch mein Bauch. Hast dich selbst durch ein Lied verraten, du Trottel.

Hatte er auch Laura und Gary umgebracht? Das war die Eine-Million-Dollar-Frage.

Warum nicht? Schließlich hatte er auch mich und Peanut beinahe getötet.

Mit Peanut an meiner Seite glitt ich den Abhang hinunter. Scooter spielte im Hof. Das arme Kind. Und die arme Joy. Aber das gab mir auch eine Chance. Und eine gewisse Sicherheit. Ich bezweifelte, dass Will mir vor seiner Frau und seinem Kind etwas antun würde.

Ich ging auf das Haus zu.

»Hallo, Scooter.« Ich ging neben seinem Dreirad in die Hocke. Er hatte den alten LeBaron umkreist. Die Fliegentür klappte, und ich sah über die Schulter.

Joy starrte mich an, vor Überraschung hatte sie die Augen weit aufgerissen. »Tally! Was ist denn mit Ihnen passiert?«

»Ein Feuer ist passiert«, sagte ich. »Peanut und ich sind nur knapp entkommen. Ich muss die Feuerwehr und die Polizei anrufen.«

»Äh, sicher doch. Kommen Sie rein und machen Sie sich sauber.«

Ich schlang Peanuts Leine um eine mickrige Buche, und Scooter wackelte sofort auf den Hund zu.

»Was sagst du da?«, fragte Joy, als sie Scooter auf ihre Hüfte setzte.

»Wauwau, Mama! Neeeein!«

»Der Wauwau kann Krankheiten übertragen, Baby«, sagte Joy, als sie ihn ins Wohnzimmer zog. Sie reichte mir das Telefon. Ich wählte die Nummer der Feuerwehr und lief dann auf und ab, während ich der Zentrale meine Geschichte erzählte und hinzufügte, dass man bitte Sheriff Cunningham verständigen möge. Dann sank ich auf einen Küchenstuhl. Plötzlich merkte ich, wie elend ich mich fühlte.

Joy setzte Scooter mit einem Buch aufs Sofa und zog sich einen Stuhl neben mich. Sie legte einen Arm um meine

Schultern. »Sind Sie sicher, dass alles in Ordnung ist? Was ist passiert? Ich konnte nicht mithören, weil Scooter geweint hat.«

»Ist Will da?«

»Äh, nein. Er hat den ganzen Morgen in seinem Garten herumgewerkelt, aber vor einer Weile habe ich ihn in seinem Pick-up wegfahren hören. Wieso?«

»Mama!« Joy sprang auf und gab Scooter andere Bücher.

»Jemand hat Drews Camp abgefackelt«, sagte ich, als sie zurückkam.

»Oh nein! Und Sie haben alles gesehen?«

»Ich war im Haus.«

»Allmächtiger.«

»Sie sagen es. Ich weiß nicht, ob der Brandstifter mitbekommen hat, dass ich dort war. Ich habe mich zu Drew bringen lassen, da mein Wagen momentan in Reparatur ist.«

»Tally! Wie schrecklich.«

»Sie haben noch nicht nach Drew gefragt.«

»Nein. Ich hatte angenommen, er wäre nicht da gewesen.«

»Er war da. Tot. Wie es aussieht, hat er sich umgebracht.«

Sie presste eine Hand gegen die Wange. »So etwas habe ich befürchtet. Nicht das Feuer, aber das mit Drew. Weil er doch so krank war. Und dann noch Lauras und Garys Tod. Ich denke, das hat das Fass zum Überlaufen gebracht. Glauben Sie, er könnte für den Tod von …?«

»Ich weiß nicht. Sein Handeln ergibt wenig Sinn. Er stand kurz davor, Annie zu heiraten.«

Joy verdrehte die Augen. »Dieses Gerücht kursiert seit Jahren in der Stadt, seit das mit seiner gescheiterten Ehe bekannt ist.«

»Das ist kein Gerücht. Annie hat es mir selbst gesagt.«

»Das ist doch absoluter Unsinn, wegen seiner Krankheit.«

»Ich dachte, Sie wüssten nichts von der Chorea Huntington?«

»Was ist das?«, fragte sie.

Ich sah die Lüge in ihren Augen, ließ es aber auf sich beruhen. Sie schützte Drew noch immer. Aber jetzt hatte das keinen Sinn mehr. »Ich fühle mich nicht so toll.«

Joy beugte sich über mich. »Was kann ich Ihnen bringen? Saft? Ein Aspirin? Einen Whiskey?«

»Danke. Ich bleibe besser beim Saft.«

Während sie einschenkte, sagte ich: »Ich könnte jetzt auch etwas Wahrheit gebrauchen.«

Sie sah über ihre Schulter: »Was?«

»Die Wahrheit über Will.«

Sie reichte mir den Saft. »Wovon reden Sie?«

Ich trank das Glas halb aus und stellte es dann auf den Tisch. Joy hatte die Augen aufgerissen. Mir war zuwider, was ich da tat. »Ich glaube, dass Will das Feuer heute gelegt hat.«

»Ach, jetzt kommen Sie aber. Das ist doch Unsinn.«

»Ist es nicht, Joy. Und ich mache mir Sorgen um sie und Scooter. Brandstiftung ist gefährlich. Man kann dafür ins Gefängnis kommen.«

»Mein Will kommt nicht ins Gefängnis. Er würde nie Feuer legen.«

»Sind Sie sicher?«

Sie stemmte eine Hand in die Hüfte. »Verdammt sicher. Wie können Sie es wagen, in mein Haus zu kommen und so was zu behaupten?«

Vielleicht irrte ich mich. Aber dieses Lied, das ich gehört hatte ... »Ich habe keine Beweise. Noch nicht. Aber ich glaube, dass es stimmt.«

Sie zog einen Stuhl heran. »Das ist wegen des Feuers. Und weil Sie Drew gefunden haben. Sie sind ganz durcheinander. Will ist so ein guter Mann.«

»Aber er hat doch Gift und Galle gespuckt, als es um Gary ging. Und um den Sex.«

Sie winkte ab. »Ich sage Ihnen, so was würde er nie tun. Dazu hat er gar keinen Grund.«

Ich beugte mich zu ihr und legte meine Hände auf ihre. »Noah Beal ist ein Grund.«

Sie sprang auf. »Jetzt fangen Sie schon wieder an. Hören Sie denn gar nicht zu?«

In der Ferne heulten Polizeisirenen.

»Noah will Drews Grund haben«, sagte ich. »Mehr als alles andere. Arbeitet Will nicht für Noah?«

»Nur Teilzeit. Nichts Großartiges.«

»Was wissen Sie, Joy? Sie verbergen es nicht sehr gut.«

Ihre Augen funkelten. »Haben Sie vor, der Polizei diese an den Haaren herbeigezogene Theorie aufzutischen?«

»Das habe ich. Ich hätte in diesem Feuer sterben können. Drew auch.«

»Sie sagten doch, er wäre bereits tot gewesen und ...«

Wagen mit lauten Sirenen rasten in den Hof. Scooter brüllte: »Mommy!«

»Und was, Joy?«

Sie riss die Augen auf, ihre Hände zitterten. »Verstehen Sie denn nicht? Wenn Will herausfindet, dass Sie der Polizei das alles erzählt haben, dann weiß ich nicht, was er Ihnen antun wird.«

33

Cookies und Milch

Hank platzte zur Tür herein, gefolgt von zwei Cops aus Winsworth. Er packte mich und zog mich fest an seine Brust. Ich war mir nicht ganz sicher, ob er mich erwürgen oder liebkosen wollte. Glücklicherweise war es das Zweite, doch ich hatte den Verdacht, dass die Entscheidung knapp ausgefallen war, insbesondere anbetrachts seines nachfolgenden Vortrags zu meinem waghalsigen Verhalten.

Noch eine Umarmung, dieses Mal von mir. Ich genoss seine Stärke und zuverlässige Gegenwart und verspürte den atemlosen Drang, sofort auf Joy Saccos Couch mit ihm zu schlafen.

Dann sprudelte alles aus mir heraus, bis auf meine Ansichten zu Sacco. Die reservierte ich für ein Vieraugengespräch mit Hank. Nicht, weil ich Will Sacco fürchtete – was ich durchaus tat –, sondern weil es keine Beweise gab. Und Joy und Scooter verdienten eine Pause.

Joy stand mit Scooter auf dem Arm im Hintergrund und hörte zu. Sie schaute wachsam, als ich erzählte, wie ich Drew tot aufgefunden hatte und wie dann das Feuer ausgebrochen war. Noch bevor ich fertig war, sank sie aufs Sofa und wiegte ihr Kind.

Sie nahm sich das alles zu Herzen, und sie tat mir leid.

Hank tat mir noch viel mehr leid. Er hatte gerade seinen engsten Freund verloren.

»Es tut mir so leid, Hank. Um Drew.«

Hank sah weg und presste die zitternden Lippen aufeinander. Die zwei Beamten der Polizei von Winsworth standen schweigend und mit vor dem Bauch gefalteten Händen da.

»Das kommt vor, Tally«, sagte Hank. »Du weißt das selber nur zu gut.«

»Ja. Aber der Schmerz wird dadurch nicht geringer.«

»Hast du das Schreiben?«

»Hier.« Ich reichte es ihm. »Es fängt an wie der Abschiedsbrief eines Selbstmörders, aber ich hatte keine Gelegenheit weiterzulesen. In dem Moment ist da nämlich die Hölle losgebrochen. Du wirst ihn mir doch ...«

»Zeigen?«, meinte Hank. »Klar.« Er ließ das Blatt in eine Plastiktüte gleiten, die er dann in sein Hemd steckte. »Also los. Wir fahren besser mal rüber zu Drew.«

»Peanut und ich kommen mit«, sagte ich.

»Und ob ihr mitkommt.« Hank rieb sich den Nacken. »Ich bin froh, dass du Peanut retten konntest.«

»Machst du Witze? Sie hat mich gerettet. Ich dachte, ich könnte sie behalten. Penny hätte sicher gern eine Freundin.«

Das brachte mir die Andeutung eines Lächelns von Hank ein. Er zog die Fliegentür auf. »Alles Gute, Joy. Und danke, dass du Tally beigestanden hast.«

Mein Blick wanderte zu Joy. Sie hatte sich über Scooter gebeugt und wollte mich nicht ansehen.

»Alles in Ordnung?«, fragte ich sie.

Sie nickte.

»Joy?«

Sie winkte mich fort, ohne aufzusehen.

Während der kurzen Fahrt zu Drews Camp erzählte ich Hank von meinem Verdacht, dass Will Sacco der Brandstifter war. Er nickte, sagte aber nicht viel. Als wir ankamen, bemerkte ich zuerst den Krach. Er war ohrenbetäubend. Drews Haus brannte noch immer, obwohl die Feuerwehrleute, die ihre Schläuche zu einem Teich auf der Wiese gelegt hatten, es mit Wasserfontänen übergossen. Erstaunlich, aber zwei der Außenwände standen noch. Der Rauch biss mir in die Nase, und Funken stoben in den bleifarbenen Himmel.

Hank ging zu dem Mann, auf dessen gelber Jacke das Wort »Chief« stand. Ich blieb mit Peanut im Auto. Das ließ mir zu viel Zeit zum Nachdenken.

Wieder sah ich Daddy, wie er mich aus dem Haus trug, über das Feld und den Abhang hinunter zerrte, wie unser einzelner Koffer gegen sein Bein schlug, wie wir strauchelten und den Hang hinunterpurzelten.

Ich stützte den Kopf in die Hände und schloss die Augen, aber die Bilder wurden nur heller und schärfer. Hinter meinen Lidern tanzte Feuer, und ich spürte, dass ein Augenpaar auf mir ruhte, als ich in meinem Nachthemd stolperte und taumelte.

Ich riss die Augen auf und kreuzte den Blick eines Mannes in gelber Feuerwehrjacke, der neben der Auffahrt stand. Er starrte mich an. Sein Gesicht lag im Schatten des Feuerwehrhelmes, den er trug. Seine Arme baumelten herab, während das Feuer loderte. Will Sacco.

Ich stolperte aus dem Truck und rannte hinter ihm her.

Ich hatte ihn fast eingeholt, als mein Fuß an einer Baumwurzel hängen blieb. Ich flog der Länge nach auf den weichen, laubbedeckten Boden, und als ich wieder auf den Beinen stand, war er fort.

Nur wenige Meter von meinem Standort entfernt lagen eine Feuerwehrjacke und ein Helm hinter einigen umgestürzten Bäumen.

Ich holte Hank.

»Ich habe gespürt, wie er mich anstarrt, das schwöre ich dir.«

»Du hattest einen harten Tag«, sagte Hank, der sich gerade ein Paar Latexhandschuhe überzog.

»Aber warum ist er dann weggerannt?«

»Sieh mal in den Spiegel.«

»Ha, ha.«

Er nahm mein Kinn in die Hand. »Ich versuche doch nur, dich zum Lächeln zu bringen, Tal.«

»Oh.«

Er hob zuerst den Helm auf und drehte ihn in der Hand, dann griff er nach der Jacke.

»Das war Sacco«, sagte ich. »Ich weiß es.«

Hank sah mich über den Rand seiner Ray-Ban-Sonnenbrille hinweg an und begann dann, die Jacke zu durchsuchen. Mit der Hand tief in einer der großen Außentaschen hielt er inne und zog dann etwas heraus.

Einen Block orangefarbener Post-its.

Wir gingen zu den Überresten von Drews Camp zurück. Irgendwo da drin lag sein Leichnam auf dem Sofa und war bis zur Unkenntlichkeit verkohlt. Hank reichte einem der Polizisten aus Winsworth die Ausrüstung des Feuerwehrmannes und schob dann seine Hand in meine.

»Jetzt dauert es nicht mehr lange«, sagte Hank.

»Was meinst ...«

Eine donnernde Explosion ließ die Feuerwehrmänner gleichzeitig zurückspringen. Flammen schossen gen Himmel, und dann sanken die Hausreste wie in Zeitlupe nach innen, es krachte und knisterte, und dann ein *Wumm,* als die Konstruktion nachgab und alles brennend in den Keller stürzte.

Asche und Ruß wirbelten auf, und die Feuerwehr fuhr fort, ihre Wasserfontänen auf die schwelende Glut zu richten.

Hank wandte sich ab.

»Du siehst furchtbar aus.« Hank lächelte, bevor er mich an Officer Gray übergab.

»Du aber auch.« Ich legte die Hand an seine Wange.

Hank sah Gray an. »Pass auf sie auf, Reba. Und auf die Gute hier.« Er zauste Peanuts Kopf. »Mein Charm war ihr Daddy.«

»Vergiss die Pistole nicht«, sagte ich. – »Ich vermute, damit warten wir bis morgen«, sagte Hank. »Bis alles abgekühlt ist.«

»Kommst du später ins Cottage?«, fragte ich.

»Ich versuch's.«

Ich machte Rebecca Gray gegenüber meine Aussage. Aber zuerst einmal besorgte sie mir einen Burger und etwas zu trinken, denn: »Sie sehen aus, als würden Sie gleich ohnmächtig, Ma'am.«

Sie versorgte Peanut mit der gleichen Speise, ersetzte aber das Limonadengetränk durch Wasser. Danach schlief der erschöpfte Hund in einer Ecke des Polizeireviers von Winsworth ein.

Ich erzählte detailliert vom Zustand der Leiche, da der Leichenbeschauer ja nicht viel anzusehen haben würde.

»Kaffee?«, fragte Gray.

»Nein«, sagte ich. »Lassen Sie uns lieber weitermachen. Ich bin ziemlich am Ende.«

Sie nickte und sah mich mitfühlend an. »Lassen Sie uns noch mal durchgehen, wie das war, als Sie das Camp betraten. Was ist mit dem Geruch?«

Wieder kehrte ich zu dem Geschehenen zurück. In der Luft hatte ein starker medizinischer Geruch gelegen.

»Keine Exkremente? Oder Urin?«

Ich schüttelte den Kopf. »Falls solche Gerüche da waren, dann habe ich sie wegen des Medizingeruchs nicht wahrgenommen. Außerdem war die Klimaanlage an.«

»Und Sie konnten nur Drew Jones' Nase sehen.«

»Ja. Im Rückblick frage ich mich, warum ich nicht nachgesehen habe. Aber ich dachte ja, er würde schlafen. Ich wusste von seiner Krankheit, und obwohl ich mit ihm reden wollte ... Ich wollte ihn halt nicht aufwecken.«

»Verstehe. Aber das Einschussloch in seiner Schläfe haben Sie nicht gesehen, als sie ihn das erste Mal betrachtet haben?«

»Nein.« Ich fuhr mit dem Finger über meine Lippen. »Nein, nur seine Nase und seinen rechten Arm. Ich denke mal, dass die Kraft des Schusses die Kappe fortgerissen hat, die dann auf das Einschussloch gerutscht ist.«

»Warum haben Sie Drew Jones noch mal besucht?«

»Weil ich mit ihm reden wollte.«

»Über ...?«

»Wie ich schon vorhin gesagt habe: Ich wollte nur wissen, wie es Peanut geht.«

Gray sog die Wangen ein und kritzelte etwas auf ihren Block. Sie sah zu mir. »Sind Sie sicher?«

»Das war alles.«

Sie lud Peanut und mich in ihren Wagen und brachte uns nach Hause. Beim Cottage wollte ich mich verabschieden, doch Miss Gray bestand darauf, erst alles durchzuchecken. Ich erzählte ihr von Penny, die sie auch noch sehen wollte.

Mir war beim Abschied unwohl. Obwohl ich Penny und Peanut bei mir hatte, fühlte ich mich seltsam verängstigt und geradezu lächerlich allein. Rebecca Gray rieb sich die Hände. »Alles in Ordnung. Kommen Sie klar, so allein hier draußen?«

»Klar. Ich habe doch Peanut und Penny.«

Ein Lächeln. »Sind Sie sicher, dass ich niemand Menschliches anrufen soll?«

»Hank kommt später noch vorbei. Der ist doch fast menschlich.«

Wir lachten, doch in ihren braunen Augen las ich Fragen über den heutigen Tag, die zu beantworten ich mich weigerte.

»Schließen Sie ab«, sagte sie auf dem Weg nach draußen.

»Das habe ich vor.«

Hank kam gegen zehn, nachdem ich geduscht, geschlafen und von Dingen geträumt hatte, die ich lieber vergessen hätte.

Wir hielten uns lange umschlungen. Ich küsste sein rußiges Gesicht.

Im Gegenzug drückte er mich so fest an sich, dass ich für einen Moment vergaß, wie es war, beinahe bei lebendem Leib zu verbrennen.

Als ich den Kopf hob, hielt Hank mich auf Armeslänge von sich. »Du hast immer noch Angst.«

»Ja. Nicht vor dem Feuer, obwohl ich glaube, dass ich eine ganze Weile davon träumen werde. Hank, zuerst war ich sicher, dass Drew Selbstmord begangen hat. Aber je länger ich darüber nachdenke, desto mehr glaube ich, dass er ermordet wurde. Ich glaube, dass der Mörder die losen Enden zusammenführt. Und davon gibt es noch ein paar mehr.«

Er kaute auf seinem Schnauzer und sagte dann: »Ich denke, dass du mit beidem recht hast.«

»Wieso? Wieso glaubst du mir plötzlich?«

»Weil zu viel passiert ist. Laura. Gary. Drew. Drei Tote, alle ermordet. Das ist einfach zu viel. Und jetzt hörst du mir zu. Du bist eine hartnäckige Frau. Hör auf, unseren Killer zu bedrängen.«

»Wird gemacht.«

»Verdammt noch mal, Tally. Versuch nicht, mich versöhnlich zu stimmen. Hast du denn gar keine Angst?«

»Sogar sehr.« Ich kicherte – ein hohles, leeres Kichern. »Aber ich war noch nie gut darin, mich still zu verhalten.«

Hank verdrehte die Augen. »Als ob ich das nicht wüsste.« Er warf seinen rußverschmierten Hut auf die Küchenplatte und suchte dann in meinen Schränken, bis er meinen Old Grand Dad, den Bourbon, gefunden hatte. »Reba Gray meinte, du hältst etwas zurück.«

Ich ließ mich auf einen Barhocker gleiten. »Sie ist eine nette Frau, aber zugegeben, das habe ich.«

Er fing an, sein dreckiges Hemd aufzuknöpfen. »Schenk mir einen Doppelten ein, während ich schnell dusche.«

»Ich nehme mir auch einen.«

Eine Viertelstunde später kam er barfuß, in frischen Jeans und in einem Button-down-Hemd zurück. Ich reichte ihm seinen doppelten Whiskey mit einem Schuss Wasser, so wie er ihn mochte. Meiner war pur, on the rocks. Ich fuhr mit dem Finger über seinen Schnauzer. »Du hast dir den Bart versengt.«

»Bin einem brennenden Ast zu nahe gekommen. Bin am Überlegen, ob ich ihn abrasieren soll oder nicht.« Er sah hinüber zum Kamin. Peanut hatte sich vor den knisternden Flammen zusammengerollt. Penny lag neben ihr. »Also gut, dann wollen wir es mal angehen.«

Ich nahm den Drink, den ich mir selber eingeschenkt hatte, und wir gingen zum Sofa hinüber. Jeder von uns setzte sich an ein Ende und streckte die Beine aus, sodass unsere Zehen sich berührten.

»Warum hast du Reba etwas vorenthalten?«

»Ich brauchte mehr Zeit. Um nachzudenken. Um Einzelheiten miteinander zu verknüpfen. Laura war von Drew schwanger.«

Er nippte an seinem Bourbon, während er das sacken ließ. »Weiter.«

Ich zeigte ihm das Foto von Arwen und Aragorn alias Streicher. »In ihrem Wandgemälde war Laura Arwen und Drew war Aragorn/Streicher.«

»Ich kann mir nicht vorstellen, dass Drew so was macht, aber Laura konnte sehr überzeugend sein. Was noch?«

»Jemand hat meinen Wagen sabotiert.« Ich erzählte, wie ich es gemerkt hatte.

»Sieht ganz nach Loony Louie aus. Auf dich muss man *wirklich* aufpassen.«

Ich verdrehte die Augen. »Klar, Hank, als ob er gewusst hätte, was passiert.«

»Vielleicht wusste er es wirklich.«

»Aber das ist unmöglich.«

Hank zitterte und zog eine Decke über unser beider Beine.

»Ich brüte etwas aus. Louie könnte da mit drinstecken. Es gefällt mir einfach nicht, dass er so auf dich fixiert ist. Aber ich denke, dass du mit Sacco als Brandstifter richtigliegst. Im Wald haben wir ein paar Fußabdrücke gefunden. Kleine, aber sehr breite, typisch für einen Mann.«

Ich nippte an meinem Glas. Ich wollte Hank nicht von den Erinnerungen aus der Nacht mit dem Feuer erzählen, die mich eingeholt hatten.

Aber ich hungerte nach Fakten. »Das interessiert mich jetzt schon wirklich brennend. Sacco arbeitet doch für Noah. Hat er auch schon damals, als wir Kinder waren, für ihn gearbeitet?«

»Ich weiß, worauf du hinauswillst, Tal. Will Sacco hat damals Vollzeit für Noah gearbeitet. Aber du siehst ja in Noah damals wie heute den großen Schuft.«

»Wenn Noah den Deal mit dem Land damals mit einem Feuer gelöst hat, warum sollte er es nicht wieder tun? Aber ich kann mir nicht vorstellen, dass er seine eigene Tochter umbringt.«

»Laut Seth Spinner kann er es auch nicht gewesen sein. Seth hat bestätigt, dass Noah und Daniel bei ihm zu Hause bis fünf Uhr früh Poker gespielt haben.«

»Könnte einer von ihnen irgendwann mal weg gewesen sein?«

»Seth sagt, nein.«

»Glaubst du ihm?«

Hank zuckte die Achseln. »Die drei halten zusammen wie Pech und Schwefel.«

»Vielleicht hat Will Laura allein umgebracht?«

»Und das Motiv?«

»Ihre Schwangerschaft war ihm ein Dorn im Auge? Ich weiß nicht. Vielleicht hat sie ihn auch unter Druck gesetzt.«

Er zog ein zusammengefaltetes Blatt Papier aus der Tasche und reichte es mir.

Liebe Familie, liebste Annie,

in diesem Augenblick bin ich bei klarem Verstand, aber ich weiß, dass das nicht von Dauer ist. Ich muss die Wahrheit sagen, an diesem letzten Tag meines Lebens. Ich bin der Mann, der Laura umgebracht hat. Sie erwartete ein Kind von mir. In einem Anfall von Wahnsinn haben wir uns auf dem großen schwarzen Felsen im Steinbruch geliebt. Sie wurde schwanger, und da ich Annie heiraten wollte, konnte ich mich nicht von Laura damit erpressen lassen, es Annie zu erzählen.

Gary Pinkham hat das herausgefunden, und so habe ich ihn auch umgebracht. Er hätte alles kaputt gemacht.

Aber die Schuldgefühle machen mich krank, und obwohl Annie und ich bald heiraten wollen, setze ich allem ein Ende.

Vergebt mir.

Unterschrieben war der Brief mit »Drew Jones«. Ich seufzte und las ihn erneut. »Da es sich um eine Kopie handelt, kann ich ihn behalten?«

»Ich wüsste nicht, wozu.«

»Ich will ihn in Ruhe durchlesen, wenn ich wieder ruhiger bin. Ich muss die Stimme des Briefschreibers deutlicher hören.«

»Klar, behalt ihn. Ist ja auch egal. Ich weiß nicht, wer das geschrieben hat, aber Drew war's nicht, so viel ist sicher.«

»Das musst du mir näher erklären.«

Schweiß stand ihm auf der Stirn. Er zitterte.

»Moment.« Ich kam mit drei Ibuprofen und einem Glas Wasser zurück.

Er schluckte sie lieber mit dem Old Grand Dad. »Drew war ein bodenständiger Kerl. Ein Mann aus dem Volk, wie es die Politiker gern nennen. Und das war kein Quatsch. Nicht nur, dass er nie im Leben Laura oder Gary umbringen würde, er würde auch todsicher keine gestelzten Briefe wie diesen schreiben.«

»Hank, wenn ein Mensch verzweifelt ist, tut und sagt er manchmal Dinge, die unter normalen Umständen nie zu ihm passen würden.«

»Egal. Das da ist nicht von Drew.«

»Von wem dann? Noah? Will? Von wem?«

»Klingt eindeutig nach dem alten Noah.«

»Aber Noah und Annie sind in Portland, wo sie sich für die Hochzeit einkleiden. Noah hatte doch, was er wollte: Annie sollte Drew heiraten. Warum also den Bräutigam abmurksen?«

»Ganz schön kompliziert, was? Wenn du Drew als Mörder aus der Gleichung nimmst, was motiviert dann unseren Killer? Was hast du Reba noch vorenthalten?«

»Die Cookies.«

»Die was?«

»Ich bin mir inzwischen sicher, dass jemand die präpariert hatte.« Ich erzählte ihm, wie ich Drews Cookies gegessen hatte.

»Als ich aufgewacht bin, habe ich mich total elend gefühlt, als hätte ich einen tierischen Kater. Wenn die Cookies gedopt waren, dann ist er eingeschlafen, so wie ich. Der Schütze konnte direkt neben Drew stehen und es wie einen Selbstmord aussehen lassen. Kein Kampf. Es muss jemand gewesen sein, den Drew kannte. Jemand, der sorgfältig geplant hat, genau wie bei Gary und Laura.«

Hank fuhr sich mit den Händen übers Gesicht. »Das werden wir jetzt wohl nie erfahren.«

»Nein. Von Drews Haus ist ja nicht gerade viel übrig.«

»Stimmt«, sagte er. »Und die Pistole hat ja höchstwahrscheinlich Drew selbst gehört. Aber sie wird uns sowieso nicht viel sagen.«

»Drews Tod ist ein sorgfältig verschnürtes Paket, das eine Erklärung für alles bietet, genau wie bei Gary. Selbst wenn es kein Feuer gegeben hätte, wären da ja immer noch der Brief und all das gewesen. Und selbst wenn man in Drews Blut etwas *hätte* nachweisen können, würde man es für den Versuch halten, den Selbstmord zu erleichtern, genau wie bei Gary. Alle drei Morde wirken so chaotisch – einmal Feuer, einmal Erstechen, ein Asthmaanfall. Dabei waren sie ganz sauber geplant und durchgeführt, wirklich tipptopp.«

»Zu sauber«, sagte er. »Was mich wieder zu diesem verdammten Stein draußen im Steinbruch führt. Warum wurde Laura da überhaupt hingebracht? Bei Gary ist ein Sinn erkennbar. Er war die Fortsetzung. Aber das mit Laura ist komisch.«

»Ich nehme mal an, den Satanismusquatsch hast du abgehakt?«

Er schnaubte verächtlich. »Allerdings. Ich vermute, dass es unseren Killer ganz schön angenervt hat, dass er Drew nicht auch auf dem Stein erledigen konnte.«

»Du sprichst immer von einem ›Er‹. Vielleicht war es ja ein Pärchen, Patsy und Mitch zum Beispiel?«

Hank gluckste, was in ein Husten überging. Er wedelte mit der Hand, als ich nach dem Wasser griff.

»Apropos«, sagte er. »Patsys Scheidungsunterlagen, denen zufolge ihr nur die Hälfte von Drews Besitz zustand, waren auch im Camp. Von Drew unterschrieben. Ich hätte eigentlich heute Nachmittag hinfahren sollen, um sie für ihn zu verschicken.«

»Scheidung hin oder her, in Patsy Lees Augen war Drew immer noch ihr Eigentum. Ich bezweifle, dass es ihr gepasst hätte, wenn Laura in ihrem Revier wildert. Sie hat mir erzählt, dass sie am Abend von Lauras Ermordung in Bangor in einem Film war. Nicht schwer, da zu lügen. Und jetzt, wo Drew tot ist, kriegt Patsy also alles?«

»Fast. Das Grundstück, auf dem das Camp stand, fällt an Annie.«

Ich stieß einen Pfiff aus. »Wow.«

»Es war immer für Annie vorgesehen«, sagte er. »Ich wusste das. Und ich wette, andere auch.«

Noah würde also das Land bekommen, das er für Emerald Shores brauchte. Genau, wie er es geplant hatte. Genau wie bei Trenton Shores. »Also wäre Noah in jedem Fall an seine Sickergrube gekommen, ob nun durch Annies Heirat oder Drews Tod.«

Hanks Antwort bestand in einem Schnarchen. Er konnte nicht mehr. Ich zog die Decke über ihn.

Noah sollte ruhig glauben, alles unter Kontrolle zu haben. Aber erst einmal musste er sich mit mir auseinandersetzen. Ich kuschelte mich an Hank und schlief ebenfalls ein.

34

Dieses Schlitzohr

Am nächsten Morgen erwachte ich vom Geräusch eines Geländewagens, der vor dem Haus anhielt. Ich warf einen besorgten Blick durch das Fenster neben der Tür, weil ich mich bereits fragte, was wohl als Nächstes passieren würde. Aber meine Angst war unbegründet. Mein Geländewagen stand neben Hanks Wagen, und gerade verschwand der Abschleppwagen wieder um die nächste Biegung.

Das Telefon klingelte. Ich raste in die Küche und riss den Hörer hoch, bevor Hank aufwachte, der weiter auf dem Sofa schnarchte.

»Hier ist Carmen. Alles in Ordnung mit dir?«

»So ziemlich. Du hast, äh, also das von Drew gehört.«

»Ja«, sagte sie mit tränenerstickter Stimme. »Wenn dir danach ist, dann komm doch rüber. Annie ist hier. Sie ist völlig hysterisch. Sie behauptet die ganze Zeit, sie hätte Drew umgebracht.«

Ich hinterließ Hank eine Nachricht und sprang ins Auto.

Zwei Briefkästen nach dem von Lauras Haus bog ich rechts ab und rumpelte Carmens Auffahrt entlang. Ich entdeckte einen Mann, der an einem Pick-up werkelte. Ein Junge von etwa sieben mit Lockenkopf reichte ihm die Werkzeuge. Drei Katzen hatten sich auf einem Mauerabsatz ausgebreitet und sahen zu. Eine davon war Tigger, Lauras Katze. Als ich neben Carmens VW-Bus geparkt hatte, trat sie auf die Veranda des alten Farmhauses und winkte mich herein. Ein kleines braunhaariges Mädchen von vielleicht vier umklammerte eines ihrer Beine.

Ich lief den Weg hinauf, Penny an meiner Seite. »Was ist passiert?«

Carmen sah mich über ihre Nickelbrille hinweg an. »Oje, Annie ist mehr oder weniger in Bobs Pick-up da drüben gefahren. Sie war total verrückt wegen Drew. Sie heult Rotz und Wasser.«

»Mommy?« Das kleine Mädchen streckte ihr die Arme entgegen, und Carmen hob sie hoch.

»Was genau hat sie denn gesagt?«, fragte ich.

»Dass sie Drew umgebracht hat.« Carmen seufzte. »Mehr kriege ich nicht aus ihr raus. Warte, bis du sie gesehen hast.«

»Ich werde versuchen, sie zu beruhigen.«

»Glaub mir«, sagte Carmen, während sie mich durch Wohn- und Esszimmer zur Küche führte. »Da liegt gar nicht das Problem.«

Annie saß auf einem Stuhl und hatte die Arme um sich geschlungen. Obwohl sie einen Pulli und Jeans trug und vor einem kleinen brennenden Holzofen saß, zitterte sie.

»Sie hat so gefroren«, sagte Carmen und deutete mit dem Kopf auf den Ofen. »Jetzt wird man hier drin geröstet, aber ich wusste nicht, was ich sonst tun sollte. Geholfen hat es anscheinend nicht.«

Ich zog mir einen der Küchenstühle heran und setzte mich Annie gegenüber. Ihre Wangen waren gefleckt, ihr Haar zerzaust. Penny legte das Kinn auf Annies Schoß. Annie reagierte nicht. »Annie?«

Sie wiegte sich hin und her. Ihr Blick war leer.

»Sweetie.« Ich nahm eine ihrer eiskalten Hände in meine. »Wie fühlst du dich?«

Sie wiegte sich weiter. Kein Blickkontakt.

Kein gutes Zeichen. Überhaupt kein gutes Zeichen. Ich drückte Annies Hand und wandte mich an Carmen, die mit ihrer Tochter auf dem Schoß am Esstisch saß. »He, Carm, erinnerst du dich noch, wie eine von uns bei Annie vom Apfelbaum gefallen ist und sich den Arm gebrochen hat?«

»Klar«, sagte Carmen und sah mich an, als sei ich durchgeknallt.

»Wer war das?«

»Ich. *Dios!* Ich weiß noch, dass es höllisch wehtat. Und ihr habt alle gelacht.«

»Haben wir nicht«, sagte ich.

»Habt ihr wohl«, sagte Carmen.

Ich sah vorsichtig zu Annie, die sich noch immer vor- und zurückwiegte. Ich legte einen Arm um sie und versuchte, ihr den Trost zu geben, dessen sie so dringend bedurfte. Ich nickte Carmen zu, die mir verschwörerisch zuzwinkerte.

»He, Tal. Oder soll ich Emma sagen?« Carmen grinste. »Erinnerst du dich noch, wie Henry Cunningham dir einen Kuss gestohlen hat?«

»Und ob. Damals fand ich das ziemlich eklig.«

Carmen kicherte. »Da siehst du mal, wie man sich täuschen kann.«

»Da hast du allerdings recht.« Penny hatte angefangen, Annies Hand zu lecken. »Seine Küsse sind eindeutig besser geworden.«

Annie hatte aufgehört, sich zu wiegen. Ein Fortschritt.

»Ich dachte, ich muss sterben, als Annie mit diesem Knutschfleck am Hals aufgetaucht ist«, sagte ich.

»Ich auch.« Carmen drückte ihre Wange an den Kopf ihrer Tochter.

»Das war nicht ich«, sagte Annie leise. Sie legte eine Hand auf Pennys Kopf.

Hurra. »Klar warst du das. Du hast noch versucht, ihn mit diesem grässlichen rosa Schal zu verdecken.«

Annie schüttelte langsam den Kopf. »Nein, der war blau. Und es war Carmen. Gib's zu, Carmen.«

»Annie hat recht«, sagte Carmen strahlend. »Ich hatte den Knutschfleck.«

»Oh Mann, meine Erinnerung lässt mich im Stich«, sagte ich. »Und von wem war er?«

»Caleb Farley«, sagte Carmen. »Und er hat versucht, mich zu betatschen.«

»Carmen!«, sagte Annie.

»Na, wenn's doch stimmt.«

»Du solltest Sadie die Ohren zuhalten, wenn du so was erzählst.«

Ich kicherte. »War es sehr widerlich, Carm?«

»Mir hat's eigentlich gefallen.« Carmen setzte ihre Tochter Sadie auf dem Boden ab. »Ich werde mal einen Tee aufsetzen. Willst du welchen, Annie?«

Annie unterdrückte ein Schluchzen. »Ohhh ... also gut.«

»Wäre dir ein Kaffee lieber?« Ich ließ Annie nicht aus den Augen.

»Ja«, flüsterte Annie. »Viel lieber.«

»Immer Sonderwünsche«, sagte Carmen lachend. »Ich mach mir auch einen.« Sie eilte geschäftig zum Herd und griff nach dem Teekessel.

Ich berührte Annies Wange. »Meinst du, wir können uns jetzt ein bisschen unterhalten, Liebes?«

Ihr Blick glitt von mir ab, und sie strich nervös über ihre Gürtelschnalle. Sie umarmte Penny. Dann flüsterte sie: »Ja.«

»Erinnerst du dich noch daran, dass du bei mir im Cottage warst, bevor du mit deinem Vater nach Portland aufgebrochen bist?«

Ein weiteres gestammeltes »Ja«.

»Und war es in Portland nicht schön?«

Sie schüttelte den Kopf. »Ich habe Daddy erzählt, dass ich mich schlecht fühle, also sind wir am nächsten Tag wieder zurückgefahren. Ich, äh, habe Daddy angelogen. Als er dann mit seinen Freunden einen Kaffee trinken gegangen ist, bin ich zu Dr...Drew gefahren.«

»Wann war das, Annie?«

»Gleich nach dem Abendessen.«

»Und war mit Drew alles in Ordnung, als du da warst?«

»Nein.« Sie schlug die Hände vors Gesicht. »Er war fies und streitlustig. Er hat mich angeschrien, als ich ihm sagte, dass ich kein Kind von ihm wollte.«

Huj. »Er wollte ein Kind mit dir haben?«

»*Qué lío!*«, rief Carmen.

Annie nickte. Mehr Tränen.

»Und was geschah dann, Sweetie?«

»Drew sagte, er würde mich nicht heiraten, wenn wir kein Baby bekommen. Ich sagte ihm, dass ich das nicht könnte. Daraufhin meinte er, er wäre immer noch ein Mann. Ich sehe ihn noch genau vor mir, Tally, wie er mich angeschrien hat. Wegen des Babys. Er war völlig verrückt. Stand komplett neben sich. Ich habe versucht, es ihm zu erklären. Dass ihm die Krankheit so zusetzt. Dass das Baby seine Krankheit erben könnte.«

Carmen reichte Annie eine Tasse Kaffee. Annie legte die Hände darum. Sie schüttelte den Kopf. »Drew meinte, nie im Leben würde sein Kind die Krankheit bekommen.«

»Aber du wusstest, dass das möglich ist, oder?«

»Natürlich.« Sie schloss die Augen. »Und das konnte ich doch nicht tun. Einem Kind so etwas anzutun. Nicht einmal Drew zuliebe. Obwohl wir seit Jahren darüber gesprochen hatten und ich mir nichts mehr gewünscht habe als das. Aber jetzt konnte ich das nicht mehr machen. Und ich habe mich so geschämt, als ich ihm dann sagte, dass ich ihn nicht heiraten würde. Ich kam mir so schlecht vor. Aber ich wollte meine Meinung nicht ändern.«

»Verstehe. Und jetzt denkst du, dass er sich deshalb umgebracht hat.«

»Es geht noch weiter. Daddy kam dazu. Er war furchtbar wütend. Er hat mich ebenfalls angeschrien, nachdem ich ihm gesagt habe, dass ich Drew nicht heiraten werde. Und dann haben mich beide angebrüllt.«

Ihre Augen wurden riesig. »Daddy wollte, dass ich Drew etwas vormache. Dass ich so täte, als würde ich ein Kind von ihm bekommen wollen. Beide haben immer weiter auf mich eingeredet, haben geschimpft und gepoltert, als wären sie durchgedreht, aber beide aus unterschiedlichen Gründen. Also habe ich mich im Badezimmer eingeschlossen und das Wasser laufen lassen.«

Ich lächelte. »Keine schlechte Idee, meine Liebe.«

»Ich war immer ein Angsthase. Nicht so tapfer wie du oder Carmen.«

»Das stimmt nicht. Mut zeigt sich auf ganz unterschiedliche Arten.«

Sie schüttelte den Kopf. »Ich habe mich auf die Toilette gesetzt und über vieles nachgedacht. Versteht ihr, ich konnte Drew nicht anlügen. Wir haben uns gegenseitig all die Jahre so viel bedeutet. In all dieser lange zurückliegenden Zeit. Ich habe immer daran gedacht. Was wir gewesen waren, was er war – so groß und stark und strahlend. Es kam mir vor, als hätte ich ihn immer geliebt. Das ist … war immer noch so, aber nicht mehr die gleiche Art Liebe. Ich habe erkannt, dass ich jetzt Steven liebe. Weißt du, was ich meine?«

»Ich weiß«, sagte ich und dachte an Hank und die Tatsache, dass das Leben nur selten einfach ist.

»Während ich dort saß, habe ich endgültig akzeptiert, wie krank Drew war. Und dass es nicht meine Schuld war, nichts davon, obwohl ich ihm immer noch beistehen konnte. Das hätte ich nur zu gern getan. Aber egal, was auch passierte, ich konnte ihn nicht heiraten.«

»Das ergibt alles einen Sinn, Annie.« Ich drückte sie fest an mich. »Das sind alles gute Sachen, die du da entdeckt hast, keine schlechten.«

Die kleine Sadie stemmte sich hoch und ging zu Annie hinüber. Sie streckte ihr die Arme entgegen, und Annie zog sie auf ihren Schoß.

»Ich möchte Kinder.« Annie seufzte. »Sehr sogar. Während ich da drin saß, konnte ich Daddy und Drew hören, wie sie sich gegenseitig anschrien. Also bin ich rausgekommen und habe sie unterbrochen. Daddy fing dann wieder an, mich anzubrüllen, aber dieses Mal hat Drew ihm befohlen, den Mund zu halten.«

»Das klingt schon eher nach dem alten Drew«, sagte ich.

»Stimmt. Dann habe ich Drew versprochen, bei ihm zu bleiben und ihn zu pflegen. So lange, wie es eben dauert. Aber ich wollte ihn nicht heiraten. Drew umarmte mich und sagte, das sei okay. Dann ist er aufgestanden, weil er meinte, dass er am Abend noch in die Stadt müsse. Daddy ist wieder ausgerastet und hat mich angeschrien, ich müsse Drew heiraten. Drew hat zurückgeschrien, und ich habe gesagt, dass ich nichts tun muss, was ich nicht tun will.«

»Und was hat Noah dazu gesagt?«

Sie streichelte Sadies Locken. »Dass ich nicht länger seine Tochter bin. Dann ist er gegangen. Wie konnte Daddy so was zu mir sagen?«

»Ich weiß es auch nicht, Liebes. Aber ich bin sicher, dass er es nicht so gemeint hat.« Insgeheim bat ich um Absolution, weil ich Annie angelogen hatte.

Sie schüttelte den Kopf. »Ich liebe meinen Vater, aber ...«

»Also bist du eine Weile bei Drew geblieben.«

Sie nickte. »Wir haben uns, och, über alles Mögliche unterhalten. Es war wunderbar. In dem Moment wirkte er gar nicht krank. Er sagte, dass er mich liebe, aber dass wir nicht heiraten sollten. Oder Kinder kriegen. Dass er dafür zu krank sei. Und er begann zu weinen, weil er sich immer Kinder gewünscht hatte. Er sah so verbraucht aus, Tally. Als ob er wüsste, dass er den Kampf verlieren würde. Ich bot ihm an, ihn in die Stadt zu fahren, aber er lehnte ab. Er war zu erschöpft. Er legte sich auf die Couch, und kurz bevor er eingeschlafen ist, hat er mich noch einmal ganz lieb angelächelt.«

»Und dann bist du gegangen.«

»Ja«, sagte sie und schluchzte. »Drew tat mir so leid, aber ich fühlte mich gut. Stärker. Aber wenn ich geblieben wäre, würde er jetzt noch leben. Wenn ich in die Heirat eingewilligt hätte, wäre von alldem nichts passiert. Ich weiß das.«

»Das stimmt nicht. Glaub mir.«

Ich hatte den Verdacht, dass es sich genau umgekehrt verhielt. Eben weil jemand dachte, sie würde Drew heiraten, war er ermordet worden. Aber das würde ich ihr nie sagen können.

Carmen setzte sich zu uns und schenkte Annie Kaffee nach. Annie lächelte dankbar.

»Ich werde bald alles aufklären«, sagte ich. »Versprochen. Vertrau mir einfach.«

»Das tue ich«, sagte Annie. »Penny ist übrigens ein wunderbarer Hund.«

»Das ist sie«, sage ich. »Noch eine Frage, ja? Hast du Drew an diesem Abend ein paar Cookies mitgebracht?«

Annie runzelte die Stirn. »Nein. Wieso?«

»Als ich am nächsten Morgen bei ihm war, lagen ein paar Schokokekse auf dem Tisch, genau solche, wie du sie machst.«

»Die waren nicht da, als ich gegen Mitternacht von dort weg bin.«

Carmen begleitete mich zurück zum Auto. Die Katzen sahen uns hinterher, ihre Blicke ruhten auf Penny. Der Junge und der Mann dagegen nahmen uns nicht wahr, so vertieft waren sie in ihre Schrauberei.

»Ich muss noch mit dir reden«, sagte Carmen. »Allein.«

»Ich habe das Gefühl, dass es Annie bald besser geht. Sie wirkt stärker, weißt du.«

Carmen legte eine Hand auf meinen Arm. »Ja. Ich, äh, muss immer wieder an Patsy denken, und zwar nichts Gutes.«

»Wie kommst du denn jetzt auf sie?«, fragte ich.

»Ich weiß auch nicht. Aber ich traue ihr nicht, nicht, wenn es um Drew geht. Es braucht nicht viel, um sie nicht zu mögen.«

»Genau wie bei Noah.«

»Stimmt.« Sie schob ihre Brille nach oben. »In Wahrheit mache ich mir auch mehr Sorgen um Steve. Ich ... ich. Äh, als Annie und Noah in Portland waren, bin ich ihm gegenüber mit der Nachricht rausgerückt, dass Annie Drew heiraten würde.«

»Herrje, Carmen.«

»Na ja, tut mir ja auch leid, verdammt! Aber Steve wollte ständig wissen, wohin sie gefahren sind.«

»Wusstest du, dass Hank ihn und Laura in flagranti im Bett ertappt hat?«

»Das war *Steve*? *El idiota!* Darauf wäre ich ja nie gekommen. Und wusstest *du*, dass Laura behauptet hat, Hank sei der Kindsvater?«

Das hatte ich nicht gewusst, und es schockierte mich. »Dann hat Laura vielleicht Steve die Schuld daran gegeben, dass sie Hank verloren hat.«

»Entweder das, oder Steve war der Vater des Kindes und ...« Sie wandte sich ab.

»Über das ›und‹ willst du gar nicht nachdenken, oder?«

»Nicht wirklich. Es könnte bedeuten, dass Steve alle drei umgebracht hat. Alles nur wegen Lauras verrückter Ideen.«

Ich legte den Arm um ihre Schultern. »Das meinst du doch nicht wirklich.«

»Nein. Na ja, irgendwie schon. Ihr Leben ...« Sie warf die Hände in die Luft. »Sie ist immer wieder mit einem blauen Auge davongekommen. Aber was, wenn Steve wirklich der Vater ihres Kindes war?«

»Ich bin mir ziemlich sicher, dass Drew es war. Etwas zum Nachdenken. Ich muss jetzt los.«

Ich umarmte sie, Penny sprang auf den Beifahrersitz, und ich ließ mich hinters Lenkrad gleiten.

Carmen lehnte am offenen Fahrerfenster. »Es könnte sein, dass gestern Nacht jemand in Lauras Haus gewesen ist.«

»Wirklich. Weil ...?«

»Gegen neun dachte ich, ich hätte ein Licht gesehen,

aber ... Bob war nicht da. Ich konnte die Kinder nicht allein lassen.«

»Du würdest doch nicht etwa allein nachts da rübergehen, oder?«

»Und ob ich das würde. Meine Fünfundvierziger und ich. Und wehe, du sagst Bob etwas davon.«

»Mit dir würde ich in jeden Kampf ziehen«, sagte ich. »Mensch, das hätte der Killer sein können. Der hat drei Menschen umgebracht. Und ich bezweifle, dass es ihm etwas ausmacht, seiner Liste noch einen vierten hinzuzufügen.«

»Nicht, wenn ich etwas zu sagen habe. Und außerdem bin ich heute Morgen hinübergegangen. Für mich sah alles perfekt aus.«

»Wer auch immer diese Morde begeht, ist ein sehr kranker Mensch. Ist dir das überhaupt klar?«

Sie vergrub die Hände in ihrer Latzhose. »Mit anderen Worten, egal ob Patsy, Steve oder wer auch immer, der Mörder ist auf jeden Fall ein Spinner.«

»Leider ja, was ihn besonders gefährlich macht. Hör zu, äh, du könntest mir einen Gefallen tun. Erzähl einfach ein bisschen rum, dass ich in Lauras Haus gewesen bin. Dass ich möglicherweise etwas gefunden habe.«

»Wer ist jetzt hier dumm! Auf keinen Fall, *Senorita*.«

»Aber was, wenn er noch jemanden auf dem Kicker hat, Carm? Jemand, der nicht den leisesten Verdacht hat. Ich bin wenigstens vorbereitet.«

»Vergiss es. Ich sage gar nichts.«

Ich seufzte. »Ich bleibe in Hanks Nähe, und ich habe Penny. Wir müssen ihn aus der Reserve locken, Carmen, sonst stirbt noch jemand.«

Ich fuhr erst zu Lauras Haus, nachdem Carmen mir versprochen hatte, über meinen Vorschlag nachzudenken. Was bedeutete, dass sie es nicht tun würde.

Carmen hatte recht. Es war eine dumme Idee.

Lauras Tür war noch immer unverschlossen, und ich könnte schwören, dass mir Geister folgten, als ich ihr Heim erneut durchschritt. Laura war eine Geheimniskrämerin gewesen. Ich war sicher, beim ersten Mal einige der Geheimnisse übersehen zu haben. »Etwas«, das der Killer letzte Nacht vielleicht hatte verschwinden lassen? Ich hätte früher hierher zurückkehren sollen.

Ich fuhr mit den Fingern über ihre Kunst, ihre Bücher. Ich bewunderte ihre Vorliebe für alles Spleenige. Wieder hängte ich das Far-Side-Cartoon gerade, das sich so beharrlich neigte. Ich hatte vergessen, dass Laura mehr war als eine Betrügerin und Erpresserin.

Ich öffnete und schloss die Küchenschränke und stöberte in den Koffern voll alter Kleider im Keller. Im Bad nahm ich ihre Bürste in die Hand und starrte auf die langen schwarzen Haare, die sich darin verfangen hatten.

Auch im Schlafzimmer sah alles unverändert aus. Ich zog ein Buch über Genetik aus dem Regal und fragte mich, ob Laura ihre Schwangerschaft beabsichtigt hatte oder von der Vorstellung schockiert war, ihr Kind könne vielleicht auch an Chorea Huntington erkranken.

Diese Fragen waren nicht zu beantworten.

Ich schlug das Buch zu und stellte es zurück.

Wenn Lauras Baby wirklich von Drew war ... Was, wenn Annie das gewusst hatte? Konnte sie der Mörder sein?

Ein absurder Gedanke. Nein, Annie könnte so etwas nie tun. Das wusste ich in meinem tiefsten Innern.

Ich ging zu dem Gemälde von Annie und Laura, das auf der Staffelei stand. Es war sogar noch hübscher als in meiner Erinnerung, und viele Schichten Öl trugen zu seiner Leuchtkraft bei.

Mein Blick blieb an etwas hängen. Bildete ich mir das nur ein?

Die Mädchen saßen auf einem Sofa. Sie trugen Strohhüte und Folklorekleider. Lauras linker Arm war um Annies

Schultern gelegt, und Annies rechter war um Lauras Taille geschlungen. Die andere Hand hatten die Mädchen in den Schoß gelegt. Aber wo waren die Gürtel, die mit den Jugendstilschnallen, die ich schon an Joy und vorhin an Annie gesehen hatte? Ich war mir sicher, dass sie auf dem Gemälde zu sehen gewesen waren. Jetzt war über den ruhenden Händen der Bauch beider Mädchen leicht geschwollen, und darin verbarg sich bei jeder ein halbmondförmiger … Fötus. Das konnte sein, obwohl sie viel kleiner und nicht so gut gemalt waren wie das Baby in Lauras Büro.

War das eines von Lauras irreführenden Bildern? Waren mir die Föten beim ersten Mal entgangen? Vielleicht lag es am Licht oder am Blickwinkel. Hatte ich mir die Gürtel nur eingebildet oder …? Nein. Das Bild *war* anders.

Ich drückte einen Finger gegen Lauras Bauch und ging dann ganz nahe heran. Ich hatte einen schwachen, aber doch sichtbaren Fingerabdruck hinterlassen. Die Farbe war noch nicht ganz trocken. Ich rieb meine Finger aneinander.

Also das hatte der Eindringling letzte Nacht getan – er hatte Föten auf Laura und Annie gemalt.

Vielleicht war Annie auch schwanger. Oder sie war es einmal gewesen. Ich wusste nicht, ob Annie malte, aber …

Steve malte. Carmen hatte gesagt, das sei einer der Gründe gewesen, warum Laura ihn so attraktiv gefunden hatte.

Das Gemälde zu verändern war einfach bizarr.

Ich betrachtete die Leinwand ein letztes Mal. Der Pinsel mit dem grünen Griff, der eingetrocknet auf der Staffelei gelegen hatte, stand nun ebenfalls in dem Terpentinglas.

Als ich Lauras Haus verließ, war ich noch viel besorgter als zuvor.

35

Alle da

Auf der Fahrt zurück machte mir das Verhalten des Malers mehr und mehr Kopfzerbrechen. Wenn der Künstler von vergangener Nacht und der Mörder ein und dieselbe Person waren, dann konnte die Psychose dieses Menschen eine ganze Reihe von Ursachen haben. Seine oder ihre Beziehung zur Umwelt konnte das Ergebnis einer dissoziativen Persönlichkeitsstörung, einer manisch-depressiven Erkrankung oder einer Anpassungsstörung sein und sich jetzt zunehmend zeigen. Es konnte auch sein, dass der Killer an Depersonalisation litt.

Schwer zu sagen, schwer zu verstehen. Aber wie auch immer die Diagnose lautete: Ich ahnte, dass der Zustand des Killers sich verschlechterte.

Etwas hatte sich für den Täter radikal geändert, um Drew zu töten. Aber was? Nur Annies bevorstehende Hochzeit mit ihm war neu. Aber die hatte sie ja rückgängig gemacht. Natürlich war es möglich, dass der Mörder nicht wusste, dass Annie die Hochzeit abgesagt hatte.

Ich bog viel zu schnell in meine Auffahrt ein. Ich war zu sehr mit Nachdenken beschäftigt.

Drew und Laura – da war die Verbindung. *Konzentrier dich darauf,* sagte ich mir.

Penny sprang vom Sitz und wurde von einer eifrig mit dem Schwanz wedelnden Peanut begrüßt. Sie und Penny berührten sich mit der Schnauze, und weg waren sie. Drinnen fand ich Hank noch immer schlafend auf dem Sofa. Seine Stirn glühte vom Fieber. Ich legte ihm ein feuchtes Tuch auf die Stirn, gab ihm noch mehr Ibuprofen und etwas Apfelsaft, den er prompt wieder erbrach.

Ich wischte alles auf und erneuerte das feuchte Tuch.

»Ich rufe den Arzt«, sagte ich.

»Wehe, du denkst auch nur daran«, knurrte er.

Ein gutes Zeichen, dass er es überstehen würde. »Wenn es dir morgen nicht besser geht, dann schleife ich dich persönlich zum Arzt.«

Die Antwort bestand in einem Grunzen. Ich wollte Hank nicht allein lassen, solange er Fieber hatte. Ich schluckte eine Handvoll Vitamine und ging hinaus. Der frische Wind ließ mich klarer sehen. Ich würde diesen Ort vermissen. Ich setzte mich in den Aluminiumstuhl und stellte die Füße auf das Geländer. Ich beobachtete Penny und Peanut, die am Strand herumtollten.

Ich kam mir vor, als stände ich an einem Abgrund und als befände sich die Welt am Rande einer Katastrophe. An diesem Ort war ich schon einmal gewesen, und die Haut an meinem ganzen Körper hatte gekribbelt. Es war kein guter Ort.

Der Tag verging mit wenig Unternehmungen und großen Sorgen – um Hank und Annie, Joy, Steve und Daniel. Sogar um Will Sacco machte ich mir Sorgen. Ich schaffte es, mich völlig in der Frage nach dem Wer, Wann und Warum zu verlieren.

Alle paar Stunden verabreichte ich Hank Ibuprofen und kalte Umschläge. Und ich musste noch zweimal wischen: das Ergebnis misslungener Versuche mit Apfelsaft.

Gegen neun Uhr abends behielt Hank wenigstens etwas Cola bei sich und anschließend einen Teller Hühnerbrühe. Ich erhielt keine seltsamen Anrufe, niemand drang in mein Haus ein, und der erhoffte Zettel von Onkel Lewis – mit dem Namen des Mörders – kam auch nicht.

Mein Computer ging nach wie vor nicht, doch ich begann

eine handschriftliche Auflistung darüber, wer in der Nacht von Lauras Ermordung wo gewesen war. Ich entschloss mich, ein paar Anrufe zu tätigen. Ich rief bei Chip Vandermere an, hatte seine Frau am Apparat und hörte mir eine Wiederholung des Bond-Marathons an, den sie und Chip an besagtem Abend angeblich absolviert hatten. Mitch Jones begann zu husten, als ich meinen Namen nannte. Aber auch er behauptete, dass er mit Patsy in der Nacht von Lauras Tod im Kino gewesen sei. Beider Alibi konnte falsch sein, aber es dürfte schwierig werden, das zu beweisen.

Ich rief den einzigen Seth Spinner aus dem Telefonbuch an. Mr Spinner knallte den Hörer auf, als ich sein Pokerspiel mit Daniel und Noah erwähnte. Ich versuchte es erneut, holte ein paar Wörter mehr aus ihm heraus, und wieder wurde der Hörer aufgeknallt.

Meine Güte, was für ein reizbarer Zeitgenosse, und alles wegen einer Runde Poker.

Ich ging mit dem Finger die Liste durch. Will Sacco hatte an jenem Abend Scooters Medikament abgeholt. Um das zu überprüfen, rief ich die Apotheke an. Der Apotheker namens Crowley sagte, dass Joy und nicht Will in der Nacht von Lauras Tod das Medikament geholt habe. Er wusste es noch, weil sie über Wills Gemüse und seine Chancen zu gewinnen gesprochen hatten. Auch Mr Crowley würde an dem Wettbewerb teilnehmen. Joy deckte also Will. Weshalb, konnte ich nur vermuten.

Ich holte das Telefonbuch von Calais hervor und rief mehrere Leute wegen Steve an. Im Diner und dem Lebensmittelladen dort hatte ich kein Glück, aber an der Tankstelle in der Main Street schon. Klar kannten sie dort Mr Sargent. Kam immer vorbei, wenn er in der Stadt war. Man war sogar so hilfreich, Steves ausstehende Rechnungen durchzusehen, die er monatlich bezahlte. Genau – Steve hatte an dem Abend, als Laura starb, dort getankt. Und zwar um 21.05 Uhr.

Das war zwei Stunden später als der Zeitpunkt, den Hank mir genannt hatte. Aber nicht spät genug. Er hätte es in jener Nacht immer noch nach Winsworth zurück schaffen und Laura ermorden können.

Hank wachte erneut auf. Also stellte ich meine Nachforschungen ein und maß Fieber bei ihm. Zum ersten Mal an diesem Tag war er fieberfrei. Und er war schlecht gelaunt – ein sicheres Zeichen, dass er auf dem Wege der Besserung war.

Nachdem ich ihm einen Gutenachtkuss gegeben hatte, machte ich Pläne für den kommenden Tag. Ich würde mit Noah reden und dann noch einmal zu den Saccos fahren. Es war an der Zeit, dass Joy mir die Wahrheit über Wills Unternehmungen in der Nacht von Lauras Tod sagte.

Über der Frage, ob ein Mann wirklich mehrere Dutzend Male auf seine Tochter einstechen könnte, schlief ich ein.

Die Antwort kannte ich.

Am nächsten Morgen lief mir beim Erwachen ein kalter Schauer über den Rücken, nicht, weil ich mich angesteckt hatte, sondern weil ich Albträume gehabt hatte. Hank schlief noch, Peanut und Penny neben sich. Also zog ich mich an, schlich nach unten und rief Annie zu Hause an.

Während es klingelte, dachte ich wieder an den Traum. Ein schemenhafter Mörder stach mit einem Messer auf Annies Bauch ein.

Was, wenn die Person, die Lauras Bild »vervollständigt« hatte, beabsichtigte, auch Annie zu töten? Warum hatte ich daran noch nicht gedacht? Ob sie nun schwanger war oder nicht – konnte der Fötus auf Annies jugendlicher Darstellung ein Hinweis auf den nächsten Mord sein?

Noahs Anrufbeantworter sprang an, und ich hinterließ Annie die Nachricht, mich bitte zurückzurufen. Das Gleiche machte ich im Immobiliengeschäft, als auch dort niemand abnahm.

Jetzt machte ich mir wirklich Sorgen. Vorstellbar, dass Annie nur unterwegs war, aber am Vortag war sie so erschüttert gewesen, dass ich eher annahm, sie sei zu Hause.

Mit dem schnurlosen Telefon in der Hand ging ich auf und ab. Ich schenkte mir einen Orangensaft ein, aß einen Müsliriegel und schluckte noch mehr Vitamine. Denk nach, denk nach.

Was hatte Annie gestern über Noah gesagt? Dass er gebrüllt habe, Annie sei nicht länger seine Tochter.

Ich rief bei Carmen an, die ebenfalls nicht zu Hause war. Ich probierte es im Restaurant. Carmen nahm ab, sagte, Annie sei bei ihr und habe die Nacht in ihrem Haus verbracht.

Ich seufzte erleichtert auf. Annie war in Sicherheit.

»Annie!«, rief ich, als sie ans Telefon kam. – »Tally?«, sagte Annie. »Du hörst dich komisch an.«

»Äh, wirklich? Himmel, das wollte ich gar nicht. Ich habe nach dir gesucht. Alles in Ordnung?«

»Vermutlich. Na ja, doch, mir geht's ganz gut. Stell dir vor, Daddy hat mich gestern nicht ins Haus gelassen, also habe ich bei Carmen übernachtet.«

Dieser Arsch, dachte ich. »Weißt du, er ist wahrscheinlich nur aufgewühlt. Du weißt doch, wie er ist.«

»Ja. Und mir wird jetzt auch klar, was er ist und was ich bin.«

»Auch da hast du recht, Sweetie. Ich, ähm, trägst du eigentlich noch den Gürtel, den du auch gestern anhattest? Den mit den Blumen?«

»Ja«, sagte sie. »Ich mag ihn sehr. Warum?«

»Ich wollt's nur wissen. Ist das nicht der gleiche Gürtel wie der, den du auch auf dem Gemälde von dir und Laura trägst?«

»Meinst du das Bild, das im Atelier steht?«

»Ja.«

381

»Verstehe. An dem hat sie gerade gearbeitet, als sie, na ja, als sie starb.«

»Genau«, sagte ich. »Und das ist der Gürtel von dem Bild, oder?«

»Ja. Laura hatte ihn an. Er gehörte ihr.«

»Und was ist aus deinem geworden?«

»Ich hatte nie einen.«

»Aber auf dem Bild tragt ihr den gleichen.«

Annie lachte. »Ach, jetzt verstehe ich, was du meinst. Das bin doch gar nicht ich auf dem Bild. Das ist Joy.«

»Joy Sacco?«

»Ja. Joy hat die Gürtel ja sogar gemacht. Es war eines ihrer ersten Kunstwerke.«

Die Welt veränderte sich. Wenn Joy das andere Mädchen auf dem Gemälde war, dann trug jetzt auch Joy einen aufgemalten Fötus in ihrem Bauch. Und dann war Joy womöglich das nächste Opfer des Mörders.

»Tally?«, sagte Annie.

»Oh, äh, tut mir leid. Aber danke. Ich muss los. Wir reden später weiter. Bleib heute bei Carmen, ja?«

»Das hatte ich vor.«

»Super.«

Kaum hatte ich aufgelegt, rief ich auch schon bei Joy an.

Will nahm ab und sagte, Joy dürfe nicht gestört werden.

»Ich komme raus zu Ihnen, Will«, sagte ich.

»Das hat Joy schon gesagt. Dass Sie heute noch hierhergeflitzt kämen.«

»Ich rechne damit, sie zu sehen, wenn ich komme.«

Er gluckste. »Aber sicher doch. Sie freut sich auch schon darauf, Sie zu sehen. Tatsache ist, dass auch Joy vorhatte, bei Ihnen anzurufen, um Sie für heute einzuladen.«

Vielleicht hatte ich die ganze Sache mit dem Gemälde falsch interpretiert. Und auch die Sache mit Will und dem Feuer. Nein. »Wir müssen uns über einiges unterhalten.«

»Als ob ich das nicht wüsste«, sagte Mr Aufrichtig. »Um einige der Missverständnisse aus dem Weg zu räumen, die es gegeben hat.«

Missverständnisse? Oh nein. Wills Ausgelassenheit stand in krassem Gegensatz zu den grausamen Taten, die er in letzter Zeit begangen hatte. Das ergab keinen Sinn, und es wollte mir so gar nicht gefallen.

Als wir aufgelegt hatten, raste ich mit Überschallgeschwindigkeit zu den Saccos.

Ich parkte nicht wie zuvor in ihrem Hof, sondern unterhalb der Scheune, wo mein Truck nicht zu sehen war. Ich wollte das Überraschungsmoment zu meinen Gunsten nutzen, falls das möglich war. Vermutlich reines Wunschdenken, aber egal.

Ich ging die Straße hinauf. Konnte Will das Bild übermalt haben? Oder Steve? Soweit ich wusste, malte Noah. Und sogar Patsy.

Ich hoffte verzweifelt, dass mit Joy alles in Ordnung war.

Bei den Saccos sah alles unverändert aus. Die große Eiche, das Autowrack, Scooters Dreirad. Ein Schmetterling saß auf der Rundung eines der Reifen des alten Wagens, flatterte dann weiter und landete auf dem Dreirad.

Ich ging über den Fußweg zur Haustür. Als ich näher kam, hörte ich hinter dem Haus jemanden pfeifen. Dasselbe Lied, dasselbe Pfeifen: »If I Had a Hammer«. Verdammt, was hatte ich dieses Lied früher geliebt.

Der Tag war warm, aber mir war kalt, und ich rieb mir mit den Händen über die Arme. Ich war fest davon ausgegangen, bereit für eine Konfrontation mit Will Sacco zu sein. Jetzt war ich nicht mehr so zuversichtlich. Zur Absicherung hängte ich meine Tasche über die Schulter und schob die Hand hinein. Ich umklammerte das Pfefferspray. Ich hätte Penny mitnehmen sollen.

Ich ging ums Haus herum. Will schnitt gerade einen

Kirschbaum zurück. Er entdeckte mich und legte die Astschere beiseite. Breites Grinsen.

»Hi.« Er zog seine Kappe ab und fuhr sich durchs Haar. »Sie sind aber eine ganz Flotte.«

»Klar.« Ich wollte den Rasen überqueren.

Er wackelte verneinend mit dem Finger. »Bleiben Sie, wo Sie sind. Sehen Sie all die aufgewühlte Erde und das Gestrüpp? Bin heute Morgen rausgekommen, und da hatten wir ein Murmeltier im Garten, das alles aufgewühlt hat. Joy meint, dass man sich böse den Knöchel verstauchen kann, wenn man in eines der Löcher tritt, und da hat sie auch recht.«

Er mochte noch so sehr lächeln, seine Nerven lagen blank. Ich trat zurück und wartete, während er über einen gewundenen Trampelpfad zu mir kam. Er nickte, und ich folgte ihm zurück ums Haus.

Düstere Gedanken, was er da wohl in diesen »Murmeltierlöchern« verbuddelt haben mochte, gingen mir durch den Kopf.

»Wo sind Joy und Scooter?«, fragte ich.

»Im Haus«, sagte er und führte mich zu der Eiche.

»Haben Sie das Bild übermalt, Will?«

»Hä?«

»Das Bild von Laura und Joy.«

»Alles, was ich je an Malerarbeiten gemacht habe, war, dieses Haus zu streichen, das schwöre ich bei Gott.«

»Aber Sie wissen, wovon ich rede?«

»Nein«, sagte er. »Kann ich nicht behaupten.« Aber seinen Augen sah ich an, dass er log.

»Ich gehe jetzt zu ihnen hinein.« Ich wollte zur Haustür.

Er hielt eine Hand hoch. »Jetzt warten Sie mal. Scooter schläft. Und Joy vielleicht auch.«

»Hatten Sie nicht gesagt, Joy erwarte mich?«

»Habe ich. Habe ich. Aber ich bin davon ausgegangen, dass wir zuerst ein paar Dinge klären.«

Joy streckte den Kopf zur Tür heraus, winkte und verschwand wieder.

Sie war in Sicherheit, und ich entspannte mich, obwohl ich Sacco nicht traute.

»Das Einzige, was ich gerne klären möchte, ist die Frage, warum Sie das Feuer gelegt haben.«

Er vergrub die Hände in den Gesäßtaschen. »Habe ich nicht.«

»Hören Sie, ich war im Camp, als es anfing zu brennen, wie Sie sehr wohl wissen. Das war alles andere als lustig.«

»Muss schrecklich gewesen sein. Aber damit habe ich nichts zu tun. Ich war in meinem Garten und habe gearbeitet. Ich habe erst davon erfahren, als Joy mir von all den verrückten Theorien erzählte, die Sie haben.«

»Ich habe Sie pfeifen gehört, Will.«

»Jeder pfeift mal.«

»Aber nicht ›If I Had a Hammer‹.« Ich legte ihm eine Hand auf den Arm.

Will sprang zurück und riss vor Schreck die Augen auf. »Fassen Sie mich bloß nicht an, klar? Kommen Sie mir nicht zu nahe.«

Ich trat näher zu ihm. »Warum, Will? Was stört Sie so daran?«

Er machte einen Schritt zurück. »Sie könnten Aids haben.«

»Wovon reden Sie?«

»Von Aids, von der Krankheit Aids. Sie sind doch keine dumme Frau. Ich wette, Sie haben sein Blut angefasst. Sie könnten es also auch haben.«

»Das ist doch lächerlich.«

»Nennen Sie's, wie Sie wollen, aber kommen Sie mir nicht zu nah.«

Ich hatte sein Blut angefasst? »Meinen Sie Drew?«

Will wedelte abwehrend mit der Hand. »Genau. Ich habe gehört, dass Sie drinnen bei der Leiche waren, und überall war Blut. Ich wette, Sie haben es angefasst.«

Ich betrachtete ihn. Aus seinen Augen sprach die Angst, und seine Stirn war schweißgebadet. Wer hatte ihm diese lachhafte Story aufgetischt? »Will, Drew hatte kein Aids.«

Will verdrehte die Augen. »Klar hatte er Aids. Ich werde es ja wissen. Meine Tish ist schließlich daran gestorben.«

»Aber ...« Konnte es sein, dass Drew Aids *und* Chorea Huntington gehabt hatte? Nein. Hank hatte die Erbkrankheit bestätigt. »Drew hatte kein Aids.«

Ein Auto rumpelte mit röhrendem Auspuff über den ungeteerten Weg und übertönte meine Worte.

In dem Auto saß Noah.

36

Die Falle schnappt zu

Als ich mich wieder umdrehte, war Will auf dem Weg ins Haus.

»Mist«, sagte ich.

Ich ging ihm nach, hämmerte an die Tür und hörte Rufe. Joy und Will, und dann fing Scooter an zu weinen.

Mit quietschenden Bremsen und in einer Staubwolke kam Noah vor dem Haus der Saccos zum Stehen.

Ich trabte zu Noahs Wagen hinüber.

»Noah«, sagte ich.

Er sah mich aus zusammengekniffenen Augen durchs Fenster an. Er drückte auf einen Knopf, und das Fenster glitt nach unten.

»Wühlen wir mal wieder im Dreck, was?«

»Ich würde eher sagen, das Gegenteil. Sie müssen mir für so einiges Rechenschaft ablegen, Noah Beal.«

Eine Metalltür knallte. Will und Joy standen vor der Tür auf der Treppe. Scooter saß auf Joys Hüfte.

»Ich habe Noah angerufen.« Joy schubste Will vor.

Noah stieg aus und knallte die Tür zu. »Das hast du, Joy, aber mir ist nicht klar, warum du meine Hilfe brauchst.«

»Weil es an der Zeit ist, dass du einige Dinge klarstellst«, sagte sie. »Will hat immer die Drecksarbeit für dich gemacht, und damit ist jetzt Schluss. Erzähl Tally, wie du ihn gezwungen hast, das Feuer an Drews Haus zu legen.«

Noah verschränkte die Arme. »Alles Unsinn.«

Joy verringerte die Entfernung zu uns, Will folgte ihr. »Tally denkt, dass Will Drew getötet haben könnte«, sagte sie. »Und dann das Haus abgebrannt hat, um es zu verbergen. Aber das ist nicht die Wahrheit. Stimmt's, Noah?«

»Woher soll ich das wissen?«, meinte Noah.

»Weil du derjenige warst, der ihn veranlasst hat, das Feuer zu legen«, sagte Joy. »Und alles nur wegen deiner dummen Geschichte.«

»Nicht, Joy«, sagte Will.

Sie gaben ein beeindruckendes Bild ab. Will scharrte mit den Füßen im Dreck. Joy starrte Noah wütend und mit gerötetem Gesicht an. Und Noah schüttelte nur den Kopf. Aus jedem Quadratzentimeter seines gebräunten Gesichts sprach Verachtung.

Noah wandte sich zum Gehen.

»Einen Moment, Noah.« Ich versperrte ihm den Weg. »Haben Sie Will etwa die Geschichte mit dem Aids in den Kopf gesetzt? Will meinte gerade, dass er Angst vor mir hat, weil ich mit Drews Blut in Berührung gekommen bin. Und dass Drew Aids hatte. Aber Drew hatte gar kein Aids, nicht wahr, Noah?«

»Woher soll ich das wissen?«

»Natürlich wissen Sie es. Bis gestern hatte Annie doch noch vor, ihn zu heiraten.«

Noah zuckte die Achseln. »Wer sagt, dass er nicht Aids hatte?«

»Jetzt kommen Sie aber«, rief ich. »Drew hatte eine Erbkrankheit. Er hatte die Huntington-Krankheit.«

Will sah von Noah zu mir. »Wollen Sie damit sagen, dass es vererbt war, dass er so gezittert hat? Und was ist mit den ganzen Einstichen und Kratzspuren an seinen Armen? Und die Hälfte der Zeit war er total verrückt. Mann, Sie liegen total falsch, Tally.«

»Tue ich das?«, sagte ich und sah Noah scharf an.

»Aber …«, stotterte Will. »Aber so eine Krankheit gibt es doch gar nicht. Oder, Noah?«

Noahs Kiefer mahlten.

»Will«, sagte ich. »Das ist ganz leicht nachzuweisen. Im Krankenhaus gibt es doch Aufzeichnungen. Er war Patient bei Dr. Cambal-Hayward. Ich bin sicher, dass sie Ihnen alles über ihn erzählt, jetzt, wo er tot ist.«

Wills graue Augen blickten verwirrt. »Ich ...«

»Es stimmt, Will«, sagte Joy. »Tally hat recht.«

»Aber Noah«, sagte Will. »Du hast mir gesagt, ich soll das Haus anzünden, wegen der Ansteckungsgefahr.«

»Und so wollte Noah an seinen Besitz kommen«, sagte ich. »Stimmt's?«

Will scharrte mit den Füßen.

»Sag's ihr, Noah«, meinte Joy.

Noah paffte an seiner Pfeife. »Wie soll ich denn etwas zugeben, was so offenkundig falsch ist?«

Joy setzte Scooter auf ihre andere Hüfte. »Aber es ist *wahr*. Will hat es mir letzte Nacht erzählt. Du hast ihm furchtbare Angst damit gemacht, als du meintest, Drew hätte das Gleiche wie Tish. Er hat sich Sorgen um Scooter gemacht. Du hast seine Ängste angefacht, Noah. Das weißt du genau.«

Noah schnitt eine Grimasse, als hätte er es mit einer niederen Lebensform zu tun. »Das alles entstammt der wilden Fantasie deines Mannes.« Er wollte mich von seinem Wagen wegschieben.

»Haben Sie Will genötigt, Drew wegen seiner mutmaßlichen Aids-Infektion zu töten?«, fragte ich.

Will deutete auf Noah. »Er weiß, dass ich Drew nicht umgebracht habe. Weil er nämlich weiß, wer es war. Es sollte alles vor zwei Tagen abends über die Bühne gehen.«

Noahs und meine Blicke trafen sich. Ich sah das Wissen in seinen Augen. Und die Wut. Will hatte nicht gelogen.

»Was hat Will in dieser Nacht gesehen, als er hinübergegangen ist, um das Haus anzuzünden? Was, Noah? Wen decken Sie?«

»Sag's ihr«, meinte Joy.

Noah schenkte uns wieder mal ein weises Nicken. »Als du

angerufen hast, Joy, bin ich rausgefahren, um euch zu helfen. Unmöglich.« Er wollte nach dem Türgriff seines Jeeps greifen.

Will packte ihn am Arm. »Ich schwöre bei Gott, Noah, dass ich ihr die Wahrheit sage darüber, was ich gesehen habe.«

»Halt die Klappe«, sagte Noah nur.

Will packte Noah am Hemd. »Ich habe einen Wagen gesehen, stimmt's, Noah? Und deshalb habe ich das Feuer nicht gelegt. Es war ein großer, alter, schwarzer Wagen, der die Straße zum Camp entlanggerast ist. Ich habe nicht gesehen, wer darin saß, aber ich weiß, dass Drew an die Tür gegangen ist. Ich habe gewartet, um zu sehen, was vor sich ging, und etwa eine Viertelstunde später ist der Wagen wieder gefahren. Kein Beifahrer. Also bin ich wieder nach Hause gegangen und habe dich angerufen. Du meintest, ich soll das Camp am nächsten Tag anzünden, da hätte Drew eine Verabredung mit dir. Und dann ist er nicht gekommen, und du hast erfahren, dass er tot war. Wir wissen doch beide, wer sie alle umgebracht hat, nicht wahr, Noah?«

Noah ragte drohend vor dem zwergenhaften Will auf. »Kein Wort mehr.«

»Wer war in dieser Nacht bei Drew, Noah?«, sagte ich. »Wer war dieser ›Jemand‹, der Drew als Letzter lebend gesehen hat? Jemand, der einen großen, schwarzen Wagen fuhr. Einen alten. Sie decken einen Mörder.«

Noah streckte die Brust heraus, warf Will und Joy einen Blick zu und stieg dann in seinen Jeep. Er ließ den Motor aufheulen.

Ich rannte vorne um den Jeep und setzte mich neben ihn. »Sie decken Daniel, nicht wahr?«

Noah nahm die Pfeife aus dem Mund. »So eine kluge Frau, diese Miss Tally Whyte. Aus der kleinen Nervensäge Emma ist eine große Nervensäge geworden. Was soll das alles? Wozu das alles?«

»Daniel hat seinen Sohn umgebracht, Noah.«

Noah schüttelte den Kopf. »Er hat den armen Jungen von seinen Leiden erlöst, so sehe ich das. Sie können sich ja nicht vorstellen, was für Höllenqualen Daniel wegen dieser Krankheit durchgemacht hat. Zu wissen, dass er die Ursache für diese Erkrankung war. Aus welchem Grund auch immer hat Daniel kaum Symptome. Die Demenz. Die Wutanfälle. Der Gedächtnisverlust. Das wird doch zu einer fast unerträglichen Last.«

»Das glaube ich gern. Aber das ist kein Grund, drei Menschen umzubringen.«

Er fuhr herum. »*Drei?* Wovon reden Sie denn jetzt schon wieder?«

Noah riss vor Neugier die rauchgrauen Augen auf. Er hatte Drews Tod allen Ernstes nicht mit den anderen in Verbindung gebracht.

»Wer immer Drew getötet hat, hat auch Gary und Laura umgebracht.«

Er zuckte zusammen. »Das ist doch lächerlich. Daniel hat doch meine Laura nicht umgebracht.«

Obwohl er ein habgieriger, betrügerischer Brandstifter war, tat er mir doch leid. »Nein? Auch nicht, wenn das Kind in ihrem Bauch die gefürchtete Huntington-Krankheit in sich trug?«

Noahs herablassendes Lächeln schmerzte. »Da liegen Sie falsch. Komplett falsch. Ich kenne Daniel seit fünfzig Jahren. Er war an dem Tag, als ich von Lauras Schwangerschaft erfuhr, bei mir. Das war *nach* ihrem Tod. Den Schreck, den ich auf seinem Gesicht gesehen habe, hätte er nicht vortäuschen können.«

»Die Menschen machen so etwas, Noah. Etwas vortäuschen, meine ich.«

»Aber sie können nicht vortäuschen, woanders gewesen zu sein, verdammt noch mal!«

»Ich habe gestern Abend bei Seth Spinner angerufen. Er hat einfach aufgelegt. Zweimal. Da habe ich mich gefragt, ob

Daniel und Sie in der Nacht von Lauras Tod wirklich Poker gespielt haben. Wissen Sie *wirklich*, wo Daniel war?«

»Natürlich weiß ich das. Er war mit mir in Portland.«

»Und warum haben Sie das nicht der Polizei erzählt? Was ist mit dem Pokerspiel?«

Er rutschte hin und her. »Weil unsere Unternehmungen dort nichts sind, das sich rumsprechen soll. Wir sind vielleicht nicht mehr zwanzig, aber wir haben noch immer Bedürfnisse.«

»Sie waren bei einer Prostituierten?«

Noah räusperte sich. »Nur bei zwei befreundeten Damen. Das ist alles. Die Abrechnung von Daniels MasterCard wird zeigen, dass wir dort getankt haben, Himmel noch mal. Wir waren bis zwei Uhr früh dort, dann sind wir zurückgefahren.«

»Also hat Seth Spinner Hank gegenüber für Sie gelogen.«

»Seth fährt da auch hin. Er versteht uns.« Er fuhr sich mit der Hand durch sein silbriges Haar. »Verstehen Sie das denn nicht? In jener Nacht konnten wir das einfach nicht erklären.«

Ich verstand sehr wohl. Aber das machte alles nur noch komplizierter. Gab es womöglich doch zwei Mörder in Winsworth? »Sind Sie sicher, dass es sich um Daniels Wagen handelte, in der Nacht von Drews Tod?«, fragte ich.

»Natürlich bin ich sicher. Will hat Daniels großen, alten LeBaron beschrieben. Als ich das Thema Daniel gegenüber erwähnte, wollte er nicht einmal mir, seinem besten Freund, gegenüber zugeben, dass er da gewesen ist.«

Jemand musste nach Daniels Aufbruch dort gewesen sein, aber *wer?*

Ich sah zum Haus hinüber. Joy und Will saßen mit Scooter auf der Vortreppe. Sie hielten Händchen und redeten miteinander. Scooter sah zu ihnen hoch. Er hatte den blonden Schopf in den Nacken gelegt und die Augen fast ganz zugekniffen, als er lachte.

Fast geschlossene Augen ...

Der Schock durchfuhr mich, als ich wieder an das lange zurückliegende Halloween-Fest mit Drew denken musste. Ich musste wegsehen, und Tränen schossen mir in die Augen.

Lieber Gott, bitte nicht.

Jeder, der sie sehen wollte, hatte hier die Erklärung vor Augen. Es war, als sähe man den Wald vor lauter Bäumen nicht. Wie clever. Ich hätte auch gelächelt, wenn es nicht gar so schrecklich gewesen wäre.

Scooters Lachen und ein Autowrack, mehr brauchte es nicht.

»Ich glaube nicht, dass Daniel Drew umgebracht hat, Noah.«

»Was?«, sagte er.

Ich starrte auf das Auto, das auf dem Gras zur Straße hin stand. Es war groß und schwarz und alt. Ein Imperial LeBaron. Es hatte immer noch einen verbeulten Kotflügel, eine zerbrochene Scheibe und Rost. Aber nachts und aus der Entfernung dürfte es schwer sein, solche Dinge zu sehen. Er war fast identisch mit dem, den Daniel fuhr. Aber eben nicht der Gleiche.

Ich ging näher zu dem Wagen und schob das hohe Gras zur Seite. Heute waren alle vier Reifen aufgepumpt. Es wäre mir nie aufgefallen, wenn nicht vorhin der Schmetterling dort gesessen hätte.

Würde ich die Schlüssel im Zündschloss finden, und war der Tank halb voll?

»Sie haben ganz schönen Murks gemacht, Noah, aber Sie sind kein Mörder. Und Daniel auch nicht. Sie fahren jetzt besser zurück. Und auf dem Weg rufen Sie über Ihr Handy die Polizei an, klar?«

Als ich den Weg langsam wieder hinunterging, setzte Noah zurück und wendete in der Auffahrt.

Meine Füße fühlten sich an wie Blei. Der gute Scooter – Joy liebte und schützte ihn, so gut sie nur konnte. Ihr kleines

Genie hatte sie ihn genannt, und dann hatte sie über seine große Zukunft gesprochen, darüber, dass er es nach Harvard schaffen würde. Sie war besessen von Keimen, als ob das einen Unterschied machen würde. Ich sah ihn vor mir, wie er auf seinem Dreirad herumgestrampelt war, wie er lachend mit meinen Schlüsseln gespielt hatte. Es war dieses Lachen, bei dem er die Augen vor Freude fast geschlossen hatte, das schließlich alles erklärte.

Beim Knall des Schusses zuckte ich zusammen, fuhr herum und sah Noah gegen das Lenkrad sinken. Der Jeep schlingerte und krachte dann auf der anderen Straßenseite gegen einen Ahorn.

Ich sprang auf den Jeep zu.

»Stopp, Tally! Und jetzt langsam umdrehen.«

Als ich es tat, stand Joy auf dem Gartenweg und zielte mit einer großkalibrigen Handfeuerwaffe auf mich. Sie hielt Scooter noch immer fest an ihre Hüfte gedrückt. Er weinte und hielt sich die Ohren zu.

Will starrte seine Frau mit offenem Mund an. »Joy, Liebes?«

»Er war es«, sagte Joy. »Noah. Und Tally wollte ihn entkommen lassen.«

Ihr Gesicht war starr, ihr Blick abwesend. Unauffällig schob ich meine Hand in die Tasche und tastete nach dem Pfefferspray. Vorsichtig ging ich auf die Familie zu. »Dabei war es gar nicht Noah, stimmt's, Joy?«

Sie wischte sich mit dem Handrücken über die Stirn. Die Sonne funkelte auf dem glänzenden Lauf der Waffe.

»Geh rein, Will, und nimm Scooter mit.«

»Aber ...«

»Mach schon.« Sie reichte Will den Jungen. Will sah mich lange an, als er Scooter in die Arme nahm.

Scooter jammerte »Mama«, und ein schmerzvolles Zucken lief über Joys Gesicht.

Jetzt waren da nur noch Joy und ich. Dafür, dass es sich

um solch eine schwere Waffe handelte, hielt Joy sie erstaunlich still.

»Haben Sie Gary so zu dem schwarzen Stein da draußen gebracht?« Ich versuchte, ihren Blick zu erhaschen, aber sie wich mir aus. »Reden Sie mit mir, Joy. Damit ich Sie verstehe.«

Sie bedeutete mir mit der Pistole, dass ich weitergehen sollte.

»Sie verstehen das.«

Eine Psychose zu begreifen ist nicht ganz leicht. Aber Joys meinte ich tatsächlich zu verstehen, zumindest teilweise. »Ihre beste Freundin sollte ein Baby von Drew bekommen. Noch ein Huntington-Baby.«

Sie hielt inne. »Was meinen Sie mit ›noch eins‹?«

»Scooter.« Sie wollte mir immer noch nicht in die Augen schauen. Ein schlechtes Zeichen. »Er ist von Drew, nicht von Will, stimmt's? Ist es passiert, als Drews Ehe in die Brüche ging?«

»Wir waren uns in dem CVJM-Gremium so nahegekommen, und er brauchte mich, und da ...«

»Aber Lauras Kind hätte die Krankheit vielleicht nicht bekommen.«

»Sie hatte kein Recht dazu. Sie war doch meine gute und vertraute Freundin. Meine beste Freundin. Die Einzige, die von meiner Affäre mit Drew wusste.«

»Wusste sie auch, wer wirklich Scooters Vater war?«

»Natürlich. Ich habe es ihr gesagt. Und da ist sie richtig sauer geworden. Sie war eifersüchtig auf mein Kind, auf Drew. Deshalb ist sie auch schwanger geworden, obwohl sie wusste, dass auch ihr Kind die Krankheit erben konnte. Sie sagte, dass Scooter nicht zählt. Die Chancen ständen gut, dass *ihr* Kind gesund wäre, obwohl mein Scooter sterben würde. Und das wird er auch. Ich habe ihn testen lassen.«

Sie schluchzte. Ein schreckliches Geräusch. Tränen strömten ihr über die Wangen, und die Pistole zitterte.

Ich streckte die Hand nach ihr aus. »Joy, ich will ...«

»Zurück«, sagte sie mit zusammengebissenen Zähnen. »Verflucht soll sie sein! Laura war wie eine Zwillingsschwester. Wir haben alles zusammen gemacht. Aber sie hätte nicht schwanger werden dürfen. Als sie mir davon erzählte, war mir klar, dass sie abtreiben musste. *Nicht noch mehr kranke Babys.*«

Endlich kapierte ich. Zu spät. Viel zu spät. »In der Nacht ihres Todes haben Sie noch beim Giddyup vorbeigeschaut, nachdem Sie Scooters Medizin abgeholt hatten. Vielleicht wollten Sie sich ja bei Laura und Gary entschuldigen, dass Sie nicht wie verabredet kommen konnten.«

»Woher wissen Sie das?«, fragte Joy.

»Das ist nicht schwer, Joy, wenn alles einen Sinn ergibt. Alles fügt sich zusammen. Allerdings war Gary nicht da. Nur Laura, und zwar auf dem Parkplatz. Allein. Sie war sauer, weil Gary sie hatte stehen lassen, und hat Sie darum gebeten, sie nach Hause zu bringen, um nicht ihren Jeep nehmen zu müssen, stimmt's?«

Joy nickte. »Sie hatte ein bisschen zu viel getrunken, und in dem Zustand fuhr sie nie.«

»Dann hat sie angefangen zu malen«, sage ich. »Das hat sie immer gemacht, wenn sie frustriert war. Sie selber haben mir das mal gesagt. Sie hat an dem Ölgemälde mit den zwei Mädchen gemalt. Ich dachte, dass darauf Laura und Annie zu sehen sind. Dabei sind Sie das andere Mädchen. Da hat sie Ihnen auch von der Schwangerschaft erzählt, richtig?«

Joy lehnte den Kopf an die Hauswand. Mit einer Hand rieb sie über die Schnalle des Jugendstilgürtels, genau wie Annie. War das erst gestern gewesen?

»Haben Sie und Drew auf dem schwarzen Stein miteinander geschlafen, Joy?«

»Ja. Es war Sommer und sehr heiß, und für mich war das die wunderbarste Nacht meines Lebens.« Ihre Lippen zitterten. »Tolles Wunder, was?«

»Sie waren so vorsichtig, Joy. Haben Lauras Festplatte

gelöscht, die satanische Medaille benutzt, die Briefe geschrieben. Sie sind echt gut, wenn es um Details geht.«

Sie richtete sich auf. »Das bin ich in der Tat«, sagte sie stolz.

»Nur konnten Sie leider nicht widerstehen, den vertrockneten Pinsel zurück in das Terpentinglas zu stellen. Warum haben Sie die Babys auf die Bäuche gemalt?«

»Sie hat es nicht fertig gemalt, verstehen Sie das nicht? Es sollte aber fertig sein, damit wir wieder wie Zwillinge waren.«

Herrgott. »Sie müssen großen Schmerz empfinden.«

»Schmerzen?« Sie lachte. »Was wissen Sie schon über Schmerz. Sie haben doch kein Kind. Sie können sich nicht vorstellen, wie das ist, sie groß und stark und klug werden zu sehen, nur damit sie dann dahinwelken, so wie Drew. Mein Sohn wird vor mir sterben. Stellen Sie sich das mal vor.«

Das konnte ich, und es machte mich traurig, aber die Angst überwog. Wieder deutete sie mit der Pistole auf den Garten hinter dem Haus und befahl mir, mich zu bewegen. In der Ferne kläffte ein Hund. Ich erschauderte. Hank war zu krank, um nach mir zu sehen. Noah? Ich hoffte, dass er nicht tot war.

»Sie sind über den Wagen draufgekommen, stimmt's?«, fragte Joy.

»Die Reifen an Ihrem LeBaron waren nicht mehr platt. Sie planen alles. Und Sie sind wirklich clever, Joy. Aber sie haben vergessen, die Luft wieder aus den Reifen zu lassen. Warum sind Sie nicht einfach zu Fuß zu Drew gegangen?«

»Ich musste doch Scooter mitnehmen. Wissen Sie, Drew hat nämlich nie kapiert, dass Scooter von ihm ist. Als er am Wegdriften war, habe ich es ihm gesagt. Den Ausdruck auf seinem Gesicht hätten Sie sehen sollen. Diese blöden Reifen.«

»Es war nicht nur der Wagen. Wenn er lacht, sieht Scooter genauso aus wie Drew als Kind.«

»Ich habe befürchtet, dass es Ihnen irgendwann auffällt.

Sie haben so viel rumgeschnüffelt und mit allen möglichen Leuten geredet. Sogar mit Drew. Deshalb hab ich auch ihr Büro verwüstet. Und ich habe Ihnen den Finger geschickt, um Sie an den Killer in Boston zu erinnern, von dem ich gelesen habe. Ich dachte, dass Sie dann die Finger von der Sache lassen.«

»Das hat nicht gereicht.«

»Ich hoffte, die Katze reicht.« Sie schüttelte den Kopf. »Hat irgendwie Spaß gemacht, sie da zwischen den Steinen einzuklemmen. Sie war so hilflos, genau wie Drew und Laura und Gary. Sie haben mich alle unterschätzt. Ich habe Will prophezeit, dass Sie heute hier rauskommen würden. Und dann haben Sie angerufen. Wenn Sie es nicht getan hätten, hätte ich es gemacht. Die Auseinandersetzung mit Noah hatte ich nämlich auch genau geplant. Ich hatte gehofft, das würde Sie ablenken. Dass Sie den Zusammenhang nicht durchschauen.« Sie schürzte die Lippen. »Schade, dass es nicht geklappt hat.«

Wirklich schade, ja. »Warum haben Sie Drew nicht sofort umgebracht?«

»Das wäre nicht fair gewesen, da ja Lauras Schwangerschaft allein ihre Schuld war. Ich war so ... wütend auf sie. In jener Nacht sollte sie mir eigentlich versprechen abzutreiben und sich bei mir entschuldigen. Das war alles. Aber jedes Mal, wenn ich die Abtreibung erwähnte, hat sie Nein gesagt.«

Ich fragte mich, ob Joy das Messer davor oder danach in Lauras Bauch gerammt hatte. »Haben Sie deshalb zugesehen?«

»Sie verstehen mich *wirklich*«, sagte Joy mit Nachdruck. »Wenn Sie gesagt hätte, dass sie abtreibt, und wenn sie sich entschuldigt hätte, wäre alles gut gewesen. Aber Laura war ja schon immer ein Dickkopf. Also habe ich selber für die Abtreibung gesorgt.«

Bei der Vorstellung wurde mir schlecht, und ich stolperte. Sie fing mich auf. Am liebsten hätte ich gelacht. Wir gingen um die Hausecke, und der Kirschbaum kam in Sicht. Vielleicht würde Will mir beistehen. Ich sah in der Hoffnung, ihn zu entdecken, zum Küchenfenster. Aber er war nicht da.

Ich fragte mich, wo sie mich hinbringen wollte. »Und Gary hat alles herausgefunden, oder?«

»Ja. Er hat mitgekriegt, dass ich an jenem Abend aus war. Ich habe ihm erzählt, dass ich nur Scooters Medizin geholt habe, aber er ist mir auf die Schliche gekommen. Das mit Gary tut mir leid.«

»Und obwohl die Wanderer vorbeigekommen sind, haben Sie auch da zugesehen, stimmt's?«

»Ich *musste* doch. Und die haben mich nicht bemerkt.«

»Aber warum haben Sie Drew getötet? Er war doch sowieso todkrank, Joy.«

»Er wollte Annie heiraten und ein Kind mit ihr kriegen. Das hat er mir erzählt, als ich ihn neulich besucht habe. Das durfte ich nicht zulassen.«

Falls es gelang, sie zu verärgern, ließ sie das vielleicht zögern. Sie war ganz cool und gefasst. Ich verspürte den verzweifelten Drang, einfach wegzurennen. Ich war sicher, dass sie mich dann kaltblütig erschießen würde. »Aber sie kannten die Wahrheit über Lauras Schwangerschaft nicht, Joy.«

»Natürlich kannte ich sie.«

»Nein, ich fürchte nicht. Sie war zwar schwanger, aber es war eine Eileiterschwangerschaft. Der Fötus wäre abgegangen.«

Sie schlug mir mit der Pistole auf den Kopf. Ich taumelte und hatte grelle Blitze vor den Augen.

»Sie lügen!«, kreischte Joy.

»Nein, Joy, ich lüge nicht. Sie hätte das Kind nicht bekommen.«

Eine Pause, dann: »Was geschehen ist, ist geschehen. Mir ist das egal.«

Ich rieb meine schweißfeuchten Handflächen an meiner Jeans trocken. Joy wusste auch nicht, dass Annie die Hochzeit abgesagt hatte. Ich musste ihr die Pistole abnehmen. Das Pfefferspray herausholen. Etwas tun. Langsam zog ich das Pfefferspray aus meiner Tasche.

»Gehen Sie da rüber.« Sie deutete auf den Kirschbaum.

Beim ersten Schritt schoss mir der Schmerz durch den Kopf. Ich ging auf den Baum zu und umrundete dabei sorgfältig die Murmeltierlöcher. »Wie wollen Sie erklären, dass Sie auf Noah geschossen haben?«

»Man wird ihn nie finden«, sagte sie in meinem Rücken. »Will fährt den Jeep nach Aroostook. Da kann er ihn dann von einem Versorgungsweg aus in irgendeinem See versenken.«

»Und was ist mit mir?«

»Ach, Tally. Tut mir wirklich leid.«

Eine Hand schubste mich, und ich stolperte zur Seite. Mit einem Fuß trat ich in eines der Erdlöcher.

In mein Bein schoss ein schrecklicher Schmerz, dann ein Zuschnappen, und dann schrie ich, fiel und wand mich auf dem Boden. Ich griff nach meinem verletzten Bein. Spürte mein eigenes Blut. Davon wurde mir schwindelig.

Die Welt versank.

37

Bleiben oder nicht bleiben?
Ge-nau das ist hier die Frage

Ich erwachte vom Schmerz. Er kroch mein Bein hinauf und krallte sich mit Messern wie mit Fingern in mein Fleisch. Und da waren Stimmen, gedämpfte Laute, die ich nicht verstehen konnte, weil es in meinen Ohren so rauschte.

Ich lag zusammengerollt auf dem Boden und hielt das Gesicht ins weiche Gras gedrückt. Ich roch die Erde. Der leichte Wind strich mir übers Gesicht. Mir fiel wieder ein, wo ich war. Ich biss mir auf die Lippe und schlug dann die Augen auf.

Das Fangeisen war das Erste, was ich sah. Ich sah, dass die scharfen Metallzähne sich genau über meinem Knöchel ins Bein gefressen hatten. Grässlich.

Zwei Paar Beine – eines schlank und gebräunt, das andere kürzer und in Jeans – waren zu meiner Linken zu sehen. Ich hob den Blick.

Joy und Will standen keine drei Meter von mir entfernt – und stritten.

Ein stechender Schmerz, und die Welt drehte sich erneut.

Ich befürchtete, dass ich es – dank Joy und Will – nicht überleben würde, wenn ich jetzt wieder ohnmächtig wurde.

»Aber das ist doch ganz einfach«, kam die zuckrigsüße Stimme von links. »Verstehst du es denn nicht, Will? Ich hab all die Fallen aufgestellt, damit ich sie in eine davon schubsen kann.«

»Ja, und was ist mit den Murmeltieren?«, fragte Will.

»Es gab keine Murmeltiere. Das hab ich mir nur ausgedacht. Jetzt muss ich sie und das Fangeisen nur noch in eine Decke oder so was wickeln und sie rüber zu Drew schaffen. Ich lege sie irgendwo tief im Wald ab, und da stirbt sie dann. Es wird aussehen wie ein Unfall. Genau wie bei Peanut. Alles ganz natürlich. Darin besteht doch die Schönheit.«

Joy, wie sie schmeichelnd auf Will einredete.

»Ich verstehe das alles nicht, Joy«, sagte Will. »Und ich wünschte, du hättest nicht meine Fallen benutzt.«

»Himmel noch mal. Jetzt schaff endlich Noah rauf nach Aroostook und sieh zu, dass du ihn loswirst.«

»Das ist nicht recht, Joy.«

Sie entfernten sich. Ich konnte sie nicht länger sehen. Und hören *wollte* ich sie nicht. Lieber Gott, diese Schmerzen.

Wenn ich doch nur an mein Pfefferspray kommen könnte. Mein Arm glitt zur Seite. Die Tasche lag direkt neben mir.

Das Pfefferspray war weg. Genau wie mein Handy.

Ich bewegte nur die Augen und suchte den Boden ab. Ich entdeckte es. Zu weit weg.

Tränen brannten mir in den Augen, aber ich kämpfte dagegen an.

Ich durfte nicht klein beigeben. Nicht jetzt.

Galle stieg in mir hoch. Ich schluckte heftig.

Moment. Etwas anderes. Holz. Ich tastete mit der Hand nach dem Stück Holz, das halb verborgen in einem hohen Grasbüschel lag. Meine Finger berührten es und streichelten über die glatte Oberfläche. Ich krallte sie um den Griff. Ich hatte Wills Astschere gefunden.

Ich zwang mich dazu, ganz langsam zu machen, und zog sie zu mir heran. Sie roch nach Pflanzensaft, als ich sie dicht am Körper hielt.

Eine Fliegentür schlug, dann folgten lange Momente, in denen ich gegen den Schmerz und den Schwindel ankämpfte. Ein Auto wurde angelassen. Noahs Jeep mit dem kaputten Auspuff. Joy brüllte noch »Auf Wiedersehen«, als das Motorengeräusch leiser wurde.

Sie würde mich bald holen.

Ich hörte Geräusche in meiner Nähe, und dann schob Joy einen Schubkarren neben mich. Sie ging Kaugummi kauend vor mir in die Hocke. »Tut mir leid, das alles, Tally.«

»Dann lassen Sie mich gehen, Joy.« Schmerzen durchzuckten mein Bein und meinen Kopf. »Bitte.«

»Das geht nicht.« Sie strich mir über die Wange. »Das wird jetzt wehtun. Gary habe ich das Valium verabreicht und Drew die Kekse mit dem Narkotikum. Das hat es ihnen leichter gemacht, verstehen Sie? Aber für Sie kann ich das nicht tun. Die Polizei würde es herausfinden. Ich fühle mich schlecht deswegen.«

Sie nahm den Kaugummi aus dem Mund, rollte ihn zusammen und warf ihn fort. Sie drückte ein neues Quadrat aus der Blisterpackung und schob es in den Mund.

»Lassen Sie mich raten«, sagte ich. »Nikotinkaugummis. Sie versuchen aufzuhören, stimmt's?«

Sie seufzte. »Ja. Nicht, dass ich je hier zu Hause und in Scooters Nähe geraucht hätte, aber ... Ich muss einfach rauchen, wenn ich so angespannt bin. Ich hab mir gedacht, dass ich besser ganz aufhöre, als eine Bekannte von mir, die bei der Polizei arbeitet, in die Post kam und erzählte, dass Ihr dummer Köter die Zigarettenstummel gefunden hat.«

Von den Zigaretten, die sie geraucht hatte, als sie Laura beim Sterben zusah. »Was ist mit Scooter und den Fallen?«

»Scooter ist drinnen, und die Tür ist verriegelt. Ich habe ihm jede Menge Bücher und einen Müsliriegel gegeben.«

»Denken Sie doch an Ihren Sohn«, sagte ich. »Wie sehr ihn das mitnehmen wird.«

»Kein bisschen. Ich habe alles genau geplant. Die Fallen. Alles. Ich wusste, dass Sie wieder hier rauskommen würden. Sie sind die Letzte.«

»Haben Sie das bei Laura auch schon gesagt? Und bei Gary? Oder Drew? Und was ist mit Noah?«

»Der ist tot, bevor Will in Aroostook ist.«

»Joy«, sagte ich. »Denken Sie doch einmal nach. Auch ich habe Hoffnungen, Träume, Freunde. Genau wie bei Ihnen gibt es Leute, die ich liebe und die mich lieben. Und ...«

Sie wollte mich hochziehen.

Meine Hände umklammerten die spitze Astschere, und ich wollte mich auf sie werfen.

Eine Tür schlug.

»Mama?«

»Scooter?«, schrie Joy. »Bleib, wo du bist. Nicht bewegen, Schatz.«

Ich riss den Kopf herum. Scooter tapste die Treppe von der rückseitigen Veranda herunter und kicherte, als er auf uns zukam.

»*Nein!*« Joy rannte los und sprang über die Löcher, die sie gegraben hatte. Sie flog auf Scooter zu. Da verfing ihr Fuß sich in einem Ast.

»Mama!«

Sie flog durch die Luft, streckte sich, versuchte, auf dem Weg zu landen, aber ...

Zwei rostige, spitzzahnige Metallbügel schnellten in die Höhe.

»Joy!«

Sie schrie, riss die Arme hoch und streckte sie ihrem Sohn entgegen, als das Fangeisen zuschnappte.

Ich schloss die Augen.

Ich lag benommen im Gras und spürte nur noch wenig Schmerzen, während ich unablässig auf Scooter einredete, bei seiner Mommy zu bleiben und sich nicht zu bewegen. Er saß auf dem Boden, hatte seine kleinen Finger in ihrem Haar vergraben und redete in seiner Kleinkindsprache mit ihr.

Wie viel Zeit vergangen war, konnte ich nicht sagen. Wenn ich versuchte, auf die Uhr zu schauen, verschwammen die Ziffern.

Joy war längst tot. Die rostigen Metallzähne des Fangeisens hatten sich in ihren Hals und ihr Gesicht gegraben. Sie hatte eine gefühlte Ewigkeit geschrien, war aber in Wirklichkeit schnell verstummt. Das Fangeisen hatte ihr entweder das Genick gebrochen oder die Halsschlagader durchtrennt. Ihr Todeskampf würde mir für immer im Gedächtnis bleiben. Dieses »für immer« würde allerdings nicht lange dauern. Ich lag im Sterben. Ich wusste es. Obwohl ich an der Falle gerüttelt hatte, war es mir nicht gelungen, mich zu befreien, und das Blut war unaufhörlich weitergeflossen.

Ich fragte mich, wie lange ich wohl noch mit Scooter würde sprechen können. Ich hatte schreckliche Angst, dass er aufstehen und zu mir kommen würde.

Oh, wie sehr ich mir wünschte, Hank wäre hier.

Ein Auto. Es tuckerte über die Straße. Dann schlug eine Tür, und jemand summte.

Gott sei Dank. Will würde Scooter retten, obwohl er dafür zweifelsohne mich erledigen würde.

»Habe ich dir nicht gesagt, du sollst aufpassen? Gütiger Himmel, Tally.«

Ich sah ein Paar schäbige Sneakers, dann wurde Scooter hochgehoben, und zwar von …

»Lewis Draper«, sagte ich.

Er setzte sich den Jungen auf die Hüfte. »Onkel Lewis, klar?«

»Onkel Lewis«, murmelte ich, und Tränen strömten mir aus den Augen.

»Richtig.«

Es kam mir vor wie eine Ewigkeit, bis Onkel Lewis mich endlich aus der Falle befreit hatte. Nicht, dass ich mich an viel erinnere, da ich schon bald von den Schmerzen wie betäubt war. Ich kam im Krankenhaus wieder zu mir; mein linkes Bein steckte in einem Gips, und über mir ragte Hank auf.

Ich hasse Krankenhäuser fast genauso sehr wie Bestattungsunternehmen, und deshalb wagte ich nach zwei langen Tagen und Nächten die Flucht zurück in mein gemietetes Cottage. Gerade rechtzeitig, um von zwei Überraschungsgästen in Empfang genommen zu werden.

»Veda! Bertha!«

Sie erdrückten mich fast mit ihren Umarmungen, was gar nicht so leicht ist, da mir meine beiden Pflegemütter nur bis zum Kinn reichen.

»Ach, meine liebe, liebe Tal.« Jede Menge Herumgeglucke, dann drückte Bertha Hank einfach zwei volle Lebensmitteltüten in die Hand und führte mich nach drinnen.

Ich warf Hank einen kurzen Blick zu. Seinen Ausdruck konnte man nur als kämpferisch bezeichnen. Veda und Bertha zusammen können ganz schön einschüchternd sein.

Eine Woche später humpelte ich zum Balkon vor dem Loft. Von unten drang Töpfeklappern herauf. Seit Veda und Bertha vor zwei Tagen abgereist waren, hatte Hank die Küche zurückerobert.

»Hank?«, rief ich nach unten. »Bist du sicher, dass es dir nichts ausmacht, mich nach Boston zurückzufahren?«

»Kein Problem, Babe«, antwortete Hank. »Ich habe mir die nächsten paar Tage freigenommen.«

»Spitze. Und bist du sicher, dass du heute Abend schon wieder kochen willst?«

Hank schnitt eine Grimasse. »*Sie* wollte mich ja nicht ein einziges Mal an den Herd lassen.«

»Bertha würde nicht mal jemanden wie Julia Child an den Herd lassen.«

»Oder die Spülmaschine ausräumen.«

»Armer Hank.«

»Der Borscht war ziemlich gut«, sagte er. »Für Borscht.« – »Ich liebe dieses Zeug.«

Hank seufzte. »Ich dachte schon, sie ziehen hier auf Dauer ein.«

»Sie haben das Cottage für einen Monat gemietet.«

Angesichts von Hanks schockiertem Gesicht musste ich lachen.

»Himmel«, sagte er. »Du weißt wirklich, wie man einem Mann Angst macht.«

Ich warf eine Unterhose in meinen Koffer. Morgen früh würde Hank mich zurück nach Boston fahren.

Es war eine lange Woche gewesen. Der Tumult, das Krankenhaus, die Fragen, die Journalisten und all die Tränen. Ich fühlte mich noch immer ganz verloren.

Ich hatte mir die ganze Woche über Vorwürfe gemacht, weil ich die Verbindung zwischen Scooter und Drew früher hätte sehen müssen. Weil ich so Leben hätte retten können. Hank meinte hingegen, dass das lächerlich sei.

Ich glaubte ihm nur halb, und jedes Mal, wenn ich an Drew und den Jungen dachte, der einst einer kleinen Ballerina ihre Halloween-Süßigkeiten gerettet hatte, stiegen mir die Tränen in die Augen.

Noah war auf dem Wege der Besserung, obwohl ich bezweifelte, dass es ihm gut ergehen würde, sobald er aus dem Krankenhaus entlassen und einer ganzen Reihe von Verbrechen angeklagt werden würde. Andererseits würde Noah, so wie ich ihn kannte, alles wie kleine Vergehen aussehen lassen und mit einer Verwarnung davonkommen.

Zugegeben, er hatte Mut bewiesen. Seine Schulterverletzung hatte sich als Streifschuss herausgestellt, und es war ihm gelungen, Will das Lenkrad aus der Hand zu reißen. Sie hatten auf halbem Weg nach Bangor einen Unfall gehabt, und ein Polizist war ihnen zu Hilfe geeilt, sehr zu Wills Missfallen natürlich.

Die Anschuldigungen gegen Will wogen schwer. Dazu gehörten sowohl Beihilfe zum Mord als auch versuchter Totschlag. Hank behauptete, Will würde für lange Zeit hinter Gitter wandern, aber ich hatte so meine Zweifel.

Will war genauso ein Opfer von Joy gewesen wie alle anderen auch.

Die arme Joy. Sie war so clever gewesen. Die Ironie war mir nicht entgangen – ich hatte meine Köder ausgelegt, während Joy all diese Fallen aufstellte. Und doppelt ironisch war die Tatsache, dass ebendiese Fallen sie getötet hatten, während sie das Leben ihres geliebten Sohnes rettete.

Annie hatte Scooter zu sich genommen und sprach von Adoption. Steve war ganz dafür. Bis Scooter erwachsen war, hatte vielleicht irgendein brillanter Forscher eine Möglichkeit gefunden, die Folgen von Chorea Huntington abzufangen. Und vielleicht würde Scooter nur solch unbedeutende Symptome wie sein Großvater Daniel zeigen. Carmen hatte mich mehrere Male besucht. Wie Veda und Bertha hatte sie sich in eine Glucke verwandelt und mich mit einem Festessen aus ihrem Bio-Restaurant versorgt. Meine Verletzung verhalf uns eindeutig zu stilvollen Mahlzeiten.

Sie versuchte, mich zu überreden, in Winsworth zu bleiben. Doch noch während sie das sagte, wusste sie, dass Boston und der Kummerladen meine Welt waren. Ich lud sie dorthin ein und ahnte, dass sie höchstwahrscheinlich nicht kommen würde, aber sie wusste, dass ich nach Winsworth zurückkehren würde. Meine Erinnerungen und mein Herz hingen zu sehr daran.

Dann war da noch Onkel Lewis, der mich in meiner zweiten Nacht im Krankenhaus gegen zwei Uhr morgens fast zu Tode erschreckt hatte. Er hatte sich hereingeschlichen und war sehr stolz darauf gewesen. Er sagte mir, dass er nur »nach dem Rechten« sehen wolle. Ich erhielt weiterhin Post-its, die alle mit »OL« unterschrieben waren.

Das Telefon klingelte, und da ich ständig von Reportern bedrängt wurde, ließ ich Hank drangehen.

Mit angespanntem, düsterem Gesicht reichte er mir den Hörer.

Es war Kranak, der wegen einer anstehenden Gerichtsverhandlung anrief. Ich sollte den Eltern eines Jungen beistehen, der von seinem eigenen Onkel ermordet worden war. Ein schwerer Fall. Als ich aufgelegt hatte, schlang ich die Arme um Hank.

»Wir sind nur gute Freunde, das ist alles«, sagte ich.

»Er ruft ständig an, verdammt noch mal.«

»Ich weiß. Dabei geht's um die Arbeit.«

Hank sagte nichts, und ich wusste, dass er über uns und unsere zukünftige, getrennte Existenz nachgrübelte.

Wieder klingelte das Telefon, und da Hank gerade mit Peanut und Penny draußen war, nahm ich ab.

»Hallo, Miss Whyte. Hier spricht Dr. Dexter Shelton, Leiter der Gerichtsmedizin von Maine, und ich habe ein Angebot für Sie.«

Eine Viertelstunde später legten wir auf. Ich ließ mich aufs Sofa plumpsen, sodass mein Gips hochhüpfte und der Schmerz in mein Bein schoss. Ich hatte nicht gewusst, was ich dem Mediziner antworten sollte, also hatte ich einfach zugehört. Er hatte mir ein ziemlich großzügiges Angebot gemacht, sollte ich einwilligen, fortan als Trauerberaterin für den Bundesstaat Maine zu arbeiten.

Hank kam zurück, und nachdem wir den Hunden ein Leckerli gegeben hatten, sah ich ihn an.

»War der Anruf des Leichenbeschauers deine Idee?«, fragte ich.

Er setzte sich neben mich auf die Couch. »Sozusagen. Ich habe mit ein paar Leuten gesprochen. In Bangor. Mit der State Police. Mit dem Büro der Gerichtsmedizin in Augusta. Wir könnten, ähm, hier oben eine Trauerberaterin brauchen. Du müsstest herumreisen. Dahin fahren, wo die Fälle passieren. Aber du könntest es von Winsworth aus tun.«

»Wow.«

Hank war nicht glücklich über die anstehende Trennung, genauso wenig wie ich. Aber das MGAP und Boston, meine Freunde und meine Familie zu verlassen, um hier in Maine zu leben, kam mir mehr wie ein Wunschtraum denn wie die Wirklichkeit vor. Und jetzt hatte man mir hier einen Job angeboten. Einfach so. Ich konnte das tun, was ich so schätzte, was ich tun musste.

Ich seufzte. »Ich weiß nicht, Hank.«

»Denk darüber nach.«

Am nächsten Tag begann Hank, meinen Wagen für unsere Fahrt nach Boston zu beladen. Er würde Peanut behalten, und deshalb würde sie sich während der Fahrt zu Penny und mir gesellen. Ich zog den Reißverschluss meiner Kosmetiktasche zu und humpelte zum Koffer, um sie hineinzulegen.

»Jedes Mal, wenn du ein paar Schritte gehst, verziehst du das Gesicht«, sagte Hank. »Du bist noch nicht so weit.«

»Ich bin so weit«, sagte ich über die Schulter.

Zwei Arme schlangen sich um meine Taille. »Wirklich?«

»Worauf du wetten kannst.« Ich drehte mich um, sodass ich ihn ansehen konnte. »Ich muss zurück.«

»Kann sein.«

Ich sah ihm lange in die Augen. Sie blickten beunruhigt. Fürsorglich. Und aufrichtig.

»Zweierlei kann ich dir versichern«, sagte ich. »Ich werde hierher zurückkommen. Zumindest zu Besuch. Aber ich muss nach Boston und zum MGAP zurück, um zu klären, was es bedeutet, ich selbst zu sein. Will ich in Boston bleiben und mich um die Familien von Mordopfern kümmern? Oder will ich hier leben und offiziell als Trauerberaterin für den Bundesstaat Maine arbeiten? Ich weiß es nicht, Hank. Aber ich weiß, dass ich über all das erst einmal nachdenken muss.«

Er nickte, aber ich konnte erkennen, dass das nicht die Worte waren, die er hören wollte.

»Ich habe sehr viel über meinen Dad erfahren. Noah Beal

hat ihn betrogen. Er hat ihn in den Augen der Menschen hier schlechtgemacht. Er hat ihn bestohlen und mich auch. Ich bin froh, dass der Name meines Vaters reingewaschen ist, obwohl niemand jemals die ganze Wahrheit darüber erfahren wird.«

»Ich denke, doch.«

»Manchmal glauben die Leute, was sie glauben müssen, um zufrieden zu sein. In diesen letzten Wochen habe ich sogar noch mehr über mich selbst erfahren. Ich muss mit meiner Vergangenheit aufräumen, klären, woran ich wirklich hänge und was nur eine Erinnerung ist. Ich kenne die Antwort darauf noch nicht, Hank. Aber ich hoffe sehr, dass du ein Teil davon bist.«

Er legte einen Arm um meine Taille und zog mich an sich. »Du hast eine Menge zu verarbeiten, Tal.«

»Ich weiß. Drews Tod. Joys.« Ich rieb mir die Stirn. »Das hat mich alles sehr getroffen.«

»Das ist ja wohl nichts Neues.«

Ich kicherte. »Stimmt.«

»Hier arbeiten. Darüber solltest du nachdenken, Tally.«

Das sollte ich wirklich.

Hinweis der Autorin

In der Rechtsmedizin von Boston gibt es keine Organisation für Trauerarbeit, wohingegen die Einrichtung für Trauerarbeit der Stadt Philadelphia nach wie vor mit der dortigen Gerichtsmedizin zusammenarbeitet. In den Vereinigten Staaten gibt es viele solcher Programme zur Trauerbewältigung, und sie alle leisten immer wieder Erstaunliches für die Angehörigen von Mordopfern. Ich habe große Achtung vor all diesen Einrichtungen. Nicht vergessen werden sollte aber, dass Tally und ihre Leute vom MGAP, dem Programm für Trauerbewältigung im Bundesstaat Massachusetts, in einer fiktionalen Welt leben.

Auch der Ort Winsworth in Maine ist Teil von Tallys fiktionaler Welt. Weder Winsworth noch all jene, die in der Stadt oder der Umgebung wohnen, existieren in irgendeiner Form.

Danksagungen

Ohne die im Folgenden erwähnten Personen hätte ich dieses Buch nie schreiben können. Alle Fehler gehen zu meinen Lasten, nicht zu ihren.

Meine liebe Freundin Donna Cautilli, deren Geistesgröße und Erfahrung bei der Betreuung der Angehörigen von Mordopfern mich auch weiterhin inspirieren; Dr. Rick Cautilli für seine unvergleichlichen Kenntnisse auf dem Gebiet der Medizin; Detective Lieutenant Richard D. Lauria von der Massachusetts State Police für seine unschätzbare Hilfe; die Angehörigen der Hundestaffel der Massachusetts State Police – Menschen wie Hunde –, die es meiner Penny ermöglicht haben, mit ihrer Arbeit in meinen Büchern fortzufahren; die Leichenbeschauer, das Team der Spurensicherung, alle Mitarbeiter und die Leiter der Rechtsmedizin von Maine und Massachusetts; der Bestattungsunternehmer Dave Badger, dank dem ich immer bei der Wahrheit bleibe; Wanda Henry-Jenkins und Paul T. Clements, geprüfte Krankenpfleger, deren Arbeit beim Programm für Trauerbewältigung in Philadelphia legendär ist; Dr. Barbara Schildkrout für ihre psychiatrischen Kenntnisse; Saundra Pool für ihre Hartnäckigkeit; Andrea Urban, meine Führerin; Lee Sullivan, mein Kompass.

Kate Mattes von Kate's Mystery Books, Willard Williams von den Toadstool Bookshops, Debbie Tomes von The Paper Store in Maynard und John Garp von Epilog Select Books: Ein tief empfundenes Dankeschön an euch und eure Mitarbeiter für all die Unterstützung und die Begeisterung für meine Arbeit.

Dank an Sergeant Jackie Theriault von der State Police in

Maine; an das Police Department von Ellsworth, das Büro des Sheriffs von Hancock County, das Büro des Leichenbeschauers in Augusta in Maine und an Scott Hogg.

Genau wie an die Ellsworther Susan und Dudley Gray, Nancy Patterson, Mary und Danny DeLong, Jane und Stephen Shea, Karen Dickes, Trish Worthen, Becky Sargent, Janet Owens und all die anderen bemerkenswerten Freunde und Anwohner, die mein Leben in Ellsworth wunderbar und unvergesslich gemacht haben; sodann an den Radiomann Joel Mann; an Mark Osborne, David Brady und Jim Ferland.

An die fabelhaften Hancocker Kim B., Nancy M., Cath und Fred C.H., Barbara Q., Peg und Tony B., Amy M., Pat F., Karen P., Nancy G., Kin und Annie; John und Deb, Polly, Bob und Karlene, Tony, Scott, Fiddleheads Sherry, Robert und Nancy vom Hancock Inn und viele andere. Und an die fünf »Wannabes« – D, Pat, Suz, Carol und Linda.

Mein Dank gilt auch Dorothea Hamm und Barbara Fitzgerald, deren Wärme und Witz mir Inspiration sind. Und meiner Schreibgruppe – Barbara Shapiro, Jan Brogan, Floyd Kemske, Judith Harper, Thomas Engels; meinen unermüdlichen Kritikern – Bunny Frey, Tamar Hosansky, Pat Sparling, Barbara Shapiro; meinem geschätzten Agenten Peter Rubie; meinem erstaunlichen Verleger Don D'Auria; und Dorchesters wunderbarem Guru für Public Relations, Leah Hultenschmidt.

Meiner Familie: liebe Mom, Mom R. und Mum T.; Melissa, Mike und Sarah; Blake und Ben; Peter, Kathleen und Summer.

Und meinem geliebten Mann, William G. Tapply, dessen Anregungen unschätzbar sind und dessen Liebe nicht genug geschätzt werden kann.

Ich danke wirklich jedem Einzelnen von euch, dass aus diesem Buch etwas geworden ist.